KB052331

세계
써스펜스
걸작선

3

세계 써스펜스 걸작선

3

에드 맥베인, 할런 엘리슨 외

제프리 디버 엮음 ㅣ 홍현숙 옮김

A Century of Great Suspense Stories

황금가지

A CENTURY OF GREAT SUSPENSE STORIES

Anthology Copyright ⓒ 2001 edited by Jeffery Deaver
All rights reserved.
Korean Translation Copyright ⓒ 2005 by Goldenbough
Korean translation edition is published by arrangement with
Jeffery Deaver c/o Curtis Brown, UK through Eric Yang Agency.

이 책의 한국어판 저작권은 에릭양 에이전시를 통해
Jeffery Deaver c/o Curtis Brown, UK와 독점 계약한 (주)황금가지에 있습니다.
저작권법에 의해 한국 내에서 보호를 받는 저작물이므로
무단 전재와 무단 복제를 금합니다.

"A Very Merry Christmas" by Ed McBain. Copyright © 1957, renewed 1982 by The Hui Corporation. Reprinted by permission of the author and his agents, Gelfman Schneider Literary Agents.

"Killing Bernstein" by Harlan Ellison. Copyright © 1976 by Harlan Ellison. First published in *Mystery Monthly*, June 1976. Reprinted with permission of, and by arrangement with, the author and the author's agent, Richard Curtis Associate, Inc. New York. All rights reserved.

"This Is Death" by Donald E. Westlake. Copyright © 1978 by Donald E. Westlake. Firtst published in *Ellery Queen Mystery Magazine*, November 1978. Reprinted by permission of the author.

"Heartbreak House" by Sara Paretsky. Copyright © 1996 by Sara Paretsky. First published in *Murder for Love*, edited by Otto Penzler. All rights reserved. Reprinted by permission of the author and her agents, Dominick Abel Literary Agency, Inc.

"The Girl Behind the Hedge" by Micky Spillane. Copyright © 1953 by Micky Spillane. First published in *Manhunt*, October 1953. Reprinted by permission of the author's estate. All rights reserved.

"The Gentleman in the Lake" by Robert Banard. Copyright © 1994 by Robert Barnard. First published in *Ellery Queen Mystery Magazine*, July 1994. Reprinted by permission of the author and his agents, Gregory and Radice, Agents.

"Guilt-Edged Blonde" by Ross Macdonald. Copyright © 1954 by Ross Macdonald. First published in *Manhunt*, January 1954. Reprinted by permission of the agent for the author's estate, Harold Ober Associates, Inc.

"Stacked Deck" by Bill Prinzini. Copyright © 1987 by the Pronzini-Muller Family Trust. First published in *The New Black Mask #8*. Reprinted by permission of the author.

"One of Those Days, One of Those Nights" by Ed Gorman. Copyright © 1994 by Ed Gorman. First published in *Crime Yellow*. Reprinted by permission of the author.

"Among My Souvenirs" by Sharyn McCrumb. Copyright © 1997 by Sharyn McCrumb. First published in *Vengeance Is Hers*. Reprinted by permission of the author.

"The People Across the Canyon" by Margaret Millar. Copyright © 1962 by Margaret Millar. First published in *Ellery Queen Mystery Magazine*, October 1962. Reprinted by permission of the agent for the author's estate, Harold Ober Associates, Inc.

"Nor Iron Bars" by John D. MacDonald. Copyright © 1947 by John D. MacDonald. First published in *Doc Savage*, March 1947. Reprinted by permission of the agent for the author's estate, Diskant & Associates.

"So Young, So Fair, So Dead" by John T. Lutz. Copyright © 1973 by Renown Publications, Inc. First published in *Mike Shayne's Mystery Magazine*, March 1973. Reprinted by permission of the author.

일러두기

1. 이 책은 제프리 디버가 엮은 *A Century of Great Suspense Stories*를 번역한 것입니다. 스티븐 킹, 앤서니 부처, 조르주 심농, 스탠리 엘린, 얼 스탠리 가드너의 작품은 원저작자의 요청에 따라 한국판에는 수록하지 못했습니다.
2. 인명 및 지명 표기는 한글 맞춤법 통일안 및 외래어 표기 규정을 따랐습니다.
3. 본문에 사용한 부호 및 기호의 뜻은 다음과 같습니다.
   ―전집, 단행본: 『 』
   ―신문, 잡지: 〈 〉
   ―개별 작품, 논문, 기사: 「 」
4. 옮긴이가 주는 본문 안에 괄호에 넣었으며 옮긴이라고 따로 표기하였습니다.
5. 이 책에 쓰인 본문 종이 E-Light는 국내 기술로 개발된 최신 종이로, 기존에 쓰이던 모조지나 서적지보다 더욱 가볍고 안전하며 눈의 피로를 덜게끔 한 단계 품질을 높인 고급지입니다.

차례

즐겁고 즐거운 크리스마스
A Very Merry Christmas

에드 맥베인 _ Ed McBain

　　에드 맥베인을 설명하는 데 '다작의' 라는 단어를 너무 많이 사용한다. 그래서 이 단어가 그의 이름의 일부처럼 여겨질 때가 있다. '다작의' 에드 맥베인처럼 말이다. 그러나 잠시 생각해 보면 에반 헌터라는 본명을 지닌 맥베인이 우리를 아연실색케 만드는 작품들을 써 왔다는 사실은 부인할 수 없다. 그런 작품의 대다수가 탁월하며 일부는 정말로 천재성이 번뜩이는 것으로 모든 작품이 작가의 빼어난 능력을 입증하는 동시에 독자를 즐겁게 해 준다. 그는 절정기에 오른 세계적인 권투 선수처럼 독자의 모든 움직임을 꿰뚫고 있다. 「블랙보드 정글(*The Blackboard Jungle*)」과 「신념의 문제(*A Matter of Conviction*)」가 베스트셀러가 되면서 그는 자신의 대표작으로 일찌감치 명성을 얻었다. 하지만 몇 년 동안 그는 87분서 시리즈로 더 높은 유명세를 떨쳤다. 훌륭한 작품들이 너무 많기 때문에 이 87분서 시리즈 중 최고를 골라내는 것은 불가능하다. 하지만 「망설이는 자(*He Who Hesitates*)」(1965), 「혈족(*Blood Relatives*)」(1975), 「오랜만의 만남(*Long Time No See*)」(1977), 「거대한 나쁜 도시(*The Big Bad City*)」(1999) 등이 비교적 더 낫다고 생각한다. 그는 히치콕 감독이 만든 「새(*The Birds*)」의 시나리오를 썼으며 그가 쓴 강렬한 소설 「지난 여름(*Last Summer*)」은 영화로 제작되어 70년대 영화계의 연구 대상이 되었다. 87분서의 다른 이야기가 포함된 그의 최근 작품집으로는 『마지막 댄스(The Last Dance)』가 있다.

바에 앉아 있는 피트 샤펜스가 거울에 비친 자신의 얼굴을 들여다보며 미소를 지었다. 그러고는 말했다.

"메리 크리스마스."

엄밀히 따지면, 아직 크리스마스가 되지 않았지만 그는 어쨌든 그렇게 말했다. 그 말을 하고 나서 그는 더 기분이 좋아져 바보같이 웃으며 잔을 들고 술을 조금 들이킨 후에 또 한 번 말했다.

"메리 크리스마스."

이 말은 아주 유쾌하고 따스하며 영혼을 고양시키는 듯한 느낌을 주었다. 오늘 밤에는 이 도시 전체가 그의 것이었다. 그는 오늘 밤, 여덟 달 전 화이팅 센터에서 돌아온 이래 처음으로 이 도시의 일원이 된 것 같은 느낌이 들었다. 오늘 밤 이 도시는 따뜻한 목욕물처럼 그를 품어 주었고 그는 편안히 뒤로 기댄 채 자신을 감싸 안은 물과 장난쳤다. 그날은 크리스마스이브였고 모든 게 좋게만 느껴졌다. 피트 샤펜스는 마침내 고향에 돌아온 듯한, 마침내 제자리를 찾은 듯한, 그리고 결국 자기 자신을 찾은 듯한 느낌 때문에 지구 위를 배회하는 모든 어머니의 자식들이 사랑스럽게만 느껴졌다.

그는 정말이지 기분이 좋았다.

오늘 오후 그는 사무실에서 벌어진 파티가 끝나자마자 거리로 나왔다. 상점 창문은 풍요롭게만 보이고 찬 공기까지 따스하게 느껴졌고 하늘에서는 눈이 쏟아질 것만 같았다. 피트는 트위드 코트

깃을 목 뒤로 세운 채 휘황찬란한 뉴욕 거리를 활보했다. 그는 마음이 푸근하고 행복했다. 거리에는 종을 든 산타클로스와 쇼핑객들이 넘쳐 나고 거대한 화환과 나무가 즐비했으며 스피커에서는 시대를 초월한 캐럴이 흘러나왔다. 하지만 무엇보다 피트는 이 도시의 심장이 고동친다는 걸 실감했다. 그는 여덟 달 만에 처음으로 이 도시와 사람들, 소음과 혼란함과 분주함 그리고 무엇보다 따스함의 심장이 살아서 고동치는 것을 느꼈다. 그는 그 따스함의 일부이면서도 그 같은 포근함에 놀랐다. 그는 구경꾼 같은 멍한 미소를 지은 채 그 광경을 바라보다 불현듯 자신이 이 도시의 일부임을 깨달았다. 여덟 달이라는 짧은 시간 만에 그는 이 도시의 일원이 되었고 이 도시는 그의 일부가 되었다. 그는 고향을 찾은 것 같았다.

"바텐더."

그가 말했다.

바텐더가 느릿느릿 다가왔다. 그는 주근깨투성이 얼굴에 체격이 큰 붉은 머리 사내였다. 그의 동작은 절제되어 있으면서도 우아했다. 그는 퀸스 어딘가에서 예쁜 아내와 크리스마스트리로 장식한 멋진 집에서 사는 근사한 남자 같았다.

"예, 선생님?"

그가 대답했다.

"피트예요. 난 피트라고 해요."

"예, 피트."

"난 취하지 않았어요. 정말이에요. 술꾼들이 모두 그렇게 말하긴 하지만 난 정말이에요. 난 지금 너무 행복해서 터져 버릴 것만 같아요. 이런 감정을 느껴 본 적 있나요?"

피트가 물었다.

"그럼요."

바텐더가 미소를 지으며 대답했다.

"내가 당신에게 술 한 잔 사겠소."

"전 술을 안 마십니다."

"바텐더들은 절대로 술을 안 마시지. 하지만 내가 한 잔만 사겠소. 진심이오. 이봐요, 난 사람들에게 고마운 마음을 전하고 싶단 말이오, 알겠소? 난 이 도시에 있는 모든 사람에게 고마움을 전하고 싶어요. 나는 그 사람들이 여기 사는 것에, 이 도시를 이룬 것에 감사하고 싶어요. 내가 바보 같아 보이죠?"

"그렇긴 하네요."

바텐더가 말했다.

"좋아요. 좋다고요. 바보라도 좋소. 난 시골뜨기요. 여덟 달 전에 화이팅 센터를 거쳐 이리로 왔소. 난 촌구석에서 왔어요. 여기가 너무 정신없어서 죽을 지경이었소. 하지만 난 직업을 얻었어요. 그것도 좋은 직업을 말이오. 난 멋진 사람들을 많이 만났고, 옷 입는 법도 배웠고…… 집도 구했소. 감상적인 이야기죠. 나도 알아요. 내 안에 있는 시골뜨기가 하는 말이니까. 하지만 난 이 빌어먹을 도시를 사랑해요, 사랑한다고요. 거리로 나가 돌아다니며 여자들에게 입맞춤 해 주고 싶소. 만나는 모든 남자와 악수를 하고 싶다구요. 그들한테 내가 비로소 사람, 한 사람의 인간이 된 것 같다고 말하고 싶어요. 난 살아 있어요, 살아 있다고요! 하느님의 은총으로 난 살아 있어요!"

"좋으시겠어요."

바텐더가 말했다.

"맞아요. 아, 친구 양반, 정말 그래요! 난 화이팅 센터에서는 죽었었지만 지금 여기 이렇게 살아 있어요. 그리고…… 자, 내가 술 한 잔 사겠소."

"술은 안 마신다니까요."

바텐더가 고집을 부렸다.

"좋아요, 좋아요. 말다툼하지 맙시다. 오늘 밤은 누구하고도 다 투고 싶지 않아요. 이런, 아주 멋진 크리스마스 아니오? 너무 행복해서 터져 버릴 것 같구먼."

그는 큰 소리로 웃었고 바텐더도 따라 웃었다. 그의 웃음은 길게 끌며 킬킬거림이 되었고 그 다음에는 미소가 되었다. 피트는 거울을 들여다보고 잔을 든 다음 또 한 번 말했다.

"메리 크리스마스. 메리 크리스마스."

그가 여전히 미소를 머금고 있을 때 한 사내가 그 술집으로 들어와서 그의 옆 자리에 앉았다. 사내는 키도 꽤 크고 옷 밑으로 불룩한 근육이 드러나 있었다. 외투도 입지 않고 모자도 쓰지 않은 그 사내가 그 술집으로 들어와 피트 옆에 앉았다. 그리고 가벼운 손짓으로 바텐더를 불렀다. 바텐더가 그쪽으로 갔다.

"라이 위스키, 아무것도 섞지 말고."

남자가 말했다.

바텐더가 고개를 끄덕인 뒤 물러났다. 남자가 지갑을 꺼냈다.

"내가 한 잔 사겠소."

피트가 말했다.

사내가 고개를 돌렸다. 그는 넓적한 얼굴에 두툼한 코 그리고 조그마한 갈색 눈의 사내였다. 큼직한 체격의 사내가 놀라서 눈이 휘둥그레졌다. 그가 잠시 피트를 살펴보더니 말했다.

"당신 동성연애자 같은 부류요?"

피트가 웃었다.

"절대 아닙니다. 그냥 행복해서 그럽니다. 오늘은 크리스마스 이브이고, 기분이 좋아서 한 잔 사고 싶은 겁니다."

사내가 자신의 지갑을 열고 5달러짜리 지폐 한 장을 꺼내 바 위에 올려놓으며 말했다.

"내가 사서 마시겠소. 왜 그러시오? 내가 술 한 잔 사 마실 여유도 없어 보입니까?"

"물론 여유는 많아 보입니다. 난 그냥…… 그러니까, 행복해서 그럽니다. 그 행복감을 나누고 싶은 겁니다. 그게 다죠."

피트가 말했다.

사내는 툴툴거릴 뿐 아무 말도 하지 않았다. 바텐더가 그의 잔을 가져왔다. 그는 단숨에 한 잔을 들이켠 후에 또 한 잔을 주문했다.

"난 피트 샤펜스입니다."

피트가 손을 내밀며 자기를 소개했다.

"그래서요?"

사내가 대꾸했다.

"그러니까…… 당신 이름은 뭡니까?"

"프랭크요."

"만나서 반갑습니다, 프랭크."

그가 손을 내밀며 사내에게 가까이 다가갔다.

"저리 꺼져, 이 행복한 놈아."

프랭크가 말했다.

피트는 태연한 얼굴로 히죽 웃어 보였다.

"마음을 편히 하세요. 그러니까, 그러지 마시고……."

"나한테 이래라저래라 하지 마시오. 당신은 대체 누구요?"

"피트 샤펜스예요. 말씀드렸다시피."

"산보나 하시오, 피트 샤펜스. 난 고민이 많아요."

"나한테 이야기해 주시겠습니까?"

"아니, 당신한테 그런 이야기는 하고 싶지 않소."

"왜 하고 싶지 않습니까? 그러면 기분이 나아질 텐데."

"날 그만 괴롭히고 어서 꺼져 버리라니까."

프랭크가 말했다.

바텐더가 두 번째 잔을 가져왔다. 그는 술을 한 모금 마신 뒤에 술잔을 바 위에 내려놨다.

"내가 시골뜨기처럼 보입니까?"

피트가 물었다.

"빌어먹을 동성연애자처럼 보입니다."

프랭크가 대답했다.

"아니라고 했잖소."

"또 물어봐서 대답한 거요."

"프랭크, 무슨 고민이 있나요?"

"당신, 목사나 뭐 그런 부류요?"

"아니요, 그냥……."

"이봐요, 난 여기 술을 마시러 왔소. 목사를 만나러 온 게 아니고."

"전에 군에 계셨나요?"

"그렇소."

"난 해군에 있었습니다. 제대한 게 너무 기쁘군요. 내가 지금 여기, 전 세계에서 가장 멋진 도시에 있다는 게 너무 행복합니다."

"유니언스퀘어에나 가서 떠들어 대시오."

프랭크가 말했다.

"내가 도와 드리면 안 될까요, 프랭크? 내가 술 한 잔 사고 당신 고민을 들어 드리면 안 될까요? 당신이 너무 슬퍼 보여서 내가……"

피트가 말했다.

"난 슬프지 않소."

"당신은 슬퍼 보여요. 무슨 일입니까? 직장을 잃었나요?"

"아니요, 직장은 잃지 않았소."

"무슨 일을 하십니까, 프랭크?"

"지금은 트럭 운전사요. 전에는 권투 선수였고."

"정말요? 그러니까 권투 선수 말입니까? 농담 아닌가요?"

"왜 내가 당신한테 농담을 하겠소?"

"성은 뭡니까?"

"블레이크요."

"프랭크 블레이크? 한 번도 들어 보지 못한 이름 같은데. 하기야, 내가 권투 시합을 일일이 쫓아다니며 보진 않았으니까."

"타이거 블레이크요. 권투할 땐 그 이름을 썼소."

"타이거 블레이크라. 화이팅 센터에서는 권투 시합을 보지 못했소. 한 판 보고 싶으면 워털루까지 가야 했죠. 그래서 당신 이름을 모르는 것 같습니다."

"그럴 거요."

프랭크가 말했다.

"왜 권투를 그만뒀나요?"

"그렇게 됐소."

"왜죠?"

"1947년에 내가 사람을 죽였기 때문이오."

피트의 눈이 휘둥그레졌다.

"링에서요?"

"물론 링에서요. 그런데 당신 바보 아니오? 내가 링에서 말고 밖에서 사람을 죽였다고 생각하는 거요? 맙소사!"

"그것 때문에 괴로운 겁니까?"

"아니 괴롭지 않소. 난 잘 지내고 있소."

"집으로 가서 크리스마스를 즐길 건가요?"

"난 집이 없소."

"집이 없다니 말이 됩니까. 모든 사람에게는 집이 있는 법인데."

피트가 상냥하게 말했다.

"그래? 당신 집은 어디요? 화이팅 센터 아니면 어디요?"

"아, 예. 이제 여기가 내 집입니다. 뉴욕 시. 뉴욕, 뉴욕. 이 세상에서 가장 멋진 도시 말이오."

"그러시겠지."

18

프랭크가 불쾌하다는 투로 쏘아붙였다.

"우리 부모님은 돌아가셨습니다. 난 외아들이었고요. 화이팅 센터는 이제 나한테는 아무 의미도 없습니다. 하지만 뉴욕은, 그러니까 내가 이곳에서 계속 살 것 같은 느낌이 듭니다. 여기서 좋은 여자를 만나 결혼하고 가정을 일구고 그러면…… 집이 생기겠죠."

"대단하시구려."

프랭크가 불쾌하다는 투로 이죽거렸다.

"그런데 어떻게 해서 그 사람을 죽였나요?"

피트가 불쑥 이렇게 물었다.

"내가 쳤소."

"그래서 죽었나요?"

"내가 후골을 쳤소. 우연히 말이오."

"그 사람 일로 마음이 많이 아팠나요?"

"링에서 일어난 일이라고 말했잖소."

"물론이죠, 그래도 마음은 안 좋았겠죠?"

"권투 선수는 괴로워할 필요가 없소. 그 사람도 돈을 받고 싸웠으니까."

"권투를 좋아했나요?"

"미치게 좋아했소."

프랭크가 쌀쌀맞은 투로 대답했다.

"그 사람을 죽인 날 밤은 어땠나요?"

프랭크는 오랫동안 아무 말도 하지 않았다. 그러다 잠시 후에 불쑥 말을 꺼냈다.

"여기서 꺼져, 알았어?"

"난 돈을 받고 싸울 순 없을 것 같아요. 난 성질이 급해서 화가 나면 미쳐 버리지만, 돈을 받고 싸울 순 절대로 없을 것 같아요. 게다가 지금 너무 행복해서……."

"꺼지라니까."

프랭크가 또다시 말하고는 몸을 돌렸다. 피트는 한동안 말없이 앉아 있었다.

"프랭크?"

결국 그가 또 입을 열었다.

"또 시작이오?"

"미안해요. 당신한테 그렇게 괴로운 일에 대해선 말하지 말았어야 했는데, 이봐요, 오늘은 크리스마스이브예요. 그러니 우리……."

"잊어버려요."

"내가 한 잔 살까요?"

"아니요. 싫다고 수도 없이 대답했잖소. 내 술은 내가 사서 마신다니까!"

"오늘은 크리스마스이븐데……."

"무슨 날이든 나한테는 아무 의미도 없소. 당신 같은 행복한 인간들을 보면 속이 뒤틀려요. 제발 날 좀 내버려 두시오, 알겠소?"

"미안해요. 난 그저……."

"행복해, 행복해, 행복해. 바보천치같이 히죽거리다니. 그렇게 행복할 일이 뭐가 있소? 어디서 유전이라도 발견했소? 금광이라도? 대체 왜 그러는 거요?"

"난 그저······."

"당신은 바보요! 당신을 처음 본 순간부터 그런 생각이 들었소. 아니면 그 더러운 동성연애자이거나."

"아니요, 아니에요. 잘못 본 거예요, 프랭크. 난 솔직히 그 저······."

피트가 다정히 말했다.

"당신의 아버지도 동성연애자였겠지. 당신 어머니는 마을에 있는 모든 선원을 상대했겠고."

피트의 얼굴에서 웃음이 사라졌다. 그러다 다시 주저하는 듯한 미소가 떠올랐다.

"농담은 그만둬요, 프랭크."

피트가 말했다.

"내가 말한 건 모두 진심이오."

프랭크가 말했다. 그의 눈에서 이상한 빛이 번뜩였다. 그는 피트를 주의 깊게 뜯어봤다.

"우리 어머니에 대해서 한 말 말이에요."

피트가 말했다.

"당신이 하는 말뜻을 내가 모르는 줄 알아? 또 말해 줄까? 그 여자는 마을에 있는 모든 선원을 상대했을 거요."

"그렇게 말하지 마요, 프랭크."

피트의 얼굴에 이제 웃음은 사라지고 없었다. 그가 당황스러운 듯 이마를 찌푸렸다가 인상을 풀었다가 다시 인상을 찌푸렸다.

"당신은 동성연애자고 당신 어머니는······."

"그만둬요, 프랭크."

"뭘 그만둘까? 만일 당신 어머니가……."

피트가 바 앞에 늘어서 있는 높은 의자에서 뛰어내렸다.

"그만둬!"

그가 소리쳤다.

바 끝에서 바텐더가 몸을 돌렸다. 프랭크가 한쪽 눈길로 바텐더의 움직임을 포착했다.

"당신 어머니는 바람난 암캐 같은 년이야."

그가 차갑게 내뱉었다. 피트가 그를 향해 팔을 휘둘렀다.

프랭크가 머리를 낮췄고 피트의 주먹이 그의 머리 위를 살짝 스쳤다. 마침내 바텐더가 두 사람에게 다가왔다. 그는 프랭크의 눈에서 번뜩이는 이상한 광채도 프랭크가 또다시 속삭이는 소리도 듣지 못했다.

"바람난 암캐, 바람난 암캐."

피트가 자신의 몸을 바에 세게 부딪쳤다. 그러고는 맥주병을 집어 들고 프랭크에게 돌진했다.

경찰이 그의 옆에 무릎을 꿇고 앉았다.

"죽었습니다. 어떻게 된 겁니까?"

경찰이 일어서며 바지에 묻은 먼지를 털었다.

프랭크는 어리둥절해하며 당황스러워하는 표정을 지었다.

"미친 사람입니다. 우리는 나란히 앉아서 이야기하고 있었습니다. 조용히 말이죠. 그러다 갑자기 이 사람이 나한테 주먹을 휘둘렀습니다."

그가 바텐더에게 고개를 돌렸다.

"맞죠?"

"이 사람은 술을 마시고 있었는데, 취한 것 같았습니다."

바텐더가 말했다.

"저는 반격도 하지 않았습니다. 이 사람이 맥주병을 집어 들 때까지 말입니다. 뭐, 이런 크리스마스이브가 다 있담. 난 말썽을 일으킬 생각이 전혀 없었습니다."

"이 사람이 맥주병을 집어 들고 어떻게 했나요?"

"나한테 휘둘렀습니다. 그래서…… 제가 방어하기 위해 두 손을 치켜들었습니다. 살기 위해 단 한 번 쳤을 뿐입니다."

"이 사람의 어딜 쳤나요?"

프랭크가 머뭇거렸다.

"그러니까…… 목인 것 같습니다. 정당방위였습니다. 절 믿어주십시오. 이 사람이 갑자기 실성한 겁니다. 원래 미친 사람인 게 분명합니다."

프랭크가 말했다

"동성연애자 같은 말을 하더군요."

바텐더도 동의했다.

경찰이 알겠다는 듯 고개를 끄덕였다.

"밖에는 여기보다 정신 나간 사람들이 더 많죠."

경찰이 프랭크에게 고개를 돌렸다.

"너무 상심해하지 마요, 맥. 당신은 풀려 날 거예요. 당신 잘못이 아닌 게 분명하니까요. 경찰서로 가서 여기서 있었던 일을 말하기만 하면 돼요."

"미친놈. 갑자기 돌아 버리다니."

프랭크가 말했다.

"그러니까…… 동료가 이곳으로 와서 시체를 구급차로 실어 나를 겁니다. 당신과 난 경찰서로 가는 게 좋겠습니다. 크리스마스를 망치게 되서 유감이군요. 하지만……"

"내 크리스마스를 망친 건 이 사람입니다."

프랭크가 고개를 절레절레 흔들며 바닥에 누운 시체를 내려다보았다.

그들은 함께 술집에서 나왔다. 문가에서 경찰이 바텐더에게 손을 흔들며 이렇게 말했다.

"즐거운 크리스마스예요, 맥."

번스타인 죽이기
Killing Bernstein

할런 엘리슨 _ Harlan Ellison

우리 시대에 '전설'이라는 말보다 더 남용되는 말은 없을 것이다. 그러나 소설가이자 여론 형성가이자 반항적인 사색가이자 사회 비평가인 할런 엘리슨 같은 작가를 설명하는 데 다른 어떤 말보다 더 적합한 말이 어디 있겠는가? 이러한 그의 전설이 언제나 좋은 것은 아니어서 단편 소설 작가이자 소설가인 그의 업적에 자주 방해가 되었다. 그가 처음 탁월함을 드러낸 것은 1960년대 초 『아편쟁이 신사(Gentleman Junkie)』라는 우수 단편집을 통해서였다. 도로시 파커는 《에스콰이어》에서 이 단편집을 격찬해 마지않았다. 이후로 그는 텔레비전 스크립터, 신문 칼럼니스트, 연사 그리고 때로는 명시선(名詩選) 편집자로 일해 왔다. 그러나 무엇보다 중요한 점은 그가 독특한 목소리와 호흡, 특성을 지닌 소설을 계속 써 왔다는 것에 있다. 전성기 때 그는 최고의 단편 작가 두세 명에 속했고, 이것은 공상 과학 소설이나 판타지 소설 그리고 다음의 서스펜스 소설에 모두 해당한다.

만일 하느님(아니 그런 책임을 맡은 어떤 존재든)이 네타 번스타인 박사가 더 살기를 원하셨다면 내가 그녀를 죽이기가 그토록 쉽지는 않았을 것이다.

전날 밤 그녀는 한 번 더 하자고 말했고, 그래서 우리는 한 번 더 그것을 했다. 그녀의 풍성한 적갈색 머리칼에서는 신선하고 청결한 냄새가 났다. 그녀의 머리칼이 이즈음의 황혼처럼 베개 위를 물들였다. 바라보는 사람의 눈까지 불태워 버릴 듯 아름다운 황혼 말이다. 우리 할아버지와 할머니는 구리를 녹여 놓은 듯하고 가장자리가 명멸하듯 수평선의 어둠 속으로 사라지는 이처럼 아름다운 노을을 보지 못했다. 믿을 수 없을 만큼 아름다운 이 장관은 오염의 산물이다. 스모그가 이처럼 눈부시게 아름다운 석양을 빚어낸 것이다. 파멸을 눈앞에 둔 장엄한 아름다움. 그녀의 머리칼은 불타오르며 어둠 속으로 미끄러져 들어갔고 나는 그 속에 얼굴을 묻었다. 우리는 사랑을 나눴고 나는 어떠한 실수도 하지 않았다.

그런데 이튿날 그녀는 나를 모르는 사람처럼 대했다.

그녀는 내가 인지 분석 자료를 얻기 위한 검사 대상 아동이기나 한 것처럼 말했다. 나는 그녀에게서 실질적인 혐오의 파동을 감지했다.

"네타, 왜 이러는 거야? 내가 말실수라도 했어?"

내가 물었다.

그녀는 십육 년 동안이나 거래를 해 온 은행에서 운전 면허증이

나 신분증을 보여 달라고 요청을 받은 고객과 같은 얼굴로 나를 돌아다보았다. 나는 갑자기 나타나서 그녀의 시간을 빼앗는 주제 넘는 풋내기이자 골치 덩어리 신참 은행원이 된 기분이었다.

"덩캐스터 씨, 전 할 일이 있어요. 하시던 일이나 계속하시지 그래요?"

그녀는 깍듯이 나를 불렀다. 전날 밤에는 일 분에 백 번씩 날 지미라고 불렀던 바로 그녀가 말이다.

그녀는 내가 무슨 말을 하는지 모른다는 식이었다. 나는 우리 사이에 있었던 일을 품위 있게 이야기하려고 노력했다. 나는 단어를 잘못 사용하고 싶지 않았다. 하지만 그녀는 아무 대답도 하지 않았다. 침대와 그 위에 있던 우리 두 사람은 아예 존재하지 않았던 듯했다. 그녀가 그토록 매정할 수 있다는 게 믿기지 않았다. 나는 그날 서둘러 퇴근했다.

이튿날 그녀는 나를 말려 죽을 작정이라도 한 듯 보였다. 전날보다 한층 더 잔인했다. 전날에는 노골적인 혐오감뿐으로 덩캐스터 씨 당신 일이나 하시죠 하는 식이었다. 하지만 다음 날 우리는 불구대천의 원수지간이 되었다. 원시의 늪에 빠진 고대의 적처럼 그녀는 나를 쫓았고 나는 그것을 감지했다. 어떻게 알았는지 설명할 순 없지만 나는 이 여자가 내 목을 치려 하는구나 하는 사실을 피에 저리도록 그리고 뼈에 사무치도록 느꼈다.

어쩌면 설명할 수 있을지도 모르겠다.

「조스」라는 영화가 있다. 「조스」는 끔찍한 영화이다. 「조스」는 모든 관객들을 놀라게 만드는데, 그건 영화의 속임수 때문만은 아니다. 캔자스 주 한복판에 사는, 바다나 상어를 한 번도 본 적이 없는 이들조차 심장이 멎을 만큼 공포를 느끼게 한다. 그 이유가 대체 무얼까? 노상강도, 생체 검사 결과의 양성 반응, 사람 몸이 푸딩처럼 으깨진 고속도로 사고 등 우리에게 실제로 일어날 수 있는 끔찍한 일보다 더욱 더 쉽게 다가오는 공포가 있다. 우리는 상어를 보고 왜 그렇게 놀라는 걸까? 나는 추상적인 이론은 좋아하지 않는다. 버자이나 덴타터스(남자의 거세 공포증의 일종으로, 대개는 어머니인 압도적인 여성이 이빨 달린 질을 갖고 있어 자신이 거세될지 모른다고 두려워하는 정신병의 일종. ―옮긴이), 프로이트 이론의 그 편집증적인 도깨비. 그것은 이빨이 잔뜩 솟아 있는 어떤 것, 먹는 기계로부터 물러나는 단순한 일이다. 다른 이론도 말할 수 있지만 말이다.

상어는 데본기부터 현재까지 변함없이 살아남은 몇 안 되는 생물에 속한다. 여기에 해당하는 생물은 아주 적어서 바퀴벌레, 참게, 앵무 조개, 실러캔스 등이며, 이들은 아마 공룡보다 더 오래됐을 것이다. 또 상어가 있다.

우리가 아직 물속에 사는 생물일 때…… 상어도 있었다. 그래서 오늘날까지 우리의 몸을 순환하는 피 속에, 구성 성분이 바닷물과 동일한 피 속에 우리의 인종적인 기억 깊은 곳 어딘가에 아직 상어에 대한 기억이 남아 있다. 이 잔인한 먹는 기계로부터 헤엄쳐 달아나던, 상어를 피해 필사적으로 육지로 기어오르던 그리고 그 이빨에 먹힐 수 있는 미지근한 바닷물로 다시는 들어가지 않겠다고 맹세하던 기억들 말이다.

상어를 보면 우리를 인간으로 만든 그 끔찍한 광포함이 무엇인지 알 수 있다. 시간의 장막 너머에 존재하는 죽음의 어둠 밑에 있는 천적. 그 천적에 대해 말이다.

이튿날 네타 번스타인이 내 철천지원수임을 어떻게 알았는지 설명할 수 있을지도 모르겠다.

나는 회의실로 걸어 들어가며 슬론 옆 자리에 앉아 있는 그녀를 보았다. 그녀 앞 탁자 위에는 각종 도표가 그려진 두툼한 서류철이 놓여 있었다. 나는 그녀가 거기 누워 날 노리고 있음을 느꼈다. 그 이빨, 미지근한 바다, 우리를 따라 육지로 오던 먹는 기계. 그리고 그 순간 나는 처음으로 그녀를 죽이기로 결심했다.

우선 일류 장난감 회사가 어떻게 돌아가는지 어떤 방식으로 협업하는지 알아 두어야 한다. 그렇지 않으면 네타 번스타인 죽이기를 이해할 수 없을 테니까 말이다…….

내 인생의 십 년은 마이토이 사의 최고위 직에 오르기 위한 투쟁으로 점철되었다. 그것은 마텔 사나 마르크스 사, 피셔 프라이스 사 또는 아이디얼 사나 해스브로 사, 케너 사, 메고 사 또는 플레이스쿨 사나 심지어 크리에이티브 플레이싱스 사에 입사했다 해도 마찬가지였을 것이다. 그것은 히트 상품을 터뜨리기 위한, 경쟁사가 싸구려 복제품을 내놓기 전에 시장을 휩쓸 새로운 장난감을 만들어 내기 위한 끊임없는 경쟁이었다. 바비, 지아이 조, 핫휠슬 같은 장난감은 빅 히트를 쳐서 한 사람과 한 회사에 엄청난 부를 안겨 주었다. 아이들은 만족과 싫증의 역치가 낮기 때문에 매년 생산하는 제품의 60퍼센트가 신제품이며 신제품일 수밖에 없는 이 산업계에서 히트 상품을 만들어 낸 사람은 5만 달러의 연봉으로 상품 기획부의 부사장 직에 오른다.

나는 마케팅 조사부의 부장이다. 내가 5만 달러의 고지를 향해 전투를 벌이는 데 앞세운 무기들은 검볼(알사탕 모양의 검.──옮긴이)과 디스트럭션 더비 그리고 얼굴 바꾸기였다. 마이토이 사는 5대 장난감 회사 가운데 하나였고 나는 십 년 동안 꾸준히 승진해 왔다.

그러나 내가 최근 최고 경영진에 제출한 네 가지 아이디어는 모두 거부되거나 제품으로 만들어졌지만 실패했다. 패션 인형 라인은 지나치게 복잡했고, 불경기가 시작되면서 부유함과 소비 풍조에 제동이 걸렸다. 여성 운동가의 표현을 빌리자면, "어린 소녀들을 머리가 텅 빈 치장가로 훈련시키는" 것에 격렬한 반대가 일었다. 공룡은 개당 생산 가격으로 볼 때 너무 비현실적이었다. 예비 검사 결과 아이들은 '폐기 폐판' 제품을 못생겼다며 좋아하지 않은 것으로 나타났다. 부모들은 포장이 예뻐서 이 제품을 사 주지만 정작 아이들은 이것을 갖고 놀지 않을 터였다. 게다가 '마더스 헬퍼' 제품에 관한 수많은 판매 보고서를 보면 부정적인 변화가 일어났음을 알 수 있다. 예전의 학습관이 새로운 기술 습득을 억제한 것이었다. 마이토이 사의 사장인 슬론은 이것을 '피해 막심한 역효과'라고 불렀다. 나는 불길한 예감이 들었다. 그 다음에는 의혹을, 그리고 그 다음에는 감춰진 적개심을 감지했다. 그것은 내가 해고되거나 내가 제출한 제품 기획안이 거부될 거라는 걸 의미했다. 이제 공공연한 적개심까지 드러났다. 나는 결정적인 위기에 몰려 있었다.

모든 것은 내가 조사 개발부와 협업한 새로운 두 프로젝트에 달려 있었다. 그것은 '조각 잡기'와 '착한 내 아기'라는 제품이었다. 조사 개발부는 이 두 아이디어를 신제품으로 만들 것에 동의했고 두 제품 모두 취학 전 아동을 대상으로 했다. 그리고 네타 번스타인이 마이토이 사의 놀이 치료 센터에서 이 제품을 검사했다.

마이토이 사는 상근하는 어린이 직원과 심리학자를 연구원으로 둔 미국 유일의 거대 장난감 회사였고 네타는 놀이 치료 센터의 팀장이었다. 이 두 모델은 그녀에게 보내져 어린이 실험을 거쳐 객관적인 평가가 내려졌다. 네타 앞에 놓인 서류철에는 바로 그 결과가 담겨 있다. 그 서류철 하나에 5만 달러가 달려 있다. 하지만 나는 그녀가 날 내치게 할 거라는 걸 직감했다.

슬론은 나를 쳐다보지 않았다. 나는 기다란 회의실 탁자 아래쪽으로 가서 딕슨과 슈반 사이의 빈자리에 앉았다. 그러니까 비용을 산출하는 회계사와 판매 담당 직원 사이에 자리 잡은 셈이다. 마이토이 사의 신인 브라이언 슬론 사장의 오른쪽 자리, 내가 십 년 가까이 꿈꿔 온 그 자리에는 아이디얼 사에서 상당한 재산 가치를 지닌 디자인의 비밀을 훔쳐 내온 굶주린 변절자 오스틀랜더가 자리 잡고 있었다. 빅 히트 상품은 아니었지만 한 계단 정도 오를 만큼의 가치는 충분했다.

그리고 브라이언 슬론 사장의 왼쪽에는 네타 번스타인이 앉아 있었다.

내 미래는 빽빽이 묶인 그녀의 서류철 하나에 달려 있었다. 어린이를 상대로 한 그녀의 검사 결과가 나를 해칠 수도 구할 수도 있었다. 그저께 밤 그녀는 나를 사랑한다고 말했다. 어제는 나에게 꺼지라고 말했다. 그리고 오늘은 데본기 바다의 시커먼 죽음 냄새를 풍겼다.

첫 시간은 여러 사안을 검토하는 시간이었다. 판매 결과 보고,

3/4분기의 생산 현황, 현재 추진 중인 켄터키 주 렉싱턴 공장 부지에 대한 장점과 단점 발표가 있었다. 슬론이 새 디자인에 대한 네타의 검사 결과를 듣자고 말했다. 그녀는 내 쪽을 단 한 번도 쳐다보지 않았다.

"취학 전 아동을 위한 대형 인형부터 시작하겠습니다. 이 제품들은 모두 예비 검사의 기대치에 도달하거나 초과했습니다. 물건 사는 인형에 작은 변화를 준다면 이 제품들은 슬론 사장님이 지난 목요일에 말씀하신 대로 '어린이 마음을 움직이는 힘'이 있습니다. 엄마 모델에 대해 말씀드리겠습니다. 선별된 여섯 집단의 아동(한 집단에 여덟 명씩)에게 이 인형을 보여 준 결과 앞치마의 주머니는 확실히 불필요한 것으로 나타났습니다. 아이들은 이 주머니를 사용하지 않았습니다. 이 부분은 이윤을 높이기 위해 없애야 할 것 같습니다."

네타가 집게를 빼고 첫 번째 보고서 뭉치를 꺼내 들며 말했다.

"지미, '물건 사는 엄마' 제품의 개당 비용을 줄이는 측면에서는 어떤 의미가 있습니까?"

슬론이 나를 쳐다보며 물었다.

나는 이미 계산기를 꺼내 두드리고 있었다.

"아, 그러니까……. 개당 3센트입니다……."

슈반을 쳐다보니, 서류에 300만 개라고 쓰고 있었다.

"300만 개로 치면 9만 달러입니다."

그것은 가장 흔한 질문과 가장 흔한 대답이었다.

네타 번스타인이 내 쪽은 쳐다보지도 않고 슬론에게 말했다.

"그 숫자는 정확하지 않은 것 같습니다. 개당 절약되는 액수가

4.6센트에 가까우니, 전체 13만 8000달러가 됩니다."

슬론은 아무 대답 없이 슈반과 딕슨만 쳐다봤다. 두 사람은 부리를 물 잔에 담갔다가 똑바로 앉는 뻐꾹종의 뻐꾸기 한 쌍처럼 재빨리 고개를 끄덕였다. 일주일 전의 예비 검사 결과인 개당 3센트라는 숫자를 말하는 것은 쓸데없는 짓일 터였다. 네타는 이 사업에 있어 최신 자료를 갖고 있는 게 틀림없었다. 그것은 슬론이 변명을 듣기 싫어하기 때문만이 아니라 네타가 내게 쥐덫을 놓은 게 분명하기 때문이다. 비용 절감은 그녀의 영역이 아닐 뿐 아니라 과거에도 그랬고 앞으로도 그럴 것이었다. 하지만 그녀는 그 자료를 갖고 있었다. 기회를 잡아 볼까? 회의적이었다. 어느 쪽이든 바보처럼 보일 게 뻔했다.

무거운 침묵이 흘렀다. 잠시 후에 네타는 내 것이 아닌, 다른 세 기획안의 검사 결과를 발표했다. 첫 번째는 변화를 주는 것이 비현실적이고, 두 번째는 아이들이 그 장난감을 좋아하지 않으며, 세 번째는 변화를 주는 데 비용이 너무 많이 든다는 내용이었다.

다음에 그녀는 마지막 두 보고서 뭉치를 집어 들었고, 다시 그 미지근한 데본기의 바다 냄새가 풍겼다.

나는 칠칠치 못하게, 너저분하고 어수선하며 되는대로 그리고 엉망진창으로 그녀를 죽였다.

나는 그녀가 목욕용 가운을 가지러 옷장 앞으로 왔을 때 그녀를 옷장 안으로 밀어 넣고 목 졸라 죽일 생각이었다. 그녀는 온 힘을 다해 저항하며 밖으로 나오려 했다. 하지만 나는 그녀를 다시 밀어 넣었다. 옷걸이를 거는 봉이 까치발에서 떨어져 내렸고, 우리는 바닥의 옷 더미 위로 눕고 말았다. 나는 그녀를 두어 번 때렸고 그녀는 내가 때린 것보다 더 세게 나를 쳤다. 마침내 나는 세탁소에서 드라이클리닝 한 옷에 씌워 오는 비닐 커버를 손에 쥐었다. 그리고 그것으로 그녀를 질식시켰다. 그런 다음 화장실로 가서 최고급 갈빗살과 시금치를 토해 냈다.

그녀가 조각 잡기 제품 생산에 관련된 문제를 다시 설명하기 시작했을 때 나는 내게 향한 슬론의 눈길을 느꼈다. 그 장난감은 아이가 페달을 밟으면 각양각색의 나무 조각들이 공중으로 날아 올라가는 취학 전 아동용 놀이 기구였다. 이 나무 조각은 네 가지 서로 다른 모양과 색깔로 되어 있고 그 위에는 꿀벌과 새, 물고기와 꽃이 그려져 있다. 아이들은 이와 같은 그림이 그려진 나무 조각을 가능한 한 많이 잡아야 했다. 대부분 노란 사각형에는 꿀벌이, 빨간 동그라미에는 꽃이, 파란 삼각형에는 새가 그리고 녹색 별에는 물고기가 그려져 있었다. 하지만 꿀벌이 그려진 별 모양과 새가 그려진 동그라미…… 등도 있었다. 따라서 아이는 나무 조각이 공중으로 떠오르는 순간 맞는 그림이 그려져 있는지뿐 아니라 모양과 색깔까지 확인해야 했다.

네타는 네 명의 어린이로 구성된 열 그룹의 아이들을 대상으로 조각 잡기 제품의 검사를 실시했다. 그녀는 연구 개발부의 3층에 있는 커다란 놀이방에 아이들만 남겨 두었다. 3층으로 가려면 노란색 배지를 달아야 했고 연구 개발부에 들어가려면 이 노란색 배지 중앙에 붉은 점이 찍혀 있어야 했다.

이 놀이에 대한 아이들의 반응은 내 예상과 판이하게 달랐다. 아이들은 나무 조각의 그림은 전적으로 무시하고 자기들이 원하는 방식대로 놀이의 규칙을 정해 모양과 색깔만 구별해서 잡았다.

비용 분석 담당자는 나무 조각의 그림을 없애면 2만 5000달러를 아낄 수 있다고 말했고 나는 성공을 확신했다. 그러나 네타는 내 생각에 별다른 근거가 없다고 덧붙였다.

"저는 그림을 없애면, 이 상품의 판매 잠재력이 급감한다고 생각합니다. 그러면 손을 뻗어 실제로 물건을 사게 만드는 미끼가 없어지는 셈입니다. 사실 우리가 검사하게 될 장난감 목록을 아이들에게 주었을 때, 그러니까 처음 장난감을 보여 주었을 때 조각 잡기 제품을 선택한 아이들의 비율이 가장 낮았습니다. 또한 아이들이 이 게임을 하며 노는 모습을 한쪽에서만 보이는 거울로 관찰하고, 아이들에게 만화와 광고를 보여 준 후에 마음에 드는 장난감을 고르라고 했을 때도 목록에 있는 장난감 중 이것을 선택한 아이들이 가장 적었습니다."

그 계획은 없던 것이 되었다. 나는 그날 두 가지 일에서 모두 처참한 실패를 맛보아야 했다.

그녀는 내 최고의 야심작인 착한 내 아기 제품으로 넘어갔다. 그것은 마지막 검사 결과에 해당했고, 나는 네타가 나를 상대로 어리석은 사랑놀이를 벌이느라 내 최고의 야심작을 마지막으로 남겨 두었으며, 따라서 그 제품을 강력히 추천할 것이라는 기대에 들떠 있었다. 하지만 그녀는 나의 기대를 처참히 짓밟아 버렸다.

"이것은 제가 그동안 검사한 것 중 가장 위험한 장난감입니다. 기억하시겠지만, 이건 사람의 음성에 자동으로 응답하는 테이프 회로가 내장된 아기 인형입니다. 이 인형에게 '착한 아기야, 넌 착한 아기야.' 또는 이와 비슷하게 애정이 담긴 말을 하면 인형이 음음음음…… 소리를 냅니다. 하지만 '나쁜 아기야, 넌 나쁜 아기야.' 나 이와 비슷한 적대적인 말을 하면 인형이 흐느껴 우는 소리를 냅니다. 유감스럽게도 대규모 집단의 아동을 대상으로 검사한 결과……."

이 대목에서 그녀는 나를 똑바로 응시했다.

"하버드에 있는 독자적인 검사 팀을 통해 이중 점검을 했는데, 이 테이프 회로가 적대적인 말을 유발한다는 사실이 명확히 밝혀졌습니다. 이 장난감은 아이들의 공격성을 자극할 뿐 아니라 내면에서 최악의 것을 끄집어내고 심화시킵니다. 아이들은 이 인형에게 잔인한 행동을 하고, 인형을 괴롭히며, 야만적인 행동을 하고, 그래도 성에 차지 않으면 인형을 찢거나 우는 소리를 듣지 못하면 벽에 대고 던지기도 했습니다."

나는 그 순간 그 자리에서 왕따가 되었다.

나는 아이들의 성전을 파괴하는 나쁜 놈이었다.

나는 아이들을 괴롭히는 숨은 치한이었다.

나는 하멜른의 피리 부는 사나이였다.

나는 네타 번스타인의 탁월한 직무 수행으로 마이토이 사에서의 성공적인 경력에 종말을 고해야 했다.

그것은 그녀가 엘리베이터 안에서 남몰래 내게 입을 맞추며, 그날 밤 자신의 아파트에서 저녁 식사를 함께할 수 있느냐고 물은 그 다음 날 벌어진 일이었다.

나는 시체를 옷장 안에 내버려 두었다. 주름진 치마와 정장 바지 더미 밑에 태아처럼 웅크린 채로 말이다. 나는 밖으로 나와 아침까지 해안의 산책로를 왔다 갔다 하며 네타 번스타인의 너저분한 살인에 대해 생각하고 또 생각했다. 그런 다음 직장으로 향했다.

나는 사장실을 지나 내 사무실로 걸어갔다. 사장실 문이 벌컥 열리며 슬론이 두 명의 경찰을 데리고 나타날 것 같았다.

"저 사람입니다, 경관님. 우리 회사를 통해 악마 인형을 팔려고 한 자 말입니다. 게다가 네타 번스타인이라는 아름다운 여인이자 우리 회사의 연구 심리학자도 죽였습니다. 가운데 붉은 점이 찍힌 저 사람의 노란색 배지를 압수하시고 여기서 데리고 나가 주십시오."

그러나 그런 일은 일어나지 않았다. 사장실 문은 열리지 않았고, 나는 그곳을 지나 내 사무실로 향했다. 유리 벽으로 된 네타의 사무실을 지나면서 나는 매일 하던 것처럼 아무렇지도 않게 안을 들여다보았다. 그런데 네타가 책상 위에 놓인 커다란 도표를 보며 생각에 잠겨 있는 게 아닌가.

예전에 워싱턴 주 올림픽 반도에 간 적이 있다. 나는 그곳이 무척 평화롭고 아름다울 거라고 생각했다. 시애틀 터코마 너머에 있는 지역 말이다. 버지니아 주의 삼림 지대. 잎의 윗부분이 갈색 나는 붉은빛이고 나무껍질이 희끄무레한 더글러스 전나무와 오리나무. 그곳은 평평한 대지이지만 엷은 안개와 농무 또는 비로 시야가 흐릿하지 않을 때는 올림픽 반도와 캐스케이드 산맥 그리고 레이니어 산까지 시야에 들어온다. 엷은 안개나 농무가 끼거나 비가 내려도 평화롭고 포근해 보이며 춥긴 하지만 어느 정도 신성한 기운이 감돈다. 정신없이 찌든 삶을 산 데다 시도 때도 없이 길이 막히는 로스앤젤러스를 빠져나와 이곳에서 살면 좋을 것 같았다. 그러나 올림픽 반도에서 5만 달러의 월급을 받는 것은 불가능했다.

나는 그 사실을 받아들일 수 없었다. 제대로 걸을 수조차 없었다. 나는 그곳을 지나쳐 복도를 따라 내려갔다. 잠시 벽에 기대 심호흡을 했다. 직원들이 나를 지나쳐 걸어갔고, 니스벳은 멈춰 서서 괜찮냐고 물었다. 나는 속이 좀 안 좋을 뿐 괜찮다고 대답했다. 그는 "사실은 그게 아니겠지."라고 말하고는 가 버렸다. 심장이 숯처럼 새까맣게 타는 것 같았다. 숨이 멎어 버릴 것만 같았다. 그 순간 내가 환각에 빠져 있으며 내 죄를 투사하고 있고 지난밤에 있었던 일에 대해 그리고 처분할 방법을 찾을 때까지 옷장 안에 내버려 둔 그것에 대해 조치를 유보하고 있음을 깨달았다.

나는 큰 덩어리 같은 것을 여러 번 삼키고 올림픽 반도의 안개처럼 소용돌이치기 시작하는 시커먼 안개를 몰아내기 위해 입으로 숨을 쉬며 가까스로 정신을 차렸다.

그런 다음 나는 몸을 돌려 천천히 네타의 사무실로 가서 유리벽을 통해 안을 들여다보았다. 그녀는 조수 하나와 이야기를 하고 있었다. 그 젊은 여성은 UCLA의 '메들린 헌터' 나 UCLA의 '아이리스 밍크' 에서 신경 정신학을 연구한 사람이었다……. 도대체 내가 무슨 생각을 하고 있단 말인가!

나는 어젯밤에 네타를 죽였다. 두 눈이 머리에서 튀어나오고 입 안의 혀가 부풀어 오르고, 목 졸라 죽이기에 실패하고 질식사시키기에 성공한 탓에 산소 결핍 때문에 그녀의 피부가 검푸른 색이 된 것도 지켜보았다. 그녀는 고기, 죽은 고기가 되어 코트 옷걸이 더미 밑에 뻗어 있었다. 그런 여자가 여기서 조수와 이야기를 하다니 그것은 불가능했다.

나는 문을 열고 안으로 들어갔다.

두 사람은 나를 쳐다보았고 조수는 하던 말을 멈추었다. 네타는 귀찮다는 듯 나를 쳐다보며 말했다.

"무슨 일이시죠?"

"그러니까, 음, 그 보고서 말인데요, 그러니까……."

그녀는 기다렸다. 두 사람은 모두 기다렸다. 나는 두 손을 허공에 대고 마구 휘저었다. 조수가 입을 열었다.

"그 문제는 다시 검토해서 점심 시간 이후에 보여드리겠습니다. 그러면 되겠죠?"

네타는 그렇게 하라는 뜻으로 고개를 끄덕였고 그 조수는 그래프를 들고 경비원 같은 표정으로 나를 쳐다보며 지나갔다. 저런 표정을 마지막으로 본 게 언제였던가?

조수가 나가자 네타가 내게 고개를 돌리고 또 말했다.

"무슨 일이시죠, 덩캐스터 씨?"

네타 번스타인은 서른일곱 살이다. 나는 이미 다 알고 있었다. 인사부에 있는 서류를 보니, 그녀는 워싱턴 대학에 다녔고 심리학으로 학사 학위를 받았으며 아동 심리 상담을 전공했다. 그녀는 열여덟 살에 결혼했는데, 대학생 신분으로 교수와 결혼한 것이었다. 그 교수는 그녀와 결혼한 직후에 대학을 떠나 뉴저지에 있는 제약 회사인 머크 샤프 다미 사에 취직했다. 그녀는 연구 사업(대외비인 듯 구체적인 사항은 명시되어 있지 않다.)으로 연방 정부의 보조금을 받는 동안 그와 함께 있었으며, 두 사람은 워싱턴 주 올림픽 반도의 외진 곳으로 이사해서 십육 년간 그곳에서 살았다. 그레이스하버 군에서 말이다. 남편은 삼 년 전에 세상을 떠났고 네타 번스타인은 일자리를 찾아 휴스턴 배일러 의과 대학의 생화학과로 왔다. 그녀는 자폐아와 관련이 있는 RNA 메신저 미립자에 대해 연구했다. 그러다 배일러를 떠나 겨우 열세 달 전에 파격적인 연봉으로 마이토이 사로 옮겼다. 그녀는 풍성한 적갈색 머리칼과 그때까지 만난 사람들 중 가장 인상적인 푸른 눈의 아름다운 여인이었다. 해안의 산책로 인근에 있는 옷장 안에서 본 그녀는 눈이 크게 벌어진 채 죽어 있었다. 죽기 전의 번스타인은 워싱턴 대학에 다닐 때처럼 여전히 젊고 아름다운 열아홉 살의 소녀처럼 보였다. 그러나 그곳을 떠나올 때는 분명히 죽어 있었고, 물론 사람처럼 보이지도 않았다.

나는 그녀를 쳐다보았다. 그녀는 다시 열아홉 살이 되어 있었다. 목에 검은 멍 자국도 없었고 안색도 젊고 생기에 넘쳤으며 예의 그 푸른 눈으로 나를 바라보고 있었다.

"왜 그러시죠, 덩캐스터 씨?"

나는 달아났다. 나는 내 사무실에 숨어 경찰이 오기만을 기다렸다. 하지만 경찰은 끝내 나타나지 않았다. 나는 미칠 것 같은 심정으로 기다렸다. 나는 그 여자가 날 신고할 것이며, 그 여자가 날 데리고 천적 몽구스와 코브라처럼 지독한 한 판을 벌이고 있다는 공포와 죄책감에 시달렸다. 그녀는 죽지 않았다. 어쨌든 아직 살아 숨 쉬고 있었다. 그 여자는 죽었는데, 죽지 않고 살아 있었다. 그 여자는 복도 저 끝에서 내가 창문 밖으로 몸을 던지거나 죄를 자백하고 비명을 지르며 복도로 달려 나오기를 기다리고 있었다. 아니, 난 그러지 않을 터였다! 나는 그 여자보다 한 수 위였고, 따라서 그녀가 지난밤에 있었던 일을 어느 누구에게도 누설하지 않을 거라는 걸 확신했다.

나는 업무용 승강기를 타고 회사를 빠져나와 그녀의 아파트로

가서, 시체를 처리하기 위해 다시 들를지 몰라 어젯밤에 훔쳐 두었던 열쇠로 문을 열었다. 나는 제일 먼저 옷장을 살펴보았다.

옷장은 비어 있었고 옷들은 말끔히 정리되어 있었다. 세탁소에서 가져온 비닐 커버에 씌워 있던 드레스는 다른 옷들과 함께 걸려 있었다. 내가 왔던 흔적은 어디서도 찾아볼 수 없었다. 우리가 저녁을 함께 먹고 사랑을 나누고 회의실에서 그녀의 연구 결과를 놓고 논쟁을 벌이고 그녀가 내게 해를 입힐 의도가 있음을 부인하고 자신의 사랑을 고백하고…… 그리고 내가 그녀를 죽인 흔적은 어디에도 없었다.

아파트는 조용했고 연봉 5만 달러의 고지에 오르기 위해 전투를 벌인 흔적은 그 어디서도 찾아볼 수 없었다. 정말이지 내가 미쳐 가고 있는 것 같았다.

번스타인이 집에 돌아왔을 때 나는 또 그녀를 죽였다.

나는 고기를 연하게 할 때 사용하는 요리용 나무망치를 사용했다. 나는 그녀의 해골을 박살 낸 뒤 시체를 샤워 커튼으로 싸고 싱크대 밑에 있던 소포용 끈으로 두 발과 몸통을 묶었다. 그러고는 그 끈 끝에 IBM에서 생산한 타자기를 묶은 뒤 새벽 3시에 그녀를 해안의 산책로로 데리고 가서 물속에 던져 넣었다.

다음 날에도 네타 번스타인은 자신의 사무실에 있었고 내게 별다른 신경도 쓰지 않았다. 나는 내가 미쳐 가고 있다고, 아니 벌써 완전히 돌아 버렸다고 생각했다. 그래서 그날 밤 나는 그녀를 타이어 레버타이어를 끼우고 뺄 때 쓰는 지렛대로 죽여 시체를 토팡가 협곡의 가장 한적한 곳에 파묻었다. 그리고 그 다음 날…….

그녀는 출근하지 않았다.

그녀는 집안일로 휴가를 내고 워싱턴 주에 갔다고 했다.

나는 서류를 뒤져 그곳의 위치를 알아냈다. 나는 로스앤젤레스 국제공항에서 시택 공항까지 날아가서 차를 한 대 빌렸다. 그러고는 올림피아의 서쪽인 애버딘 방향으로 차를 몰았다. 북쪽 방향인 101번 고속도로로 말이다. 나는 북쪽으로 32킬로미터를 달렸다. 그런 다음 서쪽으로 돌아 24킬로미터를 더 달렸다. 그러자 높은 철책 담이 둘러쳐져 있는 건물이 나타났다.

그곳은 네타 번스타인이 남편과 십육 년 동안 함께 산 연구 단지의 길고 낮은 건물이었다. 나는 안으로 들어갔다. 어떻게 그렇게 했는지는 잘 모른다. 하지만 나는 무턱대고 안으로 들어갔다.

나는 건물을 빙빙 돌며 안으로 들어갈 방법을 찾았다. 그때 하늘에서 번개가 사선으로 내리치며 창문에 내 모습이 비쳤다. 눈을 휘둥그렇게 뜬 데다 완전히 실성한 모습이었다. 날씨는 끔찍할 만큼 추웠고 비 냄새가 났다.

열려 있는 문 두 짝이 보였다. 나는 건물 안으로 들어갔다. 나는 오직 하나만을 찾아 사방을 두리번거렸다. 나는 네타 번스타인을 찾아 그녀를 또 죽일 작정이었다. 마침내 철저하고 완벽하게 죽여서 말다툼을 벌이거나 그녀가 돌아올 여지를 깨끗이 없앨 생각이었다.

건물 안, 멀리 어딘 가에서 음악이 흘러나왔다. 전자 음악이었다. 나는 그 소리를 따라 연구 단지 안을 걸었다. 용도를 짐작할 수 없는 실험실을 지나 마침내 건물 뒤쪽의 주거 지역에 도착했다.

그들은 나를 기다리고 있었다.

모두 일곱 명.

네타는 모두 일곱 명이었다.

그녀의 남편은 유전학자였다. 그는 한 강의실에서 만난 적갈색 머리칼에 푸른 눈을 한 열여덟 살의 여대생과 사랑에 빠졌다. 그는 그녀를 복제했다. 그녀 몸의 일부를 잘라 내서 아홉 명을 복제한 후에 어릴 때부터 키웠다. 원래의 네타가 천천히 아름답게 나이를 먹는 동안 다른 복제 인간들은 빨리 자랐다. 그녀가 그토록 천천히 그리고 아름답게 나이를 먹는 동안 이들은 유아기부터 성큼성큼 자랐다. 네타는 모두 열 명이었다. 이들 부부는 사람들의 눈과 간섭에서 완전히 자유로운 그곳에서 그들을 키웠다. 남편은 죽고 어머니와 아이들만 남았다. 아니, 그 여자와 여동생들만 남았다. 서른네 살의 원래 인간과 열여섯 살인 복제 인간들만 남았다. 네타는 생활비를 벌기 위해 세상으로 나와 제약 회사와 배일러 의대를 거쳐 마이토이 사로 왔다.

그녀가 그곳으로 돌아가 분신들의 삶 속에서 자신의 모습을 보고 싶을 때면 그녀는 다른 한두 명의 네타를 불러 마이토이 사에서 대신 일하게 했다.

그리고 그중 한 명이 나와 사랑에 빠진 것이었다.

번스타인 죽이기는 불가능했다. 내가 사랑 때문에 제정신이 아니긴 했지만 번스타인 죽이기는 어느 누구도 할 수 없으며 그것은 광기와 증오의 한계를 넘어서는 일이었다.

그중 한 명이 나와 사랑에 빠진 것이었다.

나는 자리에 앉았고 그들은 나를 쳐다보았다. 그들은 자매의 시체를 벽장에서 꺼내 매장하기 위해 고향으로 데려왔다. 그들은 즉시 로스앤젤레스로 돌아가서 차를 몰고 거친 토팡가 협곡으로 가서 또 다른 시체를 파낼 것이다. 세 번째 시체는 영원히 보지 못할 지도 몰랐다.

그중 한 명이 나와 사랑에 빠진 것이었다.

이곳 올림픽 반도에 안개와 농무와 비가 내리면 추운 날씨에 신성한 기운마저 풍긴다. 음악이 흘렀고 그들은 나를 해치지 않았다. 그리고 언젠가 나를 보내 줄 것이다. 그들은 나를 묶지도, 밤에 나가는 것을 막지도 않는다. 나는 여기서 살 것이다.

언젠가 그들이 다시 복제될 때 나는 또 행운을 누릴 수 있을지 모른다.

그중 한 명이 나와 사랑에 빠질지 모른다.

이것이 죽음이다
This is Death

도널드 웨스트레이크 _ Donald E. Westlake

도널드 웨스트레이크가 유머러스한 책(「신성한 괴물(Sacred Monster)」)에서부터 끔찍한 책(자신을 강등시킨 회사에 복수하고 싶어 하는 남자의 이야기이자 웨스트레이크의 가장 탁월한 작품인 「도끼(The Ax)」) 그리고 하드보일드한 책(전문 도둑들이 사는 암흑 세계의 기준이 되다시피 한 파커 시리즈)에 이르기까지 미스터리 분야의 모든 하위 장르에 탁월하다는 것은 널리 알려진 사실이다. 그의 책을 읽으면 그가 상당한 지성의 소유자이며 그런 지성을 줄거리와 등장인물 그리고 놀라울 만큼 간결하고 깔끔한 문체에 성공적으로 담아 낸다는 사실을 알 수 있다. 그는 끊임없이 다른 작가들의 연구 대상이 되는 작가로, 웨스트레이크의 모든 소설에는 다른 작가들이 배울 점이 담겨 있다. 제아무리 글을 오래 써 온 작가라 해도 예외가 될 수 없다. 그는 오랜 무명 시절을 거친 후에 비로소 많은 독자들의 주목을 받았다. 그는 지루하거나 싱거운 작품은 절대 쓰지 않는다. 그러면서도 말 그대로 다작을 하는 작가이다. 그의 최근 작은 「갈고리(The Hook)」로 작가의 직업적인 측면을 가차 없이 해부한 작품이다.

혼자 있을 때 유령이 없다고 단정 짓기는 어렵다. 나는 화가 났다고 하기에는 강렬하고 절망했다고 하기에는 너무 점잖은 감정에 몰려 야만적으로 내 목을 매달았다. 하지만 일이 본격적으로 벌어지기 전에 나는 그것을 후회했다. 의자를 차 버린 순간 나는 시간을 되돌리고 싶었다. 그러나 중력이 나의 이런 바람을 무위로 되돌렸다. 바닥에 쓰러진 의자가 혼자 똑바로 설 리도 없었다. 87킬로그램이나 나가는 내 몸이 목에 감긴 두꺼운 밧줄에서 끝도 없이 아래로 처졌다.

물론 아팠다. 끔찍한 통증이 내 목을 조여 왔다. 그러나 가장 놀라운 것은 뺨이 부어오른다는 사실이었다. 시뻘겋게 부풀어 오른 둥그런 내 뺨이 내 눈에도 보일 지경이었다. 나는 고통에 찬 눈으로 문을 응시했다. 누군가 들어와 나를 구해 주기를 기도하면서 말이다. 하지만 나는 집 안에 아무도 없으며 만약을 대비해서 문을 단단히 잠가 두었다는 걸 알고 있었다. 두 다리가 허둥거리며 휘휘 돌았고, 그래서 문을 봤다 다시 창문을 향해야 했다. 나는 벌벌 떨리는 두 손으로 밧줄을 움켜잡고 몸부림쳤다. 그러나 밧줄을 늦출 수 없음은 물론 밧줄이 살 속으로 너무 깊이 파고들어 찾기도 힘들었다.

나는 겁에 질려 허둥거렸지만 동시에 내 머리의 일부는 멀리 떨어져 날 차분히 지켜보는 듯했다. 그러다 내가 방 모든 곳에 동시에 있는 듯한 느낌이 들었다. 괴로움에 몸부림치는 내 육신 안에 있으면서 동시에 그곳을 벗어나 내 몸의 광포한 경련과 두꺼운 밧줄과 육중한 들보, 경련하는 내 몸을 벽 위에 두 개의 그림자로 드리운 어울리지 않는 침대 옆 스탠드 한 쌍, 잠긴 방문 그리고 흰 커튼이 남김없이 드러워진 창문 등을 바라보고 있었다. '이것이 죽음이다.' 라는 생각이 들었다. 이제 죽고 싶지 않았지만 어쩔 수 없었다.

내 이름은 에드워드 손번이며 나는 1938년에서 1977년까지 살았다. 내가 그동안 겪었던 고통을 설명할 수 있을지 모르겠다. 나는 마흔 번째 생일을 불과 한 달 앞두고 스스로 목숨을 끊었다. 모든 것은 내가 아이를 갖지 못하기 때문이다.(내 인생의 많은 잘못과 실패에도 원인이 있지만 말이다.) 내가 아이만 가질 수 있었더라도 우리의 결혼 생활은 좀 더 견고하게 유지되었을 것이다. 에밀리도 나에 대한 신의를 저버리지 않았을 테고 나 또한 이렇게 야만적으로 자살하지 않았을 것이다.

이곳은 코네티컷, 반스터블에 있는 우리 집의 손님 방이며 이 절기에는 상당히 어두운 오후 7시를 약간 넘긴 시각이다. 나는 직장에서 집으로 돌아왔다. 나는 코네티컷에서 돈을 꽤 잘 버는 부동산업자에 속했다. 하지만 최근에 수입이 줄었고 6시 조금 전에 부엌 식탁에서 이런 메모를 발견했다.

"그레그와 고가구를 수집하러 가야 해요. 저녁은 당신 혼자 먹어야 할 것 같아요. 미안해요. 당신을 사랑하는 에밀리가."

바로 그자가 그레그이다. 에밀리의 연인 말이다. 그는 뉴욕로 쪽으로 난 중심가에서 고가구 점을 운영했고 에밀리는 돈도 별로 못 받으면서 하루에 몇 시간씩 그의 조수 노릇을 했다. 나는 관광객도 들르지 않고 고가구 수집업자들도 방해하지 않는 그 긴 주중의 오후 시간에 그들이 가구점 뒤에서 무엇을 하는지 알고 있었다. 나는 그 사실을 알고 있었고 그런 지도 벌써 삼 년이 넘었다. 하지만 나는 그 사실에 어떻게 대처해야 할지 결정을 내리지 못했다. 사실 나는 자신을 탓했고, 그래서 그 더러운 문제를 대화에 올린다 해도 별다른 대응책도 없는 상태였다.

그래서 나는 아무 말도 하지 않았다. 하지만 만족스러워서 그런 것은 아니었다. 나는 불쾌했고 불행했으며 화가 났고 분개했으며, 그래서 야만스러워졌다.

나는 전에도 자살을 시도한 적이 있다. 처음에는 차를 이용했다. 나는 다가오는 트럭을 향해 핸들을 꺾었다.(하지만 마지막 순간에 경적을 울리며 방향을 틀었다.) 그 다음에는 코네티컷 강의 절벽 쪽으로 차를 몰아 떨어지려 했다.(나는 낭떠러지 끝에서 브레이크를 세게 밟았고 삼십 분 동안 땀에 흠뻑 젖은 채 앉아 있다가 뒤로 물러났다.) 마지막으로는 근처에 있는 철도 건널목에 가로로 서 있었다. 하지만 이십 분이 지나도록 기차 한 대 오지 않았고 그동안 야만성이 가라앉아 차를 몰고 집으로 돌아왔다.

최근에는 손목을 그을 생각도 해보았지만 내가 내 살을 칼로 깊이 벨 수는 없었다. 그건 불가능했다. 맨 손목에 번쩍거리는 칼날이 와 닿으면 흉포함이 마음속에서 깨끗이 사라져 버렸다. 다음에 또 화가 치솟을 때까지 말이다.

하지만 밧줄로 한 시도는 성공이었다. 아, 완전한, 완벽한 성공이었다. 두 다리가 허공에서 버둥거리고 손톱이 목을 파고들었으며 자줏빛으로 부풀어 오른 뺨 위로 두 눈이 툭 튀어나오고 입 안의 혀는 부풀어 올라 구근처럼 되었으며 내 몸은 줄 끝에 매달린 장난감처럼 왔다 갔다 하며 빙빙 돌았고 끔찍하고 참을 수 없는 고문과도 같은 고통이 계속되었다. 나는 고통을 견디기 힘들었다. 참을 수가 없었다. 목을 매다는 고통이 칼로 베는 것보다 훨씬 심했다. 머리는 고통으로 풍선처럼 부풀어 올랐고 바깥쪽으로 터질 듯 압력이 거세졌으며 얼굴은 흙빛이 되었고 눈은 더 이상 인간의 눈처럼 여겨지지 않았으며 머릿속의 압력은 터져 버릴 듯 자꾸자꾸 높아지기만 했다. 참을 수 없는 참혹한 고통이 끝도 없이 끝도 없이 계속되었다.

그러다 발의 버둥거림에서 힘이 빠지고 두 팔은 축 늘어졌으며 두 손도 몸의 양 옆으로 내려와 땀에 흠뻑 젖은 바지에 대고 손가락이 맥없는 경련을 일으켰다. 밧줄에 매달린 머리는 옆으로 꺾이고 바람 없는 날에 매달려 있는 터진 풍경처럼 내 몸도 더 이상 허공에서 돌지 않았다. 목과 머리의 고통이 가라앉더니 완전히 사라졌다.

나는 부풀어 오른 내 눈이 윤기 없는 잿빛으로 변하는 것을 보았다. 눈동자의 물기가 마르더니 눈이 돌처럼 굳어 버렸다. 그리고 시야가 넓어지면서 내 전신이 한눈에 들어왔다. 더 이상 몸부림치지 않고 빙글빙글 돌며 매달려 있는 내 시체가 말이다. 나는 소스라치게 놀라며 내가 죽었음을 깨달았다.

하지만 나는 존재해 있었다. 죽었으면서도 아직 존재했다. 목의 상처 부위가 아직 아프고 머리의 거센 압력도 여전했다. 나는 존재했지만 목적을 다한 진흙 덩이도 대롱대롱 매달린 고기도 아니었다. 나는 간접 조명처럼 모든 곳에 존재하되 실체가 없는 상태로 방을 가득 채우고 있었다. 이게 대체 무슨 일이란 말인가? 나는 약간의 두려움과 낯선 느낌 그리고 계속되는 통증에 의아해하며 정지해 버린 안개 같은 존재가 되어 다음에 벌어질 일을 기다렸다.

하지만 아무 일도 일어나지 않았다. 나는 기다렸고 내 몸은 꼼짝도 하지 않았다. 벽에 비친 두 개의 그림자에서 아무런 진동도 느껴지지 않았다. 침대 옆 스탠드는 계속 밝혀져 있고 문은 여전히 닫혀 있으며 창문에는 커튼이 드리워진 채 아무 일도 일어나지 않았다.

이제 어떻게 되는 걸까? 나는 큰 소리로 이렇게 묻고 싶었지만 그럴 수 없었다. 목이 아팠지만 내게는 목이 없었다. 입이 타오르듯 화끈거렸지만 내게는 입이 없었다. 나의 마지막 몸부림과 발버둥이 마음에 생생히 남아 있었다. 하지만 내게는 육신도 두뇌도 자아도 아무런 실체도 없었다. 말을 할 힘도 몸을 움직일 힘도 이 방에서 대롱거리는 시체와 나 자신을 갖고 나갈 힘도 없었다. 나는 이곳에서 기다릴 수밖에 없었고, 그래서 의아한 마음으로 계속 기다렸다.

침대 맞은편 화장대 위에 놓인 전자시계에 생각이 미쳤다. 7시 21분이었다. 내가 의자를 차내 버린 지 이십 분, 내가 죽은 지 십오 분 정도 지난 것 같았다. 무슨 일이라도 일어나야 하는 것 아닌가? 무슨 변화라도 생겨야 하는 것 아닌가?

에밀리의 폭스바겐이 집 뒤쪽으로 돌아 들어오는 소리가 들린 시각은 9시 11분이었다. 나는 유서도 남기지 않았고 어느 누구에게도 말 한 마디 하지 않았다. 죽은 내 몸이 충분히 모든 것을 대

변해 줄 것이라고 믿었기 때문이었다. 하지만 에밀리가 내 모습을 볼 때 내가 옆에 있을 것이란 생각은 하지 못했다. 지금은 그런 짓한 것을 많이 후회하지만 나는 내 행동이 정당하다고 생각했다. 나는 정당하며 그 사실을 알고 있었다. 하지만 저 문을 열고 들어오는 아내의 얼굴은 보고 싶지 않았다. 그녀는 나를 속여 왔고 내가 그 때문에 죽었음을 알아야 했지만 그녀의 얼굴은 보고 싶지 않았다.

목과 머리에서 느껴지던 고통이 다시 심해졌다. 저 멀리 아래층에서 뒷문 닫히는 소리가 났다. 나는 방 안에서 공기처럼 떠다녔지만 방에서 나갈 수는 없었다. 떠날 수 없었다.

"에드? 에드? 나예요, 여보!"

당신임을 알고 있어. 난 지금 가야겠어. 여기 있을 수가 없어. 나가야 해. 신이 있는 걸까? 이렇게 떠다니는 존재, 이것이 내 영혼일까? 지옥도 여기보다는 나을 거야. 나를 지옥으로 데려가거나 아니면 아무 데로나 데려가소서. 절 여기 있게 하지 마소서!

아내가 또 내 이름을 부르며 계단을 올라와 닫혀 있는 손님 방을 지나갔다. 그녀가 우리의 침실로 들어가서 내 이름을 부르는 소리가 들렸다. 아내의 목소리에 불안감이 스며들기 시작했다. 아내는 다시 나가서 잠시 복도에 서 있다가 아래층으로 내려갔다. 그러고는 조용해졌다.

그녀가 무엇을 하고 있단 말인가? 내가 남긴 메모 같은 걸 찾는 것 같았다. 창밖에 내 시보레가 서 있는 것을 확인하면 내가 집에 있다는 사실이 분명해질 터였다. 원래 이곳은 200년 가까이 된 헛간을 제 2차 세계 대전 직후에 전 주인이 개조하고 십이 년 전에 내가 산 집이었다. 그녀는 이 오래된 집의 모든 방을 샅샅이 훑고 다닐 터였다. 에밀리(와 그레그)는 이 집을 그 오래되고 끔찍하며 불쾌감을 자아내는 고가구로 채웠다. 18세기 퀘이커 교도들이 쓰던 가구와 식민지 시대의 가구, 코바늘로 뜬 깔개와 퀼트, 노랗게 낡은 소나무 탁자, 허름한 작은 박물관에서 남직한 흐릿한 냄새, 난 이 집을 사긴 했지만 조금도 마음에 들어 하지 않았다. 나는 이 집을 에밀리를 위해서 샀고 그녀를 위해 모든 것을 했다. 그것은 내가 에밀리에게 중요한 한 가지를 결코 해 줄 수 없다는 걸 알기 때문이었다. 나는 에밀리에게 아이를 잉태시킬 수 없었다.

물론 그녀는 그것을 잘 견뎌 냈다. 에밀리는 착한 여자이고 나는 그녀를 탓할 생각이 눈곱만큼도 없다. 나 자신을 탓할 뿐, 그녀는 조금도 원망스럽지 않았다. 결혼 초기에는 그녀가 몇 번 희망적인 말을 한 적도 있었지만 그 말이 내게 어떤 영향을 주는지 알았는지 아내는 오랫동안 아무 말도 하지 않았다. 하지만 나는 알고 있었다.

내가 목을 매단 들보는 원래 건물에 있던 부분으로, 손으로 쪼갠 28제곱센티미터 두께의 두툼한 나무에 쐐기 모양을 새겨 넣은 것이다. 그것은 탄탄한 들보로 내 체중을 영원히 지탱해 줄 터였다. 내가 발견되어 밧줄이 잘릴 때까지 내 체중을 지탱해 줄 터였다. 내가 발견될 때까지 말이다.

시계는 9시 23분을 가리켰고 에밀리는 십이 분 후에 다시 2층으로 올라왔다. 오래된 나무 바닥을 지나는 아내의 빠르고 가벼운 발소리가 들렸다. 아내는 내가 있는 방으로 다가와서 잠시 아무 말 없이 서 있다가 내 이름을 불렀다.

"에드?"

문고리 돌아가는 소리가 났다.

물론 문은 잠겨 있었고 안쪽으로 열쇠까지 꽂혀 있었다. 아내는 문을 부숴야 할 터였다. 누군가를 시켜서 문을 부순다면 어쩌면 내 모습을 보지 못할 수도 있었다. 마음속에서 희망이 솟아오르며 고통이 가라앉았다.

"에드? 당신 거기 있어요?"

그녀가 문을 두드리고 문의 손잡이를 돌리며 내 이름을 몇 번 더 외쳐 불렀다. 그러더니 갑자기 돌아서서 다시 아래층으로 달려 내려갔다. 잠시 후에 웅얼거리며 불분명한 아내의 목소리가 들렸다. 전화로 누군가를 부르는 것 같았다.

그레그일 거라는 생각이 들면서 목의 통증이 다시 찾아왔다. 나는 통증이 가라앉기를 바랐다. 나는 사라지고 싶었다. 죽은 내 몸과 살아 있는 영혼 모두가 사라지고 모든 것을 끝내 버리고 싶었다.

아내는 아래층에서 그를 기다렸고 나는 위층에서 두 사람을 기다렸다. 아내는 2층에서 어떤 광경을 보게 될지 이미 알고 있는 듯했다. 그래서 아래층에서 기다리는 것 같았다.

그레그는 신경이 쓰이지 않았다. 그러니까 그가 들어올 때 내가 있어도 괜찮았다. 그는 아무 상관도 없었다. 하지만 에밀리는 그렇지 않았다.

시계가 9시 44분을 가리켰을 때 집 옆 자갈길로 타이어 구르는 소리가 들렸다. 그가 들어왔고 아래층에서 두 사람이 나누는 이야기 소리가 들렸다. 굵은 남자의 목소리는 느리고 침착했으며 가는 여자의 목소리는 빠르고 놀라 있었다. 두 사람은 말 한 마디 없이 2층으로 올라왔다. 문고리가 돌아갔고, 문고리를 흔들고 비트는 소리가 났다.

"에드?"

그레그의 음성이었다.

"아무 일도, 아무 일도 없겠죠, 그렇죠?"

잠시 후에 에밀리가 이렇게 말했다.

"그럼 무슨 일이 있겠어요? 아무 일도 없을 거라는 게 무슨 뜻이죠?"

그레그가 신경질적으로 대꾸했다.

"아주 우울해했었거든요. 에드!"

그러고는 문을 마구 흔드는 소리가 들렸다. 문틀이 들썩거렸다.

"에밀리, 이러지 마요. 진정해요."

"당신을 부르지 말걸 그랬어요. 에드, 제발요!"

에밀리가 말했다.

"왜 부르지 말았어야 한다는 거예요? 제발, 에밀리……"

"에드, 제발 나와요, 날 이렇게 겁주지 말라고요!"

"날 부르지 말았어야 할 이유가 뭐예요, 에밀리?"

"에드는 바보가 아니에요, 그레그. 그 사람은……"

잠시 말소리가 끊기더니 소리를 낮춘 속삭임이 들렸다. 두 사람은 내가 아직 여기 살아 있다고 생각하는 듯했다. 그들은 에밀리가 하는 말을 내가 듣지 않기를 바랐다.

"그 사람이 알고 있어요, 그레그, 우리 일을 알고 있는 거라고요."

조심스러운 속삭임이 오가더니 잠시 후에 그레그가 큰 소리로 이렇게 말했다.

"그건 말도 안 되는 생각입니다, 에드? 어서 나와요, 에드. 우리 이 문제에 대해 이야기 좀 나눕시다."

문고리가 돌아가고 문이 덜컥거리더니 그레그가 불안한 음성으로 이렇게 말했다.

"안에 들어가야겠어요. 그 방법뿐이에요. 다른 열쇠는 없어요?"

"2층 잠금장치는 모두 같은 열쇠로 열리는 것 같아요. 잠깐만요."

그 말은 사실이었다. 간단한 곁쇠로 이 집 안의 방문을 모두 열 수 있었다. 에밀리가 다른 열쇠를 찾으러 가는 소리가 들렸다. 머지않아 그들이 함께 들어올 터였고 나는 에밀리가 들어오는 것이 너무 싫고 끔찍해서 뿌연 영상처럼 방 안을 채우고 있는 내 몸이 떨리는 듯한 느낌이 들었다. 아, 적어도 나라도 볼 수 없으면 좋으련만. 살아 있을 때는 눈꺼풀이 있어서 보기 싫은 것에는 눈을 감을 수 있었지만 이제 나만 온전히 존재해 있을 뿐 눈을 감을 수도 생각을 멈출 수도 없었다.

열쇠 구멍에 열쇠를 넣고 돌리는 소리가 내 목에 거친 금속 날을 대고 문지르는 것처럼 들렸다. 목이 있었던 기억이 났다. 고통이 너울거리며 부풀어 올랐다. 그 틈으로 에밀리가 무슨 문제가 있느냐고 묻고 그레그가 "안에 열쇠가 있어요. 반대편에 말이에요."라고 대답하는 소리가 들렸다.

"아! 하느님! 아, 그레그, 그 사람이 대체 무얼 하고 있을까요?"

"이 문의 경첩을 빼내야겠어요. 토니를 불러요. 도구 상자를 가져오라고 해요."

그레그가 말했다.

"열쇠를 안으로 밀어 넣으면 안 돼요?"

물론 그는 그럴 수 있었다. 하지만 그는 조용하고 단호한 음성으로 이렇게 말했다.

"어서, 에밀리."

나는 그가 문을 억지로 열 생각이 없음을 눈치 챘다. 그는 문이 열리는 순간 그녀를 멀리 보낼 작정이었다. 아, 좋아, 아주 좋다고!

"알겠어요."

아내가 회의적인 음성으로 대답했다. 그녀가 토니에게 전화를 하려고 가는 소리가 들렸다. 검고 짙은 눈썹에 숱이 엄청나게 많은 검은 머리 그리고 올리브색 살결의 토니는 그레그 집에서 사는 일종의 잡역부였다. 그는 집 주변을 돌보고 고가구를 손보는 데 아주 능숙했다.(에밀리 말에 의하면 말이다.) 그러니까 페인트칠을 벗겨 내고 부서진 부분을 다시 맞추는 것 같은 일 말이다.

그레그가 에밀리가 돌아오기 전에 문을 열려고 애를 쓰면서 열쇠가 긁히고 부서지는 듯한 소리가 다시 시작되었다. 나는 불현듯 그레그에 대한 예기치 못한 호의와 애정을 느꼈다. 그는 나쁜 사람이 아니었다. 내 아내와 기회주의적인 애정 행각을 벌이긴 했지만 전체적으로 볼 때 나쁜 사람은 아니었다. 이제 그레그가 아내와 결혼할까? 두 사람은 이 집에서 살 수 있을 터였다. 지금보다 고가구를 더 많이 들여놓고 말이다. 아니면 이 방에 너무 끔찍한 기억이 있어 에밀리가 이 집을 팔고 다른 집으로 이사할지도 몰랐다. 아내는 이 집을 싼 가격에 내놓아야 할 터였다. 부동산업자인 나는 누군가 자살한 집은 팔기 어렵다는 것을 알고 있었다. 모두

들 우스갯소리로 넘겨 버리지만 사람들은 여전히 초자연적인 존재를 두려워했다. 그러니 이 방에 유령이 나타난다고 생각할 사람이 많을 터였다.

그때 나는 결국 이 방에 나타난 유령이 바로 나라는 사실을 깨달았다. 그건 바로 나였다! 나는 유령이다. 이 단어를 처음 입에 올리면서 나는 소스라치게 놀랐다. 하지만 나는 다름 아닌 유령이었다.

아, 얼마나 참담한가! 뼈도 없고 살도 없이 고통만 느끼는 존재가 되어 여기서 떠돌다니. 흰 곰팡이가 퍼져 나가듯 방 전체로 퍼진 심령체 같은 것이 되어 밤낮으로 혼자 그리고 끝도 없이 왔다가는 낯선 이들을 비참하게 지켜봐야 하는 어리석은 방관자가 되다니. 아내는 이 집을 팔 것이고 팔아야 했다. 반드시 그래야 했다. 이게 벌을 받는 걸까? 자살한 데 대한 벌, 자신의 목숨을 끊은 데 따른 이 지독한 외로움. 중력보다 더 큰 힘에 갇혀 영원히 아무것도 의식하지 못한 채 목숨을 끊은 장소에 있어야 하다니.

이런 비참한 생각에 빠져 잠시 정신을 팔고 있을 때 문 안쪽의 열쇠가 갑자기 요동쳤다. 열쇠가 살아 있는 생물처럼 떨리고 흔들리더니 툭 튀어나왔다. 열쇠는 절벽에서 떨어져 자살하는 것처럼 탁 소리를 내며 바닥으로 떨어졌고 다음 순간 문이 열리며 잿빛이 된 그레그의 얼굴이 내 보랏빛 얼굴을 응시했다. 그의 놀라움과 경악스러움은 이내 혐오감(경멸의 빛도 담겨 있었을까?)으로 바뀌었다. 그는 뒤로 물러서서 문을 닫았다. 열쇠를 돌려 문을 다시 잠그는 소리가 들리더니, 서둘러 아래층으로 내려가는 소리가 났다.

시계는 9시 58분을 가리키고 있었다. 지금 그는 아내에게 설명하고 있을 터였다. 지금쯤 물 한 잔을 주며 아내를 진정시키고 있을 터였다. 지금쯤 그가 경찰에 전화를 걸 터였다. 지금은 경찰에 두 사람의 불륜을 알릴 것인지 말 것인지 의논을 할 터였다. 두 사람은 어떤 결정을 내렸을까?

"안 돼에!"

시계가 10시 7분을 가리켰다. 왜 이렇게 오래 걸리는 걸까? 아직 경찰에 알리지 않았단 말인가?

아내가 비틀거리며 성급히 2층으로 올라왔다. 아내가 내 이름을 부르며 문을 마구 두드렸다. 나는 방 한 구석으로 숨어들었다. 아내가 문을 두드리는 주먹이 내 몸에 닿는 것 같았고 나는 아내가 들어올까 봐 겁이 났다. 제발 하느님, 그녀가 들어오면 안 됩니다, 제발 들어오지 않게 해 주세요! 아내가 저지른 잘못에도 그 무엇에도 신경 쓰지 않겠습니다. 저 여자가 절 보지 않게만 해주세요! 제가 저 여자를 보지 않게 해 주세요!

그레그는 아내와 함께 있었다. 아내가 그에게 소리를 질렀고 그는 아내를 설득했으며 아내가 뭐라고 하자 그가 반박했고 아내가 요구하자 그가 거절했다.

"열쇠를 이리 내놔요. 열쇠를 이리 줘요."

그가 그녀를 막고 그녀를 멀리 데려갈 게 틀림없었다. 그가 그녀보다 힘이 셀 테니까 말이다.

그가 아내에게 열쇠를 건넸다.

안 돼. 이건 견딜 수 없어. 이건 그 무엇보다 끔찍한 일이야. 그녀가 들어왔다. 그녀가 방 안으로 걸어 들어왔다. 그리고 그녀가 지른 비명을 나는 영원히 잊지 못할 것이다. 그건 사람의 울음소리가 아니었다. 그것은 극도로 절망한 생물이 내는 극한의 울부짖음이었다. 나는 이제 절망이 무엇인지 나의 이런 상태가 얼마나 야만적인지 알게 되었다.

이제 너무 늦었지만 그레그는 아내를 달래려 했고 아내의 어깨를 감싸 안으려 했으며 아내를 방에서 데리고 나가려 했다. 하지만 그녀는 그의 손길을 뿌리치고 방 안 깊숙이 들어왔다…… 하지만 내게 다가오는 것은 아니었다. 나는 고통과 회환에 잠겨 방 안 모든 곳에 있었고 에밀리는 시체 쪽으로 다가갔다. 그녀는 상냥하기까지 한 표정으로 시체를 쳐다보고 손을 뻗어 부어오른 내 뺨을 어루만지기까지 했다.

"아, 에드."

그녀가 중얼거렸다.

죽기 직전만큼 격렬한 고통이 다시 나를 덮쳐 왔다. 목이 조이고 머리가 끔찍하게 부풀어 올랐다. 전신의 고통이 너무 심해서 나는 다시 온몸을 꿈틀거렸다. 하지만 내 뺨을 어루만지는 그녀의 손길은 느껴지지 않았다.

그레그가 아내를 따라와서 아내의 어깨에 손을 또 얹고 아내의 이름을 불렀다. 아내의 표정이 허물어져 내렸다. 아내가 또다시 울음을 토해 내며 두 팔로 시체의 다리를 얼싸안고 매달렸다. 아내는 울부짖고 숨을 헐떡거리며 말을 했는데, 너무 빠른 데다 엉망이어서 알아들을 수는 없었다. 무슨 말인지 알아들을 수 없는 것에 하느님께 감사드립니다!

그 바보 같은 그레그가 결국 아내를 떼어 냈다. 그러나 그는 시체에 매달려 있는 아내를 떼어 내는 데 상당히 애를 먹었다. 하지만 그는 끝내 해냈고 아내를 방에서 데리고 나가며 문을 닫았다. 시체는 한동안 흔들거리며 빙빙 돌았지만 다시 모든 게 조용해졌다.

최악의 상황이었다. 이보다 더 끔찍한 일은 있을 수 없었다. 여기서 수많은 밤과 낮을 보내는 것도 끔찍하겠지만 이보다 더 끔찍하지는 않을 터였다. 나처럼 어리석은 영혼은 자신이 죽은 방에서 얼마나 더 떠돌아야 풀려나는 걸까? 에밀리는 계속 살아갈 터였다. 이 집을 팔고 그리고 서서히 모든 것을 잊을 터였다. (나도 서서히 잊겠지만 말이다.) 아내와 그레그는 결혼을 할 수 있을 터였다. 에밀리는 이제 서른여섯밖에 안 됐으니 엄마가 될 수도 있을 터였다.

그날 밤의 나머지 시간 동안은 줄곧 집의 다른 곳에서 아내의 울부짖음이 들려왔다. 결국 경찰이 왔고 시체 공시소에서 나온 두 사람이 흰 가운을 입고 방으로 들어와 밧줄을 자르고 나를 내리는 동안 냉혹한 침묵이 이어졌다. 그들은 부서진 장난감을 넣듯 길다란 나무 손잡이가 달린 데다 나뭇가지로 만든 커다란 타원형 바구니에 나를 집어넣은 다음 방에서 가지고 나갔다.

저 시체를 따라가야 하는 건 아닐까 하는 생각이 들었지만 시체와 함께 불타거나 캄캄한 관 속에서 아무 생각도 못하고 영원히 갇혀 있게 될까 봐 두려웠다. 하지만 시체는 방에서 나갔고 나는 뒤에 남았다.

의사가 왔다. 시체가 실려 나간 뒤에 방문이 조금 열려 있어서 나는 아래층에서 나는 말소리를 들을 수 있었다. 토니도 와 있었다. 퉁명스러운 단음절어로 말하는 그의 특이한 음성이 가끔 끼어

들었지만 한동안은 주로 의사가 말을 했다. 의사가 에밀리에게 진정제를 주려 했다. 에밀리는 계속 울부짖으며 심중의 말을 다 하려면 시간이 너무 부족하다는 듯이 미친 사람처럼 빨리 그리고 쉴 새 없이 말을 쏟아 냈다.

"내가 그랬어요! 내가 그랬어요! 내가 죄를 받아야 해요!"

그녀는 울고 또 울었다.

그렇다. 그건 내가 원하고 기대했던 반응이었다. 하지만 막상 그런 반응을 보자 끔찍했다. 내 생애 마지막 순간에 꿈꿨던 모든 일이 이루어졌지만 믿을 수 없을 만큼 끔찍했다. 나는 죽고 싶지 않았다! 나는 에밀리에게 저런 고통을 안겨 주고 싶지 않았다! 그리고 무엇보다 여기서 이 모든 광경을 보고 이 모든 이야기를 듣고 싶지 않았다.

사람들은 결국 에밀리를 안정시켰고 구깃구깃한 푸른 제복을 입은 경찰이 그레그와 함께 방 안으로 들어왔다. 경찰은 그레그의 설명에 귀를 기울였다. 그레그가 말하는 동안 경찰은 다소 심술궂은 얼굴로 아직 들보에 매여 있는 남은 밧줄을 쳐다봤다. 그레그가 설명을 마치자 경찰이 물었다.

"이 사람의 친한 친구이십니까?"

"그보다는 이 사람의 아내와 더 친합니다. 우리 가게에서 일하거든요. 저는 뉴욕로에 비블로라는 가구점을 운영하고 있습니다."

"음. 그런데 대체 왜 저 여자를 여기 들어오게 하신 겁니까?"

그레그가 미소 지었다. 의기소침한 데다 당황한 듯한 미소였다.

"저 여자가 저보다 힘이 셉니다. 힘이 센 편에 속합니다. 늘 그래 왔죠."

64

그가 말했다.

나는 그 말이 사실임을 깨닫고 다소 놀랐다. 그레그는 허약한 편에 속하는 반면 에밀리는 상당히 힘이 셌다.(나도 다소 허약한 편에 속했던 것 같다. 에밀리는 우리 둘보다 힘이 셌다.)

"이 사람이 왜 이런 짓을 했는지 짐작이 가는 게 있으십니까?"

경찰이 물었다.

"자기 아내와 제 사이를 의심한 것 같습니다."

그레그는 이 문장을 미리 생각해 둔 게 틀림없었다. 그는 이 순간이 올 것을 알고 오래전에 이 문제를 밝히기로 결심한 것 같았다. 그는 강렬한 빛이라도 비추는 것처럼 이 말을 하는 내내 눈을 깜빡거렸다.

"그런 일이 있었습니까?"

순간 경찰이 그에게 날카로운 시선을 던졌다.

"예."

"그렇다면 저 여자가 이혼을 고려하고 있었나요?"

"아니요. 그녀는 제가 아니라 자기 남편을 사랑했습니다."

"그렇다면 왜 이 남자 저 남자와 잠자리를 함께한 거죠?"

"에밀리는 이 남자 저 남자와 자지 않았습니다. 어쩌다가 한 번씩 아주 드물게 저와 관계를 가졌습니다."

그레그가 에밀리를 감싸듯 첫 문장을 강조하며 말했다.

"이유가 뭡니까?"

"위안을 얻기 위해서였죠. 에드는 함께 살기에 쉬운 사람은 아니었습니다. 그는 우울해했고 요즘 더 심해졌습니다."

그레그도 들보에 감겨 있는 밧줄을 쳐다보며 말했다. 그는 그

밧줄이 나이기라도 한 것처럼 그 앞에서 말하는 게 어색해 보였다.

"쾌활한 사람들은 자살을 하지 않죠."

경찰이 말했다.

"그렇습니다. 에드는 대체로 우울해했고 가끔씩은 이유없이 화를 내곤 했습니다. 그것은 그의 사업에도 영향을 미쳐서 손님들이 줄었습니다. 그는 에밀리를 힘들게 했지만 에밀리는 그를 떠나지 않았고 그를 사랑했습니다. 이제 그녀가 어떻게 할지 모르겠습니다."

"두 분이 결혼하시는 것 아닌가요?"

"아, 아닙니다. 우리가 에드를 죽였다고 생각하십니까? 자살처럼 보이게 한 뒤 우리가 결혼하려고요?"

그레그가 씁쓸한 미소를 지으며 물었다.

"그렇지는 않습니다. 하지만 결혼하지 않는 이유가 뭡니까? 기혼이신가요?"

"전 동성연애자입니다."

경찰도 나보다 더 놀라지는 않았으리라.

"몰랐습니다."

경찰이 말했다.

"저는 친구와 살고 있습니다. 아래층에 있는 젊은 청년 말입니다. 저는 이성과도 사랑을 나눌 수 있지만 그다지 좋아하지는 않습니다. 저는 에밀리를 아주 좋아하고 그녀가 에드와 그런 생활을 하는 게 안타까웠습니다. 말씀드렸듯이 우리의 육체 관계는 아주 뜸했고 그나마도 그다지 성공적이지 못한 경우가 많았습니다."

그레그가 말했다.

아, 에밀리. 아, 가엾은 에밀리.

"손번 씨도 당신이 그렇다는 사실을 알고 있었습니까?"

경찰이 물었다.

"모르겠습니다. 내놓고 말하지는 않았으니까요."

"좋습니다. 나갑시다."

경찰이 화난 듯한 표정으로 다시 한 번 방을 둘러본 후에 이렇게 말했다.

두 사람은 방에서 나갔고 문은 그대로 열려 있었다. 두 사람이 계단을 내려가며 나누는 대화가 계속 들려왔다.

"이 집에서 함께 밤을 보내 줄 사람이 있습니까? 손번 부인 혼자 있지는 못할 텐데요."

경찰이 먼저 이렇게 말했다.

"그레이트배링턴에 에밀리의 친척이 있습니다. 조금 전에 전화를 해 두었습니다. 이제 누군가 도착할 겁니다."

"그때까지 여기 계셔 주시겠습니까? 의사는 손번 부인이 잠을 잘 거라고 했지만 만약을 대비해서……"

"물론입니다."

내가 들은 것은 여기까지다. 아래층에서 두 남자의 웅얼거리는 말소리가 한동안 더 들려오다 멈췄다. 차 여러 대가 빠져나가는 소리가 들렸다.

인간은 얼마나 복잡한 존재인가. 단순한 행동을 하는 것은 얼마나 어리석은가. 나는 그 누구도 이해하지 못했고 무엇보다 나 자신을 잘 알지 못했다.

그날 밤 경찰이 떠난 직후에 그레그가 한 번 더 그 방을 찾아왔다. 그는 방 안으로 들어와 시체가 아직 그곳에 있는 것처럼 불쾌하고 기분 나쁜 표정으로 의자를 놓고 올라서서 힘들여 남은 밧줄을 풀었다. 그는 밧줄을 주머니에 넣은 뒤에 아래층으로 내려갔다가 다시 돌아와서 의자를 원래 있던 방구석에 놓은 다음 바닥에서 열쇠를 주워 자물쇠에 꽂고 침대 옆의 스탠드 불을 끈 뒤 문을 닫고 방에서 나갔다.

나는 이제 문 밑의 가는 틈을 통해 들어오는 한 가닥 불빛과 시계의 야광 숫자를 제외하고는 아무것도 보이지 않는 칠흑 같은 어둠 속에 있게 되었다. 일 분이 얼마나 길던지! 시계는 내 적이나 마찬가지였다. 꼼짝 않고 기다리다가 더 이상 기다릴 수 없을 때까지 또 참고 나서도 더 오래 기다려야 다음 숫자로 넘어갔다. 1분 1분이 매번 그런 식이었다. 한 시간에 예순 번씩 매시간 그리고 밤새도록 말이다. 이렇게는 하룻밤도 참을 수 없을 것 같은데 어떻게 영원한 시간을 견딘단 말인가?

머릿속의 고뇌와 고통은 또 어떻게 견뎌야 한단 말인가? 그것은 육체적인 고통보다 훨씬 심했고 완전히 몰아낼 수도 없었다. 에밀리와 그레그에 대한 내 짐작은 맞았지만 동시에 가망 없이 그리고 어처구니없이 틀리기도 했다. 나는 내 인생에 대해 잘 안다고 생각했지만 그게 아니었고 내가 죽는 이유도 잘 안다고 생각했지만 그것 역시 틀린 생각이었다. 나는 변화가 생기기를 얼마나 절실히 원했던가, 그리고 더 이상 무언가를 하기가 얼마나 불가능할 만큼 어려웠던가, 나의 모든 행동은 이것을 향해 있었고 결국 이것으로 끝이 났다. 처절한 후회, 그것은 가장 견디기 힘든 고통이었다.

나는 이런 생각을 하고 고통스러워하며 내가 무엇을 기다리고 있으며 언제 이 기다림이 끝날지도 모른 채 밤을 지샜다. 에밀리의 여동생과 매제가 도착하는 소리가 어렴풋이 들리고 웅얼거리는 이들의 말소리가 들렸다. 그리고 토니와 그레그가 떠났다. 오래지 않아 손님 방의 문이 열렸지만 거의 즉시 다시 닫혔고 아무도 들어오지 않았다. 이내 복도의 불이 꺼졌고 그러자 전자시계의 숫자를 제외하고는 사방이 칠흑같이 어두웠다.

다음에는 언제 에밀리를 보게 될까? 그녀가 다시 이 방에 들어올까? 처음만큼 끔찍하진 않겠지만 상당히 끔찍해할 게 틀림없었다.

새벽이 되면서 창문이 희뿌옇게 밝아 왔고 어둠 속에서 방 안이 점차 흐릿하고 고요하며 침울한 모습을 드러냈다. 하지만 날씨가 흐린 탓인지 환해지지는 않았다. 1분 1분의 시각이 시계에 나타나며 그날 하루가 천천히 흘러갔다. 누가 방에 들어올까 겁이 날 때도 있었지만 누구라도 무엇이라도, 심지어는 에밀리라도 들어와서 이처럼 끝도 없는 지루함을 끝내 주기를 기도하기도 했다. 하지만 그날은 아무 일도 없이 어떤 소리도 어떤 움직임도 없이 지나갔다. 에밀리는 진정제를 먹고 계속 자는 모양이었다. 그리고 황혼 무렵이 가까이 되어서, 전자시계가 6시 52분을 가리켰을 때 문이 다시 열리고 누군가 들어왔다.

처음에 나는 그를 알아보지 못했다. 화난 듯 무뚝뚝하고 단호한 표정을 한 그는 쿵쿵거리며 빠른 걸음으로 들어와 침대 양 옆에 있는 스탠드를 켜고 필요 이상으로 세게 방문을 닫은 뒤에 열쇠를 열쇠 구멍에 꽂아 넣었다. 그의 동작은 야만적일 만큼 거칠었다.

그가 문에서 몸을 돌릴 때 나는 믿을 수 없을 만큼 놀랐다. 그는 바로 나였다. 나 말이다! 나는 죽지 않고 살아 있었다! 하지만 어떻게 그럴 수 있단 말인가?

그런데 그가 무엇을 들고 있단 말인가? 그는 방 한 구석에 있는 의자를 집어 들고 방 한가운데로 와서 의자 위에 올라섰다.

안 돼! 안 돼!

그는 들보에 밧줄을 묶었다. 밧줄 다른 쪽에는 이미 올가미가 매여 있었다. 그는 그 안으로 머리를 밀어 넣고 목 주변을 단단히 조였다.

하느님 맙소사, 안 돼!

그는 의자를 발로 차 냈다. 의자를 차 버린 순간 나는 시간을 되돌리고 싶었다. 그러나 중력이 나의 이런 바람을 무위로 되돌렸다. 바닥에 쓰러진 의자가 혼자 똑바로 설 리도 없었다. 87킬로그램이나 나가는 내 몸이 목에 감긴 두꺼운 밧줄에서 끝도 없이 아래로 처졌다.

물론 아팠다. 끔찍한 통증이 내 목을 조여 왔다. 그러나 가장 놀라운 것은 뺨이 부어오른다는 사실이었다. 시뻘겋게 부풀어 오른 둥그런 내 뺨이 내 눈에도 보일 지경이었다. 나는 고통에 찬 눈으로 문을 응시했다. 누군가 들어와 나를 구해 주기를 기도하면서 말이다. 하지만 나는 집 안에 아무도 없으며 만약을 대비해서 문을 단단히 잠가 두었다는 걸 알고 있었다. 두 다리가 허둥거리며 휘휘 돌았고, 그래서 문을 봤다 다시 창문을 향해야 했다. 나는 벌벌 떨리는 두 손으로 밧줄을 움켜잡고 몸부림쳤다. 그러나 밧줄을 늦출 수 없음은 물론 밧줄이 살 속으로 너무 깊이 파고들어 찾기도 힘들었다.

나는 겁에 질려 허둥거렸지만 동시에 내 머리의 일부는 멀리 떨어져서 날 차분히 지켜보는 듯했다. 그러다 내가 방 모든 곳에 동시에 있는 듯한 느낌이 들었다. 괴로움에 몸부림치는 내 육신 안에 있으면서 동시에 그곳을 벗어나 내 몸의 광포한 경련과 두꺼운 밧줄과 육중한 들보, 경련하는 내 몸을 벽 위에 두 개의 그림자로 드리운 어울리지 않는 침대 옆 스탠드 한 쌍, 잠긴 방문 그리고 흰 커튼이 남김없이 드리워진 창문 등을 바라보고 있었다.

이것이 죽음이다.

비탄에 잠긴 집
Heartbreak House

사라 파레츠키 _ Sara Paretsky

　　사라 파레츠키는 다른 미스터리 작가들이 화젯거리로 삼지 않는 것을 잘 들여다본다. 현대 여성의 삶을 조명하는 그녀의 소설은 미스터리 장르 밖에서 독자를 발굴해 왔다. 그녀는 미스터리 소설을 잘 읽지 않는 독자들의 마음을 끌어당긴다. 그리고 여성의 지위가 상당히 높아졌음에도 불구하고 두 성이 동등해지기에는 아직 근본적으로 거리가 있다는 걸 잘 아는 베이비 붐 세대의 마음에도 호소한다. 이 글은 그녀의 최근 작인 「토탈리콜 (*Total Recall*)」만큼이나 파레츠키가 벌이는 게임의 진수를 보여 주는 작품이다.

갈까마귀 날개처럼 검고 윤나는 나타샤의 머리칼이 그녀의 고운 달걀형 얼굴을 감쌌다. 라울은 그녀가 지금처럼 관능적으로 보인 때는 한 번도 없었다고 생각했다. 암사슴 같은 검은 두 눈에 눈물이 가득하고 눈물 너머로 어떤 열망이 뿜어져 나오는 지금만큼 말이다.

"그래 봐야 소용없어요, 내 사랑. 아빠는 돈을 모두 잃으셨다고요. 난 크로포드 일가를 따라 인도로 가서 그 집 아이들을 돌봐야 해요."

그녀가 애써 씩씩한 미소를 지어 보이며 속삭였다.

"당신이 유모가 된다니 말도 안 되는 소리야. 더구나 그곳은 기후도 좋지 않잖아. 당신은 절대 그런 일은 못해!"

화를 억누르느라 사내다운 그의 각진 얼굴이 시뻘겋게 달아올랐다.

"결혼 이야기는 꺼내지도 말지 그랬어요."

나타샤가 자신의 가는 팔목에 낀 팔찌를 내려다보며 속삭였다. 어머니의 다이아몬드 장신구와 함께 이것도 팔아야 하는 건 아닌지 생각하면서 말이다.

"우린 약혼했어. 우리 가족이 모르긴 해도 말이야. 하지만 지금 어떻게 당신과 결혼할 수 있겠어. 내가 돈을 벌 가능성도 없고 당신 아버지가 지참금도 주시지 않는데…….

라울의 얼굴은 더 뻘겋게 달아올랐다.

"근사해요, 록산. 여태까지의 작품 중에서 가장 애를 쓴 작품다 워요. 라울과 나타샤는 결국 결혼하게 되나요?"

에이미가 고개를 들며 물었다.

"아니, 그렇지 않아요. 두 사람은 일 세대에 불과해요. 나타샤 는 농장주와 결혼해요. 하지만 그 사람에게 마음을 주지는 못해 요. 그리고 라울은 보어 전쟁 때 밀림에서 열병으로 죽게 되죠. 고 통에 겨운 입술로 나타샤의 이름을 외쳐 부르면서 말이에요. 그렇 지만 결국 이 두 사람의 손자들이 결합하게 되죠. 그래서 마지막 장이 중요한 거예요."

록산이 원고를 돌려받으며 설명했다.

"나탈리는 나타샤 할머니를 한 번도 본 적은 없지만, 랄프를 껴 안으며 자신의 침대 머리맡에서 웃고 있는 나타샤의 얼굴을 쳐다 봤다. 사랑을 나누기 전에 얼핏 보았을 뿐인데도 그 얼굴은 '성공 과 신의 축복을 빌어 줄게.' 라고 말하는 듯했다."

그녀가 원고를 넘기며 에이미에게 큰 소리로 읽어 주었다.

"아, 그렇군요. 이사벨 아옌데나 로라 에스키벌의 작품과 아주 흡사해요."

록산처럼 순수한 격렬함을 담아 '고통에 겨운' 이라는 표현을 쓸 사람이 뉴욕, 아니, 이 세상에 또 있을지 모르겠다고 생각하며 에이미가 동의했다.

록산이 거만한 표정으로 편집자를 쳐다봤다. 그녀는 그들이 누 군지 알지 못했고 알고 싶지도 않았다. 에이미가 고디 출판사의 스타 작가인 자신이 누군가를 따라야 한다고 생각한다면 록산 의 대리인인 라일라 트럼벌과 그 문제를 의논해 봐야 할 터였다.

록산 크레이번 특유의 암사슴 같은 시선에 정통한 에이미가 몸을 앞으로 숙였다.

　"최근 노벨상을 수상한 남아메리카 작가들의 작품에는 모두 그 위를 떠도는 망령 같은 게 깃들어 있어요. 《뉴욕 타임스》나 다른 속물 매체들에게 당신이 현대 문학의 특성을 완전히 이해하고 있다는 걸 가장 세련된 방식으로 알릴 아주 멋진 작품이에요. 하지만 그들을 앞설 수 있을 때만 그런 기교를 사용해야 한다고요."

　록산은 미소 지었다. 에이미는 정말이지 꽤 날카로웠다. 결국 그녀는 타오스의 별장에서 보낸 지난 주말에 그것을 입증해 보였다. 관대한 평가를 신뢰하지 못하고 모든 이를 의심하는 것은 끔찍한 일이었다. 하지만 그때 그녀는 케니가 자신을 얼마나 끔찍하게 배신했는지를 떠올렸다…….

　에이미는 자신의 출판사에 소속된 스타 작가의 표정이 만족감에서 비통함으로 바뀌는 것을 눈치 채고, 지금 그녀가 어떤 끔찍한 생각을 하고 있을지 궁금해졌다.

　"록산, 괜찮아요?"

　에이미가 그녀의 아이들과 손자들이 들으면 깜짝 놀랄 만큼 부드럽고 걱정스러운 목소리로 물었다.

　록산이 왼쪽 눈에서 눈물의 흔적을 닦으며 잠시 코를 훌쩍였다.

　"잠깐 케니 생각을 하고 있었어요. 날 얼마나 부당하게 대했는지 말이에요. 게다가 《스타》와 《선》에도 기사가 실렸잖아요. 안 그래도 견디기 힘든데, 그 잡지들이 슈퍼마켓 여기저기 널려 있어 친구들이 보고 와서는 이것저것 묻고 했으니 얼마나 끔찍했겠어요. 어머니의 참을 수 없는 마작 모임은 말할 것도 없죠."

"케니라고요? 결국 맹세한 뒤에도 횡령하는 버릇을 고치지 못한 그 인간 말인가요?"

에이미는 모성애가 담긴 따스한 관심이 평소처럼 냉소적인 말투로 바뀐 것에 소스라치게 놀랐다. 그녀는 그 말을 하자마자 자신에게 욕을 퍼부었다. 그러나 헤로인을 한 것처럼 순식간에 기분이 돌변하는 록산은 이것을 눈치 채지 못했다.

"그 사람도 노력했을 거예요."

그녀가 매니큐어 칠한 손가락을 파닥이며 말했다. 끼고 있는 반지 때문에 그녀의 손가락이 무척 무거워 보였다.

"어머니는 계속 그 사람이 날 이용할 뿐이라고 말씀하셨지만, 어머니는 고등학교 때부터 내 남자 친구들을 늘 그런 식으로 말씀하셨어요. 그건 어머니가 젊었을 때는 지금처럼 남자 친구를 자유롭게 사귀지 못했기 때문에 질투심으로 그러시는 것 같아요. 그래서 그 사람이 처음 날 때리고 진심으로 사과했을 때 나는 그 말을 믿었어요. 누구라도 그랬을 거예요. 하지만 그 사람이 100만 달러짜리 무기명 채권을 갖고 달아났을 때는 정말 너무 심하다 싶었어요. 내가 달리 어떻게 할 수 있었겠어요? 당신도 알다시피 난 그 일로 병원에서 몇 달을 보내야 했죠."

에이미도 그 일을 알고 있었다. 고디 출판사에서는 록산 크레이번이 케니 콜먼의 마지막 구타로 영구적인 뇌 손상을 입을지 모른다는 소식을 듣고 심야에 끔찍한 대책 회의를 열었었다. 퇴원한 후 두 달 동안 재활 병원에서 지낸 뒤에는 록산조차 케니를 용서하지 못할 것 같다고 말했을 정도였다. 그녀는 그와 이혼했고 집의 보안 장치를 새것으로 바꾼 뒤에 그녀의 방으로 매일 꽃을 갖다 주는 스물네 살짜리 정원사를 고용했다.

그리고 그로부터 11주 뒤에 그녀는 나타샤의 아버지가 철썩 같이 믿던 심복에게서 돈을 모두 빼앗기는 끔찍한 이야기를 쓰기 시작했다. "흰 종이에 펜이 녹도록 써 내려간 책"은 고디 출판사가 전국적으로 이 책을 광고한 문구였다.

"난 그 여자가 다음에 그 빌어먹을 정원사와 결혼할 거라는 말을 듣고 깜짝 놀랐어요. 첫 남편은 여자 환자들과 성 관계를 하는 끔찍한 외과 의사였고 다음에는 케니, 그리고 이제 영주권을 노리는 정원사라니 말이에요."

이튿날 아침, 에이미가 자신의 상사에게 말했다.

클레이 로시터가 미소 지었다.

"그 여자한테 결혼 선물을 보내도록 해. 그런 게 좋아서 그러는 걸 테니까."

"여러 건의 재판을 치르는 동안 그녀의 손을 잡아 준 사람은 바로 나예요. 그 여자는 그런 걸 즐기는 게 아니라 신경 쇠약에 걸릴 판이라고요."

에이미가 퉁명스럽게 반박했다.

"하지만 에이미, 그 여자가 그렇게 어마어마한 성공을 거둔 원인이 뭔지 몰라서 그래? 그 여자는 『청결한 상처』와 『부자들의 곤경』 같은 작품에 등장하는 곤경에 처한 떠돌이라고. 그 여자는 그 어리석은 글렌다스와 코린스의 고뇌를 진정한 것으로 믿고 있어. 그리고 얼마 전에 등장한 인물은 누구더라? 나타샤라고 했나? 그 작품의 제목을 「인도로 가는 길」로 하면 안 된다고 설득은 해 봤어?"

"좀 어려웠어요. 물론 그 여자는 포스터에 대해 한 번도 들은 적은 없어요. 그 여자에게 「인도로 가는 길」의 비디오를 보여 준 뒤에 그 이야길 해야겠어요. 록산의 팬들이 그 비디오가 그녀의 소설인 줄 알고 사면 포스터에게 돈을 벌어 주는 셈이라고 설명해 야 제목을 바꾸는 것에 겨우 동의할 거예요. 포스터가 일시불로 받았는지 아니면 인세를 받는지는 모르지만 말이에요. 라일라 트 럼벌에게도 그 일은 이야기하지 않는 게 좋아요. 우리는 나타샤가 등장하는 그 보잘것없는 책에 「깨진 서약」이라는 제목을 붙일 생 각이에요. 아, 참『청결한 상처』가 페이퍼백 베스트셀러 순위 2위 에 올랐어요. 50만 권은 더 찍어야 한다고요."

"그 여자에게 허브 차를 계속 대 주라고. 장미꽃도 보내고. 우 리가 최고의 친구라는 걸 주지시켜야 해. 정원사가 나쁜 짓을 하 지 않는지 예의 주시하도록 해. 벌써 그런 짓을 저질렀는지도 모 르지만."

로시터가 미소 지으며 말했다.

"그런 일은 당신이 해요. 난 몇 안 되는 진정한 작가 중 한 명을 만나기로 했어요. 게리 블랜처드가 훌륭한 책을 완성했대요. 다코 타(미국 중서부의 한 지방으로 북미 인디언 수족의 한 분파가 사는 곳이다.—옮긴이)를 무대로 하는 현대적인 탐구의 여정을 다룬 작품이에요. 8000부 정도는 팔릴 거고 운이 좋으면 1만 부 정도 팔 리겠죠.『깨진 서약』덕분에 그에게 선불을 줄 수 있을 거예요."

에이미가 자리에서 일어서며 말했다.

에이미가 나간 후에 클레이는 브뤼셀에 있는 출판사의 소유주 인 장봉과 씨에 사에서 온 팩스를 가지러 갔다. 그들은 고디 출판사의 3/4분기 실적을 상당히 실망스러워했다. 하드커버로 발간된 『부자들의 곤경』 덕분에 이윤을 남기기는 했지만 수익을 내는 스타 작가를 좀 더 확보해야 했다. 고디 출판사는 록산 크레이번에게 너무 의존적이었다. 그들은 그녀를 잃게 되면 가난해질 터였다. 장봉은 소위 문학 작가를 거들떠보지도 않았다. 클레이 로시터가 6개월 이내에 새 일자리를 구하지 않으려면 마케팅 계획과 시장의 유연성에 대처할 판매 목록을 다시 짜서 장봉과 씨에사에 알려야 했다.

클레이가 기분 나쁜 듯 입을 삐쭉거렸다. 고디 출판사의 한 직원이 작성해 보낸 컴퓨터용 회계 처리 프로그램에 대한 광기 어린 분노가 다음 18쪽에 걸쳐 이어졌다. 브뤼셀의 경영진은 고디 출판사 직원들이 작성한 목록을 하나하나 점검했다. 월마트에 내거는 광고판의 수를 조정하는 것에서부터 버스 옆면에 책 광고를 싣는 계획, 표지 위에 씌우는 책가위에 드는 비용 그리고 각각의 영업 사원이 주요 고객들을 방문하는 횟수에 이르기까지 여러 가지 사항에 대해서 말이다. 클레이는 월말까지 이 모든 계획에 문서로 답해야 했다. 아니, 답할 것을 지시받았다.

"물론 현대 사업의 재앙은 자본 부족이 아니라 형편없는 경영, 낮은 생산성 또는 빈약한 교육에 있지. 하지만 개인용 컴퓨터가 있잖아."

그가 으르렁대듯 말했다.

"뭐라고요, 클레이 씨?"

그의 비서가 문틈으로 머리를 들이밀고 물었다.

"응. 모든 자료를 그대로 전달하는 마이크로칩만 있으면 책 한

권 읽지 않고도 4800킬로미터 떨어진 곳에서 출판사를 운영할 수 있다고 생각하는 멍청이 같은 자들이 있단 말이야. 만일 그자들이 창고에서 월마트로 가는 트럭에 한 번이라도 타 본다면, 다른 건 고사하고 창고에 책이 몇 부나 있는지 모른다는 사실을 알게 될 걸. 그런데 대체 컴퓨터가 무슨 소용이냔 말이야. 밑에 있는 에이미한테 새로운 문단의 총아에게…… 그 사람 이름이 뭐더라? 게리 블랜처드라고 하던가? 2만 달러 이상 줘서는 안 된다고 메모를 보내. 그 사람이 못하겠다고 하면 그냥 내버려 두라고 해. 파라나 크누프에서 그 사람 책이 나온다 해도 아무 상관없으니까."

이사벨라는 그의 품 안에서 몸을 떨었다.
"난 그럴 수 없어요. 당신은 내가 그럴 수 없다는 걸 알잖아요. 당신 어머니가 날 보신다면……."
앨비언이 그녀를 가까이 끌어당기자 그녀의 우윳빛 피부와 선명한 대조를 이루는 새까만 머리칼이 그녀의 어깨 위로 떨어져 내렸다.
"어머니도 나처럼 당신을 사랑하게 될 거요, 아름다운 멕시코의 꽃이여. 아, 내가 전에 나눈 사랑은 진정한 사랑이 아니었어."
앨비언 휘틀리는 뉴욕에서 만났던 그 모든 타락한 여자들을 비참한 심정으로 떠올렸다. 그의 이름은 앨비언 휘틀리로 끝나는 게 아니라 그 뒤에 빌어먹을 '4세'라는 꼬리표가 따라다녔다. 그것은 그의 부모가 그들의 지위에 걸맞는 여자와 그가 결혼해 주기를 바란다는 의미였다. 그런데 그가 어떻게 정원사의 딸이 그가 만났던 베닝턴의 모든 딸보다 더 낫다고 부모를 설득할 수 있겠는가? 그녀의 순수한 영혼과 고귀한 충동을 어떻게 설명할 수 있겠는가? 그녀가 버는 돈은 모두 멕시코의 과달루페에 있는 불구인 할머니에게 들어갔다.

"내 사랑 앨비언, 이번 휴일은 잘 지냈니? 이사벨라, 내 장갑을 화장대에 두고 왔구나. 내 아들과 이야기를 좀 나눌 테니 너는 그 장갑을 가져오너라."

앨비언 휘틀리 3세 부인이 테라스에 모습을 드러냈다. 그녀의 쾌활한 웃음과 가벼운 경멸의 빛이 깃든 태도를 보고 두 젊은이는 얼굴을 붉혔다. 앨비언은 녹은 용암처럼 힘없이 이사벨라의 손을 놓았다. 여자는 급히 대 저택 안으로 사라졌다…….

"아름다워요. 두 사람은 결국 모든 장애를 극복하게 되나요? 아니면 나타샤처럼 손녀를 통해 행복을 이루게 되나요?"

에이미가 자신의 뛰어난 연기에 스스로 놀라며 감탄사를 연발했다.

록산이 수치스럽다는 듯한 표정을 지었다.

"난 절대로 같은 이야기를 두 번 쓰지 않아요. 내 독자들은 그런 걸 참지 못할 거예요. 앨비언은 자신의 남자다움을 어머니에게 증명해 보이기 위해 CIA의 일원이 돼요. 그는 은밀한 사명을 띠고 중앙 아메리카로 파견되는데, 그곳에서 마약계의 거물과 상대하게 되죠. 이사벨라는 부상을 당한 마약계의 거물을 밀림에서 발견하고 그를 간호해서 건강을 되찾게 해 주죠. 하지만 마약계의 거물이 그녀의 아름다움에 반해요. 이사벨라는 앨비언의 어머니의 마음을 돌릴 수 없다는 사실을 알고 그 거물의 첩이 되고 말아요.

그래서 그녀는 제트기로 브라질과 스페인을 여행하게 되고, 마주르카 섬에서 동등한 자격으로 휘틀리 부인을 만나게 되죠. 결국 CIA는 그 마약계의 거물을 죽이고 앨비언은 이사벨라를 영원히 잊지 못하고 그녀가 감금되어 있던 요새에서 그녀를 구해 주죠."

"근사해요. 제목이 「눈물 자국」이라는 것만 빼고요."

에이미가 말했다.

그녀는 이것이 미국계 인도인 사회에서 무례한 일일 수 있다는 걸 설명하려 하다가 스타 작가의 눈에서 분노의 불길이 타오르는 것을 보고 그만두었다.

"타오스의 내 소유지에서 사는 인도인들은 내가 그들을 얼마나 친절하게 대하는지 모르는 사람이 없어요. 나는 그들이 잊지 못하는 100년 전쟁 때문에 내 책을 망쳐 버릴 생각은 없어요. 게다가 반은 인도인이며 그것을 늘 자랑스럽게 생각한 게라르도가 나를 어떻게 대했는지 생각해 보면 이번만큼은 날 믿어 줘야 해요."

"그건 너무 무심한 생각이에요. 우리는 당신의 책이 도서관에서 인도 문학 코너에 꽂히길 바라지 않아요, 알겠어요? 당신의 열렬한 팬들도 그 책이 신간 소설 코너의 맨 앞자리에 놓이길 바랄 거라고요."

에이미가 서둘러 변명했다.

그들은 결국 장미 한 송이가 솟아나며 중앙 아메리카의 피라미드를 산산조각 내는 광경을 그린 표지에 '어리석은 자의 금'으로 제목을 정했다. 록산은 어깨에 재킷을 두르고 차를 더 달라며 잔을 내밀었다. 그녀는 자신이 중앙 아메리카의 피라미드를 표지에 담고 싶어 하는지 확신할 수 없었다. 그러면 게라르도가 그녀를 배신할 때 느꼈던 비참한 감정을 매번 느껴야 하는 건 아닐까? 그녀의 어머니는 그녀에게 사전 경고를 했을 뿐 손을 놓고 앉아서 그녀의 곤경을 구경하기만 했다.

에이미가 록산의 턱이 떨리는 것을 눈치 채고 표지가 마음에 들지 않느냐고 물었다.

"피터에게 레이아웃을 여러 개 뽑아 보라고 할게요. 오늘 결정이 확정적인 건 아니에요."

록산이 한 손을 내밀었다. 에이미가 아무리 노력해도 록산의 감정을 따라가기는 힘들었다. 결국 그녀는 예술가가 아닌 판매와 순익 계산의 세계에서 사는 사람이었다.

"이런 이야기를 하니, 게라르도에 대한 기억이 떠올라요. 모두들 그 사람이 순전히 돈과 영주권을 얻기 위해 내게 접근했다고 말했죠. 하지만 스물네 살짜리 남자와 내 나이의 여자가 사랑을 꽃피우는 게 불가능한 것만은 아니에요. 셰르를 생각해 봐요. 그 온갖 우스꽝스러운 운동 비디오에도 불구하고 그 여자가 나보다 더 나아 보이진 않잖아요."

그 말은 상당 부분 사실이었다. 록산은 사춘기적인 열정 때문에 나이를 먹지 않았다. 그녀의 피부는 정말이지 우윳빛이었고 검은 눈은 신뢰로 가득 찬 아이의 눈처럼 반짝반짝 빛났다. 그녀는 머리를 젊어 보이는 다갈색으로 염색했다. 그녀가 마흔여섯 살이라는 사실을 모르는 사람은 록산이 원래 갈색과 붉은빛이 도는 탐스러운 머리칼을 지녔다고 생각할 터였다.

"게라르도가 내 하녀와 함께 침대에 있는 걸 보았을 때 난 하녀가 향수병을 앓아서 그 사람이 위로해 주고 있는 줄 알았어요. 어

머니는 날 비웃었죠. 하지만 당신은 어쩌면 그렇게 냉소적이면서
도 행복할 수 있나요?"

록산이 말없이 호소하듯 두 손을 내밀었다. 에이미는 두 마리의
가련한 비둘기로군 하고 생각하며 중얼거리듯 말했다.

"사실 그래요."

"하지만 칸에서 돌아온 날 밤에는 두 사람이 함께 수영장에 있
는 걸 보았어요. 그는 나와 함께 칸에 가려 하지 않았어요. 자신은
이민 문제가 완전히 해결될 때까지 이 나라를 떠나선 안 된다고
말했죠. 그래서 나는 하루 빨리 그 사람을 만나기 위해 하루 앞당
겨 집으로 달려왔어요. 하지만 그때 그 사람이 내가 준 돈으로 하
녀를 낙태시켰다는 말을 들어야 했죠."

"너무 안되셨네요. 그렇게 그 사람을 믿었는데."

에이미가 그녀의 손을 어루만지며 말했다.

록산이 감사의 눈빛을 한 암사슴 같은 눈을 들었다. 에이미는
정말이지 따스하고 참된 친구였다. 그녀는 록산의 성공에 빌붙어
먹고사는 다른 식객들과는 달랐다.

"산타페에 사는 친구가 정신과 의사의 상담을 받아 보라고 하
더군요. 내가 정신병자인 것처럼 말이에요!"

"끔찍한 이야기네요. 하지만 따뜻한 마음을 지닌 여의사 같은,
제대로 된 정신과 의사를 만난다면 편견을 갖지 않고 당신 이야기
를 잘 들어 줄 거예요. 언제나 당신을 판단하고 꾸짖는 당신 어머
니나 친구들과 달리 말이에요."

"정신과 의사가 그런 일을 하나요? 들어 주는 일 말이에요?"

록산이 눈을 커다랗게 뜨며 물었다.

"좋은 정신과 의사는 그렇죠."

에이미가 대답했다.

"무슨 짓을 했다고? 정신과 의사가 필요한 사람은 바로 당신이야. 우리는 그 여자의 노이로제를 치료해 줘선 안 돼. 그게 바로 그 여자가 책을 쓰는 힘이라고. 이봐, 라울이 그녀의 하녀와 침대에 함께 있는 걸 본 지 15주 만에 그 여자가 우리를 위해 베스트셀러를 써 냈단 말이야. 초판을 100만 부 넘게 찍어도 되겠어. 그건 우리의 1년치 급료에 해당돼, 에이미."

클레이 로시터가 악을 써 가며 설명했다.

"라울은 『깨진 서약』의 주인공이었어요. 록산의 집 정원사는 게라르도라고요. 그 비열한 인간이 속내를 드러낸 후에 그 여자에게 차를 갖다 주고 기운을 북돋워 준 사람은 당신이 아니에요."

클레이가 그녀에게 이를 드러내 보였다.

"그게 바로 우리가 당신한테 보수를 지급하는 이유야, 에이미. 당신이 그 빌어먹을 스타 소설가의 빌어먹을 편집자니까. 그 여자는 당신을 좋아해. 지난번 계약서에 그 여자가 당신하고만 일하겠다는 조항을 써넣기까지 했잖아."

"그 문제는 걱정하지 마세요. 록산이 심리 치료를 받을 가능성은 별로 없어요. 그 여자는 뉴 에이지의 구루 같은 사람을 만나서 깊은 신비 체험을 하는 걸 더 좋아할 거예요. 게리 블랜처드가 틱노필스사와 계약한 건 아세요? 난 정말 괴로워요, 클레이. 2만 5000달러면 그 사람을 잡을 수 있었을 텐데. 그 사람은 겸손해서

요구 사항도 아주 적은데, 그런데도 그런 재능 있는 작가를 잃어 버렸다고 생각하니 마음이 아프군요."

에이미가 자리에서 일어서며 말했다.

"그 사람이 겸손한 건 예술 작품을 읽고 싶어 하는 독자가 없다는 걸 알기 때문이야. 그 사람을 틱노필스 사에 넘기자구. 그 사람들에게는 끈질기게 감시하는 장봉과 씨에가 없으니까."

클레이가 브뤼셀에서 방금 온 마지막 팩스를 에이미에게 흔들어 보였다.

에이미가 그것을 대충 훑어봤다. 장봉은 클레이가 그들의 모든 마케팅 제안을 거절한 것에 실망을 표했지만, 그가 게리 블랜처드를 보낸 것은 반겼다. 그들이 《콰트로》에 광고를 싣는 것으로 상정한 계획안에 의하면, 1달러씩 광고비를 쓸 때마다 블랜처드의 작품을 팔아 생기는 이익에서 30센트씩 손해 보는 것으로 나타났다. 그들은 하드커버로 2만 7000부도 팔지 못하는 작가는 그 누구도 원치 않았다.

"이건 출판이 아니에요. 그 인간들한테 시리얼이나 팔라고 하세요. 그게 그들의 정신 상태에 더 적합해요."

에이미가 서류를 클레이에게 돌려주며 말했다.

"맞아, 에이미. 하지만 우리는 그들에게 고용되었어. 따라서 당신이 크리스마스 직전에 새 일자리를 구하러 다니고 싶지 않다면 문학성이 뛰어난 작가들과 계약을 하려 해선 안 돼. 우린 그런 작가들은 배려할 여유가 없다고."

"나는 공항으로 가서 파리행 비행기를 잡아탈 생각이었어요. 하지만 그들은 날 일등석에 들여보내지 않았어요. 내가 더럽고 옷차림도 형편없다며 일반석으로 가라고 했죠. 하지만 일반석도 모두차서, 나는 그레이하운드를 타야 했어요. 하지만 그 버스를 놓쳐서결국 캔자스 주 한복판에 있는 어느 황량한 농가에서 지내게 됐죠."

그 훌륭한 정신과 의사는 의자에 누워 몸을 뒤틀며 한숨을 내쉬는 아름다운 여인의 이야기를 듣고 자신의 회색 눈에서 눈물이 쏟아지려는 것을 느꼈다. 그녀가 일등석에 탈 수 있을 만큼 깨끗하고훌륭하다는 사실을 그가 어떻게 납득시킬 수 있겠는가?

"록산, 소설은 어디 있죠?"
에이미가 숨 막히는 듯한 음성으로 물었다.
"여기 있어요. 당신 앞에요. 읽는 법을 잊어버리기라도 했나요?"
"하지만 당신의 독자들은 열정과 로맨스를 원해요. 이건 아무일도 일어나지 않는군요. 의사와 클라리사가 사랑에 빠지지도 않고 말이에요."
"물론, 의사는 그녀를 사랑하게 돼요. 하지만 혼자만 간직하는거죠."
록산이 원고를 들고 다시 읽었다. 그녀는 강조하기 위해 의자팔걸이에 반지를 부딪쳐 가며 큰 소리로 읽기 시작했다.

클라리사는 신뢰를 가득 담아 나이 많은 의사의 손을 잡았다.
"선생님은 이 일이 제게 얼마나 큰 의미를 지니고 있는지 알지못하세요. 제가 지금까지 살아온 삶을 이해해 주는 사람을 마침내 만나게 되다니요."

프리드리히 의사는 자신의 육체가 동요하는 것을 느꼈다. 전에
는 어떤 환자도 그의 직업적인 차분함을 뒤흔들어 놓은 일이 없었
다. 하지만 아버지에게서 학대받고 어머니에게서 버림받은, 신뢰
와 인도를 절실히 필요로 하는 천방지축인 이 여인은 달랐다.

그는 이렇게 말하고 싶은 생각이 간절했다.

"내 사랑, 날 의사로 생각지 마시오. 난 당신의 가장 친한 친구라
오. 난 무엇보다 당신을 이 세상의 광풍으로부터 막아 주고 싶소."

하지만 그가 이 말을 한다면 소중한 그녀의 신뢰를 영원히 잃게
될 터였다.

록산이 이제 알겠느냐는 듯 탁 소리를 내며 원고를 내려놓았다.

"그런데 왜 의사가 그녀와 결혼할 수 없는 거죠?"

에이미가 물었다.

"에이미, 제대로 읽지 않았군요, 그렇죠? 그 사람에겐 이미 실
성해서 병원에 입원해 있는 아내가 있어요. 의사가 크나큰 동정심
을 갖고 있긴 하지만, 그렇다고 해서 아내와 이혼할 순 없죠. 그때
나치 사냥꾼들이 그를 그와 비슷하게 생긴 포로 수용소의 보초로
착각해요. 그래서 의사는 체포되죠. 사실 그를 경찰에 신고한 사
람은 그의 아내였어요. 그녀는 심한 정신 질환으로 피해 망상에
시달리게 되었고 자신의 모든 고통을 남편 탓으로 돌린 거죠. 그
래서 클라리사가 1983년에 생긴 철의 장막을 넘어 그를 찾아 나서
게 돼요. 강제 노동 수용소에 수용된 의사를 클라리사가 구해 내
죠. 의사의 아내는 남편이 구출된 걸 알고 정신 착란을 일으켜요.

그래서 죽고 말죠. 하지만 클라리사는 이미 수녀가 된 후였어요. 두 사람은 이따금씩 서로를 꿈꾸지만 이후로는 단 한 번도 만나지 못하고 세상을 뜨게 돼요."

"록산, 독자들이 읽기에는 너무 음울한 이야기인 것 같아요. 난 걱정……."

에이미가 눈을 깜빡거리며 말했다.

"내 걱정은 하지 마요, 에이미."

록산이 퉁명스럽게 에이미의 말을 끊었다. 그녀의 맑은 두 눈이 환한 빛을 발했다.

"레인도르프 의사 선생님 말씀이 해피엔딩은 찾아보기 어렵대요. 독자들도 나만큼은 배워야 해요. 독자들이 모든 책이 만병통치약이기를 기대한다면, 그들도 나와 사랑에 빠지는 모든 남자가 내 문제를 깨끗이 해결해 줘야 한다고 믿는 나만큼 힘들어진다고요."

"내가 경고했지. 그 여자를 그 빌어먹을 정신과 의사한테 보내서 어떻게 됐는지 봤지? 우리는 그 여자의 독자들에게 싸구려 심리학 서적을 내놓은 셈이 됐어, 이제 아무도 책을 사지 않게 생겼다구. 그 여자는 하느님께 맹세코 글을 쓸 수 없게 될 거야. 그 여자가 진정한 사랑에 대한 사춘기적 환상을 잃어버리면 독자들도 함께 잃어버리게 된다고."

클레이가 호통을 쳤다.

"레인도르프 박사도 게라르도나 케니 또는 우리에게 『청결한 상처』를 안겨 준 그 여자의 첫 남편인 외과 의사처럼 그 여자를 배반할지도 모르죠."

"그런 일은 없을 거야. 당신이 무언가 조치를 취해야 해."

클레이가 말했다.

"난 예순 살이에요. 일찍 은퇴를 해도 될 만한 나이죠. 그 문제는 당신이나 고민해요. 당신이 조치를 취하든 말든 알아서 하세요. 홍보부에 지시해서 록산이 아동 성 추행범에게서 심리 치료를 받는다는 이야기를 지어내서 《내셔널 인콰이어러》에 실으라고 하라구요."

에이미가 말했다.

에이미는 농담이었지만 클레이는 해볼 만한 시도라고 생각했다. 하지만 홍보부 직원이 그의 지시를 거절했다.

"우리 출판사의 소속 작가에 대해 거짓 이야기를 꾸며 낼 순 없어요. 출판업계는 소문이 끊이지 않는 좁은 세계예요. 누군가 그 사실을 알고 당신을 미워하는 사람에게 누설한다면, 다음 순간 록산은 퍼트넘 출판사로 가고 당신은 실업자 신세가 되고 말 거예요."

클레이는 밤잠을 설치기 시작했다. 은색 바탕에 정신과 의사와 상담하는 환자가 앉는 안락의자를 그린 표지의 『최후의 분석』은 책은 깔끔하게 나왔지만, 재판을 다 찍기도 전에 책이 별로라는 입소문이 나기 시작했다. 그 책은 《뉴욕 타임스》의 베스트셀러 순위 3위에 올랐지만 겨우 일주일 만에 9위로 곤두박질쳤다. 그리고 불과 5주 후에는 베스트셀러 목록에서 내려와 과잉 생산된 재고의 깊은 수렁으로 빠져 들고 말았다.

브뤼셀에서 온 팩스는 클레이 로시터의 책상 상판을 태울 만큼 뜨거운 내용이었다. 한편 록산의 대리인인 라일라 트럼벌은 매일 전화를 걸어 그 책의 판매 전략을 제대로 세워 주지 않는다며 클레이를 비난했다.

"하지만 에이미에게 말했듯이 지루한 꿈과 해석을 다룬 책을 오랫동안 마케팅할 순 없어."

클레이가 비서에게 화풀이를 했다.

클레이는 화를 풀어 보려고 에이미를 해고했다가 이튿날 아침에 그녀를 다시 고용할 수밖에 없었다. 록산은 계약서에 편집자에 대한 조항을 명시해 두었고, 따라서 에이미가 고디 출판사를 떠나면 그녀도 떠날 판이었다.

"그 여자가 싸구려 심리학 서적을 계속 쓴다 해도 문제 될 건 없어. '할리퀸 출판사'마저도 한동안 그녀에게 연락을 취하지 않을 테니까. 그건 그렇고 우린 당신을 고용할 여유가 없어. 그 여자는 그 빌어먹을 정신과 의사를 얼마나 오랫동안 만날 예정이지?"

"아홉 달 정도요. 게다가 그 여자가 지난번에 뉴욕에 왔을 때는 상담 시간을 놓치지 않기 위해 하루 만에 돌아갔어요. 그러니 평소처럼 넋을 잃고 지내는 것 같지도 않아요."

"그 의사 선생은 뉴욕에 없나? 어디 있지?"

"산타페에요. 하지만 그 마을에만 정신과 의사가 있는 건 아니에요, 클레이."

"그래, 생쥐 같은 놈들이야. 사람들이 사는 곳이면 어디든 그자들이 있지. 그 시시껄렁한 이야기를 들어 주면서 말이야. 그 자식이 메사(위는 평평한 바위 언덕이고 주위는 벼랑인 지형으로 미국 남서부의 건조 지대에 많다.—옮긴이)에서 떨어져 주기라도 한다면 좋으련만."

에이미가 사무실에서 나올 때 그는 시계를 노려보고 있었다. 뉴욕은 11시고 뉴멕시코는 오전 9시였다. 그가 갑자기 자리에서 일어서며 문 뒤에 걸려 있던 외투를 집어 들었다.

"독감에 걸렸어. 브뤼셀에 있는 얼간이들이 전화하면 내가 열이 너무 나서 통화하기 힘들다고 전해."

그가 비서에게 말했다.

"건강해 보이시는걸요."

에이미가 말했다.

"열이 심해."

클레이는 에이미가 더 잔소리를 하기 전에 사무실에서 나왔다. 그가 손을 들어 올려 택시를 세웠다. 하지만 그는 즉시 마음을 바꿨다. 경찰이 택시 기사에게 끝도 없이 질문을 퍼부어 댈 터였다. 그는 길고 느린 지하철을 타고 퀸스로 갔다.

그는 앨버커키(미국 뉴멕시코 주 리오그란데 강 상류에 있는 도시.─옮긴이)로 가는 비행기 안에서 차를 빌려야 할지 생각해 보았다. 현금을 주고 비행기 표를 샀으므로 가명을 사용할 수 있었지만, 차를 빌리려면 운전면허증과 신용 카드가 있어야 했다. 옆자리에 앉은 남자가 화장실에 간 사이 클레이가 그의 상의 주머니를 뒤졌다. 두 사람이 닮지는 않았지만 아무도 면허증에 붙은 사진을 의심하지 않을 터였다. 다행히 그 남자의 집은 뉴멕시코였다. 그는 클레이가 차를 빌리는 데 든 비용과 면허증을 우편으로 돌려보낼 때까지 면허증이 없어졌다는 사실도 알지 못할 터였다.

그 일은 쉬웠다. 감동적일 만큼 쉬웠다. 그는 레인도르프 의사에게 전화를 걸어 실상을 알려 달라고 했다. 자신은 록산과 계약을 맺고 있는 출판사의 발행인인데, 출판사 사람들이 모두 그녀를 걱정하고 있으니 비밀리에 경과를 알려 달라는 내용이었다. 록산이 우연히 두 사람이 만나는 장면을 보고 자신이 염탐 당하고 있다고 느낄 위험이 없는 조용하고 외진 곳이면 되었다. 레인도르프는 진료를 마친 후에 산타페가 내려다보이는 메사에서 만나자고 제안했다.

클레이는 남은 한 시간을 이용해 정신없이 뉴욕으로 돌아왔다. 이튿날 아침 에이미가 그의 사무실 문을 열고 고개를 들이밀었다. 그녀는 그에게 무언가를 물으려 했지만, 그는 정말로 독감이 들었는지 눈이 몹시 부어 있었다. 같은 날, 그다지 오랜 시간이 지나지 않았을 때 록산이 에이미에게 전화를 걸어 정신 나간 목소리로 레인도르프의 죽음을 알렸다.

"그 여자는 무슨 일이 있어도 시신을 보러 시체 안치소로 갈 거야. 나한테 그 이유는 묻지 마. 시체는 차에 여러 번 치인 후에 메사 위에서 던져졌대. 경찰이 그 여자의 전 정원사를 연행해서 심문했지만 혐의를 찾아낸 것 같지는 않아."

클레이가 다시 아프다며 집으로 간 뒤에 에이미가 클레이의 비서에게 설명했다.

"그 소식을 들으면 클레이가 기운을 차리겠군요."

비서가 말했다.

양쪽으로 내려뜨려진 앤실라의 손이 사로잡힌 새처럼 파닥였다.

"당신은 이해 못해요, 카를. 아버지가 돌아가셨단 말이에요. 난 한 번도 아버지의 일을 높이 평가해 본 적이 없어요. 하지만 이제 내가 해 나가야 해요."

"하지만 그건 당신에게 너무 무거운 짐이오. 여자에게 적당한 일이 아니란 말이오."

"아, 당신이 지금 내 심정을 알아 준다면, 자칼이 해친 아버지의 시신을 확인한 순간부터 나는 그 어떤 짐도 무겁게 느껴지지 않아요."

카를은 내면에서 자부심이 용솟음침을 느꼈다. 그는 비엔나 최고의 미인인, 아름답고 의지력 강한 앤실라를 사랑했다. 하지만 지금, 대부분의 남자도 피하고 싶어 할 짐을 어깨에 지고 한 사람의 인간으로서 살아 나갈 각오를 다진 지금은 그녀의 붉은 입술에서 응석받이 아이 같은 흔적이 사라지고 성숙하고 단호하며 욕망을 불러일으키는 여인의 입술이 되어 있었다.

"아주 마음에 들어. 황홀할 지경이야. 그리고 이 책의 제목이 「평생의 과업」이라고? 「여자에게 어울리지 않는 일」에서 바꾼 거라며. 아주 잘됐어. 그 정신과 의사가 죽은 지 녁 달밖에 안 됐는데 록산이 벌써 다 치유되었군. 100만 부는 찍을 수 있을 거야. 100만 부 정도는 쉽게 나갈 거라고. 브뤼셀에 팩스를 보내야겠어. 우리 나가서 자축연을 벌이자구."

클레이가 말했다.

"난 여기서 축하하는 게 나을 것 같아요. 이제 정말로 뛰어난 새 작가와 계약을 맺을 여력이 생겼군요. 이름은 리사 퍼거슨이고 60년대 캔자스 서부에서의 삶에 대한 탁월한 소설을 썼어요. 그녀는 다음번 유도라 웰티가 될 거예요."

에이미가 그의 사무실 문을 닫으며 말했다.

"아니야, 에이미. 라틴 아메리카계의 경험담은 좋아. 아프리카계도 괜찮고. 하지만 요즘 캔자스의 전원생활에 관심을 가질 사람은 당신밖에 없어. 브뤼셀에 알리지 않는 게 좋겠어."

"클레이, 넉 달 전에 라일라 트럼벌이 전화를 했었어요. 당신이 독감으로 집에서 쉰 다음 날 말이에요."

에이미가 책상 위로 몸을 굽히며 말했다.

"그 여자는 시도 때도 없이 전화를 하잖아. 그런데 그날을 어떻게 기억하지?"

"록산을 담당한 의사가 시체로 발견된 날이니까요. 라일라가 그러는데, 그 전날 앨버커키 공항에서 당신을 본 것 같대요. 라일라가 로스앤젤레스에서 뉴욕으로 돌아가는 길에 록산을 보려고 그곳에 들렀는데, 그 여자가 가방을 들고 나오다가 차를 빌리는 당신을 분명히 보았대요. 그 여자가 당신을 불렀는데, 당신은 뭐가 그리 바쁜지 자기가 부르는 소리도 듣지 못했다고 하더군요."

에이미가 자신이 록산이기나 한 것처럼 미소를 지으며 부드러운 음성으로 말했다.

클레이가 의자에서 자세를 고쳐 앉았다. 잠시 후에 그가 갈라진 목소리로 입을 열었다.

"난, 그러니까 그 여자한테 자동차 대여소의 카운터에 물어보라고 해. 그러면 그날 내 이름으로 차를 빌린 사람이 없다고 말할 테니까. 어쨌든 내가 어떻게 거길 가겠어. 독감에 걸려 집에 누워 있었는걸."

"내가 그렇게 말했죠, 클레이. 당신은 아파서 집에 있었으니 잘

못 본 게 틀림없다고 말이에요. 그리고 그 사실을 묻는 다른 사람들에게도 그렇게 말할게요……. 리사 퍼거슨의 대리인에게 전화를 해서 3만 달러라고 말할게요, 괜찮죠?"

클레이가 무표정한, 박제한 올빼미 같은 얼굴로 그녀를 쳐다봤다.

"물론이지, 에이미. 그렇게 해."

"아, 그리고 말인데요, 클레이. 날 메사 밑으로 던지면 아주 근사할 거라고 생각할지도 몰라 하는 말인데요, 이 사실을 기억해주길 바라요. 록산이 계약서에 편집자에 대한 조항을 넣었다는 사실 말이에요. 그리고 록산이 기회가 날 때마다 당신과는 일하지 않겠다고 입버릇처럼 말한다는 사실도요."

에이미가 자리에서 일어서며 말했다.

몇 분 후에 클레이의 비서가 에이미의 사무실로 내려왔다.

"브뤼셀에서 장봉 씨가 전화를 하셨는데, 통화하시겠어요? 클레이는 또 아프다며 집으로 갔거든요. 큰 탈은 없으셔야 할 텐데 말이에요."

"괜찮을 거야. 록산의 새 책에 대해 오늘 아침에 조금 지나치게 흥분한 것뿐이니까."

에이미가 미소 띤 얼굴로 말했다.

울타리 뒤의 여자
The Girl Behind The Hedge

미키 스필레인 _ Mickey Spillane

미국인들이 전쟁에 이겨 의기양양해하고, 부모 세대에서는 꿈도 못 꾸었던 집으로 이사했던 1950년대에 미키 스필레인은 대지 위에 어둠이 깃들었으니,(그가 이 어둠을 얼마나 잘 묘사했는지 보려면 「어느 외로운 밤(One Lonely Night)」의 앞부분을 읽으면 된다.) 이 문제에 대처해야 한다는 사실을 우리에게 알리는 일을 스스로 떠맡았다. 비평가들은 그의 작품에 나타난 폭력성과 분노 어린 반공산주의를 비난했다. 그러나 그들은 스필레인이 쓴 대부분의 범죄 소설이 시 당국의 부패와 사회 저명 인사들이 암살단을 고용하는 문제를 다루고 있다는 걸 간과한 것 같다. 당시에는 수많은 중형 도시들이 폭도의 습격을 받았지만 이런 현상에 관심을 보인 작가는 스필레인을 비롯한 몇 명뿐이었다. 그러나 때로는 지나치게 흥분한 듯한 비평가들은 그런 사실을 고려하지 않는 것 같다. 스필레인은 자신에 대한 비판을 쉽게 이기고 살아남았으며,(그의 가장 최근 작은 「인기 있는 여자(Golden Girl)」와 「뱀(The Snake)」이다.) 오늘날 비정한 범죄 소설의 진정한 대가로 인정받고 있다. 다음 작품에서 볼 수 있듯이 말이다.

작고 다부진 체격의 사내가 외투와 모자를 안내원에게 넘기고 로비를 지나 그 클럽에서 가장 큰 방으로 걸어 들어갔다. 그는 잠시 문가에 서 있었다. 하지만 늘 익숙하게 보아 온 광경이었다. 창가에는 체스판이 벌어져 있고 네 명의 일행들은 카드판에 매달려 있으며 방 뒤쪽에는 한 남자가 술잔을 기울이고 있었다.

그는 카드를 치는 사람들에게 살짝 고개를 끄덕여 보이며 탁자 사이를 지나 곧장 방 뒤쪽으로 갔다. 다른 사내가 술잔에서 고개를 들고 미소 지었다.

"잘 지냈나, 총경. 앉게. 한잔하겠나?"

"덩컨, 잘 지냈나. 나도 자네가 마시는 걸로 하겠네."

술을 마시던 사내가 힘없이 한 손을 치켜들었다. 웨이터가 고개를 끄덕인 후에 술을 가지러 갔다. 총경은 의자에 앉아 한숨을 내쉬었다. 덩컨은 키가 크고 살은 별로 찌지 않았으면서도 체격이 건장했다. 고급 구두만이 그가 무슨 일을 하는 사람인지 말해줄 뿐이었다. 그는 체스터 덩컨을 보며 그의 태도와 훌륭한 매너가 부러운 듯 내심 인상을 찌푸렸다. 그러나 그는 아직 그 무엇과도 바꾸고 싶지 않은 총경의 소중한 친구였다.

'여기, 모든 것을 다 가져야 할 이 사람이 아직 아무것도 갖지 못하다니. 사실 그는 돈과 높은 지위를 갖고 있지. 하지만 세상에서 가장 소중한, 행복한 가정 생활을 누리지 못하고 있어.' 하고 그가 의기양양한 표정으로 생각했다. 반면 다양한 성장 단계에 있는 아이를 다섯이나 기르고 있는 총경은 삶의 목적을 이룬 듯한 느낌이 들었다.

술이 나왔고 총경이 잔을 들어 한 모금 마셨다.

"그…… 비밀 정보를 준 것에 고맙다는 인사를 하러 왔네. 알다시피 난 이번에 처음 주식 투자를 한 거라네."

총경이 잔을 내려놓으며 말했다.

"잘됐군."

덩컨이 말했다. 그는 손바닥 위에 잔을 올려놓고 돌리며 손가락으로 장난을 쳤다. 그러다가 흥미로운 일이라도 생각난 듯 갑자기 눈썹을 치켜올리며 말했다.

"그 추한 소문을 전부 들었을 텐데."

총경의 얼굴이 확 붉어졌다.

"되는대로 대답을 한다면 그렇지. 어떤 소문은 정말이지 추하더군."

그가 다시 술을 한 모금 마신 뒤에 사이드 테이블에 담뱃재를 털었다.

"월터 해리슨의 죽음이 자살이란 게 확실하지 않다면, 지금 당장 자네가 수사를 맡아야 할지도 모르네."

"총경, 그가 죽은 뒤에도 시장은 꼼짝 않고 있네."

덩컨이 천천히 미소 지었다.

"그건 사실이지. 하지만 자네가 어떤 식으로든 그렇게 조종하고 있다는 소문이 있네. 말해 보게. 그게 사실인가?"

그는 덩컨의 표정을 살피느라 한동안 아무 말도 하지 않았다.

"왜 내가 나서서 죄를 짓겠나?"

"이미 끝난 일일세. 해리슨은 호텔 방의 창문에서 뛰어내려 죽지 않았나. 문이 잠겨 있었으니 다른 사람이 그 방으로 들어가서 그를 밀 수도 없는 노릇이었지. 아니, 우리는 그가 자살했다고 확신하네만 해리슨을 조금이라도 아는 사람들은 모두 그가 죽음으로써 이 세상에 좋은 일을 했다는 데 동의한다네. 하지만 자네가 그 사건에 가담했을 거라는 추측도 한편으론 여전히 존재한다네."

"총경, 말 좀 해보게나. 자네도 진정으로 내가 해리슨 같은 인간에 맞서거나 그를 자살하게 만들 만큼 대담하고 머리가 잘 돌아간다고 생각하나?"

"사실을 말하자면, 그렇다네. 자네는 그의 죽음으로 이익을 보지 않았나."

총경이 인상을 찌푸렸다가 잠시 후에 고개를 끄덕였다.

"자네도 그렇군."

덩컨이 웃었다.

"음……."

"부끄러워할 일은 아니네만 해리슨이 죽었을 때 금융계는 자연히 그가 갖고 있던 주식이 좋지 않으니 처분해야 한다고 생각했다네. 하지만 나는 그 주식들이 금 덩어리만큼 가치 있다는 걸 알고 가능한 한 많이 사들인 소수에 속했지. 물론, 나는 그 말을 친구들에게 했다네. 그…… 비열한 인간의 죽음으로 이익을 얻는 사람도 있어야 한다고 말일세."

얼리 총경은 엷은 담배 연기 너머로 그의 입가가 일그러지는 것을 보았다. 그는 의자에 앉은 채 몸을 앞으로 내밀며 또 인상을 썼다.

"덩컨, 우린 상당히 오랫동안 친구로 지내 오지 않았나. 난 호기심이 강한 경찰이라네. 난 월터 해리슨이 세상을 떠나기 직전에 자네를 저주했을 거라고 생각한다네."

"나도 그 사실은 인정하네. 정말 그 사연을 듣고 싶은가?"

덩컨이 잔을 돌리며 말했다. 두 사람의 눈이 마주쳤다.

"그렇다고 자네가 살인했다고 고백하는 건 아니겠지. 그런 일이 있다면 직접 지방 검사를 찾아가서 말하는 게 나을 걸세."

"아, 그런 일은 물론 없었다네. 조금도 관계가 없다네, 총경. 그들이 아무리 노력해도 내 명예와 평판에 해를 입힐 수는 없을 걸세. 자네도 알다시피 월터 해리슨은 자신의 탐욕 때문에 죽음에 이른 것이라네."

총경이 의자 뒤로 깊숙이 앉았다. 웨이터가 술을 가져와서 빈 잔과 바꿔 갔고 두 사람은 말없이 건배를 했다.

"일부는 자네도 이미 알고 있는 이야기일 걸세, 총경."

덩컨이 이야기를 시작했다…….

"그렇더라도 난 그동안 있었던 일을 처음부터 모두 털어놓겠네. 월터 해리슨과 나는 법률 학교에서 만났다네. 우리는 둘 다 젊었고 공부는 별로 열심히 하지 않았지. 우리 둘 사이에는 공통점이 있었네. 딱 하나뿐인 공통점이었는데, 그건 바로 우리 둘 다 자식을 망치기로 작정한 부유한 부모를 두고 있었다는 것일세. 우리는 쾌락을 좇을 여유가 있는 극소수 학생에 속했기 때문에 자연히 서로에게 끌렸다네. 하지만 지금 돌이켜 생각해 보니, 그 당시에 조차 우리 사이에는 진정한 우정 같은 건 거의 존재하지 않았네.

나는 공부에 소질이 좀 있었던 반면에 월터는 전혀 그렇지 않았다네. 시험 때는 내가 그자를 책임져야 했다네. 당시에는 대단치 않은 일로 여겼지만, 사실 내가 모든 숙제를 도맡아 하는 동안 그 친구는 시내를 쏘다녔다네. 그 친구가 그런 식으로 부담을 떠넘긴 사람은 나만이 아니었다네. 그와 친구 관계를 맺고 있는 많은 이들이 기꺼이 그의 숙제를 떠맡았지. 월터는 필요하다면 악마까지도 매혹시켰을 걸세.

그리고 그는 실제로 그런 짓을 아주 자주 저질렀다네. 그는 사소한 범죄를 저질러 주말을 감옥에서 보내야 했던 경우가 많았지만 매번 빠져나왔다네. 심지어는 학장까지도 마음대로 주물렀지. 아, 하지만 나는 그의 충실한 친구로 남아 있었다네. 나는 내 여자를 포함한 모든 것을 그 친구와 함께 나누었다네. 내가 데이트를 나갔다가 그 친구를 만나면 그 친구가 내 여자를 집에 데려다 주는 걸 재미있게 생각했을 정도였으니까.

그 학교 졸업반 때 주식 시장이 붕괴 되었다네. 우리 아버지는 그런 일이 있을 거라는 걸 예감하고 늘어난 재산을 모두 갖고 시장에서 나왔기 때문에 나에겐 별로 타격이 없었다네. 하지만 월터의 아버지는 끝까지 버티다 쓰러졌다네. 그분은 그 무렵 자살한 사람 중에 하나였지.

월터는 물론 큰 타격을 입었지. 그는 의기소침해져서 술독에 빠져 지냈다네. 우리는 많은 이야기를 나눴고 그는 즉시 학교를 그만둬야 할 처지였지. 하지만 나한테서 돈을 받아 학교를 마치기로 했다네. 내가 그를 그렇게 설득했던 거지. 하지만 생각해 보니, 그는 내게 그 돈을 하나도 갚지 않았다네. 하지만 그건 별 문제가 아니었지.

우린 학교를 졸업했고 나는 아버지와 함께 사업을 하다 아버지가 돌아가신 뒤에 회사를 물려받았다네. 바로 그 달에 월터가 나타났지. 그는 잠깐 들렀다가 내 회사에서 한자리를 차지하게 되었다네. 하지만 그렇다고 해서 나를 찾아온 의도를 속이지는 않았다네. 그는 자신이 찾던 것을 얻었고 일면 그것은 내게도 유익한 일이었다네. 월터는 영리한 사업가였으니 말일세.

금융계에서의 그의 급부상은 혜성에 비견될 만한 사건이었다네. 그는 누군가의 밑에서 오랫동안 일하기에는 너무 머리 회전이 빨랐고 월가에서 해리슨을 '월가의 기적아'로 부르던 참이라 어떤 면에서 보나 그가 독립할 수밖에 없는 상황이었다네. 다시 말해서 우린 그 뒤로 경쟁자가 되었지만 변함없이 친구로 남아 있었다네.

총경, 이런 말을 하는 날 용서하게나. 하지만 나는 그의 친구였으되 그는 단 한 번도 내 친구였던 적이 없다네. 때로는 그의 냉혹함에 간담이 서늘할 지경이었지. 그러나 그는 그럴 때도 희생자로 하여금 자신의 운명을 웃으며 받아들이게 만드는 매력을 지니고 있었다네. 그는 내 목을 죄어 놓다시피 한 단 한 번의 거래로 100만 달러를 벌어들인 적도 있었다네. 그는 내 사업의 기조를 흔들 만한 타격을 가한 적도 여러 번 있었지만 이튿날이면 자신이 테니스 시합에서라도 이긴 듯한 미소를 지으며 큰 소리로 인사를 건네곤 했지.

그의 성공담을 들었다면 이제 그 친구의 사교적인 측면에 대해 알아야 한다네. 월터는 여자들의 시선을 한 몸에 받았고 성난 남편들에게 두 번이나 죽을 뻔했었다네. 그리고 실제로 그가 죽었다해도 그를 살인한 사람들에게 유죄를 선고할 판사는 이 세상에 단한 명도 없었을 걸세. 한번은 월터와 깊은 관계를 맺었다가 임신한 여자가 그 사실을 부모에게 알리느니 자살을 택한 경우도 있었다네. 그는 그 문제에 아주 관대했지. 그 여자에게 여행을 다녀오라며 돈을 주고 의사를 선택하게 하고 원하는 모든 것을 다 해 주었다네…… 단 아기가 자신의 성을 따르지는 못하게 했지. 그래, 그 친구는 자식을 기를 준비가 되어 있지 않았던 거야. 몇 주 뒤에 그 여자는 목숨을 끊고 말았지.

당시에 나는 결혼을 전제로 약혼한 상태였다네. 아드리안은 내가 처음 본 순간부터 사랑에 빠진 여자로 그녀가 나와 결혼하겠다고 했을 때 내가 얼마나 행복했는지 말로 표현할 수 없을 정도였다네. 우리는 깨어 있는 거의 모든 시간을 미래를 설계하며 함께 보냈다네. 우리는 어떤 섬에 집터를 사서 집을 짓기 시작했다네. 그리고 집이 완성되는 시기에 맞춰 결혼 날짜를 잡았지. 내가 평생 꿈속에서 산 적이 한 번이라도 있었다면 그때가 바로 그런 때였을 걸세. 나는 무척 행복했고 아드리안도 그랬다네, 아니 난 그런 줄로만 알았다네. 그때는 행운의 여신이 내게 계속 미소를 지어 주는 것만 같았다네. 나는 갑자기 성공 가도에 올랐고 손을 대는 것마다 금으로 변했으며 이내 월가에서도 월터 해리슨 대신 날따르기 시작했다네. 난 그에게 굴복을 안겨 준 몇 번의 거래를 했으면서도 그런 사실조차 모르고 있었다네. 월터는 어떤 일이 있어도 선두 자리를 내주지 않는 인간이었다네."

이때 덩컨이 말을 멈추더니 눈을 가늘게 뜨고 자신의 안경을

살폈다. 얼리 총경은 꼼짝도 하지 않고 그의 다음 이야기를 기다
렸다.

"월터가 나를 만나러 왔었지. 나는 그날을 영원히 잊을 수 없다
네. 나는 아드리안과 저녁 식사 약속이 되어 있었고, 그래서 그 친
구와 함께 나갔다네. 난 이제야 그가 순전히 악의로 그런 짓을 했
다는 걸 깨달았다네. 처음에 나는 그게 내 잘못이나 그녀 잘못이
라고만 생각했지, 월터 탓을 한 적은 한 번도 없었다네……

내가 세부적인 부분을 건너뛴다 해도 용서해 주게나, 총경. 난
그때 일을 회상하는 게 조금도 달갑지 않다네. 나는 자리에 앉은
채로 아드리안이 그 비열한 인간에게 매혹되어 맞은편 의자에 앉
아 있던 내가 장식품으로 전락하는 과정을 지켜봐야 했다네. 나는
매일매일 그자가 우리의 만남에 합석하는 것을 두고 보는 수밖에
없었다네. 그러더니 나 없이 둘만 만난다는 소문이 들리기 시작했
다네. 그리고 나는 그녀가 그자와 사랑에 빠졌다는 사실을 알게
되었다네.

그래, 그건 엄청난 일이었지. 나는 두 사람을 죽이고 자살해 버
리고 싶었다네. 하지만 그 일은 해결할 수 있는 문제가 아님을 깨
닫고 포기해 버렸지.

어느 날 밤 아드리안이 날 찾아왔다네. 그녀는 나에게 상처를
주고 싶은 생각은 조금도 없지만 자신은 월터 해리슨을 사랑하게
되었고 그와 결혼하고 싶다고 말하더군. 그런 판국에 달리 어떻게
하겠나? 당연히 나는 선한 패자 역을 맡아 약혼을 취소해 주었다
네. 그들은 오래 기다리지도 않더군. 일주일 뒤에 두 사람은 결혼

했고 나는 월가의 웃음거리가 되었지.

일이 잘못된 방향으로 풀리면 시간이 모든 것을 해결해 주는 법인지, 오래지 않아 나는 두 사람이 결별했다는 사실을 알게 되었다네. 아드리안이 변했다는 소문이었지만 나는 월터가 그녀를 티끌만큼도 사랑하지 않았다는 사실을 알고 있었다네.

나는 이제야 진실을 알게 되었다네. 월터는 단 한 번도 그녀를 사랑한 적이 없었다네. 그는 자신 말고는 아무도 사랑할 줄 모르는 인간이라네. 그는 내게 이 세상에서 가장 지독한 상처를 주기 위해 아드리안과 결혼한 것이었다네. 내가 그자에게 없는 것…… 행복을 갖고 있었기 때문에 그는 날 증오한 것이었지. 그는 필사적으로 행복을 추구했지만 그것은 늘 멀리만 있었다네.

그해 12월에 아드리안은 병이 났고 한 달 동안 앓다 세상을 떠났다네. 하녀에게서 들은 이야긴데 마지막 순간에 그녀는 나를 목 놓아 부르며 자신을 용서해 달라고 간청했다더군. 하지만 월터는 그녀가 숨을 거두는 순간 파티에서 즐거운 시간을 보내고 있었다지 뭔가. 그는 장례식을 치르기 위해 집으로 왔지만 매력적인 여배우를 끼고 즉시 플로리다로 여행을 떠났다네.

하느님, 내가 그 인간을 얼마나 증오했던지! 나는 그를 죽이는 꿈을 꾸곤 했다네! 나는 일에는 마음을 집중하지 못하고 칼을 들고 미친 듯이 웃으며 그의 시체를 밟고 서 있는 상상에 빠지곤 했었다네.

나는 월터가 갖가지 탈선 행각을 벌인다는 소식을 너무 자주 접했고 그런 행위는 실로 무한할 만큼 다양했다네. 나는 그에 대한 조사를 벌이기 시작했고 이내 월터가 진정으로 사랑할 수 있는 여인을 만나기 위해 광란적인 탐구를 벌인다는 사실을 알게 되었다네. 실로 엄청난 부자인 그는 여자들이 자신보다 돈을 더 좋아하는 것은 아닐까 하는 의심에서 벗어나지 못했고 이런 의심을 일삼아, 결국 여자들을 자신에게서 멀어지게 만들었던 것이네.

자네에게는 이상하게 여겨질지 모르지만 내 마음과는 무관하게 나는 그를 상당히 자주 만났다네. 그리고 아주 이상하게도 그는 내가 자신을 그토록 증오한다는 사실을 조금도 깨닫지 못했다네. 물론 그도 어떤 부류에게는 자신이 인기와는 거리가 멀다는 사실을 알고 있었지만, 그 어리석은 우정이라는 생각에 갇혀 날 의심하지는 않았다네. 하지만 내가 호된 교훈을 얻은 덕에 다시는 나를 이용하거나 속이지 못했다네. 그럴 필요도 없었지만 말일세.

나는 내 문제를 해결할 이상한 방법을 생각해 냈다네. 그것은 늘 거기 있었고 나도 그런 사실을 알고 있었지만, 내가 집 베란다에 앉아 우리 회사의 이사가 보낸 메모를 읽던 순간까지는 그런 상황을 이용해야겠다는 생각을 하지 못했었다네. 그 메모지에는 월터가 시장에서 또 한 번 대단한 성공을 거두었고 월가가 곤란한 상황에 빠졌다고 쓰여 있었다네. 당시는 월가의 모든 움직임이 나라 전체의 경제에 영향을 미칠 때였고 그가 한 행위는 미국 전체의 경제 구조를 뒤흔들 행위였다네. 경제가 무너지지 않도록 정상으로 되돌리려면 엄청난 노력이 필요했고 그렇게 하는 과정에서 많은 회사가 문을 닫아야 할 판이었지. 하지만 월터 해리슨의 재산은 두 배로 늘어 평생 쓰지도 못할 정도가 되었다네.

아까 말했듯이 나는 그곳에 앉아 메모를 읽다가 길 건너편 집의 창가에서 그녀의 모습을 보았다네. 햇살이 들어와 그녀의 머리칼이 황금색으로 빛났고, 그 결과 믿을 수 없을 만큼 아름다운 광경을 연출해 냈다네. 하인이 쟁반을 갖고 들어왔고 여인은 점심을 먹으려고 자리에 앉았는데, 울타리에 가려 여인의 모습이 보이지 않게 되면서 나는 그 순간 간단한 해결책을 생각해 냈다네.

나는 다음 날 점심 시간에 월터를 만났다네. 그는 얼마 전의 투기로 상당히 들떠 있으면서도 하찮은 일처럼 농담으로 넘겨 버리더군.

내가 '참, 자네. 섬에 있는 내 집에 한 번도 오지 않았었지?' 라고 물었다네.

그는 웃었지만 나는 그의 눈에서 일말의 죄책감을 읽을 수 있었다네.

'사실, 자네가 아드리안을 위해 그 집을 짓지 않았다면 벌써 갔을 거야. 결국……'

월터가 이렇게 대답하더군.

'웃기는 소리 마, 월터. 다 지난 일이야. 사태가 정상으로 돌아갈 때까지 며칠간 우리 집에 있으면 어떻겠나. 하찮은 거래이긴 했지만 좀 쉬어야 하지 않겠나.'

'좋아, 덩컨, 좋다고! 언제든 말만 해.'

'좋아. 오늘 밤에 데리러 가지.'

우리는 음료수를 마시기 위해 몇몇 장소에서 내리기도 하고 오래전 학창 시절에 대해 이야기도 나누면서 한참 동안 차를 타고 갔다네. 나는 가끔 웃기도 했지만 지난 모든 추억이 그다지 유쾌하지만은 않더군. 우리는 집에 도착했고 나는 전설적인 월터 해리슨을 만나고 싶어 하는 친구 몇 명을 불러다 놓고 월터가 그들의 박수갈채를 받은 후에 잠자리에 들게 했다네.

우리는 베란다에서 아침을 먹었다네. 월터는 바닷바람을 깊이 들이마시며 거의 동물적으로 기뻐하더군. 정확히 9시에 햇살이 우리 뒤쪽 창문으로 쏟아져 들어오자 하인이 아침 바람을 맞으라고 창문을 열어젖혔다네.

그리고 그곳에 그녀가 있었다네. 내가 손을 흔들자 그녀도 마주 손을 흔들어 주었지. 월터도 고개를 돌려 그녀를 봤고 나는 그가 숨을 죽이는 걸 눈치 챘다네. 그녀는 사랑스러웠고 금빛 폭포 같은 머리칼이 어깨로 쏟아져 내렸다네. 눈부신 흰빛으로 빛나는 그녀의 블라우스에서는 달콤한 유방의 내음이 전해져 올 듯했고 연한 갈색으로 탄 어깨 살과 대조를 이루며 실로 눈부신 광경을 연출해 냈다네.

월터는 꿈꾸는 사람처럼 보였다네.

'이럴 수가, 너무 사랑스러운 여자야! 저 여자 누구야, 덩컨?'

월터가 물었다네.

나는 커피를 마시며 아무렇지도 않게 '이웃이야.' 라고 대답했지.

'내가…… 내가 저 여자를 만날 수 있을까?'

'글쎄. 여자가 너무 어리고 수줍음을 타는 성격이라 정식으로 소개하기 전에 몇 번은 내가 같이 만나는 게 좋을걸.'

'자네가 뭐라고 하든 난 저 여자를 만나고 말 거야. 그때까지 여기서 지내겠다고!'

그가 탐욕스럽고 굶주린 듯한 얼굴에 쉰 목소리로 말하더군.

우리는 그 말에 웃음을 터뜨린 후에 담배를 피웠지. 하지만 월터는 쉴 새 없이 울타리 쪽을 돌아다보았다네. 그의 표정이 점점 절박해졌지.

그 여자의 일정을 잘 알고 있는 나는 그날 다시는 그 여자를 보지 못하리라는 사실을 알고 있었다네. 하지만 월터는 그것을 알 턱이 없었지. 그는 다른 일을 화제에 올리려 노력했지만 매번 그 여자 이야기로 돌아오곤 했다네. 결국 그는 이렇게 말하더군.

'말이 난 김에 말인데, 저 여자는 어떤 사람인가?'

'이름은 이블린 본이고 상당히 부유한 집안 출신이라네.'

'여기서 저 여자 혼자서 사나?'

'아니, 하인들이 여럿 있고 간호사와 의사가 대기 중이지. 건강이 그다지 좋지 않은 모양이야.'

'그럴 리가, 너무나 건강해 보이는데.'

'아, 지금은 그렇지.'

나는 그의 말에 동의해 주었다네. 나는 거실로 가서 텔레비전을 켰고 우리는 권투 시합을 봤다네. 여섯 번째로 월터를 찾는 전화가 걸려 왔을 때도 그의 대답은 한결같았다네. 뉴욕으로 돌아가지 않겠다는 것이었지. 나는 그의 목소리에서 일말의 기대감을 읽을 수 있었고 그가 여기 있겠다고 고집하는 이유를 아는 터라 웃음을 참기 위해 텔레비전 화면에 마음을 집중하려 애썼지.

이블린은 다음 날도 그 다음 날도 같은 장소에 나타났다네. 월터는 내가 손을 흔들 때마다 같이 손을 흔들었고 그녀가 마주 손을 흔들어 주면 어린아이같이 얼굴이 환해졌다네. 그는 벌써 햇빛에 보기 좋게 그을린 몸으로 망아지처럼 뛰어다녔는데, 특히 그녀가 보고 있을 때는 더욱 열심히 뛰어다니더군. 그는 여러 가지 질문으로 나를 못살게 굴었지만 애매한 대답밖에는 듣지 못했다네.

일면 그는 자신의 유명세로 볼 때 길 건너편 집에서 자신을 찾아올지 모른다는 계산도 해 두었던 것 같더군. 내가 이블린은 돈에도 지위에도 별다른 의미를 두지 않는다고 하자, 그는 내가 대단한 진실을 말하기라도 한 것처럼 내 얼굴을 뚫어져라 쳐다보더군. 그런 자리에 오르면서 남들의 표정을 읽는 데 능숙한 그였지만 그 말을 사실로 받아들이는 것 같았어.

나는 월터 해리슨이 아직 한 번도 만나지 못한 여자와 어쩔 수 없이 사랑에 빠지는 과정을 하루하루 지켜보았다네. 그는 그녀가 자신만을 위해 손을 흔들어 준다고 믿을 만큼 일방적인 사랑에 빠졌다네. 그는 그녀의 풍만한 육체를 사랑한 나머지 집에서 나와 바다로 걸어가는 그녀를 한순간도 놓치지 않고 주시했다네. 그녀는 가끔 몸을 돌려 우리를 향해 손을 흔들어 주었다네.

밤이면 그는 그녀를 한 번이라도 보기 위해 그녀의 창문을 지켜보며 창가에 서 있곤 했다네. 내가 무슨 말을 해도 잘 알아듣지 못했고 아주 소중한 것을 말하듯 그녀의 이름을 천천히 반복해서 되뇌곤 했지.

그런 식으로 시간만 보낼 수는 없었지. 나도 그걸 알았고 그도 그렇게 생각했다네. 해변에서 막 나온 그녀의 몸에 물이 묻어 반짝였고 함께 있던 여자가 무슨 말을 하면 고개를 흔들며 웃음을 터뜨렸지. 그러면 그녀의 머리칼이 등 뒤에서 물결치곤 했다네.

월터가 소리치며 손을 흔들면 그녀도 웃으며 손을 마주 흔들어 주었다네. 바람결에 그녀의 목소리가 실려 오기도 했고 그럴 때면 내 옆에 서 있는 그의 숨결이 뜨거워지곤 했지.

'이봐, 덩컨. 내가 저 집으로 가서 저 여자를 만날 테야. 이렇게

무작정 기다리고만 있을 순 없어. 맙소사, 남자가 여자를 만나려면 어떤 과정을 거쳐야 하는 거지?'

'전에는 그런 고민을 한 번도 한 적이 없었지, 그렇지 않은가?'

'한 번도 없었고말고! 여태까지는 여자들이 내 발밑에 엎드렸으니까. 난 예전 그대로이니, 날 싫어할 만한 이유는 없지 않겠나, 안 그래?'

나는 사실을 말하고 싶었지만 그냥 웃어넘겼다네.

'자네는 예전과 똑같아. 저 여자가 자네를 만나고 싶어 안달이 났다 해도 놀라울 건 없지. 그래서 말인데…… 저 여자는 자네가 여기 와 있을 때만큼 밖에 많이 나온 적이 없었다네.'

'정말, 덩컨, 정말 그렇게 생각하나?'

그가 어린아이처럼 눈을 빛내며 물었다네.

'그렇다니까. 또 한 가지 분명한 건, 저 여자가 자네를 좋아하는 것처럼 보이는데 그런 경우가 단 한 번도 없었다는 것일세.'

미끼를 던졌더니 덥석 문 셈이었지. 월터는 더 이상 간절할 수 없는 눈빛으로 날 쳐다보더군. 그는 오랫동안 생각에 잠겨 아무 말도 하지 않다가 '지금 당장 저 집으로 가야겠네, 덩컨. 저 여자 때문에 미칠 것만 같아. 하느님께 맹세코 나는 저 여자와 결혼하겠네. 그게 내가 할 수 있는 최후의 일이라도 말일세.' 라고 말했다네.

'일을 그르치지 말게, 월터. 내일 가자고. 내가 자네랑 같이 가주겠네.'

그의 열의는 가히 애처로울 정도였다네. 그날 밤 월터는 한숨도 자지 못했을 걸세. 아침 식사를 하기 오래전부터 그가 베란다에서 날 기다리고 있더군. 우리는 아무 말 없이 식사를 했고 그에게는 한순간 한순간이 영원처럼 길게 느껴졌을 걸세. 그는 자꾸 고개를 돌려 울타리 쪽을 봤고 그녀가 나타나지 않자 얼굴에 근심이 가득해지더군.

그는 인상을 찌푸려 눈가에 주름을 만들어 가며 말했다네.

'그 여잔 어딨나, 덩컨? 지금쯤이면 나와야 하는 것 아닌가?'

'모르겠는데, 정말 이상한걸. 잠깐만 기다려 보게.'

나는 이렇게 말하고 식탁 위의 종을 울려 가정부를 불렀다네.

'오늘 본을 봤나, 마서?'

내가 물었지.

'아, 예. 오늘 아침 일찍 시내로 돌아갔는걸요.'

마서가 침착하게 고개를 끄덕이며 대답했다네.

월터가 나를 보며 '이럴 수가!' 하고 신음을 토하더군.

'돌아올 걸세.'

내가 그를 안심시켰다네.

'빌어먹을, 덩컨. 일이 이렇게 돌아가서는 안 되네!'

그가 냅킨을 의자에 내던지며 자리에서 벌떡 일어나더군.

'내가 저 여자를 사랑하게 된 걸 몰라서 그러나? 저 여자가 돌아올 때까지 기다릴 수 없다고!'

좌절감으로 그의 얼굴이 붉으락푸르락하더군. 그건 분노가 아니라 그 여자에 대한 미칠 듯한 그리움이었지. 나는 애써 미소를 삼켰다네. 제대로 된 거였지. 내가 의도한 대로 일이 돌아가고 있었다네. 월터 해리슨은 너무도 깊은 사랑에 빠졌고 자신을 통제할 수 없는 진정한 사랑을 하게 된 거였다네. 그 순간 조금 미안한 마음이 들어 내가 말했지.

'월터, 말했듯이 난 저 여자에 대해 별로 아는 게 없다네. 벌써 결혼을 했는지도 모르고 말이야.'

그는 심술궂게 얼굴을 찌푸리며 대답하더군.

'내가 그 자식을 갈기갈기 찢어 놓으면 그 여자도 이혼하겠지. 난 내 앞을 가로막는 것을 모조리 부숴 버릴 걸세, 덩컨. 그게 이 세상에서 할 수 있는 마지막 일이라 해도 나는 저 여자를 갖고 말겠네!'

월터는 자신의 방으로 들어갔다네. 잠시 후에 길 아래쪽에서 차에 시동을 거는 소리가 들리더군. 나는 그제서야 마음 놓고 웃었지.

나는 뉴욕으로 돌아갔고 일주일쯤 뒤에 중개인을 통해 월터가 그동안 그 여자를 찾았지만 아무 성과도 거두지 못했다는 이야기를 들었다네. 그는 가능한 한 모든 수단을 강구했다네. 그러나 그 여자의 소재를 알아내지는 못했다네. 나는 그에게 이레, 정확히 이레의 시간을 주었고 이레째 되는 날이 바로 내가 아드리안을 월터에게 소개한 날이었다네. 내가 영원히 잊을 수 없는 날 말일세. 월터가 지금 어디 있든 그도 그날을 잊지 못할 걸세.

나는 월터에게 전화를 걸었다가 그의 달라진 목소리에 놀랐다네. 그가 힘없는 패자의 음성으로 전화를 받더군. 우리는 평소처럼 상투적인 이야기를 주고받았고 잠시 후에 내가 물었다네.

'월터, 아직 이블린을 못 찾았나?'

그는 한참 뒤에야 대답하더군.

'응, 완전히 사라져 버렸어.'

'아니, 그렇지 않아.'

내가 말했지.

그는 처음에 내 말이 무슨 뜻인지 알아채지 못했다네. 희망을 갖기엔 너무 지쳐 있었던 거지.

'그 말은 그 여자가 어디 있는지 안다는 뜻인가?'

'정확히 그렇다네.'

'어디? 제발, 덩컨…… 그 여자가 어디 있나?'

그는 순식간에 기운을 되찾았다네. 그는 활력 넘치는 원기 왕성한 음성으로 내 대답을 재촉했지.

나는 웃으며 그에게 나도 말 좀 하자고 했고 그렇게 그의 말을 끊었다네. 그 침묵은 실로 불길한 것이었지.

'그 여자는 여기서 별로 멀지 않은 곳에 있다네. 월터, 5번가에서 오른쪽으로 조금 벗어난 작은 호텔에 있다고.'

내가 그에게 주소를 알려 주었고 내 말이 거의 끝나기도 전에 그가 수화기를 책상에 내던지는 소리가 들렸다네. 그가 전화를 끊을 새도 없이 급히 달려 나간 거지……."

덩컨이 말을 멈추고 술잔을 비웠다. 그러고는 회한이 깃든 눈빛으로 잔을 응시했다. 총경이 그의 주의를 환기시키려고 가벼운 기침을 했고 호기심 때문에 재촉했다.

"그가 그 여자를 찾았나?"

총경이 열띤 음성으로 물었다.

"아, 그럼. 찾았지. 그는 그 여자를 안아 주려고 모든 역경을 뚫고 달려갔다네."

"어서 계속하게."

총경이 초조한 듯 채근했다.

덩컨이 웨이터를 손짓해 불렀고 새 잔을 높이 들어 올렸다. 총경도 잔을 들어 그의 잔에 마주쳤다. 덩컨이 흐릿한 미소를 지었다.

"그를 본 여자는 웃으며 손을 흔들었다네. 그로부터 한 시간 뒤에 월터 해리슨은 세상을 떠났지…… 같은 호텔의 객실 창문에서 몸을 던진 거야."

총경은 짐작이 가지 않았다. 그가 의자에 앉은 채 몸을 앞으로 내밀며 이맛살을 찌푸렸다.

"그런데 무슨 일이 있었나? 그 여자가 어떤 여자였나? 빌어먹을, 덩컨, 어서……."

덩컨은 깊은 한숨을 내쉰 뒤에 술잔을 단숨에 비웠다.

"이블린 본은 희망 없는 저능아였네."

그가 말했다.

"여신의 아름다움에 두 살 아기의 지능을 가진 여자였지. 딸아이가 구경거리가 되지 않도록 부모가 잘 돌보고 옷을 잘 입혀 왔던 거야. 하지만 그 여자가 익힌 유일한 습관은 손을 흔드는 것 뿐이었다네……."

호수 위의 남자
The Gentleman In the Lake

로버트 바너드 _ Robert Barnard

　　"내가 제일 좋아하는 작가는 크리스티, 알링햄, 렌들 그리고 마거릿 밀러이다." 로버트 바너드는 이렇게 말한 적이 있다. 이것은 아마도 그가 '순수한' 탐정 소설 작가이기 때문일 것이다. 바너드의 소설이 다른 어떤 특성을 보이든(유머, 사회에 대한 예리한 관찰, 장소에 대한 시적인 묘사) 그가 쓴 소설과 이야기는 늘 미스터리에 초점이 맞춰져 있다. 우리 시대의 작가 중 다음 세대에도 읽힐 만한 책을 쓴 사람을 굳이 찾아야 한다면, 세련된 문체와 지성 그리고 놀라운 재능을 지닌 비너드가 유력할 것이다. 그가 남긴 명작에는 「늙은 염소의 죽음(Death of an Old Goat)」(1977), 「육신(Bodies)」(1986), 「이방인의 도시(A City of Strangers)」가 있으며, 최근 작으로는 「사악한 죽음(Unholy Dying)」이 있다.

그날 밤엔 사나운 폭풍우가 휘몰아쳤다. 그러나 폭풍우가 잦아들고 물기 머금은 여름 해가 아직도 일렁이는 더웬트 호(영국 잉글랜드 북서부의 아름다운 호수와 산악으로 이루어진 관광지인 '레이크 디스트릭트'의 호수.—옮긴이)의 수면 위로 금빛과 은빛 물결을 드리울 때까지 시체는 수면 위로 떠오르지 않았다. 그것을 처음 본 사람은 플라스틱 오렌지 주스 컵을 들고 좁은 주차장을 빠져나와 호숫가의 자갈 위에 선 어린 소녀였다.

"엄마, 저게 뭐야?"

"뭐 말이니, 얘야?"

아이의 어머니는 다른 관광객이 없어 더욱 매력적인, 고요하고 장엄한 그곳의 아름다움에 흠뻑 취해 주변을 거닐고 있었다. 사업가인 그녀는 이 호숫가에서 휴가를 보낼 때면 자신이 과연 잘살고 있는지 모르겠다는 의문에 마음이 불편했다. 그녀는 자갈이 물에 잠기려는 곳까지 내려왔다.

"저기 말이야, 엄마. 저거."

그녀는 호수 쪽을 쳐다봤다. 90미터 전방쯤 호수 수면 위로 어떤 꾸러미 같은 게 떠올라 있었다. 아이의 어머니는 눈을 가늘게 뜨고 모직물 꾸러미를 보았다. 녹색과 갈색이 섞인, 낡은 신사복 같았다. 그녀는 모직물 꾸러미를 바라보다 기다란 막대 두 개가 뻗어 나와 있는 곳으로 눈길을 돌렸다……. 사람의 다리였다. 그녀는 딸의 어깨를 꽉 움켜잡았다.

"아, 저건 그냥 낡은 옷 꾸러미란다, 애야. 저길 보렴, 패치가 놀고 싶어 하는구나. 패치에게 운동 좀 시켜 주렴."

때마침 패치가 짖어 어린 소녀는 종종걸음으로 달려가 개에게 공을 던져 주었다. 아이의 어머니는 침착하게 차로 가서 카폰을 들고 신고했다.

그 전해의 늦은 여름, 세인트존스우드의 어느 만찬장에서 마샤 캐치폴은 제임스 해링턴 경의 옆 자리에 앉았다.

"법에 아주 특별한 점이 있더군요. 판사가 아니라 유명 변호사나 검사 쪽에 대해서 말이에요."

안주인인 세레나 피스크가 막연하게 말문을 열었다.

제임스 경은 사람들과 함께 앉아 있기는 했지만 별로 말이 없었다. 그는 도시적이고 다소 시대에 뒤진 듯한 예의를 차렸으며 조용했다. 그는 오래전 일을 회고하며 혼자만의 생각에 잠겨 있는 듯했다.

"수프를 먹으니 너무 좋군요. 요즘에는 식사 때 수프가 잘 나오지 않는 것 같아요."

사람들, 특히 남자의 이목을 끄는 것에 일가견이 있는 마샤가 말했다.

"그렇습니까? 수프를 자주 드시지 않는…… 모양이시군요."

에스키모나 트로브리안드 제도(뉴기니 섬 동쪽 솔로몬 해에 있는 한 무리의 산호초 섬으로 파푸아뉴기니에 속한다.—옮긴이) 인들의 풍속에 대해 말하듯 제임스 경이 대꾸했다.

"예. 늘 멜론과 햄과 파테(으깬 육류를 향신료, 술 등으로 조미하

124

여 익힌 요리.—옮긴이) 그리고 해산물 전채 요리만 먹는걸요."

"그렇습니까? 그렇습니까?"

제임스 경은 관심을 끊고 머리를 수프 쪽에 박은 채 마샤보다 능숙하게 많은 양의 수프를 먹었다. 마샤는 사실 멜론 같은 것을 먹는 데 더 익숙했다.

"많이 드시지 않으시나 봐요?"

"예. 지금은 많이 먹지 않습니다. 전에는 많이 먹었는데…….
하지만 지금은 그렇지 않습니다. 아내가 죽은 뒤로는요."

"물론 그러시겠죠. 사람들은 독신 생활을 좋아하지 않으니까요, 그렇죠?"

"독신이라고 하셨습니까?"

"혼자 사는 사람들 말이에요. 그런 사람들은 만찬 파티를 벌여서 다른 사람을 찾죠. 오늘 밤에 저 같은 사람을요."

"그렇습니다…… 그렇고말고요."

그는 여인의 말을 반 정도만 이해한 듯 이렇게 대답했다.

"식당에서 혼자 밥을 먹는 건 참 재미없는 일이에요, 그렇죠?"

"아니요……. 그렇진 않습니다……. 저희 집에는 일하는 아주머니가 오시거든요."

남자는 대화를 한 마디라도 더 나누려는 듯 이렇게 덧붙였다.

"청소와 요리를 하는 아줌마 말씀이신가요?"

"예……. 일을 아주 잘하는 분이죠……. 아내 같지는 않지만 말입니다."

"그럼요. 그럴 순 없죠. 그런데 언제 혼자 되셨나요?"

"맞습니다. 아내와는 다르죠……. 게다가 오래전부터 해오던 많은 일들을 할 수 없게 되어 버렸습니다."

제임스 경은 생각하는 자체가 힘겨운 듯 보였다.

"아, 선생님도 그런 생각을 하시는군요. 그런데 어떤 일이 제일 하고 싶으세요?"

남자는 무슨 이야기를 하고 있었는지 잊어버린 듯 잠시 말이 없었다. 그러더니 이렇게 대답했다.

"여행입니다. 호숫가에 다시 가고 싶어요."

"아, 호수요! 저도 좋아하는 곳이죠. 운전을 안 하시나 봐요?"

"예. 그럴 필요를 느낀 적이 한 번도 없었습니다."

"자제 분은 있으신가요?"

"그럼요. 아들이 둘 있습니다. 한 놈은 의료계, 한 놈은 정치계에 몸담고 있죠. 제 가족 챙기느라 바쁘답니다. 그 애들과 여행 가는 건 생각도 못하죠……. 자주 보지도 못하니까요……."

제임스 경의 눈에 한순간 생기가 돌더니 사라졌다. 그는 전채 요리를 집어 들었다.

"몰리, 이건 무슨 생선이지?"

이튿날 마샤는 만찬을 베푼 세레나 피스크에게 고맙다는 인사를 하려고 전화를 걸었다. 그녀는 제임스 경이 '몹시 정이 가는 사람'이라고 말했다.

"그분과 금방 친해진 것 같던데요."

"맞아요."

"다른 사람들은 그분을 알 수 없는 사람이라고 하던걸요."

"아, 법을 하는 양반들은 다 그래요. 대단히 관대한 척하는 게 몸에 배어 있죠. 그런데 그분의 아내가 죽은 지는 오래됐나요?"

"이 년쯤 됐어요. 아내를 몹시 그리워하시는 것 같아요. 몰리가 그분을 위해 집안일을 도맡아 하고 있거든요."

"그랬겠죠. 그분이 찾던 책이 제게 있어서 전화를 드리기로 했는데 그분이 전화번호 알려 주는 걸 깜빡하셨지 뭐예요."

"그래요? 27-1876번이에요. 첼시런던의 옛 구 이름에 있는 상당히 큰 저택이죠."

그러나 마샤는 이미 전화번호부를 뒤져 번호를 알고 있었다. 뿐만 아니라 제임스 경의 죽은 아내 이름이 몰리라는 것까지 알아둔 터였다.

"병리학자의 보고가 나올 때까지는 할 수 있는 일이 별로 없어. 이것만 빼고 말이야."

서던 총경이 아직 물에 흥건히 젖은 모직 양복을 가리키며 말했다.

"이쪽에 대해선 잘 모르지만, 고급 양복이라는 건 알겠는걸요."

포터 경사가 아래를 내려다보며 말했다.

"나도 그렇게 생각해. 치수를 재고 꼼꼼히 바느질해서 만든 신사복이야. 예전에 데리고 있던 비서 중 한 명이 이 분야에 능통했어. 상류층 신사들이 입는 옷 말이야. '캐주얼'이라는 단어의 뜻을 모르는 사람들이 입는 옷이라고 할 수 있지. 재단사가 바느질해 넣은 이름표가 거칠게 잘려 나가 있는걸……. 면도칼을 사용한 것 같아."

"요즘에는 면도칼도 찾아보기 힘듭니다."

"'버리다'는 단어의 뜻도 잘 모르는 사람인 것 같아. 대충 그림이 그려지는군."

"그런데 이름표를 없앴다는 건 분명……."

"살인이야. 맞아, 나도 그렇게 생각하네."

마샤는 제임스 경에게 전화를 걸지 않기로 했다. 그가 자신을 기억하지 못할 것 같았다. 대신 그녀는 두 사람의 화제에 올랐던 책을 가지고 직접 그의 집을 찾아가기로 했다. 그렇게 하면 먹힐 게 분명했다. 마샤는 돈을 남긴 두 번의 이혼으로 알 수 있듯이 남자들을 꾀어내는 데는 능숙했다.

마샤는 늦은 오후에 그를 찾아가기로 했다. 그때쯤이면 음식과 집안일을 하는 여자가 돌아가고 없을 터였다. 문을 연 제임스 경은 놀란 표정으로 한 손을 들어 입가를 휘저었다.

"누구시더라……."

"마샤 캐치폴이에요. 세레나 피스크 부인 댁에서 뵈었었죠. 그때 이야기했던 워즈워스에 대한 책을 가져왔어요."

그녀는 스테판 길이 워즈워스에 대해 쓴 책의 페이퍼백 판을 내밀었다. 그녀는 책을 살 때 제임스 경이 페이퍼백은 잘 읽지 않을 거란 생각이 들었지만 투자의 관점에서 볼 때 그에게는 아직 하드백을 사 줄 만한 값어치가 없었다.

"어, 저는…… 저…… 들어오시겠습니까?"

"그럼요!"

마샤는 법률에 관한 책과 『빅토리안』찰스 디킨스, 에밀리 브론테, 토머스 하디 등 빅토리아 시대 문학이 담긴 전집의 초판이 빽빽이 꽂혀 장엄한 분위기를 풍기는 거실로 들어갔다. 제임스 경은 어물거리며 자신이 차를 끓여 올 수 있을지 모르겠다고 말했다.

"제가 끓이는 게 어떨까요? 손님을 대접하는 건 고사하고 직접 드실 차도 준비해 본 적이 없으실 텐데요. 선생님 연배에는 그런 분들이 많죠, 그렇지 않은가요? 저쪽이 부엌인가 보죠?"

마샤는 필요한 것들을 찾아 차를 준비하는 데 즉시 초인적인 직감을 발휘했다. 제임스 경은 일이 분 후에 거실로 돌아온 그녀를 멍한 얼굴로 쳐다보았다. 마샤가 차와 과자 접시가 담긴 쟁반을 들고 돌아오자 그는 그녀가 누구이며 왜 왔는지 모르겠다는 표정으로 그녀를 응시했다.

"여기 있어요. 잘 차려 왔죠? 강한 맛을 좋아하시나요? 너무 강한 건 싫어하실 것 같아요, 맞죠? 선생님이 워즈워스 책을 좋아하실 것 같아서요. 호수를 보면 정말로 워즈워스가 생각나요, 그렇지 않은가요?"

마샤는 세레나 피스크의 집에서 만찬을 즐기며 그와 이야기할 때 책을 읽고 받은 감화는 이승에서의 삶이 끝난 후에도 오래도록 지속될 거라는 말을 했었다. 그녀는 이번 방문에서 그 내용을 한번 더 화제에 올렸다. 대화의 주제가 워즈워스와 그 호수 지역에서 벗어나지 않는 한 그는 거의 정상적인 대화를 이끌어 갔다. 그는 시의 제목은 기억하지 못해도 유명한 시 몇 줄은 한 자도 틀리지 않고 읊어 내곤 했다. 마샤도 꽤 괜찮은 주립 학교를 졸업했고 그래서 이 정도 대화는 깔끔하게 이끌어 나갈 수 있었다.

마샤는 제임스 경이 자신의 존재에 익숙해졌으면서도 아직 자신이 가기를 바라기 전인, 적당한 시간에 자리에서 일어났다. 그녀는 문가에서 이렇게 말했다.

"이주일 후에 그 호숫가에 갈 일이 있는데 함께 가시지 않겠어요."

"전 갈 수 없을 것 같습니다⋯⋯."

"서로 부담이 되지는 않을 거예요. 여행 경비도 각자 내고, 물론 방도 각자 쓰고, 서로 독자적으로 지내는 거니까요. 코커마우스에 볼일이 있거든요. 그래서 버터미어나 크러먹워터에 머물 생각이에요."

제임스 경의 눈이 반짝였다.

"그곳에 다시 가면 좋겠지만 전 정말로 갈 수가 없⋯⋯."

"물론 갈 수 있으세요. 그래 주시면 감사하겠어요. 마음이 맞는 벗과 함께 가면 더 좋은 법이거든요, 그렇지 않은가요? 준비는 제가 할게요."

마샤는 그의 짐을 싸는 일부터 집안일을 하는 여자와 연락하는 일까지 모든 준비를 도맡아 할 생각이었다. 그녀는 이 일을 성사시킬 자신이 있었다.

"머리를 무언가에 맞고 살해되었음. 사고, 예를 들어 보트를 타다 사고가 났을 가능성도 완전히 배제할 수는 없음. 하지만 남자가 죽은 시점과 물에 빠진 시점 사이에는 얼마간의 시간 공백이 있음."

서던 총경이 병리학자의 보고서를 훑어보며 말했다.

"그렇다면 보트에서 무슨 일이 있었던 걸까요? 또 그 남자와 함께 있던 사람은 왜 기슭으로 돌아와서 신고하지 않고 시체를 물 속에 던져 버린 걸까요?"

"그렇지……. 유해로 미루어 볼 때 병리학자는 윤택한 생활을 한 사람일 거라고 말하고 있어. 시골 사람이 아니라 도시 사람이고, 게다가 상류 사회 출신이라는 거야."

"총경님도 양복을 보고 그런 짐작을 하지 않으셨습니까?"

"그랬지. 자네가 그런 계층에 속한다면 전원에서 휴가를 보내며 입을 일류 의복을 장만하러 어디로 가겠는가?"

"정장과 마찬가지로 새빌로(영국 런던의 일류 양복점이 많은 거리 이름.— 옮긴이) 아닌가요?"

"자네가 부유한 런던 시민이라면 바로 그곳에 갈 걸세. 거기서부터 시작해 보세."

마샤는 북쪽으로 떠나기 이틀 전에 제임스 경의 집에 잠깐 들렀다. 제임스 경은 자신이 함께 가기로 했는지 아닌지는 고사하고 그녀가 제안한 여행에 대해 아무것도 기억하지 못했다. 마샤는 두 사람이 마실 차를 끓여 온 후에 그의 무릎에 지도를 펴놓고 그의 짐을 싸기 시작했다. 그녀는 그가 먹을 가벼운 저녁 식사를 차려 준 후에(그가 어떻게 혼자 식사를 차려 왔는지 의아해하며) 집을 나섰고, 그에게서 그 집에 다니는 파출부 이름을 알아냈다. 나중에 마샤는 그녀에게 전화를 걸어 자신이 제임스 경을 모시고 호숫가로 여행을 갈 것이며 약 일주일 정도 집을 비울 거라고 설명했다. 여인은 의심스러워하는 듯했지만 자신이 왈가왈부할 처지가 아니라는 생각을 하는 듯했다. 마샤도 그녀에게 그럴 기회를 주지 않았음은 물론이다.

마샤는 세레나 피스크에게도 전화를 걸어 이 같은 사실을 알렸다. 물론 그렇게 하는 데는 다 이유가 있었다. 그녀는 대화 도중에 아무렇지도 않게 이렇게 물었다.

"그런데 그분이 어떻게 부인 댁에서 마련한 만찬 파티에 오시게 됐나요?"

"아, 제가 차로 모셔 왔어요. 요리사가 음식을 만들어서 아무 문제없었거든요. 그분의 아들들은 아버지를 아는 척도 안 한답니다. 나중에는 빌이 그분을 집까지 모셔다 드렸고요. 그런데 빌 말이 그분이 횡설수설한다고 그러더라고요."

"피곤해서서 그랬을 거예요. 그분과 문학 이야기를 해 보면 아직 정신이 말짱하다는 걸 알 수 있거든요."

"전 문학에는 좀 약해서요."

"어쨌든 전 금요일에 그분을 모시고 일주일 정도 호숫가에 다녀오려고 해요."

"정말이세요? 그분과 잘 지내시나 봐요. 저보다 더 말이에요."

"아, 그분께는 무엇보다 자극이 필요하거든요."

마샤가 말했다. 그녀는 제임스 경의 오랜 친구도 아들도 겁낼 것이 없음을 알고 더욱 강한 자신감을 가졌다.

호수로의 첫 방문이 마샤의 입장에서는 착착 진행되었다. 마샤가 제임스 경을 데리러 갔을 때 그는 어디론가 간다는 사실을 비로소 실감한 듯했다. 그녀는 마지막 물건들을 챙겨 짐을 싼 후에 그와 그의 짐을 차에 실었고 이내 M1 도로를 달리기 시작했다. 식당에서 점심을 먹을 때 제임스 경은 그녀를 또 '몰리'라고 불렀다. 그러고는 결국 호숫가에 도착하자 그는 눈을 반짝이며 나지막한 기쁨의 탄성을 질렀다.

그녀는 크러먹 호텔에 방을 잡았는데 그곳은 호화롭지는 않았지만 널찍했다. 마샤는 제임스 경이 이 호숫가에 오면 이런 곳에서 휴가를 보냈을 거라고 생각했다. 마샤가 약속한 대로 두 사람은 각 방에 머물렀다.

"이분은 제 오랜 친구로 몸이 아주 편찮으세요."

마샤가 지배인에게 말했다. 두 사람은 맛있는 저녁 식사를 한 뒤 드라이브와 산책을 했다. 누군가 멈춰 서서 말을 건넸다면 제임스 경은 두 사람 사이가 그런 것처럼 친절하되 명백히 거리를 둔 태도로 대답했을 터였다. 예전처럼 그는 문학에 대해 이야기할 때 가장 기분이 좋아 보였다. 한번은 마샤가 말라붙은 돌담에 대해 한 농부와 이야기를 나누고 나자 그가 이렇게 말했다.

"워즈워스는 늘 소박한 농촌 사람들의 지혜를 신뢰했죠."

언젠가 학교 선생님에게서 들은 이야기인 것 같았다. 마샤는 "하지만 워즈워스의 남동생이 하녀와 결혼하자 그건 불법 행위라고 말했다죠."라고 대꾸할 뻔했다. 그러나 그녀 자신이 결혼, 아니 더 정확히 말해 두 번의 결혼으로 신분 상승을 이룬 터라 그 말이 민감하게 다가왔다.

그녀는 오후에 코커마우스로 개인적인 일을 보러 가야 했다. 그래서 오전에 제임스 경을 많이 걷게 한 다음 점심 식사 후에는 침대에 남겨 두었다. 그녀는 은퇴하고 나서 그 도시 외곽의 작은 전원 주택에서 사는 친구를 방문했다. 사립 탐정이었던 그 친구는 그녀가 처음 이혼할 때 많은 도움을 주었다. 그가 위험한 방법으로 마샤의 남편에게 추문을 만들어 뒤집어씌운 일 이후 그녀는 그가 하는 사립 탐정 일이란 게 범죄나 다름없다고 생각했다. 하지만 그 이후 그들은 더 가까워졌다. 그녀는 자신의 계획을 대강 그에게 알리고 앞으로 그가 필요할지 모른다고 일러두었다.

그로부터 일주일 뒤에 두 사람은 런던으로 돌아왔고 마샤는 아주 흡족해했다. 이제 그녀는 제임스 경의 은밀한 삶의 자리까지 확보한 터였다. 마샤가 집에 들러도 그는 어리둥절한 표정을 짓기는커녕 오히려 반기는 기색이었으며 그녀를 '몰리'라고 부르는 일도 잦아졌다. 마샤는 저녁 무렵 첼시에 있는 그의 저택에 들러 그가 먹을 음식을 만들어 주었고 두 사람은 오랜 친구처럼 함께 텔레비전을 보았다.

호적 등기소에 갈 때가 머지않은 터였다.

새빌로의 상점을 여기저기 둘러보던 서던 총경은 그들의 딱딱함과 직업적인 신중함, 속삭이듯 하는 나직한 말소리에 넌덜머리가 났다. 그들은 단지 일류 재단사일 뿐이지 영국 국교회의 대주교는 아니다. 그러나 그들은 자신들의 고객 중 한 명이 더웬트 호에서 익명의 시체로 발견됐다는 말을 들었을 때 기꺼이 수사에 협조했다. 서던 총경이 건넨 모직물을 받아 든 세 곳의 양복점에서는 말없이 지난 십 년 동안 그 천으로 옷을 해 입은 고객의 명단을 내놓았다.

"이분들 중 누가 죽으면 그 사실을 알 수 있나요?"

총경이 한 양복점의 지배인에게 물었다.

"물론입니다.《타임》에 부고가 나면 기록을 해 두니까요."

지배인은 신문의 부고란을 보고 네 명 중 두 명의 이름 위에 작은 십자가 표시를 했다. 남은 두 명 중 한 명은 유명한 텔레비전 뉴스 앵커였고, 다른 한 명은 제임스 해링턴 경이었다.

"제임스 경은 살아 계신가요?"

"그럴 겁니다. 이분의 부음은 보지 못했으니까요. 하지만 아주 연로하시죠. 이분께는 한동안 주문을 받지 못했습니다."

서던 총경은 제임스 경부터 시작하기로 했다. 스코틀랜드 야드 점은 그에 관해 많은 사실을 알고 있었고 그의 사진과 신체적 특징 그리고 주소를 건네주었다. 서던 총경은 그가 사는 집으로 전화를 했다. 하지만 응답이 없어 직접 찾아가 보기로 했다. 그 집에는 한동안 그곳에 있었던 것으로 보이는 "집 팝니다."라는 종이가 붙어 있었다.

호적 등기소에서 결혼을 하기 위한 준비는 아무 문제없이 진행되었다. 마샤는 여행에서 돌아온 지 한 달 만에 제임스 경도 그녀도 알지 못하는 교외의 한 호적 등기소에 예약을 했다. 그런 후에 제임스 경이 그 일을 쉽게 받아들이도록 사전 공작을 펴기 시작했다.

"합법적으로 하는 게 좋을 것 같아요."

마샤가 약간 천박한 말투로 입을 열었다.

"합법적이라니?"

제임스 경이 아주 낯선 음성으로 물었다.

"당신과 나 말이에요. 하지만 앞으로도 지금과 똑같이 사는 거예요."

마샤는 증인이 필요하다는 생각이 들었다. 하지만 여러 가지 위험이 예상되어 돈을 주고 탐정 친구를 부르기로 했다. 그는 마샤의 의도를 잘 알았다. 뿐만 아니라 제임스 경의 태도를 연구할 기회도 얻을 수 있을 터였다.

"아는 부인을 한 분 데려오실 수 있나요?"

마샤가 그에게 전화를 걸어 물었다.

"물론이죠. 당신만큼 욕망을 불러일으키는 여인은 없지만 말입니다, 사랑하는 마샤."

"당신의 욕망일랑 혼자 푸시구려, 벤 브래킷 씨. 이건 일이라고요."

제임스 경은 결혼식 내내 한결같이 품위를 지켰다. 그는 마샤를 대할 때 늘 이런 태도였다. 그는 이 특별한 법정에서 자신의 편인 벤 브래킷과 그의 친구를 다루기 힘든 증인처럼 대했다. 제임스 경은 자신이 해야 할 말을 진심인 듯 또렷하게 대답했다. 마샤는 자신과의 결혼으로 그가 정말로 원하던 것을 이루게 되었다고 생각했다. 그녀는 결혼식을 치른 후 연회를 베푸는 위험한 짓은 하지 않았다. 그녀는 벤 브래킷에게 대가를 지불하고 제임스 경을 차에 태워 집으로 데려온 후에 옷을 갈아입고 다시 짐을 꾸렸다. 그런 다음 레이크 디스트릭트를 향해 떠났다.

이번에 마샤는 사생활이 좀 더 보장되는 작은 별장을 빌렸다. 그레인지 인근 외곽에 있는 그 별장은 침실이 두 개 딸린 석조 건물로, 상당히 안락하고 값이 비쌌다. 마샤는 제임스 경과 해링턴 부인 이름으로 그곳을 6주간 빌려 두었다. 일단 그곳으로 가서 짐을 풀자 제임스 경은 분명하진 않지만 나름대로 행복해하는 듯했다. 그는 혼자 호숫가를 산책하기도 하고 근처 좁은 밭을 오르기도 했다. 그는 마을 사람과 관광객 들에게 모자를 들어 보이며 날씨에 대한 인사를 주고받기도 했다.

또한 그는 자신 앞에 놓인 모든 서류에 떨리는 손으로 서명을 했다.

마샤는 그의 두 아들에게 처음으로 편지를 썼다. 그녀는 똑같지는 않지만 비슷한 내용이 담긴 두 장의 편지에 자신이 결혼을 했으며 사랑스러운 아내와 함께 지내 행복하다고 썼다. 일 이야기도 빼놓을 수 없었다. "집을 팔려고 하는데 반대하지 않겠지? 이곳에 내려와서 살다 보니 다시 런던으로 돌아가는 건 생각도 하고 싶지 않구나. 물론 아내가 죽은 뒤에는 그 돈이 너희에게 돌아갈 게다." 제임스 경은 마샤가 타이프로 친 편지 아랫부분에 그녀가 시키는 대로 "사랑하는 아빠가"라고 썼다.

마샤의 예상대로 두 아들은 이 편지를 받고 격분했다. 두 사람은 그녀에게 편지를 보내 법적인 조치를 취하겠다고 협박했다. 그들은 자신들의 아버지에게는 재혼을 결정할 정신적 능력이 없다며 노망난 아버지를 이용했다고 그녀를 비난했다.

"사랑하는 아들들아, 너희가 날 노망난 늙은이로 취급하는 걸 알고 놀랐단다. 또한 너희가 그렇게 생각했다면 어떻게 나에게 찾아오지도 않고 혼자 살게 내버려 뒀는지 이해가 되지 않더구나." 마샤는 신이 나서 이렇게 타자기를 두드려 댔다.

여러 통의 편지가 오갔다. 마샤는 두 아들이 보내오는 편지에서 미묘한 차이를 감지했다. 하원 의원인 아들이 보낸 편지는 약간 덜 격분해 있었으며 조금은 호의적이었다. 그는 불명예스러운 소문이 나돌 것을 염려하는 듯했다. 하원 의원의 명성에 지저분한 법정 싸움보다 더 누가 되는 일은 없을 터였다. 마샤는 플린칭포드의 하원 의원인 에벌린 해링턴 경에게 과감히 제안하는 승부수를 던졌다.

서던 총경은 그 부동산 중개업소가 상당히 협조적이라고 생각했다. 그들은 제임스 경과 직접 거래한다고 말했다. 컴브리아(영국 잉글랜드 북서부의 주.—옮긴이)에서 온 모든 편지에는 그의 서명이 있었다. 그들은 서던 총경에게 서류철을 보여 주었고 총경은 서명한 글씨체가 떨림을 알아챘다. 그들은 일전에 해링턴 부인과 이야기를 나눈 적이 있다고 말했다. 낮은 가격에 그 집을 사겠다는 제안이 들어왔고 빨리 결정해야 할 상황이었다. 그들은 부동산 시장이 침체해 있다고는 해도 첼시에 있는 좋은 저택은 일단 누가 보기만 하면 유리한 가격에 팔 수 있기 때문에 그 제안을 받아들일 것을 강요하지는 않았다. 해링턴 부인은 제임스 경이 약한 감기에 걸려 직접 전하지는 못하지만 그도 그런 값싼 제안은 고려하지 말라고 전했다.

서던 총경이 이맛살을 찌푸렸다.

'해링턴 부인이 죽지 않았단 말인가?'

서던 총경은 제임스 해링턴 경에 대해 좀 더 조사해 볼 작정이었다. 그래서 스코틀랜드 야드에 있는 서류를 참고해 하원 의원인 제임스 경의 아들과 만날 약속을 정했다.

에빌린 경은 키가 크고 체격이 좋은 사십대 후반의 남자였다. 서던 총경은 그가 당의 방침에 순종하는 토리당의 평의원으로 가장 최근의 기사 작위 수여식 때 기사 작위를 받았음을 알아냈다. 에벌린 경은 어리석어 보이지도 그렇다고 개성 있어 보이지도 않았다.

"저희 아버지요? 그럼요, 살아 계시죠. 레이크 디스트릭트 어딘가에 살고 계십니다."

"확실합니까?"

"보지는 못했지만 그런 것 같습니다."

잠시 침묵이 흘렀다. 서던 총경은 아무 말도 하지 않았다. 그래서 에벌린 경이 말을 이어야 했다.

"아버지는 한 번도 충분한 사랑을 주신 적이 없습니다. 늘 멀게만 느껴졌죠……. 엄한 데다 쉴 새 없이 일하셨고 자식들이 필요로 하는 손길을 단 한 번도 베풀지 않으셨어요. 세계 최고의 검사가 되려는 뜨거운 열망을 품고 계셨으니까요……. 그분은 내가 일곱 살 되던 해에 우리를 멀리 있는 학교로 보내셨답니다."

갑자기 그의 목소리에 분노와 고통, 진정한 인간미가 묻어났다.

"그걸 원망하셨습니까?"

"예. 일 년 전 그곳으로 간 형이 사립 예비 학교가 어떤 곳인지 알려 주었거든요. 그래서 아버지께 부탁했어요. 하지만 아버지는 저도 같은 학교에 보내셨습니다."

"어머니도 보내고 싶어 하셨습니까?"

"어머니는 아버지의 지시대로 하셨죠. 그렇지 않으면 큰일 났으니까요."

"그분이 지금의 해링턴 부인은 아니시죠?"

"그렇습니다. 지금의 해링턴 부인과는 아버지가 원해서 결혼하신 걸로 알고 있는데⋯⋯. 아버지가 평소 생활하는 데 불편을 겪고 있다는 이야기는 들었습니다. 오븐에서 저녁밥을 태우고 옷을 갈아입지 못하고 뭐 그런 것 말입니다. 신경을 많이 써 드리지는 못했습니다. 완고한 노인⋯⋯ 과 함께 산다는 게 몹시 힘들 것 같았습니다. 그러다 그분이 재혼을 하셔서 레이크 디스트릭트에서 사신다는 소식을 들었습니다."

"반대는 하지 않으셨나요?"

"물론 반대했죠. 돈을 보고 결혼했을 게 분명하니까요. 게다가 아버지가 쓰신, 아니 그 여자가 아버지를 대신해서 쓴 편지는 전부 거짓이었으니까요. 그분은 '사랑하는 아빠가'는 물론이고 '아빠가'라는 서명을 쓰실 분이 아닙니다. 하지만 그 결혼을 무효로 돌리려는 행위 역시 추해 보일 것 같았습니다. 소송의 양측에게 모두 말입니다. 그래서 그 여자가 그 지역의 의사와 정신과 의사에게 독자적인 검사를 받아 보자고 제안했을 때 형을 설득해서 찬성하게 만들었습니다."

"결과가 어땠습니까?"

"그분이 조금 멍하고 건망증이 약간 있지만 그 여자와 결혼할 때 한 행위를 완벽히 이해하고 있으며 상당히 행복해 보인다고 하더군요. 그걸로 우리는 그 문제를 접었습니다. 그분에 대한 문제 말입니다."

마샤는 애초부터 해링턴 부인과 제임스 경으로서의 인생을 시작하는 초기에는 이사를 많이 다닐 생각이었다. 제임스 경이 호숫가나 어슬렁거리고 마을 사람들과 날씨에 대한 인사나 주고받는다면 걱정할 게 별로 없었다. 하지만 사람들과 가까워지면 더 본질적인 문제를 대화에 올릴 위험이 있었다. 그렇게 되면 그의 정신 상태가 순식간에 명료해질지 몰랐다.

두 아들과의 협상이 진전되면서 마샤는 앞으로 나아갈 길이 분명해지기 시작함을 느꼈다. 그레인지에서 보내기로 한 6주가 얼마 남지 않았고, 그래서 그녀는 크러먹워터와 코커마우스 사이에 있는 작은 별장을 빌리기로 했다. 제임스 경의 두 아들이 아버지의 정신 상태를 평가하는 데 동의했기 때문에 그 일을 함께할 의사와 정신과 의사를 케직(영국 잉글랜드 북서부 레이크 디스트릭트의 시장 거리. —옮긴이)에서 지명했을 때 마샤는 그들에게 전화를 걸어 새 호텔로 옮기면 한번 찾아오라고 했다. 그러고는 크러먹 호텔에 제임스 경과 자신의 이름으로 한동안 묵을 객실을 예약했다.

"객실에 여러 가지 준비를 갖추느라 바쁠 거예요."

마샤는 지배인에게 이렇게 말했다. 그녀는 너무도 흡족했다. 그곳이라면 선임된 의사가 마을 사람들과 이야기를 나눌 위험은 없었다.

"도대체 왜 이사를 가야 한다는 거야. 난 여기가 좋은데."

마샤가 이 사실을 알리자 제임스 경이 불만을 터뜨렸다.

"정말로 살 곳을 결정하기 전에 여러 곳을 둘러봐야 하지 않겠어요. 크러먹 호텔에 우리 이름으로 예약해 두었어요. 그리고 이사를 가기 전에 새 안식처를 좀 꾸며야 할 것 같아요."

마샤가 제임스 경을 달래듯 설명했다.

"여기가 좋아. 난 여기 있고 싶다고."

돈은 문제가 되지 않았다. 코커마우스로 가는 길에 마샤는 제임스 경의 은행 계좌를 이곳으로 옮겨 두었다. 그는 조금도 불안해하지 않고 은행 계좌를 하나로 통합하는 양식서에 서명했다. 런던 집에 있던 짐은 모두 창고에 넣어 두었고 제임스 경의 우편물은 부동산 중개업자가 보내 주었으며 배당 수표와 연금이 정기적으로 들어왔다. 서둘러 집을 팔 필요는 없었다. 하지만 집이 팔리면 마샤는 마침내 팔자를 고치게 될 터였다. 물론 제임스 경과 함께이고 그가 조금 귀찮긴 하지만 말이다. 그러나 참을 만한 가치는 충분하고도 남았다.

마샤가 차분하게 이삿짐을 싸기 시작하자 제임스 경은 흥분하며 더욱 완고하게 불만을 털어놓았다.

"난 이사 가고 싶지 않아. 몰리, 왜 이사를 가야 하는 거지? 우린 여기서 행복하잖아. 여기서 오래 있을 수 없다면 별장을 하나 사자고. 팔려고 내놓은 집들이 있던걸."

마샤는 그의 마음을 달래느라 이웃에서 노 젓는 배를 빌려 그를 태우고 호수를 몇 바퀴 돌았다. 그래도 그는 마음을 돌리지 않았다.

"여기가 좋아. 더웬트 호는 예전부터 내가 좋아하던 곳이라고. 그런데 왜 이사를 가야 한다는 거지? 난 이사 안 가, 몰리."

그는 마샤의 신경을 건드리기 시작했다. 그녀는 짜증스러운 일 쯤은 참아야 한다고 다짐했다.

이사 가기 전날 밤에는 내놓고 짐을 쌀 수밖에 없었다. 마샤는 여행 가방을 모두 거실에 내놓고 두 사람의 짐을 기계적으로 나눠 싸기 시작했다. 그녀가 이 일을 시작했을 때, 저녁나절에는 종종 그렇듯 제임스 경은 꾸벅꾸벅 졸고 있었다. 그녀가 일을 절반쯤 끝냈을 때 갑자기 그가 잠에서 깨어나 자리에서 일어나려고 애를 쓰고 있었다.

"내 말을 듣지 않는군. 그런가, 몰리? 정말 그런 거야? 난 이사 안 가!"

마샤도 자리에서 일어났다.

"번거롭다는 건 알아요, 여보……."

"여기 계속 있으면 번거로울 게 없잖아."

"아주 잠깐이면 돼요. 내가 준비는 모두 해 놨다고요, 그러니 당신은 편안하게……."

"날 어린아이 취급하지 마, 몰리!"

순간 마샤는 그가 한쪽 팔을 치켜든 것을 보고 소스라치게 놀랐다.

"날 어린아이 취급하지 마!"

그의 손이 힘없이 마샤의 뺨을 내리쳤다.

"내 말을 들어, 이 여자야! 난 이사 안 간다고!"

그는 또 그녀를 때렸다. 하지만 이번에는 주먹으로 쳤기 때문에 꽤 아팠다.

"내 말대로 해. 안 그러면 혼날 줄 알아!"

그러고는 그는 또 주먹질을 했다.

마샤의 분노가 폭발했다.

"이 형편없는 늙은 깡패 같은 놈아! 짐승 같은 놈! 네 마누라도 이렇게 때렸구나, 그렇지? 나한텐 그렇게 못해!"

마샤가 억센 두 손을 들어, 또 그녀를 때리려고 주먹 쥔 손을 치켜든 그를 온 힘을 다해 밀었다. 그는 비틀거리며 뒤로 넘어졌고 균형을 잡으려 했지만 벽난로 앞부분의 한쪽 모서리에 머리를 세게 부딪치며 벽난로 쪽으로 넘어졌다. 그러고는 바닥에 쓰러져 꼼짝도 하지 않았다.

마샤도 한동안 움직이지 않았다. 그러다 주저앉아 흐느껴 울기 시작했다. 마샤는 눈물이 흔한 여자는 아니었지만 이 남자, 이 늙은 괴물이 죽은 아내와 어떻게 지냈는지 갑자기 비밀의 베일이 벗겨진 듯한 느낌이 들었다. 그것은 그녀가 꿈에도 해본 적이 없는 생각이었다. 전에도 그랬지만 이제 이 남자에 대해서는 눈곱만큼의 연민도 남아 있지 않았다. 경멸스러웠다.

마샤는 무거운 몸을 이끌고 자리에서 일어났다. 이 남자를 침대에 눕혀야 했다. 그는 아침이 되면 모든 것을 까맣게 잊을 터였다. 그녀는 제임스 경의 몸 위로 상체를 굽혔다. 순간 그녀는 허둥대며 그의 입과 가슴에 손을 대고 심장이 뛰는지 확인해 보았다. 그가 죽었다는 것을 알기까지는 그리 오랜 시간이 걸리지 않았다. 그녀는 소파에 털썩 주저앉았다. 그동안 쌓아 온 계획이 한순간에 무너져 내렸다.

서던 총경과 포터는 그레인지에 있는 한 잡화점 겸 신문 판매점에서 마을 소식에 정통한 수다쟁이 부인을 만났다.

"아, 제임스 경이오. 예, 그 사람들이 여기 몇 주 있었죠. 상당히 사이가 좋은 부부였어요. 남자 분이 자기보다 신분이 낮은 여자와 결혼한 듯한 느낌은 들었지만요."

"그분 정신이 말짱하던가요?"

여자는 잠시 머뭇거렸다.

"글쎄요, 그렇다고 할 수도 있겠죠. 담배나 포도주를 사러 오면 늘 '날씨가 좋네요.' 나 '비가 좀 그쳤으면 좋겠어요.' 라는 인사말를 건넸으니까요. 하지만 그 이상은 말이 없었어요. 그래서 하루는 제가 '그 웨일스 부부가 하는 짓이 좀 창피스럽네요, 그렇죠?' 하고 말을 건넸죠. 두 사람이 이혼한 무렵에 말이에요. 그랬더니 그분이 어리둥절한 표정을 짓기에 제가 '찰스 황태자와 황태자비가 이혼했잖아요.' 라고 설명했죠. 그제야 전 그 노인네가 무슨 말인지 모른다는 사실을 알았어요. 입장이 난처하더라고요. 그래서 얼른 다른 손님에게 고개를 돌렸어요. 알고 보니, 다른 사람들도 비슷한 경험을 했더라고요."

얼마간 시간이 흐르자, 마샤는 시체와 한 방에 있다는 사실이 견디기 힘들어졌다. 그녀는 방법을 궁리하며 시체를 끌고 식당으로 갔다. 그녀는 시체를 옮기며 마음의 결정을 내렸다. 마샤는 경찰서에 가지 않을 작정이었다. 또한 자신의 계획도 이것으로 끝이 아니었다.

결국 그녀에게 필요한 '제임스 경'은 지금 대기 중이었다. 앞으로 며칠간의 계획을 생각해 보건대, 진짜 제임스 경이 있어 봤자 방해만 될 뿐이었다. 이제 장애물이 없어진 셈이었다. 그녀는 벤 브래킷에게 전화를 걸어 계획이 약간 달라졌지만 그의 몫이 달라지지는 않을 거라고 말했다. 그러고는 크러먹 호텔로 전화를 걸어 제임스 경이 심경의 변화를 일으켜 바로 새 호텔로 들어가고 싶어 한다고 말했다. 아직 어슴푸레한 햇살이 조금 남아 있었다. 마샤는 정원으로 나가 뒤쪽에 있는 공터에서 큼직한 돌을 가능한 한 많이 주워 모았다. 그러고는 호수 기슭으로 내려가 전날 이웃에서 빌린 보트에 돌을 내려놓았다.

마샤는 시체를 처리하는 데 있어 크기, 아니 더 정확히 말해 무게에 대한 환상은 갖고 있지 않았다. 그녀는 독한 브랜디를 한 잔 마셨다. 그리고 면도칼을 찾아 손을 떨며 제임스 경의 양복에서 이름을 떼어 냈다. 그런 다음 짐을 마저 싸서 떠날 만반의 준비를 해 두었다. 농사를 짓는 이 지역 사람들은 일찍 잠자리에 들지만 이곳에는 관광객도 많았다. 그래서 그녀는 자정을 조금 넘긴 시간이 안전할 거라고 생각했다. 정확히 1시에 마샤는 호수 기슭까지 시체를 운반하기 시작했다. 제임스 경은 키가 거의 1미터 80센티미터에 달했고 노쇠한 몸이지만 무거워서 들어올리기가 힘들었다. 하지만 마샤는 끄는 것보다 업는 게 쉽고 더 조용하다는 사실을 알게 되었다. 세 번의 힘겨운 고비를 넘기고 그녀는 그를 보트까지 업고 안에 태웠다. 가장 힘든 부분이 끝났다. 그녀는 컴컴한 호수 한복판으로 배를 저었다. 다행히 초승달은 구름에 가려 있었다. 마샤는 그의 양복 주머니에 돌을 가득 채운 뒤 조심스럽게 그리고 천천히 시체를 보트 밖으로 끌어내 물속으로 미끄러뜨렸다. 그녀는 시체가 가라앉는 것을 확인한 다음 기슭으로 나왔다. 마샤는 커다란 잔으로 브랜디 두 잔을 더 마신 후 짐을 차에 싣고 별장을 한번 올려다보고 코커마우스 쪽으로 차를 몰았다.

끔찍하고 힘겨운 밤을 보내고 나니 모든 일이 순조로웠다. 마샤가 새 호텔에 막 짐을 풀자마자 벤 브래킷이 도착했다. 그는 쌀쌀맞은 태도, 겸손한 듯한 친절함 등 제임스 경의 특징을 이미 철저히 연구한 터였다. 마샤는 그에게 다른 점도 가르쳤다. 두 사람은 진짜 제임스 경이 이제 잃어버린 특성인 명석함과 의지를 이것에 결합시켰다.

두 의사가 도착했을 때 가짜 제임스 경은 정원 일을 하고 있었다.

"손볼 게 좀 있어서요. 힘은 예전 같지 않습니다만."

그가 상류 사회 사람의 어조를 흉내 내며 말했다.

그들은 모두 안으로 들어가서 근사한 오후의 티타임을 가졌고 그는 새로 맞은 아내를 유창한 말투로 칭찬했다.

"이 사람이 절 새사람으로 만들어 주었습니다. 몰리가 죽은 뒤에 자포자기 했었죠. 하지만 마샤가 절 이끌어 예전처럼 만들어 주었습니다. 아, 아들 녀석들이 화를 내는 건 알고 있습니다. 그 애들 탓이 아니에요. 사실 제 잘못입니다. 저는 아비 노릇을 제대로 한 적이 없습니다. 그러기에는 너무 바빴죠. 제가 우선권을 잘못 둔 탓입니다. 하지만 몇 년 기다리면 돈을 받을 테니, 그것으로 된 것 아닙니까."

두 의사가 받은 인상은 명확했다. 그들은 정치와 국제 정세 그리고 법률 개정으로 화제를 돌렸다. '제임스 경'은 끝까지 다소 근엄한 음성과 쌀쌀맞은 태도를 견지했다. 두 사람이 떠나자 마샤는 이제 문제가 끝났다고 생각했다. 마샤와 벤 브래킷은 차가 케직으로 돌아가는 소리에 귀를 기울였다. 그러고 나서 마샤는 두 사람이 마실 엄청나게 많은 양의 위스키를 준비했다. 그녀는 세 번째 잔을 따르며 진짜 제임스 경에게 일어난 일을 설명했다.

"정말 잘했어요."

마샤가 말을 끝내자 벤 브래킷이 칭찬했다.

"지겹게 힘들었어요."

"그랬을 거예요. 하지만 그럴 만한 가치는 충분해요. 오늘 우리가 해낸 걸 봐요. 식은 죽 먹기라니까요. 우리가 두 사람을 손바닥 위에 올려놓고 놀았어요. 우리가 이겼어요, 마샤! 자, 어서 한 잔 더하자고요. 우리의 승리예요!"

마샤는 위스키를 따르면서도 '우리' 라는 말이 마음에 걸렸다.

켄들의 비좁은 사무실에서 서던 총경과 포터는 책상 위에 놓인 보고서와 다른 증거물 들을 살펴보았다.

"점점 윤곽이 뚜렷해지는걸. 그레인지에서는 찰스 황태자와 황태자비가 누군지도 모르는 노인 이야기를 들었고 코커마우스 인근 호텔에서는 정치와 법에 대해 자신 있게 의견을 피력하는 노인과 만났어. 그레인지에서는 노쇠한 노인 이야기를 들었고 시체는 안락한 생활을 한 사람의 것이었지. 다른 호텔에서는 정원 일을 하는 남자를 만났어. 안락한 생활을 한 변호사의 손이 아니라는 사실을 일부러 보여 주기 위해서이기라도 한 것처럼 말이야. 여자가 남편을 호수로 데려간 시간과 밤에 출발한 시간 사이에 여자가 노인을 죽인 거야. 호수로 남편을 데려갔던 건 예행연습을 하기 위해서였을까? 그러고는 의료진이 방문할 것에 대비해서 그 노인 사리에 다른 사람을 갖다 앉힌 거라고."

서던 총경이 생각에 잠긴 음성으로 말했다.

"그리고 두 사람은 아직 그곳에 있습니다. 모든 연락이 아직 그곳에서 이루어지고 있으니까요."

포터 경사가 런던의 부동산 중개업자가 보낸 편지를 가리키며 말했다.

"우리가 가야 할 곳도 바로 거기야."

서던 총경이 자리에서 일어서며 말했다.

두 사람은 코커마우스 경찰을 통해 그 호텔에 대한 충분한 정보를 입수했다. 그들은 길가 식당 주차장에 차를 세우고 밭 사이로 난 좁은 길을 지나 크러먹워터의 북쪽 기슭으로 내려갔다. 이내 호수를 굽어보며 홀로 서 있는 그 별장식 호텔이 시야에 들어왔다⋯⋯.

그러나 정작 그곳은 주변처럼 고요하지 않았다. 두 사람이 별장 가까이 다가갔을 때 고함 소리가 터져 나왔다. 일이 분 뒤에는 성난 음성으로 다투는 소리가 들렸다. 무슨 말인지 알아들을 수 있을 때까지 다가가 보니 상류층에서 사용하는 말투와는 거리가 먼 소리였다.

"네가 그 술을 가져가는 거야, 이 돼지 같은 년아? ⋯⋯ 난 제대로 일어설 수도 없는데, 어쩌라는 거야? ⋯⋯ 그 술을 이리 가져오지 않으면 넌 내일 끝장이야⋯⋯. 내가 입만 뻥끗하면 옥살이를 오래 해야 한다는 사실을 잊지 말아야 할걸. 그 사실을 언제나 염두에 두는 게 좋을 거야⋯⋯. 자, 그 위스키를 이리 내놔, 안 그러면 주먹맛을 보여 줄 테니!"

서던 총경이 문을 세게 두드리자 집 안이 일시에 잠잠해졌다. 문을 열고 나온 여자는 눈이 풀린 데다 얼굴 한쪽에는 시퍼런 멍이 들고 옷매무새도 흐트러져 있었다. 여자의 뒤쪽으로 방을 살펴보니, 값비싼 옷을 엉망으로 차려입은 남자가 쓰러지듯 의자에 앉아 있었다. 그의 얼굴은 새빨갛게 달아오른 데다 퉁퉁 부어 있었고 코믹 만화에 나오는 신사처럼 우스꽝스러워 보였다.

"해링턴 부인? 저는 서던 총경이고 이 사람은 포터 경사입니다. 들어가도 될까요? 이야기를 좀 나누고 싶은데요."

서던 총경이 여자의 흐릿한 눈앞으로 신분증을 들이댔다. 여자가 천천히 시선을 내렸다. 여자가 다시 고개를 들었을 때 서던 총경은 그녀의 얼굴에 서린 안도의 빛을 놓치지 않았다.

수상한 금발 여인
Guilt-Edged Blonde

로스 맥도널드 _ Ross MacDonald

미스터리 물은 오랫동안 프루스트를 기다려 왔고, 로스 맥도널드라는 필명으로 글을 써 온 케네스 밀러(1915~1983)에게서 그 꿈을 이루었다. 그는 현재에 관한 대부분의 진실은 과거에서 발견된다고 믿는 작가로, 이러한 생각을 놀라울 만큼 품위 있고 세련된 문체로 소설에 담아냈다. 그의 작품에 등장하는 사립 탐정 루 아처는 물건만이 아니라 영혼까지 파는 일종의 골동품상 같은 인물이다. 50년대와 60년대 캘리포니아 남부에 대한 맥도널드의 묘사는 30년대의 니새니얼 웨스트와 호레이스 매코이의 성과에 견줄 만하다. 아처는 천박한 시대를 사는 순수한 인물로 겉모습은 평온해 보이지만 안으로는 그가 쫓는 사람들처럼 엄청난 고통에 시달리고 있다. 「어떤 사람들이 죽는 법(The Way Some People Die)」(1951), 「수줍은 미소(The Ivory Grin)」(1952), 「달러의 이면(The Far Side of the Dollar)」(1965) 등의 작품은 특히 훌륭하다. 그가 쓴 최고의 걸작은 「소름(The Chill)」(1964)이 아닐까 싶다. 이 흥미로운 작가에 대해 더 많은 것을 알고 싶은 독자들은 톰 놀란이 쓴 전기문 『로스 맥도널드(Ross MacDonald)』를 읽어 볼 것을 강력히 추천한다.

한 남자가 활주로 언저리에 있는 문에서 나를 기다리고 있었다. 그는 내가 만날 사람처럼 보이지 않았다. 남자는 지저분한 황갈색 스포츠용 재킷에 헐렁헐렁한 바지를 입고 자신의 얼굴만큼이나 납작하고 수상쩍은 모자를 쓰고 있었다. 잿빛 머리칼과 눈가의 주름으로 미루어 볼 때 그는 마흔 살 정도 되어 보였다. 그는 행여 누가 달려들기라도 할 것처럼 시커멓고 교활한 눈을 이리저리 굴렸다. 쉴 새 없이 이리저리 부대끼며 살아온 사람 같았다.

"아처 씨 맞나요?"

내가 그렇다고 대답한 후에 그에게 한 손을 내밀었다. 그는 내가 내민 손을 보고도 어떻게 해야 할지 몰라 했다. 그는 내가 유도라도 한 판 벌일 것 같은 미심쩍은 눈길로 내 손을 응시했다. 그는 끝내 재킷 주머니에 쑤셔 넣은 두 손을 빼지 않았다.

"난 해리 니모입니다. 형이 가서 당신을 데리고 오라고 해서요. 지금 가도 될까요?"

원한을 품은 신음 같은 목소리였다. 그는 자신의 이름을 밝히는 것에 힘들어 했다.

"짐을 찾는 데로 가죠."

나는 텅 빈 대기실의 접수대에서 내 작은 여행용 가방을 찾았다. 가방은 크기에 비해 상당히 무거웠다. 가방 안에는 칫솔과 여분의 속옷 외에 권총 두 자루와 총알이 들어 있었다. 갑작스레 총을 쏠 경우를 대비한 38구경과 여분으로 준비한 32구경 자동 권총이었다.

해리 니모가 자신의 차가 있는 바깥으로 나를 안내했다. 차는 주문 제작한 신형 7인승 승용차로 길고 검은 관을 연상시켰다. 자동차 앞 유리와 옆 창문은 두껍고 노란빛이 나는 방탄 유리로 되어 있었다.

"누가 총을 쏠 일이 있나요?"

"나 때문이 아닙니다. 이건 형의 차입니다."

그가 음산한 미소를 지으며 대답했다.

"왜 닉이 직접 오지 않은 거죠?"

그가 황량한 주변 들판을 둘러봤다. 내가 타고 온 비행기는 붉은 태양 아래로 떠올라 반짝이는 점이 되었다. 시야에 들어오는 사람이라곤 관제탑에 있는 관제관뿐이었다. 그런데도 니모는 앉아 있는 내게 몸을 숙이고 나직이 속삭였다.

"형은 비둘기처럼 겁이 많거든요. 닉은 집 밖으로 나가는 걸 무서워해요. 오늘 아침부터 그래요."

"오늘 아침에 무슨 일이 있었나요?"

"형이 말하지 않던가요? 전화 통화를 했잖아요."

"별 말이 없었어요. 배를 출항시킬 때까지 엿새 동안 보디가드를 고용할 생각이라는 말은 했지만 이유는 밝히지 않더군요."

"그자들이 형에게 총부리를 겨누고 있거든요. 그래서 그래요. 형은 오늘 아침 해변에 갔어요. 형의 목장 뒤에 개인 소유의 해변이 있거든요. 아침에 수영을 하러 혼자 해변으로 내려간 거죠. 그런데 해안에 면한 절벽 꼭대기에서 누군가 형에게 총을 쐈어요. 대여섯 발이나 말이에요. 형은 총도 없이 물속에 있었고요. 형 주

154

변으로 총알이 우박같이 쏟아져 내렸다고 그러더군요. 형은 머리를 물속에 집어넣고 물 밑으로 헤엄쳐서 바다 쪽으로 나아갔다고 하더군요. 형이 수영을 잘하기에 망정이지 아니면 도망치지도 못 했을 거예요. 형이 겁내는 것도 무리가 아니죠. 그놈들이 형의 뒤를 쫓고 있다는 뜻이니까요."

"'그놈들'이 누군가요? 아니, 가족의 비밀인가요?"

니모가 핸들에서 눈을 돌려 내 얼굴을 쳐다봤다. 그의 숨결이 거칠어지고 미심쩍은 표정이 되었다.

"제기랄, 형이 어떤 사람인지 모른단 말입니까? 이야기하지 않던가요?"

"레몬 재배농 아닙니까?"

"지금은 그렇죠."

"전에는 어떤 일을 했었는데요?"

그의 쓰디쓴 표정이 딱딱하게 굳었다.

"내가 함부로 입을 놀릴 순 없고, 내키면 형이 직접 이야기해 줄 거요."

그가 모는 차가 놀랄 만큼 세차게 모퉁이를 돌았다. 나는 무거운 가죽 가방을 무릎 위에 놓은 채 차에 앉아 있었다. 니모는 차의 엔진과 말없는 교감의 황홀경에라도 빠진 듯 이 세상에서 운전을 가장 좋아하는 사람처럼 신나게 차를 몰았다. 우리는 고속도로를 따라 달리다 레몬 과수원 사이로 난 완만한 경사로를 따라 내려갔다. 해가 지면서 산등성이 아래로 보이는 바다가 붉게 빛났다.

우리는 잠시 후에 아스팔트 길을 벗어나 암녹색 나무 사이로 가르마처럼 곧게 뻗은 개인 도로로 접어들었다. 곧게 뻗은 그 도로를 800미터 정도 달리자 숲 속 간척지에 있는 나지막한 집 한 채가 눈에 들어왔다.

지붕이 납작한 그 집은 콘크리트와 자연석으로 지어졌고 옆에는 차고가 붙어 있었다. 창문에는 일제히 두꺼운 커튼이 드리워져 있었다. 정원에는 잘 가꿔진 관목과 잔디밭이 펼쳐져 있었으며 주변으로 가시 돋친 철망을 얹은 3미터 높이의 철담이 둘러싸여 있었다.

니모가 자물쇠로 굳게 잠긴 대문 앞에 차를 세운 뒤에 경적을 울렸다. 하지만 아무 반응도 없었다. 니모가 차의 경적을 다시 울렸다.

집과 대문 사이의 중간 지점에서 관목 숲을 헤치고 무언가 기어 나왔다. 사람이었다. 그는 네 발로 아주 느릿느릿 기었다. 머리를 바닥에 닿을 만큼 깊이 숙인 자세였다. 페인트 통에라도 빠졌는지 그의 머리 반쪽은 선홍색이었다. 그는 대문으로 향한 자갈길에 톱니 모양의 핏자국을 남겼다.

"형! 대체 무슨 일이야?"

해리 니모가 외쳤다. 그는 허둥대며 차 밖으로 나갔다.

기어 오던 사람이 무거운 고개를 들어 우리를 쳐다봤다. 그러다가 귀찮다는 듯 두 다리로 일어섰다. 그는 걸음마를 배우는 다 큰 어린아기처럼 힘없는 두 다리를 벌리고 우리에게 다가왔다. 그는 거친 숨을 내쉬며 엄청난 희망이 담긴 눈으로 우리를 응시했다. 그러다가 그는 선 채로 걸어오던 중에 숨을 거두었다. 나는 그가 자갈길로 쓰러지기 전에 표정이 완전히 변하는 것을 보았다.

해리 니모가 따분해진 원숭이처럼 철망의 가시에 다리를 찔려

156

가며 담장을 기어올랐다. 그가 닉 옆에 무릎을 꿇고 그의 몸을 똑바로 돌린 뒤에 그의 가슴에 손바닥을 댔다. 그가 고개를 저으며 자리에서 일어섰다.

나는 가방을 열고 권총을 꺼냈다. 그리고 문으로 다가갔다.

"문 열어요, 해리."

"그놈들이 형을 죽였어요."

해리는 같은 말을 하고 또 했다. 그러고는 이마와 가슴에 수도 없이 성호를 그어 댔다.

"개자식들."

"문 열어요."

내가 말했다.

그가 죽은 형의 주머니에서 열쇠 꾸러미를 꺼내 자물쇠로 잠긴 문을 열었다. 자갈길을 따라 우리의 느린 발자국 소리가 이어졌다. 내려다보니, 니키 니모의 두 눈에 작은 자갈들이 박혀 있고 관자놀이에 권총으로 구멍이 뚫려 있었다.

"누구 짓이죠, 해리?"

"몰라요. 뚱보 조던이나 아티 캐스톨라 아니면 퍼로니스일 거예요. 세 사람 중 하나인 게 틀림없어요."

"보라파 말이죠."

"아는군요. 형은 삼십대에 그자들의 보배였어요. 형은 한 번도 신문에 나지 않았거든요. 그래서 형이 급료를 지불하는 일을 맡았죠. 경찰의 추적으로 보라파가 흩어졌을 때 형은 금고에 돈을 좀 갖고 있었어요. 도망치는 데 성공한 사람은 형밖에 없었죠."

"돈이 얼마나 됐는데요?"

"형은 한 번도 그걸 밝히지 않았어요. 제가 아는 건 형이 전쟁이 나기 전에 이곳으로 와서 레몬 밭 123만 평을 샀다는 것뿐이에요. 그자들은 형의 뒤를 캐는 데 십오 년이나 걸렸어요. 형도 늘 그자들을 염두에 뒀었어요. 그자들이 올 거라는 사실을 알고 있었던 거죠."

"아티 캐스톨라는 지난봄에 바위파를 탈퇴했죠."

"알고 있군요. 형이 방탄 차를 사고 담을 두른 것도 그 무렵이었어요."

"그자들이 당신에게도 총을 쏠까요?"

그가 어둠이 내리는 과수원과 하늘을 둘러봤다. 태양이 야만적인 죽음이라도 당한 듯 하늘에 붉은 줄이 나 있었다.

"모르겠어요. 그럴 만한 이유는 없을 거예요. 난 흰 눈만큼이나 깨끗하니까요. 난 부정한 돈벌이를 한 적이 없어요. 젊었을 때부터 말이에요. 아내 때문에 정도를 걸어왔죠."

그가 불안한 듯한 음성으로 대답했다.

"집 안으로 들어가서 경찰에 연락하죠."

내가 말했다.

현관문은 몇 센티미터 열려 있었고 문의 가장자리가 얇은 철판으로 덮여 있었다.

"도대체 왜 형이 밖으로 나온 걸까요? 집 안에 있는 동안은 안전했는데 말이에요."

해리도 나와 같은 생각을 하고 있었던 모양이었다.

"형은 혼자 살았나요?"

"혼자 살았다고 할 수도 있죠."

"무슨 뜻이죠?"

그는 내 질문을 못 들은 척했다. 하지만 나로서는 어느 정도 대답을 들은 것이나 마찬가지였다. 거실로 통하는 아치 너머로 침대 겸 소파 등에 여성용 표범 가죽 외투가 접혀 있었다. 재떨이에는 립스틱이 묻어 끝이 빨간 담배꽁초와 시가꽁초가 뒤섞여 있었다.

"닉은 결혼했나요?"

"정확히 그렇진 않아요."

"이 여자를 압니까?"

"아니요."

하지만 그는 거짓말하고 있었다.

그 집의 두꺼운 벽 뒤쪽 어딘가에서 용수철이 삐걱거리는 소리와 뭔가 심하게 부딪치는 소리, 엔진에 시동을 거는 소리, 자갈길 위로 타이어 구르는 소리가 들렸다. 현관문으로 가 보니, 선홍색 컨버터블이 차도로 급히 빠져나가고 있었다. 지붕은 내려져 있고 운전석에는 작고 정신없는 표정의 금발 머리 여자가 앉아 있었다. 그녀는 닉의 시체 부근에서 차를 돌려 타이어 긁히는 소리를 내며 문을 빠져나갔다. 나는 그 차의 오른쪽 뒤 타이어를 겨냥했지만 맞추지 못했다. 해리가 나를 따라왔다. 내가 또 방아쇠를 당기려 할 때 해리가 총을 든 내 팔을 잡아 내렸다. 컨버터블은 고속도로 쪽으로 사라졌다.

"그냥 보내 줍시다."

해리가 말했다.

"누구죠?"

그는 무언가 골똘히 생각했다. 그의 뇌가 삐걱거리며 느리게 돌아가는 소리가 들리는 듯했다.

"모릅니다. 형이 어디서 주워 온 계집이죠. 이름은 플로시 아니면 플로리일 거예요. 당신이 그런 생각을 할지 모르지만 저 여자는 형을 쏘지 않았습니다."

"저 여자에 대해 잘 아는 모양이군요?"

"알고말고요. 난 형이 데리고 노는 여자는 간섭하지 않아요."

그는 강력한 단어를 써서 분노를 표출하려 했다. 하지만 별로 소질이 없어 보였다. 고작해야 심술궂은 표정을 지어 보였을 뿐이었다.

"이봐요, 왜 여기서 어른거리고 있습니까? 당신을 고용한 사람이 죽었는데 말입니다."

"한 가지 이유는 아직 돈을 받지 못했기 때문입니다."

"내가 드리죠."

그는 종종걸음으로 잔디밭을 가로질러 시체가 있는 곳으로 갔다가 악어 가죽 지갑을 들고 돌아왔다. 지갑 안에는 두툼한 지폐 더미가 들어 있었다.

"얼마죠?"

"100달러 정도면 될 겁니다."

그가 100달러짜리 지폐 한 장을 건넸다.

"이제 경찰이 오기 전에 가시는 게 어때요?"

"탈것이 필요한걸요."

"형의 차를 가져가세요. 형이 쓰지도 못하게 됐으니까요. 차를 공항에 세워 두고 열쇠를 주차장 관리인에게 맡겨 두면 돼요."

"그러면 되겠군요?"

"맞아요. 그러면 돼요."

"이제 좀 더 자유롭게 형의 재산을 써도 되겠는걸요?"

"이제 내 재산이에요. 말이 난 김에 말인데 내 땅에서 좀 나가 주시겠어요?"

어정쩡하던 그의 얼굴이 갑자기 환해졌다.

"난 가지 않아요, 해리. 난 여기가 좋아요. 난 사람이 장소를 만든다고 생각해요."

나는 아직 총을 쥐고 있었다. 해리가 내 총을 내려다봤다.

"전화기를 들어요, 해리. 그리고 경찰에 연락해요."

"대체 당신이 누군데, 나한테 이래라저래라 하는 거요? 나는 이제 그 누구한테도 어떤 명령도 받지 않을 겁니다, 알겠어요?"

그는 자신의 어깨너머 자갈길에 누워 있는 시커먼 대상을 쳐다본 후에 악의에 찬 태도로 침을 뱉었다.

"난 당신이 아니라 닉을 위해 일하는 사람이오."

"얼마면 날 위해 일할 수 있겠소?"

그가 갑자기 말투를 바꿔 물었다.

"일의 종류에 따라 다르죠."

그가 악어 가죽 지갑을 열었다.

"여기 또 100달러요. 당신이 계속 여기 있을 거면 그 여자에 대한 이야기는 더 이상 하지 마시오. 이건 거래요, 알겠소?"

나는 아무 대답도 하지 않았지만 돈은 챙겨 넣었다. 하지만 그 돈은 딴 주머니에 넣었다. 해리가 그 지역의 군 보안관에게 전화를 걸었다.

그는 보안관이 도착하기 전에 재떨이를 비웠고 표범 가죽 외투를 나무 상자에 집어넣었다. 나는 의자에 앉은 채로 그를 지켜봤다.

우리는 다음 두 시간을 말 많은 군 보안관 대리들과 함께 보냈다. 그들은 총을 맞을 만한 과거를 지닌 고인에게 화를 냈고 동생인 해리에게도 화를 냈다. 그들은 자신들의 경험 부족과 서투름에 대해서도 은근히 화를 냈다. 그들은 표범 가죽 외투를 찾아내지 못했다.

해리 니모가 법원에 간다며 먼저 집을 나섰다. 나는 그가 나오기를 기다렸다가 집으로 가는 그의 뒤를 밟았다. 걸어서 말이다.

비스듬히 기울어진 종려나무 한 그루가 포장도로 위로 깔쭉깔쭉한 머리를 쳐들고 서 있고, 골목길에는 날림으로 지은 작은 목조 주택이 줄지어 있는 구역이었다. 해리가 집 사이로 난 길로 접어들어 첫 번째 집으로 들어갔다. 그의 얼굴 위로 집 안에 켜 놓은 불빛이 환하게 비쳤다. 그에게 무슨 말인지 하는 여자의 목소리가 들렸다. 잠시 후 문이 닫히며 빛과 함께 소리도 자취를 감췄다.

그 구역 맞은편에 창가를 고딕풍으로 장식한 낡은 집이 한 채 있었다. 나는 해리 니모가 들어간 집을 살피기 위해 길을 건너 맞은편 집 베란다의 어둠 속으로 숨어 들었다. 담배 세 개비를 피우고 났을 때 검은 모자에 밝은 색 외투를 입은 키 큰 여자가 그 집에서 나와 재빨리 길모퉁이를 돌아 사라졌다. 담배 두 개비를 더 피우고 나자 그 여자가 길모퉁이에서 내가 있는 쪽으로 서둘러 다가왔다. 여자가 겨드랑이에 밀짚으로 만든 커다란 가방을 끼고 있는 게 눈에 들어왔다. 가로등에 비친 여자의 얼굴은 길고 무표정했다.

길을 건넌 여자는 깨진 인도를 지나 벽이 드리운 베란다의 어둠 속에 몸을 숨기고 있는 내게로 다가왔다. 여자가 단호한 발걸음을 옮길 때마다 계단이 삐걱거렸다. 나는 주머니 속으로 손을 넣어 총을 움켜잡았다. 그리고 기다렸다. 여자는 부대원들을 진두지휘하며 행군하는 여군 부대의 하사처럼 단호하고 확신에 찬 태도로 베란다를 가로질러 내게 다가왔다. 높이 솟은 어깨에 마른 체격의 여자가 길모퉁이에 있는 가로등을 등지고 섰다. 여자의 한 손은 밀집 가방 속에 있고 가방 끝은 내 배를 향해 있었다. 그늘진 여자의 얼굴에서 보이는 것이라곤 반짝이는 눈과 하얀 이뿐이었다.

"내가 당신이라면 이런 짓은 하지 않겠어요. 난 총이 있어요. 안전 장치도 풀어 두었고요. 난 총 쏘는 법도 잘 알아요."

"대단하시군요."

"농담이 아니에요. 민첩한 사격 솜씨가 내 장기죠. 그러니 당신 주머니에서 손을 빼는 게 좋을 거예요."

여자가 날카로운 저음으로 말했다.

내가 여자에게 빈손을 들어 보였다. 여자는 눈 깜짝할 사이에 내 주머니에서 권총을 빼냈고 다른 무기가 있는지 몸을 검사했다.

"당신은 누구죠? 당신은 아티 캐스톨라는 아닌 것 같고 그렇게 늙지는 않았으니까요."

여자가 뒤로 물러서며 물었다.

"당신은 경찰인가요?"

"내가 묻고 있어요. 여기서 뭘 하는 거죠?"

"친구를 기다리고 있어요."

"거짓말 마요. 당신은 한 시간 반 동안 내 집을 감시했어요. 내가 창문으로 다 봤다고요."

"그래서 총을 사 온 건가요?"

"그래요. 당신은 해리를 집까지 따라왔어요. 난 니모 부인이에요. 이유를 알아야겠어요."

"내가 기다리고 있는 친구가 바로 해리예요."

"또 거짓말하는군요. 해리는 당신을 두려워해요. 당신은 해리의 친구가 아니에요."

"그건 해리에게 달려 있죠. 난 형사예요."

여자가 콧방귀를 뀌었다.

"그럴 것 같더라니. 사이렌은 어디 있죠?"

"사립 탐정이에요. 지갑 속에 신분증이 있어요."

"어디 봐요. 허튼짓은 하지 말고요."

내가 사진이 있는 신분증을 내보였다. 여자가 그것을 가로등 불빛에 비춰 본 후에 내게 돌려줬다.

"형사가 맞군요. 미행 기술을 좀 더 연마해야겠어요."

"경찰을 상대하게 될 줄은 몰랐으니까요."

"과거에는 그랬지만 지금은 아니에요."

"그렇다면 내 38구경 총을 돌려줘요. 70달러나 주고 산 거니까요."

"먼저 왜 내 남편에게 관심을 갖는지 말해 봐요. 누가 당신을 고용했죠?"

"당신의 아주버님인 닉이에요. 오늘 닉이 로스앤젤레스로 전화를 해서 일주일 동안 보디가드로 일해 달라고 했어요. 해리가 말하지 않던가요?"

여자는 대답이 없었다.

"닉에게 갔지만, 닉은 이미 보디가드가 필요치 않은 상황이 되고 말았어요. 하지만 난 여기 있으면서 그의 죽음에 대해 무언가 알아낼 생각이에요. 어쨌든 내 고객이었으니까요."

"고객을 좀 더 신중하게 선택하셔야겠어요."

"닉에게 무슨 문제가 있나요?"

여자가 단호하게 고개를 저었다. 모자 밑으로 빠져나온 여자의 머리칼은 흰색에 가까웠다.

"나는 닉에 대해 아무 책임도 상관도 없어요. 하지만 해리에 대해서는 책임이 있죠. 나는 경찰로 근무하던 중에 해리를 만나 그 사람을 바른길로 인도했어요. 나는 디트로이트와 부정한 돈벌이에서 그 사람을 떼어 냈어요. 내가 그 사람을 이리로 데려왔죠. 하지만 형에게서 완전히 떼어 낼 순 없었어요. 나와 결혼한 뒤로는 문제를 일으킨 적이 없어요. 단 한 번도 말이에요."

"지금까지는 그랬겠죠."

"해리는 지금 아무 문제도 일으키지 않았어요."

"아직은 아니죠. 그러니까 공식적으로 말이에요."

"무슨 뜻이죠?"

"내 총을 주고 당신 총도 내려놔요. 총구에 대고 말하고 싶진 않으니까요."

여자는 머뭇거렸다. 냉혹한 얼굴을 들고 잠시 망설이는 듯했다. 어떤 운명의 장난이나 심리 기제가 저 여자를 건달과 결혼하게 만들었는지 궁금했다. 분명 사랑일 터였다. 여자로 하여금 캄캄한 길을 건너 총을 든 미지의 남자와 마주하게 할 만한 것은 사랑밖에 없었다. 니모 부인은 말 상에다 늙고 예쁘지도 않았지만 용감했다.

여자가 총을 건넸다. 총을 돌려받자 마음이 좀 놓였다. 내가 총을 주머니에 넣었다. 할 일 없는 흑인 패거리가 쓸데없이 야유를 퍼붓고 휘파람을 불며 지나갔다.

여자가 내 쪽으로 몸을 기울였다. 거의 나만큼 큰 키였다. 여자가 이를 악물고 낮은 목소리로 말했다.

"해리는 형의 죽음과 아무 관계 없어요. 당신이 그렇게 생각한다면 실성한 거나 다름없어요."

"어떻게 그렇게 확신하죠, 니모 부인?"

"해리는 그럴 만한 위인이 못 돼요. 난 해리를 잘 알아요. 남편의 마음을 빤히 들여다보죠. 배짱도 없지만, 설사 그럴 배짱이 있다 해도 형을 죽일 생각은 꿈에서도 할 사람이 아니에요. 닉은 남편의 큰형이에요. 게다가 집안에서 가장 성공한 인물이죠."

여자의 목소리에 경멸의 비아냥거림이 실렸다.

"그 무엇보다 분명한 사실은 해리가 마지막 순간까지 닉을 존경했다는 거예요."

"그런 형제애에는 양면이 있는 법이에요. 그리고 해리는 많은 것을 얻었어요."

"돈 한 푼 얻지 못했어요. 아무것도요."

"해리는 닉의 상속자예요, 그렇지 않나요?"

"나와 함께 생활하는 동안에는 그렇지 않아요. 난 닉 니모의 그 더러운 돈은 단 한 푼도 쓰지 못하게 할 거예요. 이제 이해가 되나요?"

"난 이해했어요. 하지만 해리도 이해할까요?"

"난 그 점을 남편에게 확실히 해 두었어요. 수도 없이 말이에요. 어쨌든 지금 웃기는 상황이 벌어지고 있군요. 해리는 그 대단한 형 몸에 손가락 하나 대지 않았는데 말이에요."

"직접 손을 대진 않았을 수도 있어요. 다른 사람을 시켰을 수도 있으니까요. 해리가 누군가를 감싸는 걸 봤거든요."

"누구죠?"

"우리가 도착한 뒤에 집에서 나간 금발 머리 여자요. 선홍색 컨버터블을 타고 사라졌어요. 해리는 그 여자를 알던걸요."

"선홍색 컨버터블이라구요?"

"그래요. 짐작 가는 게 있나요?"

"아니요. 그런 건 없어요. 닉의 여자 중 하나일 거예요. 닉은 여자를 끼고 살았으니까요."

"왜 해리가 그 여자를 감쌌을까요?"

"감싸다니 무슨 뜻이죠?"

"그 여자가 표범 가죽 외투를 두고 갔는데, 해리가 그걸 숨기면서 경찰에 알리지 말라고 나에게 돈을 줬어요."

"해리가 그랬어요?"

"내가 환상을 본 게 아니라면요."

"당신은 환상에 빠져 있는 것 같군요. 그러니까 해리가 그 여자에게 돈을 주고 닉을 쏘라고 시켰다고 생각한다거나……."

"나도 알아요. 실성했단 말이죠."

니모 부인이 내 팔에 앙상한 손을 올려놓았다.

"어쨌든 해리를 내버려 둬요. 부탁이에요. 안 그래도 그 사람을 다루기 힘든 상황이에요. 그 사람은 내 첫 남편보다 더 나빠요. 첫 남편은 술주정뱅이였죠."

여자가 길 맞은편에 있는 불 켜진 작은 집을 쳐다봤다. 나는 그녀가 쓰디쓴 미소를 짓는 걸 놓치지 않았다.

"나는 여자들이 어떻게 인생의 실패자가 되는지 이해하지 못했어요. 바로 나처럼 말이에요."

"그건 나도 몰라요, 니모 부인. 하지만 알겠습니다. 해리를 놔주죠."

하지만 나는 해리를 놔줄 생각은 전혀 없었다. 여자가 집으로 들어간 뒤에 나는 그 블록을 4분의 3 정도 지나 세탁소 입구에 새로 자리를 잡고 앉았다. 이번에는 담배를 피워 물지 않았다. 나는 이따금씩 시계를 들여다본 것 말고는 꼼짝도 하지 않았다.

밤 11시경에 니모 부부가 사는 집의 불이 꺼졌다. 하지만 자정 직전에 현관문이 열리더니 해리가 나왔다. 그는 골목길을 아래위로 훑어본 후에 걷기 시작했다. 그는 내가 앉아 있는 세탁소 입구에서 2미터도 채 떨어지지 않은 곳을 지나 발을 질질 끌며 서둘러 걸었다.

나는 시내로 들어가는 그를 꽤 거리를 두고 아주 조심스럽게 뒤따랐다. 그는 밤새 운영하는 한 차고 속으로 사라졌다가 몇 분 뒤 전쟁 전에 나온 시보레를 몰고 나왔다.

나도 담당자에게 돈을 냈다. 그리고 시속 120킬로미터는 달림 직한 전쟁 전에 나온 뷰익을 몰고 나왔다. 고속도로를 타자마자 그 사실은 입증되었다. 닉 니모의 개인 도로에 들어서자 이내 해리의 차가 컴컴한 과수원에 딸린 저택으로 다가가는 게 보였다.

나는 차의 등을 끄고 그 도로 입구에서 100미터쯤 떨어진 길가에 차를 세웠다. 몇 분 뒤에 시보레가 다시 나타났다. 앞좌석에는 여전히 해리뿐이었다. 나는 고속도로까지 따라간 뒤에야 차의 등을 켰다. 그런 다음 고속도로를 빠져나와 시내의 변두리로 들어섰다.

해리는 모텔 앞 차도에서 차를 돌려 옆길로 빠지더니 "트레일러 가옥 구역"이라고 쓰인 네온사인 간판 밑으로 들어갔다. 메마른 강둑을 따라 트레일러들이 줄지어 서 있었다. 해리가 탄 시보레가 창문에 불을 밝힌 어느 집 앞에서 멈춰 섰다. 해리가 겨드랑이에 얼룩덜룩한 짐 꾸러미를 낀 채 차에서 나왔다. 그가 트레일러의 문을 두드렸다.

나는 다음 길모퉁이에서 차를 돌린 후에 조금 기다렸다. 시보레가 네온사인 간판 밑으로 나와 고속도로 쪽으로 가는 것을 보고 나도 행동에 착수했다.

나는 차를 두고 강둑을 따라 불이 켜진 그 트레일러로 갔다. 창문에는 커튼이 드리워져 있었고 한 옆으로 선홍색 컨버터블이 서 있었다. 내가 알루미늄으로 된 문을 두드렸다.

"해리? 해린가요?"

안에서 여자의 목소리가 들렸다.

나는 일부러 잘 알아들을 수 없도록 말을 웅얼거렸다. 문이 열리고 노란 머리의 여자가 모습을 드러냈다. 여자는 무척 어려 보였다. 하지만 푸른 눈은 술에 취했거나 아니면 어떤 회한 같은 것으로 무섭고 음산해 보였다. 여자는 나일론 속치마뿐 아무것도 입지 않은 상태였다.

"무슨 일이죠?"

여자가 문을 닫으려 했지만 나는 문을 놓지 않았다.

"여기서 나가요. 날 혼자 내버려 둬요. 안 그러면 소리칠 거예요."

"좋아. 소리쳐 보시지."

여자가 입을 벌렸다. 하지만 아무 소리도 나지 않았다. 여자가 다시 입을 다물었다. 작고 천박하고 반항적인 여자였다.

"누구죠? 경찰인가요?"

"비슷해. 좀 들어가야겠어."

"그렇다면 들어와야죠. 난 숨길 게 아무것도 없어요."

"그런 것 같아."

내가 여자의 곁을 지나 안으로 들어갔다. 여자의 입에서 김빠진 마티니 냄새가 났다. 여자의 작은 방에는 실크와 캐시미어, 트위드와 얇은 나일론 옷들이 뒤범벅되어 엉켜 있었다. 일부는 바닥에 내팽개쳐져 있고 일부는 말리려고 널어놓은 것 같았다. 이단 침대 위의 표범 가죽 외투가 무수히 많은 눈으로 나를 노려봤다. 여자가 외투를 들어 어깨에 덮었다. 여자는 불안한지 무의식적으로 모피에 붙은 나무 조각을 떼어 내기 시작했다.

"해리가 널 위해 애쓰던데?"

"그랬겠죠."

"해리를 위해 뭔가 해 준 일이 있지?"

"어떤 일이오?"

"해리의 형을 해치우는 일 같은 거 말이야."

"잘못 짚으셨네요. 저는 닉 삼촌을 굉장히 좋아했어요."

"그렇다면 왜 죽은 사람을 두고 달아났지?"

"무서웠으니까요. 여자 애들은 다 그럴걸요. 닉이 쓰러졌을 때 저는 자고 있었어요. 그러니까 더 정확히 말하면 닉이 죽었을 때 말이에요. 그런데 총소리가 들렸어요. 그 바람에 깨어났지만, 정신을 차리고 옷을 입을 만큼 술이 깨는 데는 시간이 좀 걸렸죠. 그러다가 침실 창문으로 보니, 해리가 어떤 남자와 함께 돌아왔더군요. 당신이 그 남잔가요?"

여자가 내 얼굴을 들여다보며 물었다.

내가 고개를 끄덕였다.

"그런 것 같았어요. 그때 당신이 경찰인 걸 알았어요. 난 닉이 피투성이가 된 채 쓰러져 있는 걸 봤고, 두 가지 사실을 나란히 놓고 보니 문제가 있었어요. 내가 나가지 않으면 아주 곤란한 입장이 될 것 같았어요. 그래서 밖으로 나갔죠. 닉을 좋아했던 걸 생각하면 그래서는 안 됐지만 그럴 수밖에 없었어요. 앞으로의 내 직업을 생각해 볼 때 말이죠."

"어떤 직업인데?"

"모델이나 배우요. 닉 삼촌이 나를 학교에 보내 주기로 했었어요."

"어쨌든 넌 코로나에서 학교를 마칠 수 있을 거야. 누가 닉을 쐈지?"

"이미 말한 것처럼 난 몰라요. 난 침대에 쓰러져 있었어요. 아무것도 보지 못했다고요."

여자의 목소리에 흐릿한 공포심이 깃들어 있었다.

"왜 해리가 네게 코트를 갖다 준 거지?"

"내가 연관되는 걸 원치 않았을 거예요. 어쨌든 아버지니까요."

"해리 니모가 네 아버지라고?"

"그래요."

"너무 엉성하게 둘러대는 거 아니야? 네 이름이 뭐지?"

"지니, 지니 라뤼."

"해리가 네 아버지이면 왜 네 성이 니모가 아니지? 그리고 왜 아버지를 해리라고 부르지?"

"양아버지니까요."

"그렇군. 그렇다면 닉은 정말 네 삼촌이 되겠는걸. 닉과 가족 관계니까 말이야."

"닉은 나와 피 한 방울 섞이지 않았어요. 하지만 늘 삼촌이라고 불렀죠."

"해리가 네 아버지라면, 왜 함께 살지 않는 거지?"

"예전에는 함께 살았어요. 솔직히 말할게요. 지금 내가 하는 말은 모두 사실이에요. 우리 집 늙은 여자 때문에 나올 수밖에 없었어요. 그 여자는 나를 혐오해요. 정말 밥맛없고 고지식한 여자예요. 그 여잔 여자 애가 재미보는 걸 참지 못해요. 우리 삼촌이 좀 별나서……."

"어떤 재미를 말하는 거니, 지니?"

여자가 깃털 모양으로 자른 머리를 내 쪽으로 흔들었다. 머리에서 피비린내가 섞인 듯한 진한 향수 냄새가 풍겼다. 여자가 번쩍거리는 한쪽 어깨를 드러내며 매춘부 같은 싸구려 미소를 지어 보였다.

"당신은 어떤 재미를 좋아하죠? 같이 시간을 보낼까요?"

172

"그러니까 닉과 그런 식으로 어울렸단 말이니?"

"삼촌보다 당신이 더 귀여운걸요."

"게다가 더 똑똑하기까지 하지. 해리가 정말 네 양아버지니?"

"믿지 못하겠으면 직접 물어보세요. 직접 물어보라고요. 해리는 튤가에 살아요. 번지수는 기억이 나지 않지만 말이에요."

"난 해리가 사는 집을 알고 있어."

하지만 해리는 집에 없었다. 그 작은 집의 문을 두드렸지만 아무 대답도 없었다. 문의 손잡이를 돌려 보니, 문은 그대로 열렸다. 집 뒤로 가로등이 하나 켜져 있을 뿐, 그 구역의 다른 집들은 모두 불이 꺼져 있었다. 자정이 한참 지난 시각이라 거리에는 인적이 없었다. 나는 총을 들고 집 안으로 들어갔다.

천장에 매달린 전구가 여기저기 놓인 초라한 가구와 낡은 깔개 위를 환히 비추고 있었다. 집 안에는 거실 외에도 벽장이 딸린 침실과 벽장식 간이 부엌이 있었다. 아주 가난해 보이는 그 집 안은 감동적일 만큼 깨끗했다. 벽에는 도덕적인 좌우명과 사진 한 장이 붙어 있었다. 십대들의 파티 드레스를 입은 금발 머리 소녀의 사진이었다. 귀여운 얼굴과 날씬한 몸매만 있으면 원하는 걸 얻을 수 있다는 사실을 알기 전의 지니였다. 그러니까 자신이 원한다고 생각하는 것을 말이다.

왠지 구역질이 났다. 나는 밖으로 나왔다. 눈에 보이지 않는 어딘가에서 낡은 차의 엔진 소리가 들렸다. 차 소리는 점점 커졌다. 해리 니모가 빌린 시보레가 모퉁이를 돌아 가로등 밑으로 모습을 드러냈다. 차의 앞바퀴가 흔들렸다. 차바퀴 하나가 그 집 앞의 연석 위로 올라섰다. 그러더니 시보레가 술 취한 차처럼 엉성하게 멈춰 섰다.

내가 길을 건너 차 문을 열었다. 운전석에 앉은 해리는 운전대가 자신을 지탱해 주기라도 하듯 온 힘을 다해 운전대를 부여잡고 있었다. 해리의 가슴은 피투성이였다. 입에도 시뻘건 피가 가득했다. 피 사이로 탁한 그의 목소리가 들렸다.

"그 여자가 날 죽였어."

"누가 죽였어, 해리? 지니 말이야?"

"아니. 그 애는 아니야. 이 일이 벌어진 이유이기는 하지만 말이야. 이런 일이 닥칠 줄 알았어."

이것이 해리의 마지막 말이었다. 내가 차의 앞좌석에서 보도로 떨어지는 그의 몸을 받았다. 나는 순찰을 도는 경찰이 발견할 수 있도록 해리의 시체를 보도에 눕혀 놓았다.

나는 시내를 가로질러 트레일러가 늘어선 지역으로 갔다. 지니가 사는 트레일러에는 아직 불이 켜져 있었고 창문 위로 드리운 커튼 사이로 불빛이 새어 나왔다. 내가 문을 열었다.

여자는 이단 침대 위에서 짐 가방을 꾸리고 있었다. 여자가 어깨너머로 날 보고는 놀라서 흠칫 했다. 총을 본 여자의 금발 머리가 놀란 새의 깃털처럼 곧추섰다.

"어디로 가려는 거지?"

"시내를 벗어나려고요. 떠나야겠어요."

"먼저 이야기 좀 하자."

여자가 자리에서 일어섰다.

"모두 말했는걸요. 하지만 날 믿지 않았잖아요. 무슨 일이죠? 해리를 만나지 못했나요?"

174

"만났지. 해리는 죽었어. 네 가족이 파리처럼 죽어 가고 있어."

여자가 몸을 반쯤 돌리고 옷이 어지럽게 널려 있는 침대 위로 천천히 주저앉았다.

"죽었다고요? 내가 그랬다고 생각하나요?"

"네가 범인을 알 거라고 생각해. 해리가 죽기 전에 너 때문에 이 모든 일이 벌어졌다고 그랬어."

"나 때문이라고요?"

여자가 순진함을 가장하며 눈을 동그랗게 떴다. 하지만 나는 그 눈 뒤로 재빨리 그리고 필사적으로 그녀가 무언가 생각하는 듯한 기색을 놓치지 않았다.

"그러니까 해리가 나 때문에 죽었다는 건가요?"

"해리와 닉 둘 다. 두 사람을 쏜 건 여자야."

"맙소사."

그녀가 말했다.

그녀는 필사적으로 무언가를 생각해 내려는 눈빛이었다. 나도 그랬다.

고통스러운 침묵은 고속도로를 지나는 디젤 차의 커다란 소리로 중단되었다. 자동차의 굉음 너머로 여자가 말했다.

"정신 나간 늙은 창녀 같으니. 그렇다면 저 여자가 닉을 죽인 거예요."

"네 어머니인 니모 부인을 말하는 거니?"

"그래요."

"그 여자가 닉을 쏘는 걸 봤어?"

"아니요. 아까 말했듯이 난 곤드레만드레 취해 있었어요. 하지만 이번 주에 그 여자가 그 집을 감시하는 걸 봤어요. 그 여잔 언제나 매 같은 눈으로 날 노려봐요."

"그래서 시내를 벗어나려는 거니? 그 여자가 닉을 죽인 걸 알기 때문에?"

"그런 것 같아요. 모르겠어요. 그 일에 대해선 생각하고 싶지 않아요."

여자의 푸른 눈이 내 얼굴을 지나 내 뒤의 무언가를 응시했다. 고개를 돌려 보니, 문가에 니모 부인이 서 있었다. 그녀는 바싹 마른 가슴에 그 밀짚 가방을 껴안고 있었다.

여자의 오른손이 가방 속으로 들어갔다. 내가 여자의 오른팔을 쳤다. 여자는 문틀에 몸을 기댄 채 덜렁거리는 오른팔을 왼손으로 붙잡았다. 여자의 얼굴은 바위처럼 굳어 있었지만 두 눈은 살아서 번뜩였다.

여자가 떨어뜨린 것은 값싼 32구경으로 니켈 도금이 벗겨지고 녹슬어 있었다. 내가 탄창을 돌렸다. 총 한 발이 발사되었음을 알 수 있었다.

"이걸로 해리를 죽였군. 이 총으로 닉을 쏘진 않았어. 그렇게 먼 거리는 쏠 수 없으니까."

"맞아. 닉 니모에게는 예전 경찰 때 쓰던 총으로 쐈어. 닉을 죽인 후에 그 총은 바다에 던져 버렸지. 총을 쓸 일이 또 있을 줄은 몰랐어. 저 작은 자살용 권총은 오늘 밤에 산 거야."

여자는 피가 뚝뚝 떨어지는 자신의 손을 내려다보며 말했다.

"해리를 쏘려고?"

"널 쏘려고. 네가 날 조여 올 줄 알았어. 해리가 닉과 지니에 대해 안다고 네가 말하기 전에는 그런 생각을 하지 않았지."

"지니는 첫 남편 사이에서 낳은 딸인가?"

"내 유일한 딸이야. 널 위해서 그랬다, 지니. 나는 그 끔찍한 일이 벌어지는 걸 너무도 많이 봐 왔단다."

여자가 딸에게 말했다.

딸은 아무 말도 하지 않았다.

"당신이 닉을 쏜 이유를 알겠군. 하지만 해리는 왜 죽였지?"

"닉이 해리에게 돈을 줬어. 지니에 대한 대가로 해리에게 돈을 줬다고. 한 시간 전에 해리를 술집에서 찾아냈는데 그 사실을 시인하더군. 그 자식을 죽여 버리고 싶었어."

"해리는 죽었어, 니모 부인. 여긴 왜 온 거지? 지니가 세 번째 대상이었나?"

"아니. 아니야. 이 애는 내 유일한 딸이야. 내가 이 애를 위해 한 일을 알려 주려고 왔어. 이 애에게 알려 주고 싶었어."

여자가 침대에 앉아 있는 딸을 쳐다봤다. 여자의 눈에서 격렬한 고통과 사랑의 빛이 뿜어져 나왔다.

"엄마, 아프겠어요. 미안해요."

지니가 겁에 질린 목소리로 말했다.

"갑시다, 니모 부인."

내가 말했다.

인생은 카드치기
Stacked Deck

빌 프론지니 _ Bill Pronzini

　　이 익명의 형사 시리즈는 매우 잘 쓴 작품이고 줄거리에 빈틈이 없으며 환상적인 등장인물들이 나온다. 하지만 작가에게는 일기나 다름없는 측면도 있다. 몇 십 년에 걸쳐 쓰인 이 시리즈는 익명의 형사와 샌프란시스코라는 도시에 스포트라이트를 비추며, 이 둘이 이 기간 동안 어떻게 변화해 왔는지도 보여 준다. 이 중에서 가장 각광을 받은 작품은 「수갑(Shakles)」(1988)과 「보초(Sentinels)」(1996)이다. 빌 프론지니는 시리즈 물이 아닌 소설도 쓸 수 있음을 입증해 보였다. 「푸른 외로움(Blue Lonesome)」(1995)과 「이방인의 황무지(A Wasteland of Strangers)」(1997)는 1990년대에 쓰여진 범죄 소설 중 가장 창조적이며 감동적인 작품에 속한다. 그가 가장 최근에 쓴 익명의 탐정 소설은 「환상(Illusions)」과 「척골 끝뼈(Crazybone)」이다. 곧 알게 되겠지만, 프론지니는 단편의 대가이다.

1

    줄기가 갈라진 더글러스 전나무 그늘에 선 데이한에게는 그 아래쪽 통나무집이 또렷하게 보였다. 오늘 밤은 큼직한 보름달이 떴고 줄무늬 모양의 구름 몇 개가 오락가락하며 차고 노란빛을 발하는 달을 가렸다. 노란 달이 타호 호수 표면에 비쳐 반짝이며 호수 한복판을 향해 긴 은빛 줄무늬를 드리웠다. 나머지 호수는 윤을 낸 검은 쇠 빛으로 빛났다. 남쪽 저 멀리 사우스쇼어 카지노에서 비추는 반짝이는 네온사인 빛과 그 인근 배에서 내뿜는 붉은빛과 초록빛뿐, 사방은 아무리 둘러봐도 적막할 뿐이었다.

    그 통나무집은 소나무와 아메리카 삼나무로 지은 커다란 집이었다. 그 집에는 아메리카 삼나무로 만들고 난간을 두른 덱이 호수를 굽어보고 있지만 데이한이 있는 곳에서는 잘 보이지 않았다. 달빛 어린 호수에는 평평한 콘크리트 방파제가 튀어나와 있고 그 끝에 짤막한 나무 부표 한 쌍이 T자를 이루고 있었다. 그곳에는 네 명이 잘 수 있는 9미터 길이의 크리스크래프트가 매여 있었다. 슈터에게는 너무 과한 물건이었다.

    데이한은 통나무집을 주시했다. 그는 통나무집이 잘 보이는 그곳에서 벌써 세 시간째 꼼짝도 하지 않고 있었다. 오래 서 있자니 다리가 조금 아프고 곁눈질을 하느라 눈도 아팠다. 밤이었다. 하지만 그는 부엉이처럼 밤눈이 밝았다. 더 이상 시간을 끌 필요는 없었다. 그가 젊었을 때는 지니지 못했지만 지금 갖게 된 것은 다름 아닌 인내심이었다. 그는 지난 삼 년 동안 많은 것을 배웠다. 그리고 무엇보다 인내하는 법을 배웠다.

통나무집을 둘러싼 사방은 컴컴했다. 하지만 그것은 그들이 검은 커튼을 둘러쳤기 때문이었다. 여섯 사람이 그 집에서 진을 친 지는 두 시간이 족히 넘었다. 일행은 겨울 몇 달을 빼고 매주 목요일 밤에 모이는 핵심 구성원 다섯에 신출내기 한 명을 더해 모두 여섯이었다. 눈발이 날리기 시작하면 슈터는 하와이로 갔다. 아니면 플로리다나 바하마 등 따뜻한 곳으로 말이다. 맨리처와 브란트는 겨울에 집에 틀어박혀 지냈다. 데이한은 다른 사람들이 무얼하고 지내는지 알지 못했고 관심도 없었다.

슈터의 캐디 엘도라도가 주차되어 있는 어두운 간이 차고 안에서 성냥불이 너울거렸다. 차고 뒤로는 나무가 빽빽이 서 있었다. 그것은 망을 보는 맨리처의 아들이었다. 대단한 보초가 아닐 수 없었다. 그는 시계처럼 정확히 오 분마다 한 개비씩 담배를 피웠으므로 그가 그곳에 있다는 걸 알기는 식은 죽 먹기였다. 데이한은 그가 담배를 또 한 개비 피우기를 기다렸다. 그는 담배를 다 피우고 나서 불꽃이 살아 있는 담배꽁초를 던졌다가 주변이 건조한 숲으로 둘러싸여 있다는 사실이 생각났는지 다시 가서 담배꽁초를 발로 눌러 껐다. 정말 대단한 보초였다.

데이한이 손목시계를 눈에 가까이 갖다 대고 번호판에 불이 들어오는 작은 버튼을 눌렀다. 10시 19분. 이제 때가 되었다. 보초는 다시 몸을 움직여 호수 쪽으로 내려갔다. 그는 이내 방파제로 걸어 나가 호수의 경치에 감탄하며 몇 분간 또 한 개비의 담배를 피울 터였다. 그는 매주 목요일 밤에 적어도 두 번은 이런 행동을 했다. 그는 마지막 두 개비의 담배를 늘 그런 식으로 피웠다. 오늘 밤에도 그 의식을 시작하는 듯했다. 그는 따분한 인간이었고 늘 그랬다. 그는 오래전부터 이 일을 해왔고 늘 똑같았다. 주변을 어슬렁거리고 담배를 피우고 750제곱킬로미터에 이르는 호수를 바라보는 것 말고 그가 할 수 있는 일은 아무것도 없었다. 게다가 아무 일도 일어나지 않았다. 삼 년 동안 단 한 번도 별다른 일이 일어나지 않았다.

하지만 오늘 밤에는 무슨 일이 일어날 터였다.

데이한이 허리띠에 찬 권총집에서 권총을 꺼냈다. 권총은 스미스 앤 웨슨 38구경으로 가볍고 크기가 작았으며 그가 여태껏 사용하던 것 중 가장 성능이 좋았다. 그는 총을 들고 신호가 떨어지기를 기다리기라도 한 것처럼 보초를 응시했다. 보초는 방파제로 다가가서 잠시 멈춰 섰다가 평평한 표면을 따라 걸어 나갔다. 보초가 반쯤 나갔을 때 데이한이 어둠 속에서 나와 찻길을 가로질러 비스듬히 난 경사지를 내려가서 통나무집 뒤쪽으로 갔다. 매끄러운 바닥을 딛는 그의 신발에서 미끄러지는 듯한 작은 소리가 났다. 그러나 그 소리는 멀리까지 들리지는 않을 터였다.

그는 벌써 이곳을 세 번이나 살펴보았다. 두 번은 지난 목요일 밤에, 한 번은 주변에 아무도 없는 낮 동안이었다. 그는 어떻게 해서 어디로 가야 하는지를 정확히 알고 있었다. 보초는 통나무집에 등을 돌린 채 다시 담배에 불을 붙였고 데이한은 그 집의 뒤쪽 벽에 도착했다. 그는 조심조심 손님용 침실 창가로 갔다. 새시를 댄 창은 소리 없이 미끄러지듯 열렸다. 오락실에서 시끌벅적한 소리가 들렸다. 사람들의 목소리, 잔에 얼음이 부딪치는 소리, 칩이 부딪치고 움직이는 소리 등. 그가 재킷 주머니에서 스키 마스크를 꺼내 머리 위로 뒤집어써서 얼굴을 완전히 가렸다. 그런 다음 창을 통해 집 안으로 들어간 후에 빛이 퍼지지 않도록 만년필형 회중 전등을 가까이 대고 곧장 오락실 문 쪽으로 갔다.

그가 오락실 방문을 열었을 때도 역시 아무 소리도 나지 않았다. 그는 총을 겨눈 채 팔꿈치를 몸에 꼭 붙였다. 스터지스가 제일 먼저 그를 봤다.

"하느님 맙소사!"

그가 탄식을 토해 냈고 그의 몸이 뇌졸중이라도 일으킨 듯 뻣뻣이 굳었다. 그러자 다른 이들도 의자에 앉은 채로 고개를 돌렸다. 슈터는 깜짝 놀라 자리에서 일어났다.

"죽고 싶지 않으면 꼼짝 말고 앉아 있어. 내가 볼 수 있게 손을 탁자 위에 올려놔. 전부 다. 빨리!"

내가 빠르고도 단호하게 말했다.

그들은 바보가 아니었다. 그래서 데이한이 시키는 대로 했다. 데이한이 뿌연 담배 연기 속으로 그들을 주시했다. 육각형 포커 탁자에 둘러앉은 여섯 남자가 녹색 탁자보 위로 손을 편 채 머리를 들고 그를 쳐다봤다. 그중에 다섯은 아는 얼굴이었다. '네보니아 클럽'을 소유한 뚱보 맨리처는 동부 해안의 카포파를 위해 무언가를 기여했으므로 프러시아인이긴 했지만 카포파의 단원들과 굳은 유대를 맺고 있었다. 맨리처의 사촌이자 깡패인 브란트는 네보니아의 객장 지배인으로 일인이역을 했다. 벨라는 준 입법적인 부동산 개발업자이자 전문 도박꾼이었다. 스터지스는 노스쇼어 위쪽에 있는 잭폿 라운지의 돈줄이었다. 그리고 돈을 받고 일하는 깡패이자 청부 살인업자이며 가끔은 코카인 밀수업도 하는 슈터의 진짜 이름은 데니스 달레산드로였다. 여섯 번째 사내는 그들이 이 특별한 도박판에 불러들인 멍청이로 이름은 돈리 또는 도나반 비슷한 무엇이며 온몸과 근사한 옷에서 텍사스 석유로 벌어들인 돈 냄새를 풍기는 오십대의 마른 남자였다.

오늘 밤의 승자는 맨리처였다. 그의 앞쪽 탁자에는 50달러와 100달러짜리 지폐 더미가 높이 쌓여 있었다. 데이한이 차곡차곡 접어 둔 밀가루 자루를 꺼내 맨리처 앞쪽 탁자보 위에 흩어져 있는 포커 칩 위로 던졌다.

"좋아. 자루를 채워."

뚱보는 꼼짝도 하지 않았다. 그도 기가 약한 편은 아니었다. 그는 사납고 거칠며 인색했다. 게다가 무언가 빼앗기는 걸 좋아하지 않았다. 그의 목에 심줄이 돋아나고 관자놀이가 고동치는 것이 보였다. 그는 수면 밖으로 터져 나오려는 내면의 폭력성을 가까스로 참고 있었다.

"우리가 누군지 알아? 내가 누군지 알아?"

그가 말했다.

"자루나 채워."

"이 나쁜 자식. 이 돈을 쓰면서 멀쩡히 살지는 못할걸."

"자루를 채워. 어서."

맨리처는 데이한의 총보다 그의 눈빛을 보고 반항하려는 마음을 접었다. 그는 자루를 집어 들고 의자를 뒤로 밀고 일어나 몹시 성난 동작으로 지폐를 자루에 쓸어 담기 시작했다.

"나머지는 지갑과 시계 그리고 보석을 탁자 위에 올려놔. 돈이 되는 건 전부 다. 빨리."

데이한이 말했다.

"이봐요……."

그 텍사스 사내가 입을 열었다. 그러나 데이한은 38구경 권총을 그의 머리에 겨누며 말했다.

"한 마디만 더 하면 죽을 줄 알아."

텍사스 사내는 그를 노려보면서 기를 꺾으려 했다. 하지만 그건 살아 보려는 몸부림에 지나지 않았다. 그는 이삼 초 후에 시선을 내리고 반지를 빼기 시작했다.

나머지 사내들은 아무 소란도 일으키지 않았다. 벨라는 땀을 많이 흘리며 눈에서 연신 땀을 훔쳐 냈고 두 손을 약간 떨었으며 경련을 일으키기도 했다. 브란트는 무딘 칼날 같은 눈으로 마스크 쓴 데이한의 얼굴을 노려봤다. 달레산드로만이 아무런 감정의 변화도 보이지 않았다. 이게 그의 특징이었다. 그는 타고난 얼음 장수(타고난 도박사와 얼음 같이 냉철한 사람이라는 이중적인 의미를 지닌다.—옮긴이)였다. 사람들은 그가 얼음 송곳이나 얼음 칼을 사용했던 예전 시대의 얼음 장수이기라도 한 것처럼 그를 그렇게 불렀다. 슈터는 그 이름을 좋아할 뿐 아니라 그에게 꼭 맞는 이름이었다.

이제 맨리처가 밀가루 자루를 모두 채웠다. 그가 왼손에 끼고 있는 다이아몬드가 둥글게 박힌 백금 반지가 낮게 매달린 현수등 불빛을 받아 반짝거렸다. 그는 돈보다 그 반지를 빼앗기는 게 더 싫은 듯했다. 그가 오른손으로 계속 반지를 만지작거렸다.

"그 반지 빼."

데이한이 그에게 말했다.

"지옥에나 떨어져라."

"어서 빼지 않으면, 네놈 이마 한가운데에 커다란 눈을 또 하나 만들어 주지. 네가 선택해."

맨리처도 머뭇거리며 그와 눈싸움을 벌여 보려 했지만 텍사스 사내보다 더 운이 좋지는 못했다. 긴장된 순간이었다. 그러나 그는 반지 하나 때문에 죽고 싶지 않았고, 그래서 반지를 빼서 탁자 한복판에 던지듯 내려놓았다.

"자루 안에 집어넣어. 지갑과 나머지 것들도 다."

데이한이 말했다.

맨리처는 더 이상 머뭇거리지 않았다. 그는 데이한의 말대로 했다.

"좋아. 이제 일어나서 바 옆으로 가. 그리고 바닥에 배를 대고 누워."

데이한이 말했다.

맨리처가 천천히 자리에서 일어났다. 그는 구토를 하듯 터져 나오려는 폭력성을 억누르느라 턱에 힘을 주고 이를 악물었다. 그는 바닥에 엎드렸다. 데이한이 브란트를 가리켰다.

"다음엔 너야. 나머지는 한 번에 한 명씩 움직여."

모두 바닥에 엎드리자 데이한이 탁자로 가서 자루를 움켜쥐었다.

"십 분 동안 그대로 있어. 그 전에 움직이거나 소리쳐서 밖에 있는 놈을 부르면 이 집을 날려 버릴 테니. 주머니 안에 파쇄성 수

류탄(파편에 의해 인명 살상 효과를 노리는 수류탄.——옮긴이)이 있
어. 못 믿겠어?"

아무도 입을 열지 않았다.

데이한은 뒷걸음질로 손님용 침실로 갔다. 그는 창가에 도착할
때까지 그들의 모든 움직임이 보이도록 문을 활짝 열어 놓았다.
그는 머리를 밖으로 내밀고 살펴보았지만 보초에게서 이상한 기
미는 없었다. 아직 호수 아래쪽 어딘 가에 있는 모양이었다. 이 모
든 일을 하는 데 걸린 시간은 이삼 분에 지나지 않았다.

그는 창문 밖으로 몸을 날린 다음 재빨리 그늘 속으로 몸을 숨
겼다. 하지만 그곳은 찻길과 도로 반대편이었다. 통나무집 저편으
로 소나무 숲 속 비스듬히 북쪽을 향한 오솔길이 있었다. 그는 그
길을 찾아낸 다음 빠른 걸음으로 그 길을 따라갔다. 나뭇가지 사
이로 비쳐 들어오는 달빛이 그의 앞길을 환히 밝혀 주었다.

그가 거의 호수 기슭까지 왔을 때 뒤쪽에서 소요가 일기 시작했
다. 성나고 흥분한 사내들의 음성이 밤 공기를 뚫고 전해져 왔고
그중에서 맨리처의 음성이 가장 컸다. 그들은 십 분을 다 기다리
지 않았고 그도 그럴 것을 기대하지 않은 터였다. 그래도 상관없
었다. 100미터에 이르는 빽빽한 나무숲에 가려 슈터의 통나무집은
보이지 않았다. 그리고 그들은 어쨌든 호숫가로 그를 찾아 나서
지도 않을 터였다. 그들은 통나무집 위쪽 도로 부근을 수색할 터
였다. 그들은 반사적으로 그가 차로 도망쳤을 거라고 생각할 터
였다.

노랗고 검은빛으로 빛나는 호수가 바로 앞에 있었고 관목과 양
치류의 잎 사이로 그가 빌린 비치크래프트가 매여 있었다. 그는

모래로 된 호숫가를 지나 종아리까지 물에 잠기는 곳으로 가서 불룩한 밀가루 자루를 배 안에 넣고 관목 숲에서 배를 푼 뒤에 뱃전에 올라탔다. 그가 열쇠를 꽂자마자 나지막한 배의 엔진 소리가 들렸다.

바보들이 우왕좌왕하는지 통나무집 뒤쪽은 아직 소란스러웠다. 그가 탄 배는 칠흑 같은 어둠 속으로 사라졌다.

2

그 모텔의 이름은 위스퍼링 파인스였다. 그곳은 호수에서 800미터는 족히 떨어진 크리스털 만 아래 28번 고속도로 뒤편으로 소나무와 더글러스 전나무 숲 속에 있었다. 데이한의 통나무집은 모텔 사무실에서 가장 멀리 떨어진 곳에, 가장 가까운 통나무집과도 9미터나 거리를 둔 외진 곳에 있었다.

모텔 방 안으로 들어온 그는 깜빡거리는 텔레비전 불빛뿐 아무것도 켜지 않은 채 어둠 속에 앉아 있었다. 낡은 텔레비전이었다. 화면은 눈이 내리는 것처럼 뿌옇고 몇 초 간격으로 화면이 튀었다. 하지만 상관없었다. 그의 눈은 화면을 보고 있지 않았고 텔레비전에서는 아무 소리도 나지 않았다. 그가 텔레비전 소리를 꺼둔 때문이었다. 그는 캄캄한 어둠 속에서 기다리기 싫어 텔레비전을 켜 두었을 뿐이었다.

그가 들어온 것은 자정도 지난 시각이었다. 그는 늘 하던 대로 프랜에게 전화를 하고 싶었지만 그러기엔 너무 늦은 터였다. 그녀는 11시 30분에 잠자리에 들었으며 그 후에 전화벨이 울리는 것을 탐탁해하지 않았다. 어떻게 그녀를 탓하겠는가? 그가 집에 있고 그녀가 쉴라나 여동생네 집에 가 있을 때면 그 자신도 그렇게 늦은 시간에 전화벨이 울리는 걸 좋아하지 않았다.

이제 1시 10분이었다. 그는 피곤하기는 했지만 그렇게 심하지는 않았다. 조금 전 일이 그의 피 속에서 들끓으며 아직 기운이 완전히 사라지지 않아 술이나 마약처럼 그를 조금 흥분시킨 상태였다. 맨리처의 얼굴…… 그 모습은 그가 영원히 잊을 수 없을 것 같았다. 슈터도 그렇고 브란트도 그랬지만, 특히 맨리처의 얼굴이 그랬다.

밖에서 차가 모텔 안뜰을 돌면서 커튼이 드리워진 창밖을 자동차 전조등 불빛이 훑고 지나갔다. 불빛은 가까운 곳에서 멈춰섰고 이내 전조등이 꺼졌다. 데이한은 이제 때가 되었다고 생각했다.

자갈 위를 밟는 저벅거리는 발소리가 작게 들렸다. 그러더니 이내 방문을 두드리는 작은 소리가 났고 그 뒤를 이어 나지막한 목소리가 들렸다.

"프린스? 안에 있어?"

"문은 열려 있어."

달빛이 점점 커지는 쐐기 모양을 그리며 바닥을 훑고 들어왔다. 하지만 데이한이 38구경을 손에 들고 홀로 의자에 앉아 있는 곳까지 미치지는 못했다. 열린 문으로 들어선 사람은 완벽한 목표물이었다. 그 또한 재수 없는 멍청이에 지나지 않았다.

"프린스?"

"난 여기 있어. 들어와서 문을 닫아."

"불은 왜 켜지 않은 거지?"

"문 옆에 스위치가 있어."

사내가 들어와서 문을 닫았다. 딸깍하는 소리가 나며 천장에 매달린 전구에 불이 들어왔다. 데이한이 앉은 채로 왼손을 뻗어 텔레비전을 껐다.

벨라가 양손 바닥으로 값비싼 캐시미어 외투의 양 옆을 훑으며 그를 향해 눈을 깜빡였다.

"제발 그 총 좀 치워. 대체 왜 그래?"

그가 불안해하며 말했다.

"원래 신중한 편이라서."

"어쨌든 치워. 신경에 거슬려."

데이한이 자리에서 일어나 들고 있던 연발 권총을 권총집에 집어넣었다.

"거긴 어때?"

"섬뜩해, 정말 섬뜩하다고. 맨리처는 미친놈 같았어."

벨라가 주머니에서 손수건을 꺼내 이마를 닦았다. 네모진 그의 얼굴은 창백했고 땀에 젖어 번들거렸다.

"그놈이 이 일을 그렇게까지 심각하게 받아들일 줄은 몰랐어. 빌어먹을."

그게 너 같은 인간들의 문제지 하고 데이한이 생각했다. 넌 생각할 줄 몰라. 그는 셔츠 주머니에서 담배를 꺼내 프랜이 십오 년 전에 준 지포 라이터로 불을 붙였다. 라이터는 십오 년이나 되었지만 여전히 작동이 되었다. 온갖 문제에도 불구하고 아직 굴러가고 있는 그들의 결혼 생활처럼 말이다. 이제 얼마나 되었지? 오월이면 이십이 년이 되나? 아니면 이십삼 년?

"그놈이 달레산드로에게 소리 지르기 시작했어. 목 졸라 죽이는 줄 알았다니까."

벨라가 말했다.

"누가? 맨리처가?"

"그래. 손님 방에 있는 창문 때문에 말이야."

"달레산드로가 뭐라고 했는데?"

"그 문을 언제나 잠가 두기 때문에 네가 아무 흔적도 남기지 않고 쇠 지렛대 같은 걸로 연 게 틀림없다고 했어. 맨리처는 그 말을 믿지 않았어. 달레산드로가 창문 잠그는 걸 잊어버렸다고 생각하지 뭐야."

"안에서 열었다고 생각하는 사람은 아무도 없지?"

"없어."

"그럼 됐어. 신경 쓰지 마, 벨라. 당신은 위험하지 않아."

벨라가 또 얼굴을 닦았다.

"돈은 어딨지?"

"침대 맞은편 바닥에."

"세 봤어?"

"아니. 자네가 직접 세고 싶어 할 것 같아서."

벨라가 그쪽으로 가서 밀가루 자루를 꺼내 침대 위에 쏟았다. 안에서 쏟아져 나온 녹색 지폐를 보는 그의 눈이 뜨겁게 빛났다. 그러다가 그가 아랫입술을 깨물고 인상을 찌푸리며 맨리처의 다이아몬드 반지를 집어 들었다.

"이건 뭐하러 가져왔어? 맨리처는 다른 것보다 이 반지 때문에 야단법석을 떨었어. 어머니가 주신 거라나. 1만 달러는 나가겠는 걸."

"그래서 갖고 온 거야. 현금 15퍼센트는 얼마 되지 않잖아."

데이한이 말했다.

벨라의 얼굴이 딱딱하게 굳었다.

"내가 모든 일을 꾸몄어, 안 그래? 그런데도 내가 많이 갖는 게 당연하지 않단 말이야?"

"따지는 게 아니야, 벨라. 우린 서로의 몫에 합의했어. 좋아, 합의한 대로야. 난 그래서 좀 더 챙긴 거라고 말한 것뿐이야."

"좋아, 좋아. 적어도 20만 달러는 되겠는걸. 그 텍사스 출신 돈리 혼자서 5만 달러는 냈을걸."

벨라가 다시 돈을 보며 말했다.

"그자의 지갑에도 돈이 많이 들어 있더군."

"그럴 거야."

데이한이 담배를 피우며 벨라가 지폐 더미와 지갑 안에 든 돈을 세는 것을 지켜보았다. 그 부동산 개발업자의 얼굴에 벌거벗은 여인을 탐할 때와 같은 표정이 떠올랐다. 단순하고 순전한 탐욕이. 로렌스 벨라를 이끄는 힘은 바로 탐욕이었다. 돈이 그의 가장 친한 친구이자 애인이자 신이었다. 그는 크리스털 만 아래, 그 호수 앞쪽의 토지를 살 만한 충분한 돈을 마련하지 못했다. 그는 그 땅에 300~400달러를 들여 콘도를 한 동 지을 생각이었다. 하지만 합법적인 방법으로는 그렇게 빨리 필요한 자금을 모을 수 없었다. 그래서 그는 자신이 매주 벌이는 도박판을 털기로 했다. 깡패들을 배신하게 될지라도 말이다. 그는 용감했고 적어도 그 점은 인정해야 했다. 그는 정말 어리석었고 머지않아 호수 바닥에서 생을 마칠지도 몰랐다. 하지만 그는 정말 용감했다.

게다가 그는 적어도 한동안은 운이 좋을 것이다. 그것은 그가 보브 프린스를 하수인으로 선택했기 때문이었다. 그는 그 이름이 가명이며 보브 프린스의 겉모습이 삼 년 동안 용의주도하게 만들어진 거라는 사실을 알지 못했다. 그가 아는 것이라곤 프린스가 믿을 만한 사람이라는 평판을 받고 있으며 함께 일하기 쉽고 지나치게 똑똑하거나 돈을 밝히지 않고 모든 종류의 폭력을 기꺼이 구사한다는 사실 정도였다. 벨라는 보브 프린스를 고용한 것이 정말 어떤 일인지를 전혀 알지 못했다. 만일 그가 계속 운이 좋다면 영원히 알지 못하겠지만 말이다.

벨라가 돈 세는 일을 마쳤을 때, 그는 땀투성이가 되어 있었다.

"23만 3000달러와 잔돈이야. 생각했던 것보다 많군."

"내 몫은 3만 5000달러군."

데이한이 말했다.

"계산이 빠르군."

벨라가 꽃무늬 이불이 덮인 침대 한쪽에 100달러와 50달러짜리로 된 지폐 두 더미를 내놓으며 말했다.

"세어 볼 테야? 아니면 날 믿을 텐가?"

데이한이 미소 지었다. 그는 담배를 문질러 끈 뒤에 침대로 가서 한동안 지폐 더미를 세었다.

"정확하군."

지폐를 다 센 후에 그가 말했다.

벨라가 나머지 현금 더미를 밀가루 자루에 다시 집어넣고 시계와 보석은 그대로 남겨 두었다. 그는 여전히 땀을 흘렸고 여전히 불안해했다. 저 자식은 오늘 밤 잠을 설치겠군 하고 데이한이 생각했다.

"이제 됐네. 자네는 내일 시카고로 돌아가나?"

벨라가 물었다.

"바로 가지는 않아. 먼저 도박을 좀 하고 나서."

"여기서? 이봐, 프린스……."

"아니. 리노쯤에서. 어쩌면 라스베이거스까지 갈지도 모르고."

"타호에서는 멀리 벗어나게."

"물론이야. 아침이 되자마자 그것부터 해야지."

데이한이 말했다.

벨라가 문으로 갔다. 그가 문가에서 멈춰 서더니 밀가루 자루를 외투로 덮었다. 몸 왼쪽에 큰 종양이라도 생긴 것 같았다.

"네바다에서는 그 보석으로 어떤 짓도 해서는 안 되네. 시카고에 도착한 후에 처분하게."

"자네 말대로 하지, 벨라."

"또 자네가 필요할지 모르네. 그럼 또 연락하겠네."

벨라가 말했다.

"언제든. 언제든 좋아."

데이한은 벨라가 간 다음 5000달러를 여행용 가방에 넣고 3만 달러는 이틀 전에 사우스쇼어의 스포츠 용품점에서 산 배낭에 집어넣었다. 맨리처의 다이아몬드 반지도 다른 보석들과 함께 그 배낭 안으로 들어갔다. 시계와 다른 잡동사니는 아무 쓸모도 없었다. 그는 화장실에서 수건을 가져다 그 모든 것을 한데 싸서 자신의 오리털 잠바 주머니 속에 쑤셔 넣었다. 그 다음에 그는 담배를 한 개비 더 피우고 늘 갖고 다니는 자명종을 6시에 맞춘 뒤에 문을 이중으로 잠그고 침대 왼쪽에 누웠다. 연발 권총을 베개 밑, 그의 오른손 가까이에 둔 채로 말이다.

3

새벽 호수는 안개 낀 푸른 유리 같았다. 동쪽 기슭 가까이 닻을 드리운 낙천적인 어부 몇 명만 빼면 말이다. 가을의 상쾌한 기운이 감도는 쌀쌀한 날씨였지만 바람은 한 점도 없었다. 태양이 하늘에 흩어진 구름을 분홍빛과 금빛으로 물들이며 막 떠오르려 하고 있었다. 탤락 산꼭대기와 호수를 둥글게 에워싼 다른 시에라 산봉우리에는 오래된 눈이 남아 있었다.

데이한은 비치크래프트를 타고 1킬로미터 조금 안 되게 나아간 뒤에 시계와 쓸모없는 보석 꾸러미를 배 밖으로 버렸다. 그는 북쪽으로 긴 대각선을 그리며 뱃머리를 돌렸다. 200~300미터만 더 가면 슈터의 통나무집이었다. 그가 낚시 장비를 꺼내 낚싯대와 낚싯줄을 만지작거렸다. 무지개 송어나 레이크 트라우트(북미나 캐나다의 호수에 서식하는 연어과의 물고기.─옮긴이)를 찾는 영락없는 낚시꾼 행색이었다.

슈터의 통나무집 근처에는 아무도 나와 있지 않았다. 데이한은 2해리를 미끄러지듯 지나 통나무집 뒤로 200미터쯤 떨어진 해안으로 갔다. 그곳에는 골풀과 잡목 그리고 나무들이 물 위로 빽빽이 솟아 있었다. 그곳에서는 통나무집의 현관이 아주 잘 보였다. 슈터의 캐디가 간이 차고 안에 서 있었다.

아침 8시로 태양은 거의 떠오른 상태였다. 데이한은 배의 엔진을 끄고 배를 쓰러진 소나무 줄기에 묶었다. 9시 30분에서 몇 분 지난 시각에 달레산드로가 밖으로 나와 캐디 쪽으로 갔다. 그는 혼자였다. 지난밤에 그런 일이 벌어졌으니 오늘 아침 카지노에 여자를 끼고 나왔을 리 만무했다. 그는 담배나 식료품을 사러 가게에 가든지 아니면 아침을 먹으러 카페에 가는 길일 터였다. 누군가를 만나 일을 하는지도 몰랐다. 중요한 것은 그가 얼마나 오랫동안 집을 비울 것인지였다.

데이한은 그가 차고에서 캐디를 끌고 나와 차를 몰고 위쪽 도로로 사라지는 것을 지켜보았다. 그는 같은 자리에서 낚시질을 하며 기다렸다. 한 시간이 다 되어 가는데도 슈터가 돌아오지 않자 그는 배의 엔진을 켜고 숲이 우거진 북쪽으로 어젯밤에 배를 매 두었던 후미진 지점으로 갔다. 그는 배 위로 흔들리는 갈대와 양치류의 잎을 뚫고 조심스레 배가 보이지 않게 깊숙이 밀어 넣었다. 그런 다음 배낭을 매고 숲을 지나 슈터의 통나무집으로 갔다.

그는 나무 그늘에 몸을 숨긴 채 천천히 집을 반 바퀴 돌았다. 차고는 여전히 비어 있었고 그의 시야에 들어오는 거리 내에서는 아무런 움직임도 없었다. 결국 그는 집 뒷벽으로 다가가서 벽을 끼고 돌아 집 정면으로 난 현관으로 갔다. 몸을 가릴 게 아무 것도 없으므로 그는 그런 곳에 잠시도 서 있고 싶지 않았다. 하지만 테라스로 난 미닫이문과 반대편 포치로 난 문을 빼면 집 안으로 들어가는 입구는 이 문뿐이었다. 미닫이문은 아무런 흔적 없이 열기가 쉽지 않았다. 그건 창문도 마찬가지였다. 슈터가 틀림없이 모든 창문을 철저히 잠가 두었을 터였다.

데이한이 배낭의 주머니 하나를 열고 픽건(자물쇠를 비틀어 여는 도구.—옮긴이)을 꺼내 손에 쥐고 현관으로 다가갔다. 그는 오래전에 은퇴한 콜드웰이라는 가택 침입 강도로부터 이 픽건을 받았다. 그는 그에게 다른 도구도 주었으며 여러 가지 잠금 장치를 여는 법도 가르쳐 주었다. 슈터의 현관문은 문틀을 쇠로 두른 데다 아무나 열기 힘든 잠금 장치가 달려 있었다. 그것은 플라스틱이나 금속 막대로 열리지 않는 잠금 장치라는 걸 의미했다. 동시에 픽건을 사용하면 2분 정도 만에 열린다는 것을 뜻하기도 했다.

그가 무릎을 굽힌 채 몸을 웅크리고 앉아 잠금 장치 속으로 픽건을 밀어 넣었다. 스프링의 힘에 맞춰 가며 위쪽의 작은 마디를 지나 트리거를 당기자 모든 핀이 일제히 풀리며 그의 손아귀에서 문이 열렸다.

그는 안으로 들어가서 팔꿈치로 문을 닫고 픽건을 배낭 안 깊숙이 집어넣은 다음 얇은 비닐 장갑 한 켤레를 꺼냈다. 집 안에서는 김빠진 담배 냄새와 술 냄새가 났다. 그들이 어젯밤에 그렇게 많은 술을 마시진 못했을 것이고, 결국 모두 돌아간 후에 슈터 혼자 상당한 양의 술잔을 기울인 모양이었다. 그는 돈과 귀중품을 빼앗기는 것을 맨리처보다 더 좋아하지 않았다.

데이한이 집 앞쪽에 있는 방으로 갔다. 그곳은 가죽으로 된 가구, 벽에 걸린 사슴과 영양의 머리, 바닥에 깔린 인디안풍의 러그와 세련된 그림까지 누군가 달레산드로를 위해 꾸민 방인 듯했다.

일부는 코카인 거래로 벌어들인 돈이고 일부는 오클랜드와 샌프란시스코의 탐욕스러운 마약 판매상을 두 차례 습격한 것을 비롯해서 청부 살인의 대가로 벌어들인 돈이었다. 하지만 슈터는 여전히 삼류였다. 거물이 되려면 더 똑똑해야 했다. 카드치기와 도박 그리고 매춘부 길들이기가 그의 전공이었다.

그 방은 적합하지 않았다. 데이한은 재빨리 다른 방들을 살펴보았다. 달레산드로가 서재나 작업실을 차려 놓을 부류는 못 되었지만 방에는 옛날식으로 접었다 펼쳤다 할 수 있는 뚜껑이 달린 커다란 책상과 텔레비전 그리고 영화 감상 전용의 대형 스크린이 놓여 있었다. 책상 서랍은 잠겨 있지 않았다. 데이한이 가장 큰 서랍을 열자 덴마크 포르노 잡지가 쌓여 있었다. 그는 잡지를 꺼내 바닥에 내려놓았다. 그런 다음 배낭을 열고 3만 달러를 꺼내 그 서랍 뒤쪽에 넣었다. 그는 다른 반지들과 함께 그 텍사스 인이 끼고 있던 금팔지 두어 개 그리고 맨리처의 반지를 그곳에 넣었다. 그런 뒤에 포르노 잡지를 앞에 넣고 서랍을 닫았다.

그는 앞쪽에 있는 방으로 나오면서 빈 배낭을 픽건에 대고 감아 재킷 주머니에 쑤셔 넣었다. 그는 문을 열고 밖으로 나왔다. 데이한이 잠금 장치를 막 원래대로 해 놓았을 때 도로 위쪽에서 차 소리가 들렸다.

그는 위쪽을 보며 한순간 얼어붙은 듯 꼼짝도 하지 않았다. 나무숲에 가려 차는 보이지 않았지만 슈터의 집 앞 도로로 접어들면서 차의 속력을 낮춘 듯한 소리가 들렸다. 그는 문을 닫고 그가 갈 수 있는 유일한 방향인 호수 쪽으로 달렸다. 15미터 밖에 통나무 난간을 두른 테라스가 있었다. 데이한은 난간을 잡고 올라가서 난

간 사이의 틈으로 굴러 내려갔다. 다가오는 차 소리가 커질 무렵 그의 몸이 균형을 잃고 덱 위로 떨어졌다.

그는 한쪽 무릎으로 일어나 다시 달렸다. 자신의 모습이 보이는지 확인하는 유일한 방법은 멈춰 서서 내다보는 것뿐이었지만 그건 바보나 하는 짓이었다. 대신 그는 덱을 가로질러 달려 맞은편 난간 위로 기어올랐다가 소리가 나지 않게 조심하며 숲 속으로 뛰어들었다. 그는 양치류의 잎과 쓰러진 나무들이 두꺼운 방호벽을 이룬 30미터 뒤쪽에서 멈춰 섰다. 그는 그 뒤에서 38구경 권총을 들고 숨을 고르며 통나무집과 덱 쪽을 살폈다.

덱 위에는 아무도 없었다. 그 어디에도 사람의 흔적은 보이지 않았다. 데이한이 정신없이 뛰는 동안 그가 차의 엔진을 끈 게 분명했다. 새 소리와 호수 저편에서 희미하게 들리는 모터보트 소리뿐 사방은 조용했다.

데이한은 십 분간 기다렸다. 여전히 아무것도 보이지 않고 아무 소리도 들리지 않자 그는 몸을 웅크린 채 천천히 나무 사이를 뚫고 통나무집 정면이 보이는 곳으로 나아갔다. 슈터의 캐디는 간이 차고 안에 있었고 차는 서두른 흔적 없이 반듯하게 세워져 있었다. 통나무집 문은 닫혀 있고 인근 지역 전체에 사람의 흔적이라곤 보이지 않았다.

하지만 그는 십 분을 더 기다린 후에야 마음을 놓았다. 그럼에도 불구하고 그는 총을 든 채로 비치크래프트를 숨겨 둔 후미진 곳으로 갔다. 그는 배가 크리스털 만 쪽으로 꽤 이동한 후에도 마음을 놓지 못했다.

4

네보니아는 사우스쇼어의 오래된 클럽 중 하나로 최근에 현대식으로 보수했다. 밖은 유리와 화려한 네온사인으로 장식되어 있었다. 내부에 유리를 좀 더 사용했고 일부는 크리스털 모양으로 깎았으며 카펫과 실내 장식품 그리고 도박 테이블 모두 붉은 포도주 색으로 덮여 있었다.

데이한이 들어간 시각은 2시 몇 분 전이었지만 슬롯머신과 블랙잭 탁자에는 이미 도박판이 벌어지고 있었다. 금요일이었다. 삼류 도박사들은 인파가 몰리는 주말에 도박판에 뛰어드는 걸 좋아했다. 주사위 도박판과 룰렛 쪽은 한가했다. 거물 도박사들은 흡혈귀 같았다. 이들은 환한 낮을 견디지 못하고 밤에만 밖으로 나왔다.

데이한이 동전 교환소에서 25센트짜리 한 묶음을 바꿨다. 중앙 카지노 홀에는 슬롯머신 십여 대가 두 줄로 늘어서 있었다. 대부분은 번지르르한 새 기계였지만 향수를 자극하는 니켈 도금의 낡은 기계도 몇 대 있었다. 그는 25센트짜리를 넣는 낡은 기계 앞으로 가서 3달러어치 동전을 집어넣었다. 레몬과 오렌지가 나왔다. 동전 세 개를 넣었는데도 체리 두 개를 나란히 뽑아내지 못한 것이다. 그는 혼자 삐딱한 미소를 지은 후에 슬롯머신 기계에서 물러나 카지노 중앙 홀과 건물 뒤쪽에 좀 더 작은 규모로 증축한 신관을 잇는 긴 복도를 지났다.

복도 한쪽으로 공중전화 박스가 길게 늘어서 있었다. 데이한은 그중 한 전화 박스로 들어가서 문을 닫고 25센트짜리 동전 한 개를 넣은 뒤에 0을 누르고 샌프란시스코 지역 번호를 눌렀다. 교환원이 받았고 그는 콜렉트 콜을 신청했다. 그건 25센트짜리 동전 몇 개를 집어넣기가 귀찮아서였다. 그는 전화벨이 정확히 다섯 번 울린 후에 수화기를 내려놓았다. 프랜이 집에 있다면 이제 그가 무사함을 알게 되었을 터였고 집에 없다면 나중에 전화를 걸어 알려 주면 되었다. 그는 늘 다른 시간대를 골라 적어도 하루에 두 번은 집에 전화를 걸려고 노력했다. 아내가 쇼핑을 가거나 영화를 보러 가거나 아니면 실라네 집으로 아이들을 보러 갈 때가 있기 때문이었다.

아내와 전화로 이야기를 나누면 더 쉽겠지만 그녀는 그가 집을 떠나 있을 때는 절대로 전화를 받지 않았다. 단 한 번도 말이다. 실라나 다른 이들이 그녀를 만나려면 이웃집으로 전화를 하거나 직접 찾아가야 했다. 그녀는 남편이 나가 있는 동안에는 남편과 말 한 마디 하지 않았으며 그가 무엇을 하고 있는지 언제 돌아올 것인지도 알려 하지 않았다.

"내가 수화기를 들었는데 당신이 아니면 어떻게 해요? 누군가 당신이 죽었다는 소식을 전하면 어떻게 하느냐고요? 그런 일은 겪고 싶지 않아요."

그녀가 말했다. 그는 일면 그 말이 이해가 가지 않았다. 그가 죽으면 누군가 직접 집에 와서 그 소식을 전해야 한단 말인지. 죽은 건 죽은 거였다. 그 소식을 어떻게 전해 듣든 무슨 차이가 있단 말인가? 하지만 그는 아내와 말다툼을 하고 싶지 않았다. 그는 아내와 다투고 싶지 않을 뿐 아니라 아내의 말을 들어 준다 해도 손해볼 건 없었다.

데이한이 25센트짜리 동전을 전화기에 집어넣고 슈터의 집 전화번호를 돌렸다. 전화벨이 네다섯 번 울렸을 때 달레산드로가 전화를 받았다.

"예?"

"카슨 씨이신가요?"

"누구시죠?"

"폴 카슨 씨 아니신가요?"

"아닙니다. 잘못 거셨어요."

"아, 죄송합니다."

데이한은 이렇게 말하고 전화를 끊었다.

그가 전화기에 동전을 또 하나 집어넣었다. 이번에는 네보니아 사무실 번호를 눌렀다. 어떤 여자가 또박또박한 직업적인 말투로 전화를 받았다.

"맨리처 씨 부탁합니다. 급한 일이라고 전해 주십시오."

그가 말했다.

"누구시라고 전해 드릴까요?"

"그건 아실 것 없습니다. 어젯밤에 있었던 일에 대해 통화를 하고 싶다고만 전하시면 됩니다."

"선생님, 죄송하지만……."

"어젯밤 벌인 포커판과 관련이 있다고 말하면 전화를 받을 겁니다."

딸깍하는 소리가 들린 후에 녹음된 음악이 그의 귀로 흘러 들어왔다. 그가 담배에 불을 붙였다. 그가 담배를 네 모금쯤 빨고 났을 때 음악이 끊기며 뚱보가 전화를 받았다.

"프랭크 맨리처입니다. 누구시죠?"

"이름은 없소. 이 전화로 이야기해도 됩니까?"

"말씀하시죠."

"난 어젯밤에 당신들의 도박판을 덮친 사람입니다."

4~5초 동안 침묵이 흐른 뒤에 맨리처가 단호하고 경계심 깃든 음성으로 말했다.

"그런데요?"

"스키 마스크와 스미스 앤 웨슨 38구경, 잠바 주머니엔 수류탄을 갖고 있었지요. 돈은 20만 달러가 조금 넘더군요. 내가 다이아몬드가 박힌 당신의 백금 반지를 가져왔지요."

또 침묵이 흘렀다. 하지만 이번에는 지속 시간이 약간 짧았다.

"그런데 왜 전화를 한 거죠?"

"돈과 반지를 모두 돌려받는다면 어떠시겠어요?"

"어떻게요?"

"가서 집어 들기만 하면 돼요. 내가 장소를 알려 드리죠."

"뭐라구요? 왜 돌려주려는 거죠?"

"어젯밤에는 당신이 누군지 몰랐어요. 말을 듣지 못했거든요. 알았다면 그런 짓을 하지 않았을 거예요. 난 당신같이 조직과 연결된 사람은 건드리고 싶지 않아요."

"누가 당신을 고용한 거죠, 그렇죠?"

"그래요."

"누구죠?"

"달레산드로."

"뭐라구요?"

"슈터. 달레산드로."

"말도 안 되는 소리."

"내 말을 믿을 필요는 없어요. 하지만 그자가 맞아요. 도박판에 누가 있는지도 말해 주지 않더니 이제 와서는 돈 문제로 날 괴롭히려 해요. 자루 안에 15만 달러도 안 되는 돈이 들어 있었다고 우기더군요. 내가 빤히 아는데 말이에요."

"그래서 이제 당신이 복수하려는 거군요."

"그래요. 게다가 난 당신이 날 찾아내길 원치 않아요. 언젠가는 누군가 날 찾아오겠죠. 하지만 내가 슈터라는 사실을 알려 주면 더 이상 날 찾지 않을 것 아니오."

"슈터가 왜 그런 짓을 했죠? 도박판을 덮치는 짓 같은 걸요?"

좀 더 침묵이 흐른 뒤에 그가 물었다. 맨리처의 목소리는 달라져 있었다. 어젯밤처럼 폭력성이 터져 나오기 일보 직전의 목소리였다.

"큰돈이 급히 필요하다고 그러던걸요. 동부에서 신용 사기 같은 걸 당했나 봐요. 자세히 밝히진 않았어요."

"돈과 다른 물건들은 어디 있죠?"

"통나무집이요. 숲 속에 은닉 장소를 마련해 뒀어요. 내가 어젯밤에 자루를 거기 갖다 놨고 그가 오늘 아침 주변에 아무도 없을 때 그걸 갖고 들어갔어요. 돈은 그 사람 책상 서랍에 있어요. 큰 접뚜껑이 달린 책상 말이에요. 당신 반지도 거기 있어요. 어쨌든 한 시간 전에 내가 거기서 나올 때는 거기 있었어요."

"그놈의 책상 서랍에 말인가요."

맨리처가 이를 악문 듯한 음성으로 말했다.

"가서 직접 확인하세요."

"지금 한 말이 사실이라면, 내가 당신을 찾을 거라는 걱정은 전혀 하지 않아도 돼요. 보답 같은 걸 하고 싶어서 그러는데 어디로 연락하면 되죠?"

"연락이 안 될 거예요. 이 전화를 끊자마자 멀리 갈 테니까요."

"당신이 있는 곳만 알려 주면 5000달러를 보내 드리죠."

데이한은 전화를 끊었다.

그의 담배는 필터까지 타 들어가 있었다. 그는 담배를 바닥에 떨어뜨리고 발로 밟아 끈 다음 공중전화 박스에서 나왔다. 그는 카지노에서 나오는 길에 좀 전에 했던 그 슬롯머신 기계에 25센트짜리 동전을 또 집어넣었다. 레몬과 오렌지가 더 나왔다. 이번에 밖으로 나올 때 그는 미소 짓지 않았다.

5

좁고 구불구불하며 나무로 둘러싸인 올드레이크 도로는 네바다 방향의 50번 고속도로로 갈라졌고 거기서부터 호수까지 꼬박 3킬로미터를 더 가야 했다. 하지만 그곳은 막다른 길이 아니었다. 그 도로는 호수 정면으로 향한 다른 길과 연결되어 있고 그 길을 둥글게 돌아 고속도로로 나갈 수 있었다. 파인 에이커라고 불리는 그 지역 곳곳에 좋은 집들이 띄엄띄엄 자리 잡고 있었다. 슈터가 사는 통나무집은 고속도로에서 2.5킬로미터 정도 떨어진 지역에 있는 리틀코브라는 더 좁은 간선도로에 면해 있었다. 그 집에서부터 450미터 이내에 있는 유일한 다른 통나무집은 소유주가 1년 이상 문을 닫아 둔 여름용 별장이었다.

데이한은 리틀코브 로로 갈라지는 교차 지점을 지나 300미터 정도 더 가서 차를 세웠다. 그가 차 밖으로 나왔을 때 주위에는 근처에 호수가 있다는 걸 알리는 푸른 표지판과 나무숲뿐 아무것도 없었다. 누가 이 길로 지나간다 해도 이 차에는 신경 쓰지 않을 터였다. 차는 75년형 포드 갤럭시로 이동전화인 GTE용 안테나가 달려 있을 뿐 시선을 끌 만한 구석이 전혀 없었다. 그것은 그가 샌프란시스코에서부터 몰고 온 그의 차였다. 하지만 서류상으로는 보브 프린스 소유로 되어 있었다. 게다가 올드레이크 로는 호숫가에서 고작 100미터 정도 떨어져 있지만 바위가 많은 호숫가까지는 나무 사이로 좁은 길을 지나야 했다. 여름에는 이 지역 아이들이 이 길로 지나 다녔다. 그는 벨라에게서 그런 사실을 들어 알고 있었다. 화창한 가을날에도 아이들이 이곳에 와서 놀 수 있었다. 하지만 의심을 할 여지는 전혀 없었다.

그는 그 길을 찾아 작은 시내가 가로지르는 곳까지 조금 걸었다. 시냇물은 이제 말랐을 뿐 아니라 너무 좁아 천연 배수구 이상도 이하도 아니었다. 그는 사흘 전처럼 그 시냇물의 흔적을 따라 북쪽으로 갔다. 그는 광맥에서 노출된 화강암 두 덩어리가 술꾼처럼 서로에게 기대 선반 모양을 이룬 곳까지 갔다. 선반 아래로는 슈터의 집 앞 도로까지 60미터 정도의 거리를 둔 날카롭게 깎아지른 듯한 땅이 있었다. 그곳에서 오른쪽으로 경사가 그리 급하지 않고 나무들이 뒤엉켜 자란 곳에 그가 어젯밤에 서 있었던, 줄기가 갈라진 더글러스 전나무가 있었다. 그곳과 통나무집 사이에는 나무들이 뜸하고 틈도 더 넓게 벌어져, 두 개의 암석 뒤쪽에 서면 슈터의 집과 리틀코브 로 그리고 콘크리트 방파제와 늦은 오후의 태양을 받아 반짝이는 호수가 한눈에 들어왔다.

캐디 엘도라도는 여전히 간이 차고 안에 있었다. 육안으로 보이는 것이라곤 그 차 한 대뿐이었다. 그는 두 개의 암석이 만나는 지점 뒤에 무릎을 꿇고 긴장된 목과 어깨를 문지르며 기다렸다.

오래 기다릴 필요는 없었다. 채 십 분도 되지 않아 차 한 대가 리틀코브 로에 나타나더니 천천히 슈터의 집 앞 도로 쪽으로 방향을 틀었다. 맨리처가 탄 환상적인 리무진이었다. 2년 된 크라이슬러로 브란트의 것 같았다. 브란트가 차를 운전했다. 데이한은 크라이슬러가 통나무집 현관 옆에 멈춰 서는 동안 옆 창문으로 그의 얼굴을 확인했다. 동승한 사람은 맨리처뿐이었다.

브란트가 차 밖으로 나와 뚱보에게 조수석의 문을 열어 주었다. 그리고 두 사람은 통나무집으로 갔다. 달레산드로는 십 초 만에 브란트의 노크에 반응했다. 그다지 길지 않은 몇 마디 이야기가 오갔다. 그런 다음 맨리처와 브란트가 안으로 들어갔다. 그들 뒤로 문이 닫혔다.

좋아 하고 데이한이 생각했다. 그는 모든 패를 다 들고 카드를 치는 셈이었다. 그리고 머지않아 자신이 꾸민 일의 결과를 알게 될 터였다.

약 오 분 동안은 아무 일도 일어나지 않았다. 그러다 아래쪽에서 무언가 알 수 없는 소리가 들렸다. 한동안 큰 소리가 오가고 총소리가 들린 것 같기도 했다. 그러나 거리가 너무 멀어 확실하지는 않았다. 사오 분이 또 흘렀다. 문이 열리고 브란트 혼자 나와서 사방을 둘러보더니 안에서 묻는 말에 대답하는 것 같았다. 그러나 데이한이 알아들을 수는 없었다. 브란트가 문을 닫고 서둘러 호숫가로 내려가서 방파제로 나갔다. 크리스크래프트는 아직 거기 매여 있었다. 브란트가 배 위로 올라갔고 30초 정도 사라졌다가 회색으로 된 묵직한 어떤 것을 들고 다시 나타났다. 브란트가 도로 위로 올라왔고 그가 들고 있는 것은 방수 천으로 만든 돛대였다. 그것은 시체를 가릴 수 있을 만큼 컸다.

슈터가 없는 카드판은 이제 세 사람만 남은 셈이었다.

브란트가 돛을 들고 집 안으로 사라진 뒤에 데이한이 자리에서 일어나 시냇물을 따라 뛰다시피 숲을 지나 포드가 있는 곳으로 갔다. 올드레이크 로는 한적했다. 그는 조수석으로 들어가서 몸을 숙여 이동전화를 집어 들었다. 그리고 그 주의 보안관 사무실로 연결되는 긴급 전화번호를 눌렀다. 어떤 남자가 자신감 넘치는 목소리로 전화를 받았다.

"리틀코브 로에서 큰일이 벌어졌습니다. 파인 에이커 안에서요. 그 끝 호수 아래쪽으로 통나무집이 있는데 거기서 총소리가 났습니다. 사람들이 서로에게 총을 쏘고 꼭 전쟁이 벌어진 것 같습니다."

데이한이 흥분한 것처럼 목소리를 조작해서 말했다.

"거기 주소가 어떻게 됩니까?"

"주소는 모르겠고요, 호수 바로 위쪽 통나무집입니다. 사람들이 서로에게 총을 쏘고 있어요. 지금 바로 가시는 게 좋을 것 같습니다."

"선생님 성함은요?"

"전 관련되고 싶지 않습니다. 어서 서둘러 주십시오."

데이한은 이동전화를 내려놓고 밖으로 나와 다시 좁은 길을 지나 암석이 있는 곳까지 시냇물을 따라 달렸다. 맨리처와 브란트는 아직 통나무집 안에 있었다. 그는 다시 암석 뒤쪽에서 한쪽 무릎을 세운 채 자리를 잡고 38구경 권총을 허벅지 위에 올려놓았다.

다시 이 분 정도가 지난 뒤에 통나무집 문이 열렸다. 브란트가 밖으로 나와 아까처럼 사방을 둘러본 후에 안으로 들어갔다. 잠시 후 그가 맨리처와 함께 나왔다. 두 사람은 방수 천으로 싼 커다란 짐을 한쪽씩 나눠 들고 도로를 따라 호수 쪽으로 내려오기 시작했다. 데이한은 그것을 배에 실은 뒤에 지금이든 아니면 어두워진 후에든 호수 안쪽으로 들어갈 거라고 생각했다. 타호 호수의 가운데 수심은 500미터에 이르렀다. 그것이 그곳에 버려진 첫 번째 시체는 아닐 터였다.

그는 두 사람이 크라이슬러 쪽으로 조금 더 가도록 내버려 두었다. 그러다 그가 그 좁은 길에 대고 조준해서 권총을 두 발 쏘았다. 총알은 그가 의도한 곳으로 발사되었고 그들이 서 있는 자갈길 3미터 앞에서 흙먼지를 일으켰다. 맨리처와 브란트는 깜짝 놀라 순간 어리둥절한 표정으로 멈춰 섰다. 데이한이 세 발째 권총을 쏘았다. 이번에는 더 가까운 곳을 명중시켰고 두 사람은 공포에 질려 짐 꾸러미를 바닥에 놓고 기기 시작했다.

가까운 곳에 몸을 숨길 만한 대상이 없었기 때문에 두 사람은 크라이슬러 쪽으로 달렸다. 그곳에 도착한 브란트가 총을 들고 뒤쪽 덱에 몸을 숨긴 채 데이한이 있는 곳을 알아내려고 했다. 맨리처는 계속 기어 차의 조수석 문을 열고 안으로 몸을 숨겼다.

데이한이 자신과 가까운 쪽 크라이슬러의 앞 타이어를 총으로 쏘았다. 그리고 뒤 타이어도 마저 쏘았다. 브란트가 그가 있는 쪽을 응사했지만 총알은 근처에도 오지 않았다. 타이어의 바람이 빠지면서 크라이슬러가 데이한이 있는 쪽으로 기울어졌다. 맨리처가 차 밖으로 나와 양팔을 도리깨처럼 휘두르고 살을 출렁거리면서 통나무집 문을 향해 달렸다. 데이한이 문 옆 벽을 향해 총을 한 발 쏘았다. 그러자 맨리처가 몸을 돌려 미친 듯이 서두르며 크라이슬러 뒤로 기어들었다.

데이한이 38구경 권총의 총알을 다시 장전할 때 리틀코브 로로 급히 달려오는 차 소리가 들렸다. 사이렌은 울리지 않았지만 나무 사이로 붉은 불빛이 어른거렸다.

크라이슬러 뒤에서는 브란트가 미친 듯이 총을 쏴 댔다. 그의 뒤쪽 도로 위에는 방수 천으로 싼 짐의 한쪽 끝이 풀려 바람에 나풀거리고 있었다.

군 보안관의 순찰차가 리틀코브 로를 돌아 통나무집 앞 도로로 접어들었다. 차 지붕에는 빨간 불이 반짝거리며 돌아갔다. 바로 그 뒤를 또 한 대의 차가 뒤따랐다. 당황한 브란트가 그들을 보고 몸을 곧게 펴더니 앞 차를 향해 총을 한 발 쏘았다.

그때 데이한은 서둘러 몸을 일으켜 권총을 권총집에 넣은 뒤에 그곳을 떠났다. 그의 뒤로 차의 브레이크 소리가 들리고 총소리가 또 한 번 나더니 비명 소리와 함께 총성이 두 번 더 울렸다. 그가 포드를 세워 둔 교차로 가까이 왔을 때 모든 소리는 잦아들었다. 그가 한적한 도로로 차를 뺄 때는 차의 엔진 소리와 가까운 곳에서 울어 대는 어치 소리뿐 아무 소리도 들리지 않았다.

지금쯤 브란트는 끝이 났을 것이고 맨리처도 마찬가지일 터였다.

이번에는 그의 승리였다.

6

그는 이튿날 오후 늦게 집에 도착했다. 그때 프랜은 뒷마당에서 잡초를 뽑고 있었다. 그는 현관에서 아내를 불렀고 그녀는 사방을 두리번거리며 일어나 미소도 짓지 않고 그에게 다가왔다. 아내는 머리를 하나로 길게 묶고 청바지와 그의 낡은 셔츠 차림에 정원용 장갑을 끼고 있었다. 예전에 그녀의 머리칼은 밝고 윤나는 갈색이었다. 하지만 지금은 잿빛에 가까웠다. 그의 탓이었다. 아내는 이제 겨우 마흔여섯이었다. 마흔여섯된 여자의 머리가 잿빛이어서는 안 되었다.

"돌아왔군요."

프랜이 말했다. 그에게 입을 맞추지도 몸에 손을 대지도 않았다. 하지만 그를 바라보는 그녀의 눈빛은 부드러웠다.

"돌아왔어."

"괜찮아요? 피곤해 보이는데."

"오랫동안 운전을 해서 그렇지, 괜찮아. 좋은 여행이었어."

그녀는 아무 말도 하지 않았다. 그녀는 그의 여행에 대해 조금도 듣고 싶어 하지 않았다. 전혀 궁금해하지 않았다.

"당신은 어떻게 지냈어? 아무 일 없었어?"

그가 물었다.

"실라가 또 임신을 했어요."

"맙소사. 도대체 왜 그러는 거야? 왜 그 애는 불임 수술을 받지 않은 거야? 아니면 행크가 받든지."

"실라가 아이들을 좋아하잖아요."

"아이들은 나도 좋아해. 하지만 실라 나이에 네 명은 너무 많다구. 이제 스물일곱밖에 안 됐잖아."

"여덟 명을 낳을 거래요."

"미쳤군. 이런 거지 같은 세상에 그렇게 많은 아이들을 내보내고 싶을까?"

데이한이 말했다.

잠시 어색한 침묵이 흘렀다. 그가 집에 돌아오면 처음에는 늘 어색했다.

"배고파요?"

잠시 후에 프랜이 물었다.

"날 잘 알잖아. 난 언제든 먹을 수 있어."

사실 그는 배가 고팠다. 그는 네바다에서 배불리 먹은 적이 없었다. 사실 집을 떠나 있을 때 많이 먹지 않는다. 오늘도 아침에 트루키에서 잉글리시머핀과 커피를 마신 게 전부였다.

"부엌으로 와요. 뭘 좀 만들어 줄 테니."

프랜이 말했다.

두 사람은 안으로 들어갔다. 그가 냉장고에서 맥주를 꺼냈고 프랜은 기다렸다가 뚜껑이 있는 그릇과 야채를 몇 개 꺼냈다. 그는 아내에게 무슨 말인든 건네고 잠깐 이야기를 나누고 싶었다. 하지만 무슨 말을 해야 할지 막막했다. 그는 가끔씩 지금처럼 마음이 텅 비곤 했다. 그는 맥주를 들고 거실로 나갔다.

그의 눈에 맨 먼저 들어온 것은 그 빌어먹을 트로피 상자였다. 그는 그 트로피 상자를 증오했다. 하지만 프랜은 그가 아무리 뭐라고 해도 그것을 없애려 하지 않았다. 그녀에게 있어 그것은 이제 사라진 과거의 유물과 같은 것이었다. 그것은 경찰에 있을 때의 모든 기억을 떠올리게 했다. 그는 노스비치의 순찰 경찰에서부터 마약반의 조사관에 이르기까지 이십이 년간 경찰에 몸담았었다. 그가 경찰학교의 사격 대회에서 탄 상과 시장으로부터 받은 용감한 경찰상 두 개 그리고 그런 류의 쓸데없는 상들이었다. 그에게는 그 모든 게 쓸모없는 뼈다귀나 다름없었다. 썩은 해골 뼈다귀 말이다. 그 뼈들은 그곳에서 한때 그가 몸담았던 곳과 그가 잃어버린 것을 계속 일깨워 주었다.

그가 경찰을 그만둔 것은 물론 그의 잘못이었다. 하지만 그들의 잘못이기도 했다. 빌어먹을 놈들. 경찰과 변호사, 판사 그리고 이들이 모여서 이루는 조직 말이다. 그가 체포한 사람의 반 정도는 유죄 판결을 받지 않았다. 반이나 말이다! 맨리처와 브란트 그리고 달레산드로 같은 자들을 풀어 주면 그들은 바로 거리로 나가 마약을 거래하고 살인 청부를 하고 무고한 사람들을 괴롭혔다. 실라의 아이들, 그의 손자같이 평범한 이들을 말이다. 그가 이토록 증오에 찬 인간이 된 것을 어떻게 그의 탓이라 하겠는가? 그가 때때로 술을 지나치게 많이 마시는 것을 어떻게 그의 탓만으로 돌리겠는가?

그는 안락의자에 앉아 맥주를 마시며 담배에 불을 붙였다. 아,

빌어먹을, 그건 그들 잘못도 아니야 하고 그가 생각했다. 그건 그들의 잘못도 아니었다. 너, 어리석은 네 잘못이야. 그들이 네게 근무 중 음주에 대해 두 번이나 경고했지. 그래도 넌 계속 술을 마셨어. 그리고 엉망으로 취한 날 밤에 경찰차를 몰고 가다 십대들이 가득 탄 벤을 들이받았지. 이 아이들 중 한 명이 죽기라도 했다면 어떻게 됐을까? 넌 천운을 누렸어. 가벼운 죄로 모면했으니까.

당연해, 당연하다고 하고 그가 생각했다. 하지만 그는 훌륭한 경찰이었고 처음부터 끝까지 철저한 경찰이었다. 그것은 그가 할 줄 아는 유일한 일이었다. 그가 경찰에서 직위 해제된 후에 무엇을 해야 했을까? 반액의 연금으로 살아가야 할까? 경비업체에서 아르바이트라도 해야 했을까? 나이 마흔넷에 아무런 기술도 없고 경찰 바깥 세상에는 친구도 없는 그가 대체 무슨 일을 했어야 했단 말인가?

그는 보브 프린스라는 인물을 만들어 냈다. 그가 할 수 있는 일은 그것뿐이었다. 그는 혼자서 하는 일을 시작했다.

프랜은 이해하지 못했다.

"당신은 얼마 안 가서 살해될 거예요. 당신이 한 대로 받을 테니까요. 당신은 당신이 람보인 줄 알고 있어요, 그렇죠?"

그의 아내는 처음부터 이렇게 반박했다. 그녀는 전혀 이해하지 못했다. 그에게 있어 그것은 그가 늘 해 오던 일이었고 그가 잘할 수 있는 유일한 일이었으며 이제 몇 가지 규칙까지 만들었다. 그는 혼자 수천 명을 상대하는 람보도, 냉혈한 살인 기계도 아니었다. 그는 광적인 애국심을 걷꾸림하는 인간들을 증오했다. 그건 현실과 무관했다. 하지만 그가 하는 일은 현실적이었다. 그리고 의미가 있었다. 그렇다면 영웅? 아니, 그건 아니었다. 그는 여기 저기서 약하고 약점이 있는 적을 쓰러뜨리는 저격병일 뿐이었다. 저격병은 죽었다 깨나도 영웅이 될 수 없었다. 경찰은 경찰일 뿐이고 저격병은 저격병일 뿐이었다.

데이한이 맥주 잔을 비우고 담배를 다 피운 뒤에 자리에서 일어나 프랜이 바느질하는 방으로 갔다. 그가 도박판을 덮쳐서 번 5000달러가 그의 주머니에 들어 있었다. 그는 자신이 그만 한 돈은 쓸 자격이 있다고 생각했다. 때로는 돈이 많이 들어가는 일도 생기고 그들도 먹고살아야 하니까 말이다. 그가 지폐 다발을 아내의 바느질 바구니에 집어넣었다. 그는 보브 프린스가 되어 벌어 온 돈을 늘 이곳에 넣었다. 아내는 돈이 필요할 때마다 조금씩 그 돈을 꺼내 쓸 것이다. 하지만 그에게도 다른 사람에게도 그 돈에 대한 이야기는 하지 않았다. 그녀는 실라에게 그가 영업을 해서 돈을 많이 받는다고 말했다. 그래서 그가 어쩌다 한 번씩 집을 비우는 거라면서.

아내가 개수대에서 감자 껍질을 벗기고 있는 부엌으로 그가 걸어 들어갔다. 그가 아내에게 다가가 아내의 어깨를 감싸 안고 머리 위에 입을 맞췄다. 그녀는 그가 멀어질 때까지 뻣뻣이 서 있을 뿐 고개 한번 돌리지 않았다. 하지만 하루나 이틀이 지나면 그녀도 괜찮아질 터였다. 적어도 보브 프린스가 다음 일을 연락 받을 때까지는 괜찮을 터였다.

그는 이런 식으로 살지 않아도 되기를 바란다. 그는 시계를 3년 전으로 되돌리고 예전과는 다르게 행동해서 지금 아내의 머리에 앉은 잿빛과 아내의 눈에 어린 고통을 덜어 주고 싶었다. 하지만 그것은 불가능했다. 이제 너무 늦었다.

아무리 나쁜 패가 들어와도 카드는 계속 쳐야 한다. 그것을 참을 수 있게 해 주는 유일한 일은 어쩌다 좋은 패가 들어올지 모른다는 희망뿐이다.

재수 옴 붙은 날
One of Those Days, One of Those Nights

에드 고먼 _ Ed Gorman

　　다재다능한 게 미덕이라면 에드 고먼은 정말 대단한 작가이다. 그는 거의 이십 년간 미스터리 물, 공포물, 서부물이라는 서로 다른 세 장르의 책을 꾸준히 써 왔다. 동시에 수많은 단편 소설들을 써, 삐딱하고 신랄하며 색다른 작품집 여섯 권을 미국과 영국에서 출간하였다. 키르쿠스는 샘 매케인 판사가 나오는 휘트니 시리즈에 특히 주목하며 "고먼은 가장 독창적인 범죄 작가에 속한다."고 말했다. 1950년대 아이오와의 작은 마을을 배경으로 한 이 작품은 전국적으로 호평을 받았다. 그가 아이오와의 시더래피즈에 거주하기 때문에 미국 중서부인들 삶의 본질을 포착한 것은 당연한 일일 것이다. 풍부한 세부 묘사는 그의 모든 글과 소설의 특징이며 삶과 사랑 그리고 상실에 대한 관찰로 그의 책은 한결 풍요롭다. 그가 가장 최근에 쓴 소설은 샘 매케인 시리즈의 세 번째 작품인 「내일도 날 사랑해 줄 건가요?(*Will You Still Love Me Tomorrow?*)」이다.

내가 그것을 발견한 것은 우연이었다는 점을 알아 주기 바란다. 나는 로라에게 줄 생일 선물을 숨길 곳을 찾고 있었다. 그것은 얼마 전에 그녀가 산 검은 드레스와 어울려 사고 싶어 했던 진주 목걸이로, 나는 아내의 화장대 두 번째 서랍에 포장된 그 상자를 넣어 두려고 했다……

그런데 그곳에 그게 있었다.

평범한 흰색 봉투 한가운데에 아내 이름이 크게 휘갈겨 써져 있고, 한쪽 구석에는 소인이 찍힌 엘비스 프레슬리 우표가 붙어 있었다. 소인은 이틀 전 날짜였다.

내가 그것을 발견했을 때 마침 거실에서 외치는 로라의 목소리가 들렸다.

"여보, 갈게. 이따 6시에 봐."

우리는 집을 사기 위해 이 년간 내핍 생활을 했고, 그래서 차가 한 대뿐이었다. 로라는 나보다 한 시간 일찍 출근했고, 그래서 몇 블록 떨어진 곳에 사는 여자 동료의 차를 얻어 타고 다녔다. 그러면 나는 컴퓨터 가게 일을 마치고 임무 교대를 하는 6시에 아내를 데리러 갔다. 나는 영문학 석사 학위를 갖고 있지만 들어간 돈에 비해서는 별 재미를 보지 못했다.

일전에 뚫어지게 쳐다보는 것만으로 불을 붙이는 남자가 나오는 공상 과학 영화를 본 적이 있다. 나는 아내가 받은 편지를 그렇게 하고 싶었다. 편지가 불에 타 버리면 안에 쓰인 내용을 읽을 수도 없고, 그러면 상처도 받지 않을 터였다.

나는 서랍을 닫았다.

아무 편지도 아닐지 몰랐다. 올봄에 아내의 열다섯 번째 고등학교 동창 모임이 있을 예정이었다. 그러니 동창 중에 한 명이 보낸 편지일 수도 있었다. 또한 남자가 쓴 글씨 같긴 하지만 남자가 쓴 게 아닐지도 몰랐다. 글씨를 워낙 세차게 휘갈겨 쓰는 여자가 보냈을 수도 있었다.

로라는 늘 내가 질투를 많이 한다고 불평했고, 이 편지를 문제 삼았다가는 또 그런 소리를 들을 게 뻔했다. 아무 문제없는 편지는 화장대 서랍에 조용히 있으면 되었다. 하지만 심장이 쿵쾅거리고 이마에서 식은땀이 났으며 손가락이 부들부들 떨렸다.

하느님, 저는 너무 비참합니다. 이런 제 자신을 부끄러워해야 하는 겁니까?

나는 화장실로 들어가서 거품을 묻힌 다음 십오 분 동안 아침의 의식인 면도를 하고 샤워를 하고 아일랜드인처럼 불그스레한 얼굴을 문질러 닦고 머리칼의 모냥에 국적이 있다면 아일랜드계가 틀림없을 성긴 머리를 감았다.

그런 다음 아내와 함께 사용하는 침실로 들어가서 흰 셔츠를 꺼내 입고 파란 넥타이를 매고 짙은 남색 블레이저와 황갈색 바지를 입었다. 다 차려입고 나니, 이 화창한 4월의 아침에 출근할 준비를 마친 무수히 많은 다른 직장인들과 똑같아 보였다.

나는 침실 중앙에 잠자코 서서 로라의 화장대를 노려봤다. 편지에 그냥 불이 붙지는 않을 성싶었다. 아니, 화장대 전체가 불타 버릴지도 몰랐다.

거실에 있는 시계가 8시 30분을 알렸다. 지금 집을 나서지 않으면 지각할 게 뻔했다. 지각을 했다가는 샌더스 실장의 엄한 꾸지람을 피할 길이 없을 터였다. 남자보다 여자가 더 친절한 세상을 일궈 나갈 거라고 생각하는 사람은 샌더스 실장과 오 분만 보내면 되었다. 히틀러가 살아 있었다면 그녀를 포스터 모델로 기용했을 게 분명했다.

화장대. 편지. 남자 글씨체.

어떻게 해야 할까?

편지를 읽을 것인지 아닌지를 결정하지 못했기 때문에 그 생각밖에 없었다. 나는 그 편지를 직장으로 가지고 가기로 했다. 편지를 읽기로 마음을 정하면 점심 시간에 재빨리 훑어보면 되었다.

하지만 편지를 읽을 것 같지는 않았다. 로라에 관한 한 나는 확고한 믿음을 갖고 있었다. 또한 나 자신이 아내의 편지나 몰래 훔쳐보는 그런 소유욕 강한 남편이 되고 싶지는 않았다.

나는 화장대 서랍으로 손을 뻗었다.

편지가 손가락에 닿았다.

나는 그 편지를 읽지 않을 것임을 거의 확신했다. 직장에서 바쁘다 보면 이 일은 까맣게 잊어버릴 수도 있었다.

하지만 만약의 경우를 대비해서 편지를 가져가기로 했다…….

나는 편지를 블레이저 주머니에 넣고 서랍을 닫았다. 그런 다음 부엌에서 마지막으로 커피 한 잔을 마시고 신문에서 오늘의 운세란을 읽었다. 언제나 그렇듯 좋지 않은 내용이었다. 이 빌어먹을 헛소리를 다시는 읽지 말아야지……. 나는 서둘러 아파트를 빠져나와 작은 도요타 자동차가 주차되어 있는 길모퉁이로 갔다.

여섯 블록쯤 달렸을 때 차가 멈춰 섰다. 친절한 정비사가 연료 펌프에 수분이 많이 들어간 것 같긴 하지만 확실한 이유는 자신도 모르겠다고 했다. 우리는 차를 세 번이나 손봤지만 여전히 일주일에 서너 번씩 차가 멈춰 섰다.

오전 10시경, 샌더스 실장이 소집한 판매 회의에 참석하기 위해 서둘러 가다 펜을 떨어뜨렸다. 그래서 펜을 줍기 위해 몸을 굽혔다가 주머니에서 안경이 툭 떨어졌고 안경을 집으려고 하다 한 발을 너무 많이 내밀었는지 79킬로그램이나 나가는 내 몸이 곧장 안경 위로 주저앉았다. 무언가 툭 하고 부서지는 소리가 났다.

펜과 안경을 가까스로 주웠을 때 샌더스 실장이 문을 닫고 회의 시작을 지시했다. 나는 서둘러 복도를 내려가며 안경이 얼마나 부서졌는지 살펴보았다. 안경을 불빛에 비춰 보았더니, 오른쪽 렌즈 가운데에 아래쪽으로 커다란 금이 가 있었다. 나는 안경을 닦았다. 그러자 금은 생각보다 별로 눈에 띄지 않았다.

꽤 매력적인 오십대 여성인 샌더스 실장은 광택 나는 회색 정장에 강렬한 파란 눈으로 우리를 쏘아보며 컴퓨터 판매량이 오르지 않으면 이 방에서 두세 명은 다른 직장을 찾아봐야 할 거라고 여느 때처럼 우리를 몰아붙였다. 그녀는 말을 마치자마자 나를 쳐다봤다.

"예를 들어, 도날슨 씨는 이번 달을 어떻게 보내셨나요?"

"이번 달을 어떻게 보냈냐고요?"

"여기 앵무새 있습니까?"

샌더스 실장이 이렇게 말하자 몇몇 세일즈맨이 웃음을 터뜨렸다.

"그다지 나쁘지 않은 달을 보냈습니다."

샌더스 실장이 지긋지긋하다는 표정으로 고개를 끄덕이며 방 안을 둘러봤다.

"여기서 도날슨에게 질문을 더 해야 할까요? '그다지 나쁘지 않은 달을 보냈습니다.'라는 말로 대답이 된 걸까요? 도날슨의 이 대답으로 어떤 것을 알 수 있나요?"

나는 오늘 아침까지도 샌더스 실장이 초등학교 4학년 담임인 허치슨 선생님과 얼마나 닮았는지 생각지 못했다. 선생님이 좋아 하는 무기도 창피를 주는 것이었다.

딕 웨이브라이트가 손을 들었다. 딕 웨이브라이트는 시도 때도 없이 손을 든다. 그것도 샌더스 실장이 누군가에게 창피 주는 것 을 거들 때면 특히 그랬다.

"그가 그렇게 말했을 때 패배주의를 느꼈습니다. 패배주의와 심각한 자부심 결여를 느꼈습니다."

딕이 대답했다.

샌더스 실장은 일주일에 두 번씩 동기 부여를 위해 테이프를 듣 게 했다. "내 수입을 올리고 당신 수입도 올리겠습니다." 어쩌고저 쩌고 하는 테이프 말이다. 그리고 딕 웨이브라이트보다 이 테이프 를 더 진지하게 받아들이는 사람은 없었다.

"아주 좋아요, 딕. 패배주의와 자부심 결여. 그것이 여기 있는 도날슨에 대해 우리가 알아야 할 점입니다. 금이 간 안경도 그에 대해 또 다른 사실을 알려 주는군요. 그렇지 않은가요?"

샌더스 실장이 말했다.

딕 웨이브라이트가 다시 세차게 손을 쳐들었다.

"자존심의 부재입니다."

"바로 그겁니다. 자존심의 부재."

샌더스 실장이 나를 보더니 차갑게 웃었다.

그녀는 회의실에서 나올 때까지 다시는 내 이름을 부르지 않았다. 나는 서류 몇 장을 바닥에 떨어뜨렸고, 내가 서류를 주우려 할 때는 회의실에 나와 샌더스 실장뿐이었다. 내가 문 쪽을 향해 가고 있을 때 그녀가 뒤에서 다가오는 소리가 들렸다.

"뭘 잊어버리셨네요, 도날슨."

"예?"

나는 몸을 돌렸다.

그녀가 로라의 편지를 허공에 대고 흔들었다. 봉투에 쓰인 이름을 보고는 그녀의 파란 눈에 호기심이 서렸다.

"당신은 그런 사람 아니죠, 도날슨?"

"어떤 사람이요?"

"아내의 편지를 읽는 그런 인간 말이에요."

"아, 그런 인간이오."

"그렇습니까?"

"아닙니다."

"그럼 이걸로 뭘 하시려는 거죠?"

"그걸로 뭘 하려는 거냐고요?"

"또 앵무새가 되었군요."

"실수로 탁자에서 집어 온 것 같습니다."

"탁자라니요?"

"현관 거울 아래에 에드워드 시대풍의 작은 탁자가 있습니다.

거기에 편지를 두거든요."

그녀가 다시 고개를 흔들었다. 세차게 흔들었다.

"당신도 그런 부류에 속하는군요, 안 그래요, 도날슨? 내 세 명의 전 남편, 그 야만인들처럼 말이에요."

그녀는 내게 편지를 건넨 뒤에 나를 지나쳐 복도 아래쪽으로 사라졌다.

시내에 가는 날, 점심을 먹는 강변에는 공원이 있다. 나는 이곳에 오면 시간의 대부분을 비둘기에게 먹이를 주며 보낸다.

하지만 오늘은 내가 앉은 공원 벤치 위의 편지 봉투를 쳐다보며 대부분의 시간을 보내고 있다. 따스한 봄바람이 불어왔다. 내심 나는 편지가 바람에 실려 날아가 버리기를 빌었다.

나는 남자 글씨체가 쓰인 그 편지를 처음 보았던 서랍 안에 놔두고 올 걸 하고 후회했다. 얼른 편지 봉투에서 편지를 꺼내 읽고 싶은 유혹을 물리치기가 점점 힘들어지기 때문이었다.

나는 시계를 보았다. 이십 분 후에는 직장으로 돌아가야 했다. 편지를 쳐다보고 있을 시간도 이십 분밖에 없었다. 유혹과 싸워야 하는 시간이 이십 분 남은 셈이다.

그 이십 분 동안 구름 한 점 없던 푸른 하늘이 점점 어두워지고 험악해졌다. (이건 나쁜 징조 아닐까?)

그 무렵 그 편지는 남자가 보낸 게 틀림없다는 확신이 굳어졌다. 그렇지 않다면 왜 로라가 그 편지를 서랍 안에 숨겨 두었겠는가? 또한 내용도 상당히 불순할 것 같았다.

아내가 다른 사람과 바람을 피우는 걸까? 그 사람과 도망칠 생각이었을까?

나는 사무실로 돌아오는 길에 편지 봉투에서 조심스레 편지를 꺼내 읽었다. 사실대로 말하면 나는 편지를 네 번이나 읽었다. 그리고 읽을 때마다 점점 기분이 나빠졌다.

그 터무니없이 잘생기고 우스울 만큼 부유하며 엄청나게 수완이 좋은, 아내의 대학 시절 남자 친구 크리스 톰린이 다시 아내 앞에 등장한 것이었다.

그날 오후의 나머지 시간에 대해서는 별로 할 말이 없다. 모든게 아주 뿌옇게 생각날 뿐이다. 내게 말을 거는 목소리들, 내게 걸려 온 전화, 컴퓨터 프린터가 뱉어 낸 서류들, 하지만 나는 아무반응도 하지 않았다. 빛도 소리도 침투할 수 없는 심해의 바닥을 가로질러 허둥지둥 어디론가 도망치는 느낌이었다.

크리스 톰린이라니. 하느님 맙소사.

나는 편지를 통째로 외울 때까지 여러 번 읽었고, 그래서 이제는 편지를 보지 않고도 술술 외울 정도가 되었다.

사랑하는 로라,

난 아직도 당신을 잊을 수 없어. 또한 나 대신 그 사람을 선택한 것도 아직 용서가 안 돼.

이번 금요일에 당신이 사는 아름다운 도시에 갈 예정이야. 정오에 페어몬트(미국 웨스트버지니아 북부의 도시.—옮긴이)에서 만나 점심이나 함께하면 어떨까?

물론, 당신만 좋다면 그 전날 저녁에 만나도 좋아. 난 월링햄에 묵을 예정이야. 수소문해서 당신이 가까운 곳에서 일한다는 사실을 알아냈지.

당장 만나고 싶어.

사랑을 담아, 크리스 톰린

그 악명 높은 샌더스 실장조차 정신 나간 나를 되돌려 놓지 못했다. 내가 가장 중요한 고객 중 한 사람의 전화에 응답하지 않은 일과 관련해서, 그녀가 몇 번 내 사무실로 달려 들어와 치사한 협박을 한 사실은 기억하고 있다. 하지만 그녀가 누구에게 전화해서 어떤 말을 하라고 지시했는지는 솔직히 기억이 나질 않는다.

기억 나는 것이라곤 갑자기 사방이 어두워지면서 기온이 뚝 떨어졌다는 것뿐이다. 전등이 몇 번 깜빡거리더니 끔찍한 폭우가 휘몰아쳤다. 누군가 흠뻑 젖은 상태로 들어와 폭우로 하수도의 물이 넘쳐 시내가 물바다가 되었다는 소식을 전했다.

나는 이런 말에도 별로 신경이 쓰이지 않았다.

나는 아내가 목요일 밤에 그 남자에게 전화하면 어떻게 하지 하는 생각에 사로잡혀 있었다. 아내가 금요일에 그자와 점심 식사를 함께하는 건 이미 기정사실이나 다름없었다. 하지만 목요일 밤은 어떨까?

아내가 그자의 호텔 방으로 찾아갈까?

또한 그녀가 크리스 톰린 대신 나를 선택한 이유가 대체 뭐란 말인가? 나는 바보 멍청이도 아니지만, 그렇다고 영화배우도 아니다. 게다가 크리스 톰린과 결혼했다면 집의 계약금을 내느라 돈을 아낄 필요도 없었을 터였다.

제약 회사를 경영하는 부유한 아버지의 돈으로 그 위대한 크리스 톰린은 아내에게 결혼 선물로 토지가 딸린 집 한 채는 너끈히 사 주었을 터였다.

일과가 끝났다. 여느 때처럼 몇몇 동료가 내 사무실을 들여다보며 좋은 시간 보내라고 인사를 했다. 여느 때처럼 회색 유니폼의 고등학생 청소부가 나타나서 쓰레기를 치우고 진공청소기를 돌리기 시작했다. 여느 때처럼 나도 로라를 데리러 갈 시간이 될 때까지 책상 앞에 앉아 있었다.

막 현관으로 나가려는 순간, 어둠 속에서 샌더스 실장 사무실의 불이 아직 켜져 있는 게 눈에 들어왔다.

그녀는 귀가 밝았다. 그녀의 사무실 왼쪽 복도에서 진공청소기가 윙윙거리며 돌아가고 있는데도, 그녀는 내가 나가는 소리를 듣고 밖을 내다봤다.

그녀는 자기 사무실로 들어오라고 내게 손짓했다.

내가 그녀의 책상 앞으로 갔을 때 그녀가 종이 한 장을 내밀었다.

"뭔지 아시겠어요, 도날슨?"

"어, 이게 뭐죠?"

"구인 광고예요. 내일 낼 생각이죠."

초등학교 4학년 때 담임인 허치슨 선생님과 닮은 점이 또 하나 있었다. 그건 바로 간접적으로 괴롭히기였다.

샌더스 실장은 나를 대신할 사람을 찾는 구인 광고를 내게 보여 주었다.

나는 그것을 훑어본 뒤에 돌려 주었다.

"좋군요."

"그것 말고는 할 말이 없나요? 좋다는 말 말고는?"

"그런 것 같습니다."

"당신을 해고하려는 내 의도를 눈치 챈 건가요?"

"저도 그런 뜻으로 받아들였습니다."

"어디가 잘못된 것 아닌가요, 도날슨? 다른 때 같으면 지금쯤 머리를 조아리며 코를 훌쩍거렸을 텐데 말이에요."

"좀 개인적인 문제가 있습니다."

그녀는 능글맞은 미소를 지었다가 인상을 찌푸렸다.

"아내의 편지를 읽었기 때문이군요. 내일 아침에 출근하면 곧장 내 사무실로 와요. 알겠어요?"

"알겠습니다."

내가 고개를 끄덕였다.

"머리를 조아리며 코를 훌쩍거릴 준비도 하고 오세요. 그래야 할 테니까."

나는 자동차 문을 닫고 안전벨트를 맨 뒤에 내 도요타 자동차의 문제점에 대해 꼽아 보았다.

첫째, 시동이 걸리지 않는다. 수분과 연료 펌프에 대해서 전에 내가 한 말을 기억하라.

둘째, 새는 구멍이 지붕에 또 생겼다. 이건 조수석 위로 빗물이 떨어지던 예전의 구멍과 다르다. 이제 운전석 위로 빗물이 떨어진다.

셋째, 방향 지시등이 다시 느슨해져 반쯤 잘린 팔처럼 맨 철사에 매달려 있다. 오늘 아침 이 편지를 발견한 후에 정신이 혼미해져서 또 부서진 것조차 발견하지 못했다.

나는 그때 얼마나 눈앞이 캄캄하고 춥고 외로웠는지 모른다. 아내를 빼앗기다니. 자동차도 빼앗기다니. 자부심과 자존심을 잃어버리다니. 그리고 무엇보다 나는 패배주의의 제자였다. 동료인 딕 웨이브라이트에게 한번 물어보란 말이다.

드디어 그 빌어먹을 차의 시동이 걸려서 나는 빌어먹을 아내를 데리러 차를 몰았다.

도시는 한마디로 전쟁터였다.

심하게 몰아치는 바람과 세찬 빗줄기로 공원의 나무가 뿌리째 뽑히고 여기저기 창문이 부서지고 자동 교통 신호의 전원이 차단된 것 같았다. 비바람은 아직도 신나게 휘몰아쳐 댔다.

나는 집으로 가서 몸을 말리고 잠옷으로 갈아입고 싶었다. 그러나 무엇보다 절실한 것은 내가 정말로 그리고 진정으로 사랑하는 한 여자의 사랑을 받고 싶었다.

진주 목걸이를 숨기느라 아내의 화장대 서랍을 열지만 않았더라면…….

뮤추얼펀드 회사의 시장 조사원으로 일하는 아내는 아르데코 건물 입구의 유리문 뒤에 서 있었다. 아내를 보자 일시에 온갖 감정이 몰려들었다. 사랑과 분노, 수치심과 두려움……. 나는 차를 세우고 아내에게 달려가 아내를 품에 안고 이 세상에서 가장 부드러운 입맞춤을 퍼붓고 싶었다.

그러나 그 순간 편지 생각이 났다. 그리고…….

질투에 대해 설명할 필요는 없을 것이다. 냉혹한 작은 심장에

품기에 이것보다 더 끔찍한 감정은 없다. 그 모든 분노와 자기 독선과 자기 연민. 질투는 당신의 숨통을 짓누르기 시작한다. 그리고……

로라가 차에 오르자 나는 질투심으로 숨이 막혔다. 아내에게서 비와 향수 그리고 달콤하고 은은한 육체의 냄새가 풍겼다.

"안녕, 당신 걱정을 하고 있었어."

"그래. 그랬겠지."

아내는 차 문을 닫고는 나를 오래, 아주 오랫동안 쳐다봤다.

"당신 괜찮아?"

"그럼."

"근데 '그래. 그랬겠지'가 뭐야?"

"농담이야."

아내는 또 날 쳐다봤다. 나는 평소 때처럼 표정을 지으려 애썼다. 나는 그 편지를 아내 코앞에서 흔들어 대며 보여 주고 싶었다.

"여기도 정말 물이 새네."

나는 잠자코 차만 몰았다. 비가 오는 컴컴한 날씨에 혼잡한 교차로 한복판에서 체격 좋은 경찰 하나가 손전등 두 개로 교통정리를 하고 있었다.

"내 말 들었어, 리치? 여기도 물이 샌다니까."

"물이 새는 거 알고 있어."

"대체 무슨 일이야? 왜 그렇게 화가 났어? 오늘 샌더스한테 혼나기라도 한 거야?"

"아니, 날 해고할 거라고 말한 것밖에 없어."

"농담 그만해."

"농담이 아니야."

"이유가 뭐래?"

네 화장대에서 전 애인의 편지를 발견하고 너희 둘이 밀회를 계획하고 있다는 사실을 알았기 때문이지.

나는 그렇게 대답하고 싶었다.

하지만 대신 이렇게 말했다.

"내가 그 빌어먹을 판매 회의 때 주의 집중을 안 했기 때문인 것 같아."

"하지만 리치, 당신이 해고되면……."

아내가 말을 끝맺을 필요도 없었다. 내가 해고되면 우리는 여태 내핍 생활을 한 목적인 그 집을 살 수 없게 될 터였다.

"내일 아침에 머리를 조아리고 코를 훌쩍거릴 준비를 해 갖고 출근하래. 농담이 아닌 것 같았어."

"정말 그런 말을 했어?"

"정말 그런 말을 했어."

"나쁜 년."

"사장 딸이야. 여기가 어떤 도시인지 알잖아. 핵심 계층의 족벌주의가 살아 있는 마지막 거점이라고."

우리는 몇 블록 더 차를 몰았다. 한 블록마다 서너 번씩 멈춰 서서 하수도에서 흘러넘친 더러운 물에 박힌 차를 끌어내려는 사람들을 도와야 했다.

"그래서 그렇게 기분이 안 좋은 거야?"

"응. 충분한 이유가 안 돼?"

"샌더스에 대해서는 화를 냈었지. 그렇게 기분이 가라앉지는 않았었어."

"글쎄, 샌더스가 날 야단치긴 했지만 해고하겠다고 협박하지는 않았으니까."

"그건 그래. 하지만……."

"하지만 뭐?"

"뭔가 다른 이유가 있는 것 같아. 근데 어디로 가는 거야?"

내 마음은 블레이저 안에 있는 편지에 집중하고 있었다. 그동안 차는 이 도시에서 가장 험악한 지역으로 접어들었다. 경찰도 오고 싶어 하지 않는 곳이었다.

"이런, 차를 돌리면 안 될까? 여기서 갇히면 끔찍할 것 같아."

로라가 말했다.

"괜찮을 거야. 다음 길모퉁이에서 좌회전할게. 그럼 메리마운트 가로 돌아가게 돼."

"당신이 어디로 차를 모는지 궁금해서 그랬어. 그래서 한 말이었어."

아내가 몸을 굽혀 내 뺨에 입을 맞췄다.

깊은 애정과 깊은 분노의 감정이 다시 내 안에서 소용돌이치기 시작했다.

"샌더스와의 일은 잘될 거야. 그 여자가 요즘 잠을 잘 못자서 그런지도 몰라. 그 여자 불면증이 있다면서."

나는 아내를 넘겨다봤다. 어쩔 수 없었다. 분노는 사라지고 순수하고 완전한 애정이 그 자리를 메웠다. 이 여자는 내 친구이자 신부이자 연인이었다. 그 편지 건에는 합당하고 결백한 이유가 있는 게 틀림없었다. 그래야만 했다.

차를 왼쪽으로 돌리기 시작했을 때 그 일이 벌어졌다. 연료 펌프와 빗물 말이다.

도요타는 죽은 듯 멈춰 섰다.

"아, 안 돼."

아내가 쓰러져 가는 집과 낡아빠진 시커먼 건물 들이 즐비한 그 험악한 구역에서 자동차 앞 유리를 내다보며 외쳤다.

바람과 빗소리 너머로 사이렌 소리가 들렸다. 이 지역에서는 사이렌 소리가 끊이질 않았다.

"내가 고칠 수 있을 거야."

내가 말했다.

"하지만 당신은 차에 대해 잘 모르잖아."

"지난번에 정비사가 고치는 걸 봤어."

"난 몰라. 당신 비에 흠뻑 젖을 거야."

아내가 회의적인 목소리로 말했다.

"괜찮을 거야."

물론 내가 이렇게 하는 데는 다 이유가 있었다. 부자에다 유능하고 잘생긴 크리스 톰린은 무엇이든 잘 고치는 사내이기도 했다. 아내가 그 자와 낡은 오두막집에서 묵을 때 그자가 냉장고를 고쳤다는 말을 들은 기억이 났다.

나는 자동차 문을 열었다. 빗줄기가 세차게 내 몸을 때렸다. 하지만 나는 폭우쯤은 웃어넘기며 뚫고 나가는 사내가 되기로 결심한 터였다. 로라가 바로 그 이유 때문에 크리스와의 재회를 고려하고 있는지도 몰랐다. 징징거리는 나에게 신물이 난지도 몰랐다. 나는 마초맨 타입은 아니었다.

236

"조심해."

아내가 말했다.

"바로 돌아올게."

차 밖으로 나오고 보니, 안에서 보닛을 열지 않았다는 생각이 들었다. 나는 몸을 안으로 굽혀 보닛을 열고 로라에게 재빨리 미소를 지어 보였다.

그러고는 다시 폭우 속으로 나왔다.

나는 일 분도 채 되지 않아 비에 흠뻑 젖었다. 신발은 물로 첨벙거리고 옷은 완전히 젖어 몸에 착 달라붙었다. 비옷까지 말이다.

하지만 나는 이런 행동이 강인한 남자라는 인상을 주는 데 유용할 거라고 생각했다. 나는 보닛을 들어올리기 전에 로라에게 살짝 눈인사까지 했다. 그녀도 나에게 미소를 지어 보였다. 제기랄, 그 편지 일은 몽땅 잊어버리고 다시 행복하게 사랑을 나눌 수 있으면 좋으련만.

내가 차를 움직이게 할 수 있으리라는 막연한 희망은 입을 벌린 채 멍하니 모터를 쳐다보는 순간 깨끗이 사라졌다. 어떻게 해야 할지 눈앞이 캄캄했다.

카센터의 정비사가 하는 행동은 너무도 간단해 보였다. 그는 보닛을 들어올리고 안으로 몸을 숙인 뒤 오일 필터를 얼른 꺼내 순식간에 두어 가지 조치를 취한 다음 다시 집어넣었다. 그러고 나면 차는 보란 듯이 다시 달렸다.

보닛을 여는 것은 좋았다. 몸을 앞으로 숙인 것까지도 좋았다. 오일 필터를 꺼내는 것까지도 아무 문제가 없었다.

하지만 두어 가지 신속한 조치를 취하는 대목에 이르자 차의 모터처럼 내 두뇌가 멈춰 버렸다. 내가 정비사의 행동 중에 이해하지 못한 대목이 바로 이 부분이었다. 신속한 두어 가지 조치 말이다.

나는 오일 필터를 흔들기 시작했다. 그 이유는 나도 모른다. 나는 오일 필터가 젖지 않도록 보닛 밑에 둔 채로, 왼쪽으로 흔들고 오른쪽으로 흔들고 높이 흔들고 낮게도 흔들었다. 눈에 보이지 않는 어떤 우주의 힘이 이곳에 미쳐서 자동차 키를 살짝만 돌리면 엔진이 움직이기 시작할 것 같았다.

나는 차의 보닛을 닫고 격렬한 빗줄기를 뚫고 돌아와 차 문을 열어 안으로 기어들었다.

"제기랄, 밖은 믿을 수 없을 만큼 끔찍해."

정신을 차리고 로라의 얼굴을 보니, 아내의 표정이 좋지 않았다. 아내의 친구인 수잔의 결혼식 때 우리 둘이 약한 프토마인 중독에 걸린 일이 있었다. 아내는 그때처럼 죽상을 하고 있었다.

그런데 표정이 더욱 좋지 않은 것은 오히려 지금이었다.

그리고 그때 그 사내를 보았다.

뒷자리에서 말이다.

"대체 당신은 누구요?"

하지만 그 사람도 궁금한 게 있는 모양이었다.

"네놈 마누라가 네놈이 현금 지급 카드를 갖고 있는지 아닌지 실토하지 않는걸."

결국 일은 그렇게 벌어지고 말았다. 십오 년 전쯤 우리가 사는 작은 도시가 폭력의 소굴로 변한 적이 있었다. 그때 대부분의 정직한 노동자들은 무슨 통과 의례처럼 강도의 습격을 받아야 했다.

그러나 시간이 흘러, 강도들은 돈을 터는 것만으로 만족하지 않았다. 그들은 사람들을 때리고 때로는 아무 이유 없이 사람들을 죽이기도 했다.

그 사내는 땅딸막하고 딱 바라진 체격으로 왼쪽 뺨에 찢어진 상처가 난 백인이었다. 그는 어리석어 보이는 검은 눈에 검은 터틀넥 스웨터를 입고 큼직하고 무시무시한 총을 들고 있었다. 그는 땀과 담배 연기와 맥주 그리고 달콤한 듯한 마약과 쓰레기 냄새를 풍겼다.

"네놈 카드로 얼마나 찾을 수 있지?"

"200달러요."

"그렇겠지."

"정말 200달러예요. 그러니까 우리는 부자하고는 거리가 먼 사람들이라고요. 이 차를 보세요."

사내가 로라에게 고개를 돌렸다.

"남편이 얼마나 찾을 수 있다고, 예쁜 아가씨?"

"말씀드렸잖아요. 200달러라구요."

아내의 목소리는 놀라울 만큼 차분했다.

"한 번 더 묻지. 네놈 카드로 얼마나 찾을 수 있다고?"

사내가 다시 내 쪽으로 고개를 돌렸다.

"말씀드렸잖아요."

내가 말했다.

무뢰한들이 총의 개머리로 사람들을 치는 장면은 영화에서 많이 보았을 것이다. 그것에 대해 할 말이 있다. 굉장히 아프다. 그는 피가 나도록, 천문관의 지붕처럼 눈앞이 캄캄해지고 별들이 반짝거리도록, 그리고 이마를 핸들에 박고 쓰러질 수밖에 없도록 세게 나를 쳤다.

로라는 비명을 지르지 않았다.

그녀는 내 쪽으로 몸을 굽혀 그 길고 부드러운 손가락으로 내 머리를 어루만졌다. 이것을 아는가? 그 순간, 뇌진탕을 일으킬 만큼의 고통을 겪는 그 순간에도 나는 로라의 손가락이 크리스 톰린의 머리를 이런 식으로 만질 거라는 상상을 했다. 질투의 힘은 정말 위대하지 않은가?

"이제 다시 이야기해 보세."

뒷자리에서 그자의 목소리가 들렸다.

우리 두 사람은 잠시 그자에 대해 잊다시피 하고 있었다. 로라는 내가 의자에 다시 똑바로 앉도록 도와주었다. 아내가 손수건을 꺼내 내 뒤통수를 문질렀다.

"이 사람을 때릴 필요는 없잖아요."

"그러면 사실을 털어놓는 게 어때?"

"400~500달러예요. 그게 우리가 뺄 수 있는 전부에요. 그리고 다시는 이 사람을 때리지 마세요. 손가락 하나도 건드리지 말라고요."

"엄마 사자가 어린 새끼를 위해 싸우는구먼. 좋지."

사내가 몸을 앞으로 굽혀, 총부리를 내 귀에 갖다 댔다.

"네놈은 이 엄청난 폭우 속으로 다시 나가야 할 거야. 현금 지급기는 이 블록의 서쪽 끝 모퉁이를 돌아가면 있어. 거기로 가서 500달러를 빼 가지고 눈썹이 휘날리도록 돌아오라고. 난 네놈한테 과하게 예쁜 마누라와 함께 여기서 기다릴 테니. 이 총을 들고 말이야."

"과하게 같은 말은 어디서 배웠어요?"

내가 물었다.

"대체 무슨 소리야?"

"그냥 궁금해서요."

"네놈이 그런 일까지 신경 쓴다면 말해 주지. 감방 동료가 '말 늘리기'라는 책을 갖고 있었어."

나는 로라를 쳐다봤다. 아내는 여전히 겁먹은 얼굴이었지만 조금 화가 난 것 같기도 했다. 우리에게 500달러는 적은 돈이 아니었다.

그런데 '과하게'라는 말을 구사하는 강도에게 마지막 남은 동전 한 닢까지 뺏앗길 판이었다.

"어서 가."

그 자가 말했다.

나는 로라의 마음을 안심시켜 주기 위해 그녀의 손을 잡았다. 그런데 그 순간 그것이 눈에 들어왔다.

그 흰색 봉투.

크리스라는 자가 아내에게 보낸 편지 말이다.

나는 편지를 한참 동안 쳐다보다 눈을 들어 아내를 봤다.

"이 이야기 당신한테 하려고 했는데."

"내가 당신 서랍을 들여다보지 말았어야 했어."

내가 고개를 저으며 말했다.

"아니야. 그렇지 않아. 내가 설명했어야 했어."

"둘이 대체 무슨 빌어먹을 소리를 지껄이는 거야?"

"그렇게 과한 관심을 보일 일은 아닙니다."

나는 이렇게 말한 뒤에 차 문을 열어 한쪽 다리를 밖으로 뻗었다. 그러자 몸 전체가 그 다리를 따라 나왔다.

"시간은 오 분뿐이야, 알겠어?"

사내가 말했다.

나는 고개를 끄덕이며 로라를 쳐다봤다.

"사랑해."

"그 편지 미안해."

"어떻게 된 건지 알아? 내가 당신 선물을 숨기려 했거든. 그러다 발견한 거야. 당신 속옷 서랍에 그걸 숨겨 두었다가 당신한테 찾아보게 하려고 했어. 진주 목걸이 말이야."

"내 진주 목걸이를 샀단 말이야?"

"그래."

"아, 여보. 정말 고마워."

"가서 빌어먹을 돈을 가져오라니까. 빨리 가져와."

사내가 외쳤다.

"금방 돌아올게."

나는 로라에게 이렇게 말하며 입맞춤을 날려 보냈다.

좀 전에 내가 빗줄기에 완전히 젖지 않았다면 이번에야말로 의심할 여지가 없었다.

좁은 골목길에 마주 보고 선 벽돌 건물 두 채가 있었다. 이 범상치 않은 현금 지급기는 막다른 골목 깊숙이 들어가 있기 때문에 사람들은 대부분 그곳까지 차를 타고 갔다. 하지만 걸을 만한 거리였다.

좁은 골목길이었지만 비바람은 별로 막아 주지 못했다.

그 무렵 재채기가 터져 나오고 목구멍이 따끔따끔했다. 우리 가족은 모두 축농증을 앓고 있다.

나는 이 오래되고 야만적인 지역에서 빛과 테크놀로지의 오아시스를 찾아가, 지갑에서 카드를 꺼내 현금 지급기에 밀어 넣었다.

로라가 인질로 잡혀 있는 사실을 고려해 볼 때 무척 태평스러운 행동이었다.

카드가 안으로 들어가면 돈이 나올 터였다. 강도가 그 돈을 갖고 달아나면 그 즉시 가까운 공중전화로 달려가서 경찰에 신고하면 되었다.

그런데 비밀 번호가 생각이 나지 않았다.

내가 이 카드를 사용한 횟수를 추정해 보건대, 천 번 정도는 되는 것 같았다.

그런데 어떻게, 그렇게 많이 사용하고도 비밀 번호를 잊어버릴 수 있단 말인가?

당황스러웠다. 일이 꼬이고 있었다. 비밀 번호가 기억 나지 않자 로라가 다칠까 봐 두려웠다.

나는 심호흡을 했다.

자. 이제 생각해 봐. 잘 생각해 보란 말이야.

긴장을 풀면 비밀 번호가 생각날 거야. 아무 문제없다고.

순간 내 왼쪽 바로 옆에 호리호리한 흑인이 비옷을 입고 서 있는 게 보였다. 그는 빗속에서 총을 들고 있었다.

"죽고 싶어?"

"아, 빌어먹을. 농담이시겠죠. 당신도 그 망할 강도인가요?"

"그래. 그리고 그렇다는 사실이 부끄럽지도 않아."

나는 그에게 자초지종을 설명할 생각을 해보았다. 다른 도둑이 이미 내 은행 계좌의 돈을 맡아 놓은 상태라는 설명 말이다. 그것도 비밀 번호가 생각날 경우에 가능한 일이었다. 하지만 그는 사려 깊은 유형과는 거리가 멀어 보였다. 사실 이자는 로라를 인질로 잡고 있는 사내보다 더 절망적이고 더 제정신이 아닌 것 같았다.

"얼마나 꺼낼 수 있는데?"

"당신한텐 줄 수 없어요."

"이 총 보여?"

"예. 보여요."

"두툼한 돈 더미를 내게 주지 않으면 어떤 일이 생기는지 알아?"

결국 설명하는 수밖에 없었다.

"그러니까, 당신한테 돈을 줄 수 없는 상황이라고요."

"무슨 웃기는 소리야?"

"다른 사람이 벌써 이 돈을 맡아 놓은 상태라고요."

"맡아? 맡아 놓은 상태라는 게 무슨 뜻이야?"

"다른 도둑께서 벌써 이 돈을 가져오라고 말한 상황이에요."

사내가 나를 주의 깊게 뜯어봤다.

"미친놈이군. 정말 미쳤어. 그렇다고 네놈을 못 쏠 건 없지."

"문제는 또 있어요."

"뭔데?"

"비밀 번호를 잊어버렸어요."

"허튼소리는 집어치워."

"정말이에요. 그래서 여기 이렇게 서 있는 거예요. 아무 생각도 나질 않아요."

"긴장을 풀어."

"알아요. 하지만 어려워요. 당신도 총을 갖고 있지만 다른 분도 총을 갖고 있거든요."

"딴 친구가 네 마누라를 데리고 있다는 게 정말이야?"

"그럼요."

그가 과하게 썩은 이를 드러내 보이며 웃었다.

"그렇다면 정말 심각한 문제인걸."

나는 눈을 감았다.

벌써 오 분은 지난 게 틀림없었다. 그자가 정말 로라를 죽일까?

"심호흡은 해봤어?"

"예."

"그런데도 효과가 없어?"

"예."

"잠시 동안 아무 생각도 하지 말고 있어 봐."

"그것도 효과가 없어요."

사내가 총을 내 얼굴에 바짝 들이댔다.

"난 시간이 많지 않아."

"어쨌든 당신한텐 돈을 줄 수 없어요."

"네놈 몸뚱이에 권총 구멍이 대여섯 개 뚫리면 마누라한테 가도 아무 소용 없을걸."

"하느님!"

"왜 그래?"

갑자기 비밀 번호가 떠올랐다.

얼굴에 권총을 들이대는 것보다 기억을 떠올리는 더 좋은 방법은 없다.

나는 현금 지급기에 고개를 박고 버튼을 누르기 시작했다.

맞는 번호 말이다.

"이봐요. 이 돈은 정말 당신한테 줄 수 없다고요."

내가 큰 소리로 외쳤다.

"좋아."

"그러니까 다른 악한이 이 돈을 가져갔다고 해도 그 사람은 내 말을 믿지 않을 거란 말이에요. 악의로 한 말은 아니에요. '악한' 이라는 말 말이에요."

"돈아, 나와라."

"난 심각해요. 당신은 이 돈을 가져갈 수 없어요."

"귀엽고 예쁜 양키 달러. 신을 찬양하라."

플라스틱 덮개가 열리고 기계에서 녹색 양키 달러가 튀어나왔다.

바로 그 순간 그자가 내 뒤통수를 강타했다.

차 뒷자리에 있던 사내도 내 머리를 쳤지만 이 정도는 아니었다.

이번에는 눈앞에서 시커먼 게 떠다녔고 별조차 보이지 않았다.

이번에는 불타는 듯한 지독한 아픔이 해골 위쪽 가격 지점에서부터 목과 어깨를 따라 아래로 내려왔다. 이번에는 즉시 무릎이 꺾였다.

포장도로는 단단했고 도로는 흥건히 젖어 있었다. 차가운 비 냄새가 났다. 눈앞이 캄캄했다. 아무것도 보이지 않았다. 나는 순간 공포를 느꼈다. 내가 장님이 된 걸까? 나는 화를 내고 싶었지만 그러기엔 정신이 너무 없었다. 나는 아팠고 추웠고 눈앞이 캄캄했다.

그 순간 그자가 내 손에서 돈을 빼앗아 가는 느낌이 들었다.

나는 돈을 움켜잡았다. 그래야만 했다. 그렇지 않으면 로라가 다칠 판이었다. 아니 죽을지도 몰랐다.

흥골 바로 위에서 거센 발길질이 느껴졌다. 시커먼 들판에 갑자기 별들이 떠올랐다. 그의 발은 무쇠 같았다.

더한 통증이 휘몰아쳤다. 그러나 이번에는 화가 났다. 나는 맹목적으로 달려들어 그자의 바지춤을 잡고 매달렸다. 그는 나를 떼어 내지 못하고 인도까지 끌고 갔다. 내가 얼마나 많은 이름으로 그를 불렀는지 모른다. 그중에는 말도 안 되는 이름도 있었을 것이다. 나는 그저 그의 다리를 붙들고 늘어졌다. 그가 날 떼어 내지 못해 분통을 터뜨리는 데 환희를 느끼며 말이다.

그때 그가 몸을 굽히더니 내 머리칼을 움켜잡고 비명이 터져 나올 만큼 세게 잡아당겼다. 그 바람에 나는 부주의하게도 그의 다리를 놓고 말았다.

도망치고 또 도망치는 그의 발소리가 들렸다. 빗줄기가 다시 내 몸을 후려치기 시작했다. 그가 현금 지급기 보호용 지붕 밑에 있던 나를 밖으로 끌고 나온 것이었다.

나는 일어서려고 애를 썼다. 하지만 쉽지 않았다. 게다가 앞도 잘 보이지 않았다. 일어서려고 할 때마다 현기증과 약한 메스꺼움이 전신을 휘감아 왔다.

하지만 계속 로라 생각이 났다. 나는 머리가 얼마나 아프든 개의치 않고 발에 계속 힘을 줬다. 몸이 앞으로 기울어 다시 쓰러진다 해도 상관없었다.

발을 딛고 일어서서 건물의 거친 벽돌에 몸을 기대고 있으니 시력이 돌아왔다. 그동안 볼 수 있다는 사실을 당연하게 여긴 게 놀라웠다. 볼 수 없게 되자 그야말로 끔찍했다.

나는 컴컴한 어둠 속에서 빛나는 빛의 오아시스를 응시했다. 현금 지급기 발치에 내 현금 지급 카드가 떨어져 있었다. 나는 비틀거리며 그쪽으로 가서 카드를 집어 들었다. 나는 그날 찾을 수 있는 돈을 다 찾았음을 알고 있었다. 하지만 우주의 힘이 한 번 더 날 도와주는지 시험해 보기로 했다.

희망은 수포로 돌아갔다.

기계에서 나온 것은 돈을 더 찾으려면 담당 은행원을 만나야 한다는 한심한 말뿐이었다.

첫째, 나는 담당 은행원이라는 사람이 누군지 전혀 알지 못한다.

둘째, 이름과 전화번호를 안다 해도 이렇게 비가 퍼붓는 날 밤에 집으로 전화를 걸면 좋아할 리 만무하다.

그래서 나는 남자다운 미국인이 할 수 있는 행동을 했다. 나는 기계를 발로 차기 시작했다. 세게 걷어찼다. 정신없이 찼다. 발가락이 아플 때까지 찼다.

나는 한참 동안 비를 맞으며 서 있었다. 내 위로 퍼붓는 빗줄기가 뜨거운 햇살을 받으며 서 있는 밀랍 상처럼 나를 녹여 버릴 것만 같았다. 나는 북을 치고 줄을 뜯고 난타를 퍼부어 대는 그 모든 것과 하나가 되었다.

이제 내가 할 수 있는 일은 한 가지밖에 없었다.

나는 차를 향해 달렸다. 로라에게로. 총을 든 그 사내에게로 말이다.

차를 보자 실성한 듯한 웃음이 터져 나왔다. 어둠 속으로 로라의 옆모습이 보였다. 아직 살아 있었다.

나는 운전석 문을 열고 안으로 들어갔다.

"하느님 맙소사, 어떻게 된 거야? 누구한테 맞았어?"

로라가 물었다.

총을 든 남자는 별다른 동정심을 보이지 않았다.

"돈은 대체 어디 있는 거야?"

나는 두 질문에 동시에 대답해야 했다.

"비밀 번호가 생각나지 않아서 잠시 서 있는데, 어떤 흑인이 갑자기 나타나서 총을 들이대고 돈을 빼앗아 가버렸어요. 어쩔 수 없었어요. 당신이 먼저 돈을 맡아 놓은 상태라고 말했는데도 신경 쓰지 않더라고요."

내가 총을 든 사내를 돌아보며 설명했다.

"나보고 그 말을 믿으라는 거야?"

"하느님께 맹세코 사실이에요. 정말 그런 일이 있었어요."

사내가 나를 보며 미소 지었다. 그러더니 총을 로라의 머리에 갖다 댔다.

"오 분 이내에 돈을 갖고 돌아오지 않으면 무슨 일이 벌어지는지 보여 줄까?"

나는 로라를 쳐다봤다.

"제기랄, 여보 이건 정말 사실이야. 총을 든 남자 이야기 말이야."

"알아."

"미안해."

나는 창 너머 보도로 퍼붓는 빗줄기를 하릴없이 쳐다봤다.

"어쨌든 돈을 마련해 올게."

나는 다시 차 문을 열었다. 그때 아직 아내의 무릎 위에 놓여 있는 흰 봉투가 눈에 들어왔다.

"당신을 의심해서 미안해."

로라는 한눈에도 보일 만큼 겁에 질려 있었지만 정신을 차리고 미소를 지어 보였다.

"사랑해."

"어서 가서 돈을 가져와."

총을 든 사내가 재촉했다.

"당신은 날 믿지 않을 줄 알았어요."

"내 말 들었지. 어서 나가."

내가 몸을 굽혀 로라의 손을 살짝 잡았다.

"돈을 가져올게, 여보. 약속해."

나는 차 밖으로 나가서 다시 걷기 시작했다. 그러다 종종걸음을 쳤다. 잠시 후에는 전속력으로 달렸다. 아직 머리가 지끈거렸지만 신경 쓸 겨를이 없었다. 나는 돈을 가져와야 했다. 어떻게든. 어디서든 말이다.

과연 내가 어디로 가는 걸까? 나는 그냥 달렸다. 잠자코 서서 총을 든 사내가 무슨 짓을 할지 따져 보는 것보다는 그 편이 나았다.

나는 길모퉁이에 서서 현금 지급기가 놓여 있는 거리를 내려다 봤다.

뒤쪽에서 차가 나타났다. 캄캄한 밤에 내리는 은색 비를 뚫고 차의 전조등 불빛이 퍼져 나갔다. 불빛은 나를 지나 환하게 뻗어 나갔다. 차의 전조등 불빛이 현금 지급기를 비추는 불빛과 만나는가 싶더니 차는 갑자기 왼쪽으로 방향을 틀어 현금 지급기 쪽으로 갔다.

차 안에는 남자가 타고 있었다. 멋지고 따뜻한 데다 보송보송해 보였다. 그는 카드를 집어넣고 원하는 만큼 돈을 찾은 뒤에 멋지고 따스하며 보송보송한 밤 시간을 즐기러 차를 타고 사라질 터였다.

나는 비에 흠뻑 젖은 채 이렇게 밖에 서 있는데 말이다…….

그래, 나는 생각했다.

바로 그거야.

내가 할 수 있는 일은 하나밖에 없었다.

나는 달리기 시작했다. 나는 물 웅덩이 사이로 물을 튀기며 비틀거리고 기우뚱거리며 온 힘을 다해 달렸다. 그 무엇도 날 막을 순 없었다.

그 대머리 신사는 차 안에서 은행 일을 보기에는 현금 지급기에서 너무 멀리 차를 세웠다. 그는 차를 후진시켜 다시 시도했다. 대머리 신사가 차를 후진하는 데 정신이 쏠려 있는 사이 나는 별다른 어려움 없이 조수석 문을 열고 들어가 앉았다.

"누구……."

나를 알아본 신사가 입을 열었다.

"권총 강도다."

"뭐라고요?"

"네 돈을 훔쳐야겠다."

"이보세요, 이건 제가 쓸 돈입니다. 오늘은 정말 끔찍한 날이군요. 이런 지역에는 들어오지 말았어야 하는데, 너무 급해서 그만······."

"내 끔찍한 하루에 대해서 들어볼래, 응?"

나는 그가 자신에게 총을 겨눈다고 생각해 주기를 바라며 내 비옷의 주머니를 치켜들었다.

그가 비옷으로 덮인 내 주먹을 내려다보며 말했다.

"이 현금 지급기로는 많은 돈을 꺼내지 못할걸요."

"300달러면 충분해."

"300달러가 없다면요?"

"새 차에, 근사한 새 옷에, 저 상자 안에 CD도 스무 개는 들어 있겠는걸. 당신한테는 300달러가 있어. 분명해."

"난 돈을 벌기 위해 힘들게 일해요."

"나도 그래."

"당신이 총을 갖고 있다는 걸 못 믿겠다면요?"

"그래도 좋아. 널 죽여 버리면 되니까."

"당신은 권총 강도처럼 보이지 않는걸요."

"너도 300달러에 총을 맞을 만큼 바보로 보이지는 않는걸."

"다시 후진을 해야겠어요. 더 가까이 다가가야 한다고요."

"후진해. 하지만 천천히 가."

"뭐 이런 생일이 다 있담."

"오늘이 당신 생일이야?"

"그렇소. 정말 개 같은 날이군."

그는 후진을 했다가 다시 전진해서 차를 현금 지급기 바로 옆에 갖다 댔다. 그러고는 카드를 꺼내 일을 처리했다.

돈은 아무 문제없이 나왔다. 그가 돈을 내게 건넸다.

"종이랑 연필 있어?"

"뭐라고요?"

"쓸 것 좀 있냐고?"

"아, 예. 그런데 왜요?"

"네 이름과 주소를 써."

"뭘 하시게요?"

"내일 아침에 300달러를 봉투에 넣어서 보내 줄게."

"당신 정신 나간 마약 중독자죠?"

"네 이름과 주소나 써."

그는 고개를 저었다.

"그냥 강도가 아니라 정신 나간 별종한테 당하는구먼."

그는 이름과 주소를 적긴 적었다. 그렇게 하지 않으면 내가 총을 쏠 거라고 생각한 것 같았다.

"빌린 돈은 고맙게 쓰겠소."

나는 이렇게 말하며 차 밖으로 나왔다.

"빌린 돈? 경찰한테 그 돈을 빌렸다고 말해 보슈. 경찰이 뭐라고 하나."

"남은 시간은 잘 보내시길."

나는 이렇게 말하며 차 문을 닫았다.

그리고 내 하루의 남은 시간도 무사히 흘러가길 빌었다.

"마침 돌아오다니 천만다행이군. 방금 이 여자를 처리하려고
했었는데."

총을 든 사내가 말했다.

"잘난 척하지 마, 알아들어?"

내가 말했다. 나는 심기가 뒤틀려 있었다. 비가 퍼붓고 날씨는
추운 데다 두려움에 떨기까지 해야 하다니. 게다가 돈을 구하느라
중범죄까지 저지르다니. 그것도 끔찍한 하루를 보낸 나무랄 데 없
이 점잖은 신사를 협박하다니 말이다.

나는 그자에게 돈을 건네며 말했다.

"이제 가 주세요."

그는 툴툴거리며 돈을 셌다. 진흙에 코를 박은 발정난 돼지 같
았다.

"300달러군. 400이나 500이라고 말했을 텐데."

"그럼 이제 우릴 쏘면 될 것 아니오? 엉?"

로라가 황급히 나를 쳐다봤다. 그녀의 손톱이 내 손을 파고들었
다. 방금 현금 지급기에서 헤어진 남자처럼 아내도 내가 살짝 돌
았다고 생각하는 듯했다.

"날 자극하지 마. 널 쏠지도 모르니까."

총을 든 사내가 말했다.

그가 뒷자리에서 몸을 앞으로 굽히며 말했다.

"이제 네 지갑 좀 보자."

로라가 나를 쳐다봤다. 내가 고개를 끄덕였다. 아내가 지갑을 건넸다.

그는 더 심하게 툴툴거리며 지갑을 뒤졌다.

"달랑 26달러뿐이야?"

"미안해요."

로라가 말했다.

"신용 카드는 어디 있어?"

"우리에게는 신용 카드가 없어요. 쓰고 싶은 마음이 들 것 같아서요. 우리는 집을 사려고 돈을 아끼고 있어요."

"대단들 하시군."

사내는 지갑을 앞자리에 던진 후 뒷문을 열었다.

추운 공기와 안개 그리고 빗줄기가 밀려들었다.

"넌 바보를 남편으로 뒀어. 네가 아직 모를까 봐 말해 주는 거야."

사내는 이 말을 남기고 문을 닫고 가 버렸다.

"당신 정말 그 편지를 찢을 거야?"

"아니면 당신이 찢어. 당신 좋을 대로 하라고. 당신은 내가 아직 크리스를 마음에 두고 있다고 생각할지 모르지만 난 정말 아니야. 오늘 밤에 당신한테 이 편지를 보여 주고 마음대로 처분하게 할 셈이었어."

우리는 차를 견인시킨 지 세 시간 만에 침대에 누웠다. 견인차 기사가 우리를 집까지 태워다 주었다.

비는 한 시간 전에 멈췄다. 이제 세찬 바람만 불어 댔다. 하지만 진정으로 사랑하는 사람과 포근하고 따뜻한 침대에 누워 있으니 찬바람 따위는 문제가 되지 않았다.

"미안해. 질투한 거 말이야."

"난 그 편지 숨긴 것 미안해. 그걸 보고 당신은 내가 그 사람 제안에 응할 거라고 생각했잖아. 하지만 난 그 사람을 만나고 싶은 생각은 눈곱만큼도 없어."

우리는 침대에 등을 대고 누운 채 한동안 바람 소리를 들었다.

그러다 아내가 애정을 표현해 오기 시작했다. 자신의 발로 내 발을 비비고 손으로는 내 손을 잡았다.

어둠 속으로 그녀의 목소리가 들렸다.

"우리 한번 할까?"

"그럴까? 그럴까?"

내가 웃으며 말했다.

그런 다음 몸을 굴려 아내에게 다가갔다. 우리는 입을 맞췄고 내가 손가락으로 그녀의 긴 머리칼을 쓰다듬기 시작했다. 그때 느닷없이…….

"왜 그래?"

아내가 물었다. 나는 아내에게서 빠져나와 침대에 등을 대고 누운 채 천장을 응시했다.

"잠이나 자자고."

"맙소사. 왜 그러는지 이유는 알아야 할 것 아니야. 잘 나가다가 갑자기 잠이나 자자니."

"아, 빌어먹을. 대체 뭐 이런 날이 다 있담."

나는 한숨을 내쉬며 남자로서의 최대의 수치를 실토할 마음의 준비를 했다.

"릭의 여동생이 결혼하던 날 생각나?"

"응."

"내가 곤드레만드레 취했던 것도?"

"그럼."

"그날 밤 우리가 하려고 했지만, 그러니까 사랑을 나누려 했지만 내가 하지 못했잖아."

"맞아."

아내는 한동안 아무 말이 없었다. 그러더니 이렇게 말했다.

"아, 빌어먹을. 그러니까 지금 그때와 똑같은 일이 일어났단 말이야?"

"그래."

내가 대답했다.

"아, 여보. 미안해."

"완벽한 하루의 완벽한 마무리야."

내가 말했다.

"첫째, 당신이 크리스한테서 온 편지를 발견했고⋯⋯."

"그래서 일에 집중하지 못했고⋯⋯."

"그래서 샌더스 실장이 해고하겠다고 협박했고⋯⋯."

"그 다음에 권총 강도가 들이닥쳤고⋯⋯."

"그 다음에 다른 권총 강도를 만났고⋯⋯."

"그 다음에 집으로 와서 침대에 누웠는데⋯⋯. 내가 몸을 돌려서 그냥 잠이나 자자고 하고."

내가 한숨을 내쉬며 말했다.

"차라리 잘됐어, 여보. 우리 둘 다 잠을 자야 해. 잘 자."

"사랑해, 여보…… 할 수 없게 돼서 미안해…… 알지."

"괜찮아, 여보. 모든 남자가 한 번씩은 그런 일을 겪는대."

"정말 재수 옴 붙은 날이야."

내가 말했다.

"그리고 재수 옴 붙은 밤이고."

아내가 말했다.

하지만 어떤 일이 있었는지 아는가? 잠시 후에 거실의 시계가 12시를 알리는 바람에 나는 잠에서 깨어났고, 몸을 돌려 로라가 무얼 하고 있나 봤더니 아내는 말똥말똥 깨어 있다 따스하게 두 팔을 벌려 나를 안았다. 그리고 나는 아내에게 얼마나 고마운지를 아무 어려움 없이 입증해 보일 수 있었다.

새로운 날이 되었다……. 그리고 마침내 아침 식사를 할 시간이 되었을 때 내가 제일 먼저 한 일은 오늘의 운세란을 집어 든 것이었다……. 하지만 나는 읽지 않고 그것을 쓰레기통에 던져 넣었다.

서랍도 더 이상 뒤지지 않았다……. 그러면 나쁜 운세도 더는 위력을 발휘할 수 없을 테니까.

추억의 유물
Among My Souvenirs

셔린 매크럼 _ Sharyn McCrumb

노스캐롤라이나 대학과 버지니아 테크에서 학사 학위를 받은 셔린 맥크럼은 버지니아 주의 블루리지 산맥 근처에서 살고 있지만 자신의 작품에 대해 강의하느라 미 전역과 세계를 여행하며 다니고 있다. 가장 최근인 2001년 여름에는 파리에서 작가 워크숍을 개최하기도 했다.

맥크럼의 발라드 시리즈인 『내가 돌아간다면, 귀여운 페기오(*If I Ever Return, Pretty Peggy-o*)』는 애팔래치아 작가 협회가 애팔래치아 문학에 기여한 탁월한 작품에 수여하는 상을 받았으며 《뉴욕 타임스》와 《로스앤젤레스 타임스》에 여러 차례 뛰어난 작품으로 소개되었다. 그녀는 『안개 낀 산의 붕괴와 다른 이야기들(*Foggy Mountain Breakdown and Other Stories*)』(1997)이라는 자신의 단편 모음집 서문에서 자신의 애팔래치아 소설에 기여한 노스캐롤라이나와 테네시에서의 가정사를 자세히 설명했다. 그녀의 소설에 지속적으로 등장하는 인물인 셰리프 스펜서 애로우드는 작가의 부계 쪽 조상의 성을 딴 것이며 매크럼이 쓴 「프랭키 실버의 발라드(*The Ballad of Frankie Silver*)」(1998)에 등장한 프랭키 실버(노스캐롤라이나 주에서 살인 혐의로 교수형에 처해진 최초의 여성)는 먼 사촌이다. "내 작품은 애팔래치아인들의 퀼트와 같다. 나는 전설과 민요, 전원생활의 단편, 이 지역의 비극적인 사건들에서 색색의 천 조각을 모아 단순한 하나의 이야기가 아니라 남부 산악 지대의 자연에 대한 더 심오한 진실이 담긴 복합적인 이야기로 만들어 낸다." 고 작가는 썼다. 이 시리즈의 여섯 번째 작품이자 가장 최근 작품은 2001년 여름에 발간된 「노래 수집가(*The Songcatcher*)」이다.

그 얼굴은 약간 흐릿했다. 하지만 그녀는 그렇게 보는 데 익숙해져 있었다. 그녀는 낡은 잡지에서 그 얼굴을 수천 번도 더 보았을 것이다. 그것은 어느 잡지의 사진 작가가 나이트클럽에서 찍은 스냅 사진으로 검고 흰 점 같은 것으로 처리된 흐릿한 얼굴이었다. 앨범 뒷면에 실린 자연스러우면서도 약간 미숙한 그 사진에는 땀구멍 같은 것은 보이지도 않는 뿌연 얼굴이었다. 그녀는 그 얼굴을 잘 안다. 포스터 크기만 한 그 사진은 그녀의 침실 벽에 붙은 고등학교 교기 밑에서 그녀를 응시하고 있었다. 그러니까 힘겨웠던 이십 여 년 이전에 말이다. 맙소사, 그렇게 오래됐단 말인가? 이제 그 얼굴은 술과 피로 그리고 소년티를 벗은 축 늘어진 아래턱 때문에 흐릿해 보였다. 그러나 바에 실제로 앉아 있는 그는 여전히 예전 그 모습이었다.

매기는 만약 그를 실제로 만나면 어떻게 할 것인지 수도 없이 궁리해 본 터였다. 그녀는 10학년 때 캐시 라이언의 집에서 함께 밤을 지새며 그런 상황에 대한 가정을 생각해 보곤 했다. "네 머리 모양을 코니 스티븐스처럼 하는 게 어때?" "'엉클' 멤버 중에서 누가 제일 좋아?" "데블린 로비를 만나면 어떻게 할 거야?" 그러면 그들은 쓰러져 킬킬대고 웃으며 살아 있는 록앤롤 가수를 실제로 만난다는 것은 상상조차 하기 힘든 일임을 깨달았다. 그들이 케이디 선생님과 대수학을 풀고 체육 시간에 고된 운동을 하는 동안 그는 최고급 옷에 리무진을 굴리며 매혹적인 삶을 살았다. 그런 성장기는 까마득한 옛날이 되어 버렸지만 말이다.

매기가 졸업반일 때 그녀는 데블린 로비를 실제로 보았다. 그때는 모두 뉴욕으로 몰려갔다. 하지만 그때의 만남은 그녀의 옷장 문에 붙어 있는 흐릿한 포스터만큼이나 아득하고 비현실적이었다. 데블린 로비는 멀리 무대의 환한 조명과 뿌연 안개 속에서 노래했고 매기는 비명을 질러 대는 수많은 청소년 사이의 작은 점에 불과했다. 그녀와 케시는 울며 비명을 지르고 종이로 만든 장미꽃을 무대로 던져 댔지만 그를 진짜로 본 것 같지는 않았다. 그는 「아메리칸 밴드스탠드」라는 텔레비전 프로그램에서 훨씬 더 선명하게 보였다. 두 사람은 콘서트가 끝난 후 팬들 사이를 뚫고 무대로 연결된 문으로 가려고 사력을 다했다. 그러나 로비의 보디가드인 코트 차림의 세 장정에게 떠밀렸을 뿐이었다. 그는 사람들의 틈을 뚫고 기다리던 리무진으로 가서 차를 타고 유유히 사라졌다. 그가 사라지는 것에 대한 항의의 비명에 눈 하나 깜짝하지 않은 채 말이다.

그들은 집으로 돌아오면서 내내 울었다.

우상의 냉담한 행동에 실망한 매기는 어떻게 팬들을 그렇게 대할 수 있느냐며 불평의 편지를 써서 그가 속한 음반 회사 앞으로 보냈다. 그녀는 콘서트 입장권의 남은 반쪽과 지갑 크기만 한 자신의 사진을 동봉했다. 몇 주 뒤에 그녀는 데블린 로비가 직접 쓴 답장을 받았다. 안에는 20×25센티미터 크기의 자필 서명과 그의 최신 앨범 그리고 '에픽 레코드 사'의 로고가 찍힌 편지지에 그가 직접 쓴 편지가 담겨 있었다. 그는 팬들을 그렇게 밀쳐서 미안하지만 자신은 그날 밤 몸이 편찮으신 어머니에게 전화를 하기 위해 급히 호텔로 가야 했다고 변명했다. 그는 매기가 자신의 경솔한 태도를 용서해 주기 바란다며 콘서트가 끝나는 대로 가능한 한 빨리 팬들과의 만남의 자리를 마련하겠다고 약속했다.

그 편지는 몇 주간 매기를 들뜨게 했으며 그녀는 닳아서 지직거리는 소리가 날 정도로 그 음반을 들었다. 하지만 매기가 성장하면서 이러한 경이로움은 결국 사라지고 앨범이나 팬의 잡지 같은 추억의 유물도 벽장 안의 낡은 상자에 담기는 신세가 되어 버렸다.

매기는 경제학 과목을 들었고 성적은 대부분 'B'였다. 그녀는 고등학교를 졸업한 후에 어딘가에서 비서를 하게 될 거라고 생각했다. 대학에 진학하는 것은 생각조차 할 필요가 없었다. 그녀의 부모에게는 그만 한 돈이 없었고 있다 해도 그녀에게 고등 교육을 시키는 데 그 돈을 쓰지는 않을 터였다. 매기의 아버지는 그녀가 결국 결혼하게 될 것이므로 시간과 돈을 투자해 대학 교육을 받아 봤자 아무 쓸모도 없다고 생각했다. 매기는 남자들처럼 가게를 운영하거나 자동차 정비공이 되고 싶었지만 진로 상담 교사는 매기의 희망을 한 번의 미소로 일축해 버렸다. 여자들은 대부분 가정 경제나 타이핑을 배웠다. 교사는 매기가 지금 처한 상황에서는 그런 것을 배워야 더 행복해질 거라고 굳게 믿었다. 어쩌다 수도관이 막히거나 토스터가 고장 나면 매기는 좀 더 실용적인 것을 배우겠다고 고집 부리지 않은 걸 후회했다. 그러면 식료품을 사야할 돈을 수리비로 지출하는 데 쓰지 않아도 되었을 터였다. 그러나 과거를 돌이키는 것은 아무 소용도 없는 일이었다. 지난 일은 지난 일이었다.

고등학교를 졸업하던 해 여름에 매기는 레온 홀츠와 결혼했다. 그는 데블린 로비처럼 잘생기지는 않았지만 살아 있는 진짜 사람이었다. 그는 매기에게 사랑을 고백했고 하늘색 턱시도를 빌려 입고 하얀 치자꽃 다발을 매기에게 들려 주며 졸업반 댄스 파티에 데리고 가기도 했다. 매기가 결혼하지 않을 이유는 없었다. 레온은 건설업을 하는 삼촌 회사에서 일했고 그녀는 포드 대리점의 판매 사원으로 일했다. 그러면 세금을 내고도 한 달에 600달러는 집으로 가져올 수 있었다. 두 사람은 작은 아파트를 얻었고 '소파 시티'에서 가구를 살 수 있었다. 그런데 왜 시간을 더 끌겠는가? 매기는 데블린 로비 같은 사람을 좋아했던 자신이 다른 존재에 대한 꿈을 포기하는 데 미련을 느꼈고 결혼 전부터 레온과 검은 머리 파뿌리 되도록 행복하게 살 수 있을지 불안하기도 했다. 하지만 아무 내색도 하지 않았다.

열네 달 후에 리치가 태어났고 리치가 두 살 되던 해에 결혼 생활은 끝이 났다. 리치는 둥근 얼굴에 엄마의 갈색 눈동자를 닮은 새치름한 아이였다. 하지만 아이는 의학 용어로 척추 측만증이라는 곱사등이었다. 의료 명세서가 쌓여 가기 시작했고, 결국 레온은 가난한 결혼 생활에 회의를 느껴 떠나 버렸다. 매기는 맨해튼으로 이사했다. 이유는 좀 더 나은 보수를 받을 수 있기 때문이었다. 게다가 점원으로 일하겠다는 고집만 버리면 더 많은 돈을 벌수 있었다. 그때 그녀 나이 스물한 살이었고 아직은 괜찮은 외모였다.

두어 번의 실패를 겪은 후에 매기는 '레드 라이언 라운지'에서 칵테일 웨이트리스로 일을 시작했다. 그녀는 허벅지까지 올라오고 검은 망사 스타킹을 신어야 하는 그곳의 빨간 벨벳 유니폼이 마음에 들지 않았지만 팁은 후했다. 매기는 후한 팁이 그런 옷차림 때문일 거라고 생각했다. 그때 그녀는 스물일곱이었다. 뾰족한 굽이 달린 구두를 신고 여섯 시간 동안 일하느라 발이 욱신거렸다. 또한 웨이트리스에게 수작을 걸어오는 짓궂은 사내들에게 미소로 대응하느라 얼굴에 경련이 일 때면 그녀는 고등학교 때 자동차 정비를 배웠더라면 인생이 달라졌을 거라는 생각도 해보곤 했다.

"술 한 잔만 갖다 줄래요?"

그가 매기에게 태평스러운 미소를 지어 보였다. 그는 아직도 자신에게 여자들을 끌어당기는 자력이 있다고 확신한 듯했다. 술 한 잔만 갖다 줄래요? 그것은 마치 그녀에게 특권이라도 베푸는 듯한 목소리였다. 이런, 그 사람 아니야. 매기는 한때 자신이 이 남자에게 그토록 목을 맸던 사실을 놀라워하며 뿌옇게 뜬 데블린 로비의 중년 모습을 내려다봤다. 한 번이라도 그를 만나기 위해 얼마나 몸부림쳤던가. 하지만 그건 반평생 전의 일이었다. 지금 그녀는 피곤했고 전화비를 내기 위해 교대 시간까지 죽을힘을 다해 일했다. 게다가 리치가 등이 아프다고 해 대는 바람에 어젯밤에 거의 잠을 자지 못해 지금 몽유병 환자 같은 상태였다. 매기가 그의 보랏빛 셔츠 윗부분으로 드러난 노쇠한 가슴털을 쳐다봤다. 눈 밑으로 불룩 튀어나온 살은 검게 태운 피부보다 더 검어 보였고 미소도 부자연스러웠다. 이렇게 끔찍할 수가.

"물론이죠. 어떤 걸로 하시겠어요?"

그녀가 평소 때처럼 습관적인 미소를 지어 보이며 물었다.

매기가 드워즈록스를 들고 갔을 때 그는 경마 소식지를 읽고 있었다. 하지만 그녀가 다가가자 신문을 내려놓고 그녀에게 미소를 지어 보였다.

"고마워요. 내가 누군지 알아요?"

그가 잠시 머뭇거리다 물었다.

그가 그런 질문을 하는 걸 보니 매기는 서글픈 생각이 들었다. 그는 최근에 "모른다."는 대답을 너무 많이 들은 듯 우물쭈물했고 사람들이 자신을 모른다고 할 때마다 얼굴의 주름이 더 깊어진 듯했다. 매기는 그가 안됐다는 생각이 들었다. 지금이 이십 년 전이라면. 하지만 현실은 그렇지 않았다.

"그럼요, 기억해요. 데블린 로비 씨죠. 당신이 노래하는 걸 직접 본 적도 있어요."

매기가 냅킨을 펴서 그의 술잔 밑에 놓으며 대답했다.

그의 얼굴에 패인 주름살이 펴지며 그의 눈이 크게 열렸다. 그런 표정 어딘가에 십대의 우상이 남아 있었다.

"농담 아니죠!"

그는 정말 안심이 되는 듯 웃으며 확인했다.

"그렇다면 여기……."

데블린 로비가 술잔 밑에서 냅킨을 꺼내 멋지게 휘갈겨 사인을 했고 매기는 그가 스무 살이라면 좋았을 거라고 생각하며 그 모습을 지켜보았다.

"고마워요."

매기가 그 냅킨을 팁과 함께 주머니에 넣으며 말했다. 나중에는 좀 더 후한 팁을 받을 수 있을지 몰랐다. 캐시 라이언을 다시 만난다면 적어도 그 친구에게 이야기할 만큼의 가치는 있을 듯했다. 매기가 막다른 탁자로 가려 할 때 그가 그녀의 팔을 잡았다.

"아직 가지 마요. 내가 노래하는 걸 들었다고요? 패러다이스 앨리에서?"

매기가 콘서트가 열렸던 장소를 그에게 알려 주었다. 그리고 자신이 그에게 보냈던 편지 이야기도 해야 할지 잠시 생각해 보았다. 하지만 그때 9번 테이블에 앉아 있는 양복 차림의 두 남자가 다급히 그녀를 향해 손을 흔들었고, 그래서 그녀는 그의 손길을 뿌리쳤다.

"조금 있다 다시 올게요."

매기가 이렇게 말한 뒤 미소를 띤 채 그녀를 기다리는 두 사람에게 다가갔다.

매기는 남은 시간 동안 다른 손님들과 옛날을 그리워하는 데블린 로비 사이를 왔다 갔다 했다. 그는 그녀와 잠시라도 대화를 나누기 위해 술을 또 주문했다.

"내 노래 중에 어떤 걸 제일 좋아했어요?"

"「집에 가기 두려워」요."

매기는 즉시 대답했다. 그가 어리둥절한 표정을 짓자 매기가 설명했다.

"「타이거 릴리」 앨범의 B면에 있는 곡 말이에요."

"아! 맞아요! 그 노래로 상을 탈 뻔했었죠."

그가 웃자 눈에 쭈글쭈글한 주름이 잡혔다.

매기가 다시 그의 옆으로 갔을 때 그는 부에나비스타 사에서 만든 해변 영화에 자신이 나오는 걸 봤느냐고 물었다. 그녀는 그 영화를 기억했고 그가 나왔다는 사실도 알고 있었다. 하지만 그것은 있으나마나한 하찮은 역할이었다. 그 영화를 찍은 뒤에 그는 노래로 복귀했고 거의 라스베이거스에서 노래했다. 지금 그는 애틀랜틱시티에 있었다.

"카지노 사람들이 날 좋아했죠. 그 사람들이 내게 열광하며 좋은 시절을 추억하게 해 줘서 고맙다고 하더군요."

그가 말했다.

매기도 좋은 시절을 떠올리려 했지만 떠오르는 장면은 캐시 라이언과 함께 음악을 들으며 장래에 대해 이야기하던 순간뿐이었다. 그녀는 패션 모델이 되어 파리에서 살고 싶었다. 캐시는 아프리카 야생 동물 보호 구역에서 수의사로 일하고 싶어 했다. 두 사람은 바하마에서 함께 휴가를 보내는 꿈을 꾸곤 했다.

"안주로 땅콩 좀 드려요?"

매기가 물었다.

레드 라이언 라운지가 문을 닫는 2시까지도 데블린 로비는 일어나지 않았다. 그는 스카치보다 물이 많이 섞인 듀어를 홀짝거리며 거리로 내몰리고 싶지 않은 길 잃은 개처럼 잔뜩 웅크리고 앉아 있었다. 매기는 그에게 무슨 문제가 있는 거라고 생각했다. 그는 부유하고 유명했다. 그런데 그렇지 않단 말인가?

"그 잔을 어서 비워 주시겠어요? 사장님이 문 닫을 시간이라고 하셔서요."

"알았어요, 알았다구요. 난 올빼미 체질인 것 같아요. 카지노 쇼는 밤 11시에 시작되거든요. 그래서인지 이제야 초저녁이 된 것 같아요."

그가 시계를 본 다음 그녀를 쳐다봤다. 붉은 벨벳 유니폼과 검은 망사 스타킹 그리고 갈라진 치마를 말이다.

"당신도 지금 일이 끝나나요?"

매기의 미소에는 흔들림이 없었지만 그녀는 속으로 투덜거렸다. 그날 밤은 다른 날보다 두 배나 길게 느껴졌고 그녀는 어서 일을 끝내고 돌아가 거품 목욕물 속에 발을 담그고 깨끗한 이불 속으로 기어 들어가 이 젖은 솜뭉치 같은 피로를 풀고 싶은 맘뿐이었다. 그런데 지금, 기도에 대한 응답치고는 너무 늦은 이십 년 뒤에 데블린 로비가 나타나 그녀에게 데이트 신청을 하는 것이었다. 매기가 그토록 간절히 원할 때 그는 대체 어디 있었단 말인가?

"미안해요. 고맙지만 오늘 밤은 안 돼요."

그녀가 말했다.

'십 년 전이라면 모르지만 오늘 밤은 안 돼요.'

그녀가 데블린 로비의 순결한 숭배자였을 때는 절대로 하지 않았을 대답이 지금은 할 수 있는 유일한 대답이 되었다.

그러자 다소 냉담했던 그의 제안이 갑자기 다급해졌다.

"솔직히 말하죠. 오늘 밤엔 왠지 우울해서 옛 친구와 시간을 보내고 싶었어요"

그가 퀭한 눈으로 말했다.

'우리가 친구였단 말인가? 나는 그 콘서트 장 뒤에서 스물다섯 번째 줄에 있었고 WABC방송국의 커즌 브루시가 네 곡을 틀었을 때 난 스피커 반대편에 있었어. 그리고 네가 때 빼고 광내고 다닐 때 나는 반액 세일로 파는 옷을 사 입고 팬 잡지를 들고 다녔지. 그런데 우리가 친구였다고?'

매기가 생각했다. 하지만 그런 말을 하지는 않았다. 매기가 칠 년간 칵테일 웨이트리스로 일하면서 배운 게 있다면 그건 엉뚱한 말에 대답하지 않는 거였다.

"미안해요."

매기는 이게 마지막이라고 생각하며 어깨를 으쓱해 보였다. 이 만남은 누구에게 말할 거리도 못 된다고 생각하면서 말이다. 자신보다 훨씬 어린 다른 웨이트리스들에게 데블린 로비가 누군지 설명하는 것도 별로 재미있을 것 같지 않았다.

"그럼 전화번호라도 알려 줘요, 매기."

그가 자신의 수표 위에 그녀의 이름을 멋지게 흘려 적었다. "고마워요, 매기!"라고 말이다.

"난 시내에 자주 나와요. 내가 전화를 걸어서 쓸 만한 정보를 줄 수 있을지도 몰라요. 일자리를 알아봐 줄 수도 있고요. 당신은 꽤 괜찮은 사람이에요. 그런 제안 받아 본 적 없나요?"

그렇지는 않았다. 쇼 무대에 서는 일은 나이트클럽 웨이트리스와 같은 시간대에 일하지만 그녀는 춤을 출 줄도 노래를 부를 줄도 몰랐다. 하지만 라나 터너는 드러그스토어에서 발굴되었다. 그렇다면…… 결국 매기 홀츠가 운명의 손길을 거부하는 건 아닐까? 그녀는 레드 라이언 라운지의 계산서를 찢어 자신의 이름과 전화번호를 적어 주었다.

"물론이죠. 왜 안 되겠어요? 가끔 전화해요."

매기가 말했다.

그녀는 팁과 사인이 적힌 칵테일 냅킨이 든 주머니를 가볍게 두드리며 리치가 이것을 스크랩북에 모아 둘지 모르겠다고 생각했다. 아니면 리치의 아기 수첩에 넣어 둬야 할지 몰랐다. "널 임신하던 날 밤에 내가 함께 있다고 생각했던 남자임"이라고 써서 말이다. 이 종이 두 장은 한 장씩 던져 버리면 되었다. 그녀는 이게 끝이라고 생각했다.

하지만 그게 아니었다. 나흘 뒤 새벽 4시에 결국 이부프로펜제를 털어 넣고 막 잠이 들려고 할 때 전화벨이 울렸고, 그녀는 겨우 자리에서 일어났다. 자동 응답기를 켜 두는 걸 깜빡 잊은 터였다. 그녀는 단지 전화벨 소리를 중단시키려고 아무 말 없이 수화기를 들었으나 약간 술에 취한 듯한 노랫소리가 흘러나왔다.

노래는 「집에 가기 두려워」였고 그녀는 그의 목소리라는 걸 알아차렸다.

"데블린 로비."

왜 원치 않을 때 소원이 이루어지는지 모르겠다고 생각하며 그녀가 말했다.

"매기 돌. 그냥 친구의 목소리를 듣고 싶어서 걸었어요. 난 아주 우울해요."

그가 그녀의 이름을 얼버무리듯 웅얼거렸다.

"취했나요?"

"아니요. 막 잠에서 깨어나 그럴 거예요. 잠을 잤는지도 잘 모르겠지만 말이에요. 옛날이야기를 하면 잠이 올 것 같아요, 이해해요?"

"옛날이야기라고요."

"오늘 밤에 도박판에서 큰돈을 잃었어요. 룰렛을 17번에 놓고 열두 번이나 돌렸는데 운이 따라 주지 않더군요. 17은 내 숫자인

데 말이에요!"

그녀는 고개를 끄덕이다 말고 자신의 기억 속에서 17이라는 숫자를 떠올려 보았다.

"「열일곱, 내 최고의 시절」, 이게 당신 최고의 히트곡 아니었나요?"

매기가 말했다.

"그 노래로 캐시박스 상을 받았죠. 라스베이거스에 있는 내 숙소 서재에 그 상패가 있어요. 언젠가 당신에게도 보여 줄게요."

"당신 부인이 싫어하지 않을까요?"

그가 한숨을 내쉬는 소리가 들렸다.

"휴, 트리나. 괴물 같은 년. 나와 결혼할 때 그 여자는 연기보다 외모로 한몫 보는 배우였어요. 몸무게 43킬로그램의 금발 미녀였으니까요. 하지만 지금은 나와 관계를 가질 때마다 불쌍한 인간에게 적선하듯 하고 태닝 살롱에 너무 드나들어 가죽 덮인 바비 인형 같아졌어요. 난 집에 잘 들어가지 않아요. 주로 밖에서 지내죠."

"그렇군요, 힘들겠어요."

매기가 자신의 아파트만 한 스위트룸에 있는 그의 모습을 그려 보았다. 검은 대리석으로 된 화장실에는 바닥을 움푹 파고 넣은 욕조가 놓여 있으리라.

"난 집에 들어가고 싶은 생각이 별로 없어요. 클라우디아라는 딸이 하나 있는데, 그 애를 보면 가슴이 찢어져요. 그 애는 미숙아로 태어났어요. 트리나가 마른 몸매를 유지하기 위해 저녁을 매번 토해 냈기 때문인 것 같아요. 그건 클라우디아가 아니라 그 여자

잘못이에요. 클라우디아는 태어날 때부터 뇌에 손상을 입었어요. 하지만 날 보면 언제나 함박웃음을 지어요. 그 작은 팔을 한껏 벌리면서 말이에요."

"몇 살인데요?"

"열두 살 정도 됐을 거예요. 난 늘 그 애 어렸을 때 모습만 생각해요. 세 살 무렵이 가장 예뻤어요. 아직도 정신적인 나이는 세 살이지만 말이에요. 그 애의 생일은 6월 17일이에요. 내 행운의 숫자 17이오."

"하지만 오늘은 행운의 숫자가 아니었네요, 그렇죠?"

"맞아요. 오늘 밤은 돈을 많이 잃었어요. 취했을 때는 도박을 하지 말았어야 했는데. 그러니까 술에 취했을 때 말이에요. 마약을 했을 때는 별로 문제가 안 되거든요. 난 사람들과 어울리고 싶어요. 당신과 함께 있고 싶어요. 당신은 딴 속셈이 있는 것 같지 않아요. 당신은 이 주변에 있는 화려한 싸구려 여자들과는 달라요. 1975년 이후의 일은 잘 기억이 나지 않아요. 당신은 좋은 사람이에요, 매기. 내가 잠깐 들러도 될까요?"

"그런 제안을 많이 받았을 텐데요."

매기가 이 역할을 다른 누군가에게 떠넘기고 싶다고 생각하며 대답했다.

"당신이 좋아요. 당신은 진짜예요. 내 아이처럼 말이에요. 당신은 무대 위에 서서 거짓 웃음을 짓고 천사처럼 꾸미는 여자가 아니에요. 그런 여자들은 얼마든지 있어요."

매기는 그의 딸 이야기를 듣고 싶지 않았다. 그러면 리치 생각이 났고 데블린 로비도 그녀의 생각처럼 행복하기만 한 것은 아니라는 생각이 들었다. 불현듯 그녀는 그가 싫증 나면 던져 버릴 수 있는 번쩍이는 포스터 속의 인물이 아님을 깨달았다. 그는 감정을 지닌 보통 사람이었다. 어쩌면 그녀가 그에게 빚을 졌는지도 몰랐다. 어쨌든 그녀는 여러 해 동안 그를 공상의 대상으로 이용한 셈이었다. 이제 그 빚을 갚아야 할 때인 것 같았다.

"좋아요. 화요일은 어때요? 그날은 쉬거든요."

그날은 리치를 로커웨이에 있는 친척 집에 맡길 수 있을 터였다. 두 사람은 그의 목소리가 완전히 풀어질 때까지 이야기를 나누었다.

"당신 남편이 저기 와 있어."

지배인이 7번 테이블을 가리켜 보였다.

"알았어요."

매기가 대답했다. 그녀는 데블린 로비가 들어오는 걸 벌써 보고 아무렇지도 않은 표정을 짓고 있는 터였다. 그는 이제 한 달에 세 번 정도 들렀고 그런 날은 도박판에 가지 않았다. 두 사람은 그녀가 일을 쉬는 날 만날 때도 있었지만 그렇지 않을 때면 그가 술집 문을 닫는 시간까지 7번 테이블에 앉아 물이 잔뜩 든 듀어를 홀짝거리며 매기가 팁을 주는 손님들을 상대하러 가는 사이에 그녀와 이야기를 나눴다.

그녀가 일을 쉴 때면 두 사람은 이탈리아 식당에서 식사를 했다. 데블린 로비는 주로 값싼 이탈리아 포도주를 마셨고 그러고는 그녀 집으로 가서 섹스를 했다. 로비는 하룻밤에 한 번밖에 사랑을 나누지 못했으므로 이상한 도구를 동원하거나 스트립쇼를 보거나 매기에게 음탕한 소리를 내도록 해 시간을 끌어 보려 했다. 그동안 매기는 다음 주에 살 식료품 목록이나 세탁소에 갖다 줘야 할 옷 생각을 하고 있는 자신을 발견했다. 매기는 로비가 안쓰러웠다. 그는 한때 유명했지만 스타로서 받은 대접이 그를 평생 무능력자로 만든 셈이었다. 그는 사람들이 자신을 우호적으로 대하지 않는 것에 익숙해지지 못했고 한때 자신을 부러워했던 보통 사람들이 자신을 무시하는 것을 받아들이지 못했다. 반면 매기는 모든 이의 냉담한 대접을 받는 데 익숙했다. 하지만 그는 그녀의 우상이었고 한때 몸을 낮춰 아무것도 아닌 자신에게 아름답고 진실된 서체로 직접 편지를 써 보낸 사람이었다. 그런데 그가 누군가를 필요로 했고 이제 그녀가 보답을 해야 했다. 그리고 매기에게 주어진 역할은 바로 엄마였다. 매기는 그가 자신의 몸 위에서 힘을 쓰고 신음을 토하는 동안 그가 얼마나 유명한 사람이었는지 기억하려 노력했다. 매기는 자신의 방 벽에 붙어 있던 그 뿌연 포스터를 그려 보았다.

"저 사람한테 돈을 받지 그래."

매기가 막 자리를 뜨려 할 때 지배인이 말했다.

"이건 매춘이 아니에요."

매기가 반박했다.

"그렇다는 말이 아니야. 하지만 넌 서비스를 제공하고 있어. 정신과 의사도 돈을 받잖아, 안 그래? 게다가 그는 너보다 돈을 많이 벌어, 이 순진한 아가씨야."

"돈과 상관없는 일도 있어요."

매기가 어깨를 으쓱해 보였다.

"돈이 목적이 아니라면 오늘 밤은 일찍 가도 돼. 좋을 대로 해. 여기 있어서 뭐 하겠어. 오늘은 손님도 없는데."

지배인은 이 말을 너무 크게 했다. 데블린 로비가 그의 말을 들었고 그녀는 그의 얼굴이 환해지는 것을 눈치 챘다. 이제 그에게 여기 있어야 한다고 말해 봤자 아무 소용이 없을 터였다. '대단히 고맙군요, 지배인님.' 적어도 오늘 리치는 집에 없었다. 오늘 밤은 케빈의 집에서 자고 올 터였다. 그가 앉은 탁자로 그녀가 다가갈 무렵 데블린 로비는 벌써 외투를 걸치고 있었다.

"여기서 나갈 수 있다니 얼마나 좋은지 몰라! 오늘 밤에 고민을 함께해 줄 사람이 있을지 걱정했거든."

그의 얼굴은 평소보다 더 처져 있었고 눈 밑 주름도 더 시커멓게 보였다.

"고민을 함께해 줄 사람이라니 무슨 뜻이에요?"

매기가 문 쪽을 힐끔 쳐다보며 물었다.

"나중에 말할게."

그들은 다른 이탈리아 식당으로 갔다. 하지만 탁자 위에는 똑같은 비닐 천이 덮여 있었고 똑같은 싸구려 포도주를 시켜 평소와 똑같은 양을 마셨다. 매기는 예전 식당보다 더 쫄깃쫄깃한 엔젤헤어 파스타를 먹었다. 그는 식사를 하는 동안 고민을 털어놓지 않았다. 하지만 사방을 두리번거렸고 그녀에게 이야기할 때도 속삭이듯 말했다. 매기는 그를 자신의 집으로 데려온 뒤에(그가 걷는 것을 겁내 택시를 타고) 두 사람이 마실 카페인 없는 커피를 탔다. 그제서야 그가 말문을 열었다.

"말해 봐요."

매기가 말했다. 이번에는 그녀도 '환상 속의 여인'이 아니었다.

"아무 문제없어. 다 갚았다고, 알아? 어쨌든 대부분은 갚았어. 그 정도면 그 깡패 놈들도 날 봐줄 거야."

그가 양복저고리 주머니에서 두툼한 갈색 봉투를 꺼내 《레드북》과 《인콰이어러》 위에 내려놓았다.

"또 도박하러 갔었군요."

매기가 말했다.

"이봐, 언제든 한 번은 '17번'이 날 위해 다시 노래해 줄 거야, 알겠어?"

"그러니까 당신이 무서운 사람들에게 빚을 지게 된 거로군요."

그가 손바닥을 위로 한 채 어깨를 으쓱해 보였다.

"거긴 애틀랜틱시티야. 그리고 그자들은 진짜 깡패야. 오늘 밤 현금을 갖고 그자들을 만났어야 했는데 돈이 조금 부족했어. 무언가를 저당 잡히고 여기로 온 거라구. 친구들한테서도 좀 빌려서 그자들이 날 찾으러 오기 전에 액수를 맞춰야 했어. 이젠 괜찮아. 이제 그자들을 만날 수 있어. 전액은 아니지만 이 정도면 도박을 또 할 수 있을 거야. 다음 주에 돈을 좀 더 마련하겠다는 각서를 써 놨어. 음반 인세 받을 게 있거든."

매기가 눈을 가늘게 떴다.

"왜 날 만나러 온 거죠?"

"돈 때문이 아니야!"

그가 얼핏 웃음을 지으며 말했다.

"매기, 이건 당신이 관여할 문제가 아니야. 당신 돈은 당신한테나 잘 써. 이 사람들은 내가 상대할 테니까. 내가 여기 온 건 당신을 사랑하기 때문에 보러 온 것뿐이야."

그런 것 같았다. 매기는 그를 침실로 안내하며 서글픈 생각이 들었다. 그는 그녀의 눈을 통해 자신의 예전 모습을 보고 있었다.

매기가 소변을 보기 위해 일어났을 때는 새벽 2시가 지나 있었다. 로비는 땀과 맹세의 말로 뒤범벅이 된 채 몇 시간째 정신없이 자고 있었다. 그녀는 그 갈색 봉투가 차 탁자 위에 놓여 있는 것을 보고 옆을 지나면서 봉투 안을 들여다보았다. '이 사람이 얼마나 깊이 빠졌는지 한번 볼까? 추락한 우상이 도박으로 돈을 얼마나 잃었는지 말이야.' 매기가 생각했다. 어쩌면 그에게 상담을 받게 해야 할지도 몰랐다. 도박 중독 치유 과정 같은 것 말이다. 그녀는 유명해지지 않으면 죽음을 달라는 사람들도 있다는 게 신기하기만 했다.

매기는 침대로 돌아가지 않았다. 로비가 9시에 잠에서 깨어났을 때 그녀는 그에게 아스피린과 숙취에 좋은 블러디 메리 믹스를 주었다. 그리고 카페인 없는 커피 한 잔을 먹여 밖으로 내보냈다. 입맞춤은 하지 않았다. 그는 애틀랜틱시티로 돌아갔다. 여전히 잠이 덜 깬 채 술에 취해 해롱거리며 말이다. 데블린 로비는 아침 일찍 일어나는 유형이 아니었다. 그건 매기 홀츠도 마찬가지였다. 하지만 그날 아침에 그녀는 잠이 완전히 깨어 있었다. 매기는 텔레비전 앞에 앉아 게임 프로그램에 귀를 기울였다. 하지만 눈은 전화기에 고정되어 있었다. 정오에서 오 분이 지났을 때 전화벨이 울렸다. 자동 응답기가 돌아갔고 매기가 녹음해 둔 말이 흘러나온 후에 데블린 로비의 유명하지만 그다지 감미롭지 않은 목소리가 들렸다. 지금 그 목소리는 날카롭게 긴장되어 있었다.

"매기! 거기 있지? 수화기를 들어! 나야. 내가 말한 봉투 알지? 안에 현금이 든 것 말이야. 그걸 당신 집에 놓고 온 것 같아. 여기 있는 신사 분들이 거기 돈이 있는지 알고 싶어 해. 제발 수화기 좀 들어 줄래, 매기? 이분들한테 그 봉투 안에 현금이 들어 있다고 말해 볼래? 제발, 중요한 문제야."

그때 다른 남자의 목소리가 들렸다.

"정말 중요하지."

매기가 수화기를 들었다.

"봉투 같은 건 없어, 데블린. 그 사람들한테 좀 기다려 달라고 말하면 안 돼? 당신이 돈을 구할 때까지 말이야."

매기가 말했다.

매기가 수화기를 내려놓을 때 그의 비명 소리가 들렸다. 그녀는 그 갈색 봉투를 탁자 위에 도로 내려놓았다. 안에는 100달러짜리 지폐가 많이 들어 있었지만 문제는 그게 아니었다. 돈 때문이 아니었다. 중요한 것은 편지였다. 그가 돈을 다 갚을 때까지 시간을 좀 더 달라고 도박꾼들에게 애원하는 편지 말이다. 그것은 그녀가 예전에 받은 그의 편지와 다른 서체였다. '데블린 로비'가 사과의 내용을 담아 오래전에 보낸 편지의 서체와 말이다. 그렇다면 그녀는 그에게 아무 빚도 지지 않은 셈이었다. 그녀는 오랜 세월을 속아 살아온 것이었다. 그녀는 직업 학교에 진학하는 데 돈이 얼마나 들지 갈색 봉투에 든 돈으로 가능할지 따져 보았다. 매기는 정신을 차리고 세상을 살아 나가는 법을 배우고 싶었다.

협곡 너머의 이웃
The People Across The Canyon

마거릿 밀러 _ Margaret Millar

　　마거릿 밀러는 「천사처럼(*How Like an Angel*)」(1962)이라는 소설에서 등골이 오싹한 통찰력을 보여 주었다. 이 소설에 등장한 많은 인물들은 불과 몇 년 만에 캘리포니아 남부의 사회 풍경을 지배한 히피들의 초기 특성을 보여 주었다. 「천사처럼」은 마거릿 밀러(1915~1994)의 가장 어둡고 복잡한 소설이지만 이 작품은 「살인적인 바람(*An Air that Kills*)」(1957), 「내 무덤의 이방인(*A Stranger in my Grave*)」(1960), 「미란다의 살인(*The Murder of Miranda*)」(1979) 같은 많은 걸작들 중 하나일 뿐이다. 일부 비평가는 그녀를 남편인 로스 맥도널드(켄 밀러)보다 더 뛰어난 작가로 평한다. 그녀는 이런 평가를 늘 화를 내며 부인하지만 말이다. 그러나 이런 겸손함과 달리 그녀를 미스터리 분야의 가장 뛰어난 작가라고 말하는 이들이 많다. 하지만 그녀는 커다란 히트 작이 없다는 단점도 지니고 있다. 그녀는 컬트 작가와 동인 작가 사이에 존재한다. 그녀는 여느 때처럼 독자들을 두려움에 떨게 하면서도 생각하게 만들고 놀라우면서도 통쾌한 느낌을 주는 신선한 책으로 복수했다. 사회를 바라보는 그녀의 시선은 냉정하며 그녀는 모든 허세를 공격하는 데서 기쁨을 느낀다. 마거릿 밀러는 문장을 큰 소리로 읽으면 더 큰 효과를 자아내는 작품을 쓰는 몇 안 되는 작가에 속한다. 그녀가 쓴 책을 아무거나 골라 읽어 보면 곧 인용하고 싶어지는 표현과 만날 것이다.

보턴 씨 부부가 협곡 건너편의 새집으로 누군가 이사온 것을 처음 안 것은 그림이 새겨진 그 집 창문에 비친 텔레비전 모양의 직사각형 불빛을 본 3월의 어느 날 밤이었다. 마리온 보턴은 끝내 올 것이 왔다고 생각했지만, 폴과 함께 호젓하게 살고 싶어 옮겨 온 이 시골로 이웃이 들어왔다는 사실을 받아들이기는 쉽지 않았다.

그들은 이곳을 발견해 7,000평을 산 뒤에 미개발 토지를 담보로 돈을 빌려 주지 않으려는 은행과 시내를 그렇게 멀리 벗어나는 것은 바보짓이라고 생각하는 친구들의 반대를 무릅쓰고 이곳에 집을 지었다. 하지만 다른 이들도 이제 이곳이 마음에 들었는지 유칼리 나무와 떡갈나무 사이로 여기저기 집이 들어섰고, 그래서 지금은 반쯤 지어진 집들이 여러 채 눈에 보였다.

그러나 그녀가 가장 신경을 곤두세우는 것은 협곡 바로 건너편에 있는 집이었다. 지난 여름 불도저가 그곳을 밀 때부터 그녀는 이 순간을 두려운 마음으로 기다려 왔다.

"이제 우리의 사생활은 끝이 났어요."

마리온이 거실 앞쪽으로 가서 텔레비전을 끈 뒤에 폴에게 할 말이 있다는 몸짓을 해보였다. 그래 봤자 문제를 해결하기는커녕 두 배로 커지기만 하는 경우가 더 많긴 했지만 말이다.

"그래, 말해 봐."

짜증스러운 것을 애써 감추며 폴이 말했다.

"뭘요?"

"빙빙 돌려서 말하지 마. 당신이 페리 메이슨의 말을 중간에 끊는 경우는 흔치 않아."

"내가 한 말은 우리 사생활이 끝장났다는 거예요."

"아직 많이 남아 있어."

폴이 말했다.

"협곡 건너편의 소리가 여기서 얼마나 잘 들리는지 알잖아요."

"난 아무 소리도 안 들리던걸."

"이제 듣게 될 거예요. 저 사람들이 열에서 열둘이나 되는 아이들과 시끄럽게 짖어 대는 개 그리고 스포츠카를 갖고 왔을지 어떻게 알겠어요."

"아이 둘 정도는 그다지 나쁘지 않아. 적어도 캐시에게 함께 놀 상대가 생기는 거니까."

여덟 살인 캐시는 지금 자고 있었다. 하지만 아이는 잠든 척할 뿐이었고 취침용 등이 켜지면서 캐시의 침실 문이 소리 없이 조금 열렸다.

"학교 친구들이 많은걸요. 선생님이 그러시는데, 캐시는 모든 아이들과 잘 어울리고 말썽도 전혀 일으키지 않는대요. 당신은 우리 캐시가 뭔가 부족한 아이처럼 말하는군요."

마리온이 협곡 건너편에서 빛나는 직사각형 모양의 불빛을 가리기 위해 창문에 커튼을 치며 말했다.

"또래 아이들이 많아져서 더 재미있게 지내면 좋지 않겠소."

"그런 일이 더 많아진다고 해서 나쁠 건 없겠죠. 하지만 난 최선을 다했어요."

그녀의 말은 사실이었다. 그는 아내가 주말에 십여 차례 캐시의 학교 친구들을 초대했다는 말을 들어 알고 있었다. 몇 명은 별의 별 이유를 다 대고 빠졌지만 말이다. 독 있는 떡갈나무, 뱀, 협곡 밑의 시냇물에 사는 모기, 시내에서 그렇게 멀리 떨어진 집에서 무슨 일이 생기면 의사가 금방 올 수 없기 때문에…… 등등 엄마들은 온갖 핑계를 다 댔다. 이렇게 솔직하고 일면 타당하기까지 한 이유를 듣고 마리온은 격분해서 말했다.

"우리가 달나라나 밀림 한가운데서 산다고 생각하시는 모양이군요."

"아이 두 명 정도는 괜찮겠지만 스포츠카는 안 돼요."

마리온이 말했다.

"그건 우리 소관 밖의 일인 것 같은데."

"사실 아주 좋은 사람들일지도 모르죠."

"왜 아니겠어? 사람들은 대부분 괜찮다고."

폴과 마리온은 왠지는 모르지만 뭔가 해결된 듯한 편안한 감정을 느꼈다. 폴이 앞으로 가서 텔레비전을 다시 켰다. 그가 추측했던 대로 야구 방망이로 나이트클럽 사장을 죽인 것은 금발의 댄서도 그녀의 젊은 남편도 질투심 많은 가수도 아닌 도어맨이었다.

캐시가 이상한 행동을 보이기 시작한 것은 그 다음 월요일부터였다.

마리온은 부엌에서 폴이 크리스마스 선물로 사 준 휴대용 텔레비전으로 퀴즈 프로그램을 보며 다림질하다가 차도 위쪽에서 학교 버스가 멈춰 서는 소리를 들었다. 그녀는 현관문 앞에서 캐시가 귀여운 목소리로 "엄마, 저 왔어요."라고 말하며 들어오기를 기다렸다.

그러나 문은 열리지 않았다.

마리온은 부엌 창문 너머로 노란 학교 버스가 언덕의 급경사를 돌아 나가는 것을 보았다. 버스는 살려 달라고 비명을 질러 대는 생포한 야생 아동들로 가득 찬 서커스 우리 같았다.

마리온은 퀴즈 프로그램이 끝날 때까지 기다리며 아이가 다음 버스에서 내리는 대로 곧장 집으로 오거나 아니면 캐시가 친구네 집에서 내려 곧 전화를 할 거라고 생각했다. 하지만 다른 버스는 나타나지 않았고 전화도 걸려 오지 않았다.

마리온은 하이킹 화를 신고 협곡을 따라 내려가기 시작했다. 로건베리 넝쿨처럼 보이는 독 있는 떡갈나무 곤충과 뾰족한 수풀에 긁히지 않도록 조심하면서 말이다.

캐시는 폴이 쓰러진 유칼리 나무 두 그루로 작은 시냇물을 건너도록 만든 조그만 다리 한가운데에 앉아 있었다. 캐시의 짤막하고 포동포동한 다리가 거의 물에 닿을 것처럼 통나무 다리에서 대롱거렸다. 캐시의 얼굴은 온통 머리칼로 덮여 있었고 아이는 꼼짝도 하지 않았다. 그때 개구리 한 마리가 개굴거리며 마리온의 존재를 알렸고 캐시는 어른보다 자연과 더 친밀하게 지낸다는 듯 그리고 그 작은 경고를 알아들었다는 듯 개구리 소리에 반응했다.

캐시는 재빨리 일어서서 치마에 묻은 흙을 털고 머리칼을 쓸어 올렸다. 그러자 작은 시냇물의 둑에 핀 페리윙클처럼 푸른 눈이 드러났다.

"캐시."

"기다리는 동안 물속에 사는 곤충의 수를 세고 있었을 뿐이에요. 마흔한 마리였어요."

"뭘 기다렸는데?"

"열에서 열두 명의 아이들이오, 그리고 또 개도."

"열에서 열두 명의 아이들이 뭐야……. 아, 알겠다. 어젯밤에 자고 있는 줄 알았더니 우리가 하는 이야기를 엿들었구나."

마리온이 말했다.

"내가 들은 게 아니에요. 내 귀가 들었다고요."

아이가 반박했다.

마리온은 웃음이 나오려는 걸 억지로 참았다.

"그러면 네 귀한테 똑똑히 들으라고 전해 주렴. 난 새로 이사온 이웃에게 아이들이 열에서 열두 명 있다고 말한 게 아니라 그럴지도 모른다고 한 거란다. 하지만 사실 그런 일은 없을 거야. 요즘에는 아이를 그렇게 많이 낳지 않으니까."

"아이를 많이 낳는 사람들은 옛날 사람들인가요?"

"글쎄, 그런 생각을 하는 걸 보니 네가 아주 어리진 않구나."

"아이들이 많은 집에는 스테이션웨건이 있어야 할 것 같아요. 그래야 아이들이 모두 탈 수 있죠."

"운이 좋은 사람들은 그렇겠지."

캐시가 조그맣고 통통한 물고기들을 바다로 실어 나르는 작은 시냇물을 내려다봤다. 그러더니 이렇게 말했다.

"그 사람들은 젊고 차도 아주 작아요."

마리온은 새 이웃이 싫으면서도 그 순간 호기심이 생겼다.

"그 사람들을 봤니?"

하지만 꼬마 아가씨는 귀가 먹은 듯 작은 물고기와 잠자리와 올챙이들이 사는 물속 세상에 넋을 잃고 있었다.

"내가 물어봤잖니, 캐시. 새로 이사 온 사람들을 봤냐니까."

"예."

"언제?"

"엄마가 나오시기 전에요. 스미스래요."

"그걸 어떻게 알았지?"

"내가 그 집으로 가서 구경하고 있는데, 그 사람들이 이봐, 꼬마 아가씨, 이름이 뭐지? 그랬어요. 그래서 내가 캐시예요, 이름이 뭐예요? 하고 물으니까, 스미스라고 대답했어요. 그리고 작은 차를 타고 그 사람들은 나갔어요."

"다른 사람들이 사는 집을 기웃거리고 다니며 못써. 게다가 엄마한테 먼저 어디로 가서 언제 돌아올 건지 말하지도 않고 학교에서 다른 곳으로 바로 가면 안 된다고 말했지. 넌 그걸 아주 잘 알고 있어. 그런데 왜 학교 버스에서 내린 뒤에 먼저 집으로 와서 엄마에게 말하지 않은 거니?"

마리온이 퉁명스럽게 타일렀다.

"그러고 싶지 않았어요."

"그건 충분한 대답이 안 되는구나."

충분하든 충분하지 않든 그건 캐시가 할 수 있는 유일한 대답이었다. 캐시는 말없이 엄마를 쳐다보다 몸을 돌려 언덕 위에 있는 집으로 쏜살같이 달려갔다.

잠시 뒤에 마리온이 화가 난 데다 약간 혼란스러운 기분으로 딸아이를 따라갔다. 마리온은 아이를 혼내고 싶지 않았지만 그렇다고 이 문제를 전적으로 무시할 수도 없었다. 그러기엔 너무 중대한 문제였다. 그녀가 캐시에게 통밀 과자와 오렌지 주스를 주면서

잘못을 했으니 남은 시간 동안 방에서 나오지 말라고 합리적이고
도 상냥한 어조로 설명했다.

그날 밤 캐시가 잠자리에 든 후에 마리온이 그 일을 폴에게 말
했다. 그는 그 문제를 마리온만큼 심각하게 받아들이지 않는 듯했
고 여느 때처럼 귀 기울이고 있던 이들의 딸은 아버지의 그런 반
응까지 알게 되었다.

"난 캐시가 새로 이사 온 이웃과 알게 되어 기쁜걸. 캐시가 내
생각보다 자신감을 갖고 있는 것 같아. 늘 너무 숫기가 없었잖아."

폴이 말했다.

"나한테 말도 하지 않고 돌아다닌 걸 용서하란 말은 아니겠죠?"

"멀리 가지도 않았잖아. 아이들은 모두 한 번씩 그런 짓을 한
다고."

"그러다 아이를 망치겠어요."

"캐시는 언제나 너무 순종적이어서 그동안 우리가 잘못 길들여
진 것 같소. 그 애가 밖으로 나가 새로운 친구를 사귀는 법을 우리
에게 가르쳐 주려는 건지 누가 알겠소?"

그는 과거의 경험으로 자신이 상당히 예민한 문제를 건드렸다
는 걸 깨달았다. 마리온은 자신의 집과 정원 그리고 텔레비전만
있으면 됐다. 그녀는 그것 외에 세상의 다른 것은 전혀 원치 않았
고 그것으로 충분치 않다는 내색이라도 보이면 적잖이 불쾌해했
다. 폴은 말다툼을 피하기 위해 얼른 덧붙였다.

"당신이 캐시를 잘 가르쳤잖소. 그러니 걱정은 그만하고…….
그런데 그 사람들 성이 스미스라고?"

"그렇대요."

"왠지 캐시가 그 사람들과 잘 지낼 것 같은 생각이 들어."

이튿날 오후 3시에 서커스 우리 같은 노란 버스가 오더니 생포한 아동 하나를 내려놓고 부르릉거리며 떠나갔다.

"엄마, 저 왔어요."

"착하기도 하지."

마리온은 딸아이를 보고 죄책감을 느꼈다. 아이는 하루 종일 비좁은 학교에 갇혀 있었다. 그리고 날씨는 너무도 따스하고 화창했다. 게다가 폴은 어제 오후에 일어난 일을 별로 심각하게 여기지 않았다.

"우리 그 시냇가로 내려가서 물속에 사는 곤충의 수를 세어 볼까. 어때?"

마리온이 말했다. 이것은 마리온으로서는 대단한 희생이 아닐 수 없었다. 왜냐하면 그녀는 퀴즈 프로그램을 보며 출전자들과 함께 답 맞추기를 좋아했기 때문이다.

캐시는 그 퀴즈 프로그램에 대해 모든 것을 알고 있었다. 그녀는 그 프로그램을 백 번도 넘게 봤고 어머니의 입을 따라 어머니의 눈과 귀와 마음도 함께 움직인다는 사실을 알고 있었다.

"물속에 사는 곤충의 수는 어제 세었는걸요."

"그럼 물고기의 수를 세면 되지."

"엄마를 보면 무서워서 달아날걸요."

"오, 그럴까?"

마리온은 캐시가 자신의 제안을 거절한 게 다행스러우면서도 그런 자신이 의식되어 웃음이 나왔다. 그녀가 느끼는 안도감에는 분명 약간의 죄책감이 담겨 있었다.

"넌 무서워하지 않니?"

"예. 난 자주 봐서 자기들과 같은 작은 물고기라고 생각해요."

"그러면 나한테도 익숙해질 거야."

"그렇지 않아요."

캐시가 혼자 협곡을 따라 내려간 뒤에 마리온은 약간 불안한 마음으로 딸아이가 엄마의 동행을 단호하고도 정중하게 거절했음을 깨달았다. 그녀는 그 이유를 저녁 식사 시간이 되어서야 알았다.

"스미스 씨네 집 말이에요, 차가 오스틴 힐리예요."

여느 소녀들처럼 캐시도 차에 관심을 보인 적이 한 번도 없었다. 그래서 차 이름을 그럴듯하게 둘러대는 딸아이의 말에 폴과 마리온은 웃음을 터뜨렸다.

캐시는 부모의 웃음소리에 기운을 얻어 더 자세히 설명했다.

"근데 오스틴 힐리는 굉장히 큰 소리가 나요. 아빠가 쓰는 잔디 깎는 기계처럼요."

"그 회사에서 너한테 광고를 의뢰하진 않겠구나. 스미스 씨네 집은 이사를 다 한 것 같니?"

폴이 물었다.

"예, 내가 도와줬는걸요."

"정말이니? 어떻게 도와줬는데?"

"노래를 두 곡 불러 주었어요. 그러고 나서 우린 모두 춤을 추고 또 췄어요."

폴은 반은 기쁘면서도 반은 어안이 벙벙한 표정이었다. 캐시는 사람들 앞에서 노래를 부르거나 춤을 추지 않았다. 지난해 학교에서 열린 크리스마스 발표회 때 캐시는 울면서 무대에서 내려와 분장실로 숨어 버렸다……. 그렇다면 수줍어 하는 것은 거쳐 가는 한 단계일 뿐이고 이제 그 문제를 완전히 극복한 것이었다.

"굉장히 좋은 사람들인 것 같구나. 새집으로 이사하느라 정신이 없을 텐데 꼬마 아가씨와 놀아 주기까지 하다니."

폴이 말했다.

"놀아 준 게 아니에요. 진짜 춤을 췄다고요. 에드 설리번처럼 말이에요."

캐시가 고개를 흔들며 설명했다.

"그렇게나 잘 췄단 말이니? 자세히 이야기해 보렴."

폴이 미소를 지으며 물었다.

"스미스 아줌마는 나이트클럽 댄서예요."

폴의 얼굴에서 미소가 싹 가셨다. 그의 왼쪽 관자놀이가 제자리를 찾지 못한 작은 심장처럼 마구 뛰기 시작했다.

"그래? 정말이니, 캐시?"

"예."

"그럼 스미스 아저씨는 뭘 하시지?"

"야구 선수요."

"그러니까 직업으로 야구 선수를 하신단 말이지? 아빠처럼 사무실에서 일하지 않고?"

마리온이 물었다.

"예, 야구만 해요. 언제나 야구 모자를 쓰고 있는걸요."

"알겠다. 팀에서 어떤 포지션을 맡고 있다고 하든?"

폴의 목소리가 낮아졌다.

캐시가 멍한 표정을 지었다.

"야구 선수들은 모두 자기가 맡은 역할이 있단다. 스미스 아저씨는 어떤 역할을 하신다고 하든?"

"타자요."

"타자라고. 그거 대단하구나. 아저씨가 너한테 그렇게 말하든?"

"예."

"캐시, 네가 거짓말을 하지 않는다는 건 안다만 어떨 때는 네가 하는 말이 좀 혼란스럽구나."

폴이 말했다.

폴의 관자놀이는 한동안 더 뛰었지만 캐시의 이야기는 계속되었다. 스미스 아줌마는 나이트클럽 댄서이고 스미스 아저씨는 직업적인 야구 선수인데, 두 사람은 아이들을 무척 좋아하고 텔레비전은 절대 보지 않는다는 등의 이야기였다.

"최소한 그 말은 거짓말이네요. 나머지 부분에 대해서도 그래요. 반경 80킬로미터 이내에 나이트클럽 하나 없고 320킬로미터 이내에 프로 야구팀도 없잖아요."

나중에 스미스 씨네 집 창문에 비친 사각형 모양의 텔레비전 불빛을 보며 마리온이 폴에게 말했다.

"캐시가 뭘 착각했을 거야. 스미스 부인이 한때 춤을 춘 적이 있고 스미스 씨는 야구를 좀 한다는 거겠지."

캐시는 잠 속으로 빠져 들면서 스미스 씨네 집에 학교에 다니지 않는 아이가 하나 있다는 말을 엄마, 아빠에게 해야 할지 망설였다.

캐시는 그 말을 하지 않았다. 이튿날 아침 폴과 캐시가 집에서 나간 뒤에 그 사실을 알아낸 건 마리온이었다. 그녀는 거실의 커튼을 한 옆으로 밀고 창문을 열다가 협곡 건너편에서 미닫이 문이 세게 닫히는 소리를 들었다. 소리 난 곳을 쳐다 보니, 새집의 베란다로 작은 아이가 나오는 게 보였다. 거리가 멀어서 여자 아이인지 남자 아이인지는 알 수 없었다. 어느 쪽이든 아이는 얌전하고 예의 바른 것 같았다. 바람 한 점 없는 따스한 그날 내내 미닫이문 닫히는 소리만 이따금씩 들려왔다.

마리온은 그 집에 아이가 있는데도 캐시가 말하지 않았다는 사실이 하루 종일 마음에 걸렸다. 그녀는 캐시가 학교에서 돌아오자마자 그것부터 물었다.

"스미스 씨네 집에 아이가 있다는 말은 하지 않았더구나."

"예."

"왜지?"

"이유는 몰라요."

"남자 아이니, 여자 아이니?"

"여자 아이예요."

"몇 살인데?"

캐시는 잠시 생각하다 천장을 보며 인상을 찌푸렸다.

"열 살 정도 돼요."

"그런데 학교에 다니지 않는단 말이야?"

"예."

"왜?"

"학교에 다니고 싶지 않대요."

"그건 타당한 이유가 아닌 것 같구나."

"그 애가 그랬어요. 이제 밖에 나가서 놀아도 돼요?"

캐시가 아무렇지도 않은 듯 말했다.

"안 될 것 같은데. 열이 좀 있는 것 같아. 이리 오렴, 이마 좀 만져 보자."

캐시의 이마는 차갑고 축축했다. 하지만 두 뺨과 콧날은 햇볕에 탄 것처럼 붉은빛을 띠고 있었다.

"안에서 쉬는 게 좋겠어. 만화를 좀 보렴."

마리온이 말했다.

"난 만화 싫어하는걸요."

"좋아했잖아."

"진짜 사람이 좋아요."

스미스 씨 가족을 말하는 것 같았다. 마리온은 입을 굳게 다물고 잠시 생각에 잠겼다.

"하루 종일 춤추고 야구하는 사람들 말이니?"

빈정거리는 이 말이 캐시에게 어떻게 들렸든지 모르지만 캐시는 아무 말도 하지 않았다. 마리온이 퀴즈 프로그램에 정신을 팔기를 기다렸다가 캐시는 인형을 죄다 꺼내 방에 줄지어 세워 놓고 이들에게 콘서트를 열어 주며 우레와 같은 박수를 쳐 댔다.

"당신이 옛날에 쓰던 해군 망원경 어디 있어요?"

잠자리에 들 준비를 마친 후에 마리온이 폴에게 물었다.

"그때 쓰던 사물함 안에 있을걸. 왜?"

"그게 필요해요."

"이웃집을 염탐하려는 건 아니겠지?"

"바로 그것 때문이에요."

마리온이 단호히 대답했다.

다음 날 아침 스미스 씨네 집 아이가 베란다로 나오는 걸 보자

마자 마리온은 지하실 창고로 내려가서 남편이 해군 시절에 쓰던 사물함을 뒤졌다. 그녀가 망원경을 찾아 먼지를 털고 있을 때 거실에 있는 전화벨이 울리기 시작했다. 마리온은 서둘러 1층으로 올라와서 숨을 헐떡이며 전화를 받았다.

"여보세요?"

"보턴 부인?"

"그런데요."

"캐시의 담임입니다."

마리온은 학부모 회의와 성적 평가회 때 캐시의 담임 선생님을 여러 번 본 적이 있었다. 그녀는 체격이 크고 혈색 좋은 얼굴에 쾌활한 성격의 젊은 여자였다. 폴은 그런 여자와 함께 살고 싶지는 않지만 비상시에 옆에 있으면 좋을 여자라고 말했었다.

"안녕하세요, 선생님?"

"예, 안녕하세요, 보턴 부인. 어제 전화를 드리려고 했는데, 할 일이 너무 많아서요. 캐시 문제를 서둘러 점검할 필요가 없을 것 같아서 말이에요. 캐시는 늘 바르게 행동하는 아이니까요."

담임 선생님의 커다랗고 쾌활한 목소리도 점검이라는 불길한 단어가 풍기는 분위기는 막지 못했다.

"무슨 말씀이신지 잘 모르겠네요. 왜 캐시를 점검하신다는 거죠?"

"관례적인 일이에요. 학교 의사와 보건부 관계자들 때문에 홍역과 독감과 수두가 몇 건이나 발생했는지 지속적으로 기록해야 하거든요. 지금은 유행성 이하선염이 유행인 것 같아요. 캐시는 괜찮은가요?"

"어제 학교에서 돌아왔을 때 열이 약간 있는 것 같았는데, 오늘 아침에 등교할 때는 괜찮아졌어요."

그녀가 하도 오랫동안 아무 말도 하지 않는 바람에 마리온은 그렇지 않았으면 눈치 채지 못했을 물건을 고통스럽게 인식했다. 그녀의 무릎 위에 놓인 망원경이 너무 무거웠고 쿵쿵거리는 자신의 심장 소리가 귀에 들리는 듯했다. 협곡 건너편에서는 스미스 씨네 아이가 베란다에서 혼자 조용히 놀고 있었다. '저 애한테 무슨 문제가 있는 게 틀림없어. 이제 캐시가 저 집에 놀러 가지 못하게 해야겠어. 남을 따라하길 좋아하는 애니까 말이야.' 마리온이 생각했다.

"선생님, 전화 끊지 않으셨죠, 여보세요? 여보세요……."

"전화 끊지 않았어요. 오늘 아침 캐시가 몇 시에 집에서 나갔죠?"

선생님의 목소리는 전보다 기운이 없고 그다지 쾌활하지도 않았다.

"언제나처럼 8시예요."

"학교 버스를 탔나요?"

"물론이죠. 늘 타는걸요."

"아이가 차에 타는 걸 보셨나요?"

"현관에서 아이와 작별 인사를 했는걸요. 그런데 왜 그러시죠, 선생님?"

마리온이 물었다.

"캐시가 이틀 동안 학교에 오지 않았어요, 보턴 부인."

"말도 안 돼요, 그런 일은 있을 수 없어요! 착각하신 거 아니에요?"

하지만 마리온은 그 말을 하면서 망원경을 들어 눈에 갖다 댔다. 스미스 씨네 집 베란다에 있는 소녀는 얼굴을 온통 머리칼로 가린 데다 시냇가 둑을 따라 핀 페리윙클처럼 푸른 눈이었다.

"보턴 부인, 저는 학생의 출석 여부를 착각하지 않습니다."

"아니요, 그게 아니라 제가 착각했어요, 선생님. 여기서 캐시가 보이네요. 건너편 이웃집에 가 있어요."

"다행이네요. 마음이 좀 놓이네요."

"그러시겠죠, 하지만 저는……."

마리온이 말했다.

"지금 흥분하시면 안 됩니다, 보턴 부인. 우리가 함께 이야기를 나누기 전까지 이 일을 너무 확대시키지 마세요. 점심 시간에 아이를 데리고 학교로 좀 오셔야겠습니다. 모두 함께 앉아서 우호적인 분위기에서 대화를 나누지요."

하지만 캐시가 우호적인 대화에 끼려 하지 않는 바람에 낙관적인 태도를 보였던 캐시의 담임 선생님조차 당황하지 않을 수 없었다. 캐시는 교실 창가에 서서 얼빠진 얼굴로 입을 꼭 다물고는 아주 간단한 질문에도 대답하지 않았다. 캐시는 그렇게 좋아하는 스미스 씨네 집 이야기를 해도 아무 반응이 없었다. 선생님도 결국 캐시를 내보내 운동장에서 놀게 하고 마리온하고만 이야기를 나눌 수밖에 없었다.

"캐시가 그 젊은 부부들한테 완전히 빠져 자신이 그 사람들과 한 식구라는 환상 속에 빠진 게 분명해요, 분명하다구요."

선생님이 분명하다는 단어를 강조하며 말했다. 그녀는 그 단어를 좋아했다.

"남편과 저는 이 문제를 어떻게 처리해야 할지 아직 잘 모르겠어요."

"잘 넘기셔야죠, 다른 부모들처럼 말이에요. 캐시와 같은 나이에 어떤 대상에게 깊이 빠지는 건 흔히 있는 일입니다. 그 대상은 한 사람이기도 하고 한 가족이기도 하고 심지어는 말인 경우도 있습니다. 그리고 캐시에게 나이트클럽 댄서와 야구 선수는 분명 무척 멋있어 보일 겁니다. 보턴 부인, 캐시가 텔레비전을 많이 보죠?"

"다른 아이들보다 더 많이 보는 편은 아니에요."

마리온이 딱딱한 목소리로 대답했다.

'맙소사, 다들 이렇다니까. 모두들 자신이 가장 심하게 중독 되어 있는 것에 가장 강력한 방어적 태도를 보인다니까.'

"그냥 궁금해서 여쭤 봤어요. 캐시는 혼자 노래 부르는 걸 좋아하는데, 텔레비전 광고 노래를 그렇게 잘 부르는 아이는 한 번도 본 적이 없거든요."

캐시의 담임 선생님이 말했다.

"캐시는 그런 걸 굉장히 빨리 외워요."

"맞아요. 정말 그래요."

그녀가 자신의 손을 내려다봤다. 그녀의 손은 언제나처럼 분필 가루가 묻어 약간 하얬지만 화가 난 지금은 더 창백해 보였다. 그녀는 자신을 속인 아이에 대해, 텔레비전 문제를 얼렁뚱땅 넘기려는 보턴 부인에 대해, 현재의 상황을 예측하지도 막지도 못한 자신에 대해 화가 났다. 하지만 현재 상황에서 가장 화가 나는 것은 학교에 가야 할 아이를 집 안에 둔, 그만 한 것은 알 법한 스미스 씨 부부에 대해서였다.

"이 문제로 캐시에게 너무 스트레스를 주지는 마세요. 제가 학교 심리 상담가와 이 문제를 의논해 볼게요. 그런데 스미스 씨 부부는 만나 보셨나요, 보턴 부인?"

마침내 선생님이 말을 꺼냈다.

"아니요, 아직요. 하지만 만나야죠."

마리온이 단호하게 말했다.

"그러셔야죠. 어머님이 직접 그 부부와 만나서 캐시를 그런 착각에 계속 빠지게 해서는 안 된다고 말씀하시는 게 좋을 것 같아요."

선생님과의 면담은 마리온의 생각보다 빨리 끝났다.

마리온은 수업이 끝나기를 기다렸다가 쇼핑을 하기 위해 캐시를 데리고 시내로 갔다. 그녀는 차를 주차시킨 뒤 신호등이 파란 불로 바뀌기를 기다리며 길모퉁이에서 캐시의 손을 잡고 서 있었다. 마리온은 걱정스럽고 불안했지만 캐시는 아까 스미스 씨네 집 베란다에서 집으로 불려 들어온 뒤로 줄곧 아무 말도 하지 않고 순종적이었으며 기운도 없어 보였다.

마리온은 갑자기 캐시가 흥분해서 자신의 손을 꼭 쥐는 것을 느꼈다. 캐시의 얼굴은 터질 것처럼 새빨개졌고 엄마의 손을 잡지 않은 한 손을 들어 작은 크림 색 스포츠카에 탄 두 사람에게 미친 듯이 손을 흔들어 댔다. 운전석에는 금발 머리를 한 상당히 예쁜 젊은 여자가 앉아 있었고 옆 자리에는 야구 모자를 쓴 젊은 청년이 함박웃음을 짓고 있었다. 두 사람은 신호등이 파란 불로 바뀌기 직전에 캐시에게 마주 손을 흔들었고 차는 부르릉 소리를 내며 교차로를 지나갔다.

"스미스 아줌마, 아저씨예요. 스미스 아줌마, 아저씨라고요."

캐시가 실성한 사람처럼 깡충거리며 외쳤다.

"쉬, 그렇게 큰 소리 지르는 거 아니다. 사람들이……."

"하지만 저 사람들이 스미스 아줌마, 아저씨라니까요."

"파란 불이 바뀌기 전에 어서 가자."

아이는 엄마 말을 듣지 못한 듯 길모퉁이에 뿌리를 내린 것처럼 꼼짝도 하지 않고 서서 멀어져 가는 크림 색 스포츠카를 응시했다.

초조해진 마리온이 신음을 토하며 캐시를 번쩍 들어 안고 길을 건넌 뒤에 길 맞은편에 거칠게 내려놓았다.

"다 왔다. 네가 계속 아기처럼 굴면 나도 널 아기처럼 다룰 수밖에 없어."

"스미스 아줌마, 아저씨를 봤다니까요!"

"알았어. 그게 그렇게 대단한 일이니? 시내에서 아는 사람을 만나는 건 흔한 일이야."

"그 사람들을 만나는 건 그렇지 않아요."

"이유가 뭐지?"

"그냥요."

캐시의 뺨에서 홍조가 사라지기 시작했다. 하지만 기적이라도 목격한 것처럼 눈은 여전히 매혹되어 있었다.

"저 사람들이 아주 특별한 사람들이라는 건 알아. 그래도 다른 사람들처럼 식료품을 사러 이곳에 와야 하는 거야."

마리온이 차갑게 내뱉었다.

"아니요, 저 사람들은 그렇지 않아요."

캐시가 머리를 가볍게 저으며 자신에게만 들리는 작은 목소리로 속삭였다.

폴이 집에 돌아오자 마리온은 캐시를 앞마당으로 내보내 놀게
한 뒤에 남편과 이 문제를 의논했다. 폴은 아내의 말을 들으며 점
점 성난 표정이 되었다. 그는 캐시의 행동뿐 아니라 마리온과 캐
시의 담임 선생님이 이 문제를 다룬 방식에도 화를 냈다. 말만 많
이 했을 뿐 아무 조치도 취하지 않은 것 아니냐고 폴이 말했다.

"두 여자가 문제를 정면 돌파하지 않고 돌려서 수다만 떨고 말
다니. 그러니까 환상 속의 생활에 빠졌다는 거지. 환상 속의 생활
이라, 말도 안 되는 소리! 지금 당장 스미스 씨네 집으로 가서 그
사람들과 이야기를 해야겠어. 환상을 깨뜨리고 이 일을 마무리해
야겠어."

"저녁 식사 이후로 미루는 게 좋겠어요. 캐시가 점심을 먹지 않
았거든요."

캐시는 저녁을 먹는 동안 창백한 얼굴로 잠자코 앉아 있었다.
캐시는 아무것도 먹지 않았고 직접적인 질문에만 겨우 대답했다.
하지만 그녀의 내면에서는 재미있는 대화가 오가고 춤 공연이 곁
들여진 만찬을 즐겼으며 그 다음에는 지붕 없는 차를 타고 거칠고
시원한 드라이브를 즐겼다……

협곡 사이에는 스미스 씨네 집 쪽으로 짤막한 샛길이 있었지만
보턴 씨는 캐시와 함께 차를 타고 좀 더 정식으로 그 집을 방문하
기로 했다. 머리를 빗고 옷을 입으라는 말을 들은 캐시가 반대 의
사를 밝혔다.

"전 거기 가고 싶지 않아요."

"왜 싫다는 거니? 넌 그 집에서 시간을 보내는 게 너무 재미있

어서 이틀이나 학교를 빼먹지 않았니? 그런데 왜 지금은 그 사람들을 만나고 싶지 않다는 거야?"

"그 사람들이 없으니까요."

"어떻게 알지?"

"오늘 아침에 스미스 아줌마가 쇼가 있어서 오늘 밤에는 집에 없을 거라고 그랬거든요."

"정말이니? 정확히 어디서 쇼를 한다고 하든?"

폴이 험상궂은 얼굴로 물었다.

"게다가 스미스 아저씨는 야구 시합이 있다고 했어요. 그 다음에는 백혈병에 걸린 친구를 병문안하러 병원에 간다고 했어요."

"백혈병이라고?"

폴이 물었다. 캐시에게 그런 걸 어떻게 아느냐고 물어볼 필요는 없었다. 이틀 전 밤에 그 문제를 다룬 세미다큐멘터리가 방영된 적이 있었다. 그때는 캐시가 자고 있어야 하는 시간이었다.

"캐시가 스미스 씨네에 관한 많은 '사실들'을 텔레비전에서 본 내용을 말한다는 생각이 드는걸."

캐시가 머리를 빗으러 간 사이에 폴이 마리온에게 말했다.

"그 사람들이 스포츠카를 탄다는 건 내가 확인했어요. 스미스 씨가 야구 모자를 쓰고 있는 것도요. 두 사람 다 젊고 멋있었어요. 아주 젊고 아주 멋있었다고요. 약간 질투가 날 정도였어요."

마리온이 얼굴을 찌푸리며 말했다.

"질투라고?"

"캐시가 우리보다 그 사람들과 한 식구가 되고 싶어 할 거란 생각이 들었어요. 우리 집에는 없는 어떤 것을 스미스 씨네 부부가 갖고 있는 게 아닐까 하는 생각이 들더라니까요."

"캐시에게 물어보자고."

"난 못하겠어요……."

"그럼 내가 물어볼게, 빌어먹을."

폴이 이렇게 말한 뒤에 캐시에게 그런 질문을 했다.

캐시는 순진한 얼굴로 아빠를 쳐다볼 뿐이었다.

"몰라요, 무슨 말인지 잘 모르겠어요."

"그럼 잘 들어. 네가 스미스 씨네 딸인 것처럼 구는 이유가 뭐지?"

"그 사람들이 그렇게 해 달라고 했어요. 그 사람들이 자기들과 같이 살자고 그랬어요."

"정말 그런 말을 했단 말이니, 캐시. 그런데 넌 우리 딸이지?"

"예."

"좋아. 그렇다면 맹세코 내가 이 말도 안 되는 짓거리를 끝내도록 해 주마."

폴이 이렇게 말하고 성큼성큼 걸어 차로 갔다.

그들이 좁은 언덕길을 지나 스미스 씨네 집에 도착한 것은 저녁 무렵이었다. 지평선 위로 막 모습을 드러낸 달은 거인이 한 입 베어 문 것처럼 이지러져 있었다. 아래 사막에서 산 쪽으로 불어오는 메마르고 따스한 바람이 달콤한 돈나무 냄새를 싣고 왔다.

스미스 씨네 집은 캄캄했고 앞문과 차고 문도 잠겨 있었다. 반항심에서인지 절망감에서인지 폴은 그래도 그 집의 초인종을 여러 번 눌렀다. 세 사람 모두 집 안에서 울려 퍼지는 초인종 소리를 들었지만 마리온은 메아리치는 그 소리가 이상하다고 생각했다.

카펫과 커튼이 있다면 초인종 소리가 저렇게 크게 울리지는 않을 듯했다. 마리온은 창문 안을 들여다보고 싶었지만 베니스풍의 블라인드가 굳게 내려져 있어 자신의 모습만 비춰 보일 뿐이었다.

"저 사람들 가구는 어떻든?"

마리온이 딸에게 물었다.

"다른 사람들과 똑같아요."

"그러니까 새 거니? 스미스 부인이 그 위에 발을 올려놓지 말라고 하지 않더냐?"

"아니요, 그 아줌마는 그런 말은 절대 하지 않아요. 이제 집에 가고 싶어요. 피곤해요."

캐시가 진지한 표정으로 말했다.

마리온이 캐시를 재울 준비를 하고 있을 때 폴이 다급한 목소리로 거실에서 아내를 불렀다.

"마리온, 빨리 이리 와 봐."

그녀의 남편은 거실 한복판에 꼼짝도 하지 않고 서서 협곡 건너편에 있는 스미스 씨네 집을 쳐다보고 있었다. 스미스 씨네 집 뒤쪽 베란다로 통하는 방에 난, 그림이 새겨진 창문에 그 집 텔레비전 화면이 비쳐서 생긴 직사각형 모양의 불빛이 보였다.

"좀 전에 집에 돌아왔거나 아니면 계속 집에 있었던 거야. 내 생각엔 우리가 갔을 때 집에 있었는데 우리를 만나고 싶지 않아서 불을 끄고 밖에 나간 척한 것 같아. 이제 더 이상은 안 통해! 자, 빨리 다시 가자고."

"캐시를 혼자 둘 순 없어요. 벌써 잠옷을 갈아입혔는걸요."

"위에 가운을 걸쳐서 데리고 가자구. 옷을 갖춰 입는 예절 같은 것도 지킬 필요가 없는 인간들이야."

"내일 가면 안 될까요?"

"나랑 말다툼할 생각 말고 빨리 서둘러."

캐시가 스미스 씨 부부는 어쨌든 집에 없으며 졸립다고 고집을 부렸으나 어쩔 수 없이 목욕 가운을 걸치고 차로 갔다.

"저 사람들은 집에 있어. 그리고 이번에는 정말이지 초인종 소리에 대답하는 게 좋을걸. 아니면 문을 부숴 버릴 테니까."

폴이 말했다.

"아이 앞에서 그런 막말을 하면 어떡해요. 듣지 않고도 상상을 하는 앤데……"

마리온이 차갑게 쏘아붙쳤다.

"막말을 한다고? 두고 봐."

자동차 뒷좌석에서 이 말을 들은 캐시는 졸린 얼굴로 미소 지었다. 그 아이는 문을 부수지 않고도 그 집에 들어가는 방법을 알고 있었다. 집이 다 지어진 뒤에 그 집을 팔 부동산업자가 밖으로 튀어나온 창틀 밑 못에 열쇠를 걸어 두었기 때문이었다.

두 번째 방문도 첫 번째 방문과 같은 악몽의 연속이었다. 똑같은 달이 하늘에 걸려 있었지만 이번에는 좀 더 작고 창백해 보였다. 장례식장에서 나는 듯한 달콤한 돈나무 냄새가 풍겼고 텅 빈 집 안에서 울려 퍼지는 초인종 소리는 텅 빈 무덤에서 들려오는 메아리 같았다.

"하룻밤에 두 번이나 이런 식으로 우리를 피할 수 있다고 생각하는 걸 보니 제정신이 아니군. 이리 와, 뒤쪽으로 가 보자구."

폴이 외쳤다.

마리온은 조금 겁먹은 표정이었다.

"다른 사람의 주거지에 침입하고 싶진 않아요."

"우리 영역을 먼저 침범한 건 저 사람들이야."

폴이 캐시를 내려다봤다. 아이의 눈은 반쯤 감겨 있었고 얼굴은 달빛을 받아 창백하게 빛났다. 폴은 모든 게 잘될 것이며 자신이 화가 난 것은 캐시 때문이 아니라는 걸 알려 주기 위해 딸아이의 손을 힘껏 잡았다. 하지만 캐시는 아빠의 손을 뿌리치고 그 집의 뒷길을 따라 내려가기 시작했다.

폴이 손전등을 켜고 딸아이의 뒤를 쫓았지만 익숙지 못한 길이라 발걸음은 민첩하지 못했다. 그가 집 모퉁이를 돌아 뒤 베란다 가까이 갔을 때는 이미 캐시는 보이지 않았다.

"캐시, 어디 있니? 어서 돌아오지 못해!"

폴이 외쳤다.

마리온이 그를 비난하는 눈초리로 쳐다봤다.

"문을 부순다는 등의 바보 같은 협박으로 아이를 불안하게 만드니까 그렇죠. 캐시는 아마 협곡을 지나 집으로 가고 있을걸요."

"그 애를 쫓아가야겠어."

"당신보다는 그 애가 빠를 거예요. 그 애는 길을 훤히 알고 있어요. 하지만 당신은 문을 부수러 여기까지 왔잖아요. 자요, 어서 문을 부숴 버려요."

하지만 문을 부술 필요는 없었다. 폴이 손가락으로 건드리자마자 뒷문이 아무 저항 없이 열렸다. 폴은 방 안으로 넘어질 뻔했다.

자신의 눈 색깔과 똑같은 푸른 가운을 입은 작은 소녀뿐 방 안은 텅 비어 있었다.

"캐시, 캐시. 여기서 뭘 하고 있니?"

폴이 물었다.

마리온은 목구멍에서부터 터져 나오는 비명을 막기 위해 한 손으로 황급히 입을 막았다. 그 집에 스미스 씨 부부는 없었다. 캐시가 손을 흔든 스포츠카에 탄 사람들은 어린아이의 반가운 인사에 답한 낯선 이들일 뿐이었다. 아니면 캐시가 지난번에 시내에 나갔다가 본 사람일 수도 있었다. 그리고 텔레비전 화면은 캐시가 만든 장치에 불과했다. 그것은 오렌지 나무 상자와 달빛을 반사하도록 세워 둔 낡은 거울이었다.

캐시는 그 앞에서 자신만의 환영을 보고 있었다.

"안녕하세요, 스미스 아줌마. 제가 왔어요, 갈 준비를 다 해 갖고 왔다고요."

"캐시. 거울 안에 뭐가 보이니?"

마리온이 갈라진 목소리로 물었다.

"이건 거울이 아니에요. 텔레비전이에요."

"뭘, 무슨 프로그램을 보는데?"

"바보, 이건 프로그램이 아니에요. 진짜예요. 스미스 아줌마와 아저씨라고요. 나는 아줌마, 아저씨와 함께 나가서 춤을 추고 야구를 할 거예요."

"스미스 아줌마와 아저씨는 없단다. 네 머리로 다 지어냈단 말이니? 스미스 씨 부부는 없어!"

"아니요, 있어요. 내 눈에 보이는걸요."

마리온이 딸아이 옆에 무릎을 꿇고 앉았다.

"잘 들어, 캐시. 이건 거울이야. 거울일 뿐이라고. 이건 아빠의 옛날 사무실에서 가져온 거울이야. 내가 창고에 버려 둔 거라고. 넌 거기서 이걸 찾아냈지? 그리고 네가 그걸 이리로 가져와서 텔레비전처럼 만든 거지, 그렇지? 하지만 이건 진짜 거울이야. 그리고 여기에 비친 사람들은 우리들이야. 너와 아빠와 엄마라고."

하지만 거울에 비친 자신을 들여다보던 마리온은 자신의 모습이 변하기 시작함을 느꼈다. 그녀는 점점 젊어지고 예뻐졌으며 머리카락 색도 점점 밝아졌다. 게다가 그녀가 입고 있던 면 작업복은 무도복으로 바뀌었다. 거울 속의 폴도 점점 낯선 사람이 되어 갔다. 그는 야구 모자를 쓴 웃음기 가득한 청년이 되었다.

"이제 준비가 다 됐어요, 스미스 아줌마."

캐시가 말했다. 갑자기 그 세 사람, 스미스 부부와 그들의 작은 딸아이가 거울 속으로 걸어 들어가기 시작했다. 불과 몇 분 만에 그들은 성냥개비만큼이나 작아졌다. 세 사람이 사라지고 난 거울에는 달빛만 환히 비칠 뿐이었다.

"캐시, 돌아와, 캐시! 제발 돌아오라고!"

마리온이 외쳤다.

꼭두각시처럼 문에 기대 서 있던 폴에게는 아내의 비명 너머로 스포츠카 달리는 소리가 들리는 것 같았다.

그 무엇도 날 막을 수 없다
Nor Iron Bars

존 맥도널드 _ John D. MacDonald

가끔은 잘못된 책으로 명성을 얻는 소설가도 있다. '트래비스 맥지'가 등장하는 존 맥도널드(1916~1986)의 소설은 전형적인 모험 소설로, 30년대와 40년대 사립 탐정 소설의 형식과 수법을 새롭게 창조해 낸 작품이다. 이 작품들에는 지혜와 기품 그리고 익살 이상의 유머가 담겨 있다. 하지만 여러 면에서 이 소설이 맥도널드의 가장 뛰어난 작품은 아니다. 그의 소설 「빠르고도 거센 울음(Cry Hard, Cry Fast)」(1955), 「바람 죽이기(Murdering the Wind)」(1956), 「큰문을 닫아라(Slam the Big Door)」(1960), 「녹색 섬광(A Flash of Green)」(1962), 그리고 놀라울 만큼 훌륭한 「밤의 끝(The End of the Night)」(1960) 등이 걸작에 속한다. 「죽은 간조(Dead, Low Tide)」(1953)와 「어느 월요일 우리는 그들을 모두 죽였다(One Monday We Killed Them All)」(1961) 등 페이퍼백 작품 중에도 일류 범죄 소설이 상당수 있다. 하지만 미국에서는 이런 작품이 하드 커버로 출간되지 않았다. 그의 최고 작품은 존 오하라와 존 마콴드의 인정을 받았다. 그는 범죄가 미 100년사의 필연적인 부분임을 잘 알고 있으며,(기업의 회의실에서 이루어진 범죄든 찰스 스타크웨더의 살인 잔치식 범죄든) 실제로 범죄가 이루어지는 과정을 독자들에게 알렸다. 그는 이 시대 최고의 이야기꾼이다.

감옥 사무실에 앉아 있는 셰리프 코머의 손을 보면 그 작은 서던 시에서 살아온 대부분의 사람들처럼 배운 것이 별로 없음을 알 수 있다. 그것은 두툼하고 묵직한 손으로 손등에는 곱실거리는 갈색 털이 잔뜩 나 있고 강인해 보이는 손가락은 짤막한 마디로 나뉘어 있으며 햇볕과 바람에 그을리고 줄담배를 피워 노랗게 변색되어 있다. 그는 자리에 앉은 채 감옥 밖 공원 저쪽에서 들려오는 버턴을 소리쳐 부르는 성난 군중의 함성에 귀를 기울였다. 그가 엄지와 검지를 너무 세게 쥐는 바람에 끝이 젖은 짤막한 담배꽁초는 가는 갈색 선이 되고 말았다.

그는 떡갈나무 책상 옆에 있는 손을 내려다보며 자신이 손가락을 떨지 않는 것에 감탄했다. 그는 내심 그 점이 신기했다. 그는 속마음과 달리 냉정해 보이는 자신의 육체를 존중하고 찬미했다. 공포로 인한 광기의 소용돌이 속에서 뇌가 핑핑 돌고 목이 메이고 심장이 쿵쿵 뛰는 와중에도, 거대하고 육중하며 강인한 그의 육체는 단호한 손놀림과 차분한 눈빛 그리고 나직한 목소리로 맡은 일을 훌륭히 해 나가곤 했다.

마음은 약하지만 육체는 강해 보이는 이 가면과도 같은 베일이 언젠가는 벗겨지고 미칠 듯한 두려움이 모습을 드러낼 거라고 그는 생각하며 은밀한 마음의 피난처로 물러앉았다. 그때가 되면 그는 극심한 죽음의 고통에 신음하며 떨리는 육체를 대지에 눕힐 터였다.

그가 오래전 어느 환한 오후를 추억하며 사형을 부르짖는 군중의 커져 가는 포효는 그의 마음에서 점차 멀어져 갔다. 그날 그는 오티스 헛간 주변을 걷고 있었다. 그는 어두운 색 마루가 깔린 아래층을 단호히 가로질러 무거운 발을 들어 천천히 사다리를 올랐다. 그의 머리가 다락방 바닥 위로 올라간 후에 그는 천천히 고개를 돌려 광기를 내뿜는 데니 레네타의 눈을 차분히 응시했다. 흐릿한 건초 냄새가 풍기는 다락방에서 코머의 눈에 보이는 것이라곤 빛나는 두 눈과 죽일 듯이 그를 노려보는 총구뿐이었다.

예전의 공포가 떠오르며 방이 빙글빙글 도는 듯했다. 하지만 그는 차분한 목소리로 말했다.

"자, 데니. 그 총을 이리 주게."

그는 바위처럼 흔들림 없는 손을 천천히 뻗어 총구를 움켜잡았다.

한동안 침묵이 흐르며 광기 어린 두 눈이 침착한 두 눈을 응시했다. 코머는 자신이 결국 비명을 지르며 사다리 잡은 손을 놓을 것만 같아서 두려웠다.

그때 데니의 목에서 귀를 찢을 듯한 커다란 울부짖음이 터져 나왔고 코머는 차분히 손가락으로 총을 집어 들었다.

그는 더러운 바닥에 담배꽁초를 떨어뜨리고 육중한 발뒤꿈치로 비벼 껐다. 그러면서 그 사건도 다른 일들처럼 그의 영혼 저편으로 사라져 버렸다.

그는 천천히 자리에서 일어나 창가로 갔다. 그러고는 공원을 내려다보았다. 어슴푸레 사람들이 왔다 갔다 하는 모습이 보였다. 그의 육중한 몸이 사무실 창가에 나타나자 군중이 늘어나고 함성도 더 커졌다. 그는 그들이 누구인지 깨닫고 코웃음을 쳤다. 그들은 작은 상점의 주인들이자 도박장의 탕아이자 이 도시의 아마추어 캐그니(미국의 영화배우로 갱 역을 주로 한다.—옮긴이)였다.

그러나 그는 한편으로 서서히 두려움이 증폭되는 것을 느꼈다. 타다 남은 불씨가 그의 마음에 불을 붙이려 하는 듯했다. 그는 사형이 그에게 그리고 이 도시에 어떤 의미를 지니는지 잘 알고 있었다. 그것은 그의 완강한 육체가 총에 맞아 죽는 것보다 더 확실히 그의 자부심과 자존심을 박살 낼 터였다.

코머는 공포심을 떨쳐 버리려 애쓰며 한숨을 내쉬었다. 그는 책상으로 가서 공무에 사용하는 커다란 38구경 권총 두 자루를 꺼냈다. 그는 양손에 총을 하나씩 쥐고 내려다보다 총을 다시 서랍 속에 넣고 두툼한 무릎으로 서랍을 세게 닫았다. 그가 벽장 안을 더듬어 소형 경기관총을 꺼냈다. 그는 그 총을 들고 기름을 잔뜩 발라 반짝이는 총신을 내려다보았다. 그리고 총의 슬라이드를 작동시켜 보았다. 그러고는 말없이 서서 자신의 마음속에 남아 있는 두려움의 불씨를 극복할 수 있을지 가늠해 보았다.

코머는 상체를 굽혀 벽장 바닥에서 무거운 따발총알 두 더미를 끌어냈다. 그가 총알 하나를 총에 넣은 뒤에 독방 쪽으로 갔다. 그의 무딘 한 손에는 총이 대롱대롱 매달려 있고 다른 손에는 총알이 움켜쥔 채로 있었다.

그는 버턴의 독방 문 앞에서 총과 총알 더미를 내려놓고 독방의 자물쇠를 열어 안으로 들어갔다. 천장에 매달린 전구 때문에 방 안에는 환한 빛과 어둠이 어우러져 있었다. 버턴은 간이 침대에서 미끄러지듯 내려와 재빨리 뒷걸음질쳐서 벽 쪽으로 갔다. 그가 회

칠한 콘크리트 벽에 붙어 서서 거대한 검은 두 손을 벽에 대고 눌렀다. 손바닥이 평평해지고 손가락이 쭉 펴지도록 말이다. 검붉은 홍채가 흰 동자에 둘러싸인 큼직한 눈을 빼면 그의 얼굴은 냉정할 정도로 차분했다. 그는 몸이 곧고 키가 컸으며 어깨는 널찍하고 엉덩이는 날렵했다. 이토록 온순하고 생명력에 넘치는 한 인간이 갑작스레 야만적인 죽임을 당해야 되는 위기에 처해 충격을 받고 어쩔 줄 몰라 하는 것이다.

코머는 몇 분 동안 그 자리에 선 채로 침착한 표정과 우호적인 시선으로 그를 응시했다.

"자넨 그런 짓을 하지 않았을 것 같네, 버턴. 내가 보기에 자네는 착한 소년 같아."

버턴이 입술을 핥았다. 그리고 그의 얼굴에서 두려움의 기색이 조금 사라졌다.

"하느님께 맹세코, 전 그러지 않았어요, 셰리프. 전 사람을 죽이지 않아요. 저들이 안으로 들어와서 절 금방이라도 죽여 버릴 것처럼 고함을 질러 대고 있어요. 그러지 못하게 막아 주세요. 그러지 못하게 막아 주세요!"

마지막 말은 흐느낌이 되어 터져 나왔다.

"저들이 들어오고 들어오지 않고는 자네에게 달려 있네, 버턴."

"저한테라고요, 선생님? 저한테라고요?"

그가 믿지 못하겠다는 듯 되물었다.

"그렇다네. 자넬 믿어도 되겠나?"

"그럼요, 선생님. 선생님 말씀대로 하겠습니다."

"기회가 생기면 내가 원치 않는다는 걸 알면서도 자네는 달아

나겠지?"

버턴은 말없이 서 있었다. 그러나 잠시 후에 이렇게 말했다.

"그러지 않겠습니다, 선생님."

코머는 그를 믿었다. 그가 입을 다물고 있는 동안 신의가 공포심을 이겨 내는 것을 버턴의 눈에서 읽을 수 있었기 때문이다. 그는 성급히 대답하지 않았다.

코머가 밖으로 나가 총과 총알 더미를 들고 독방으로 돌아왔다. 그는 총알 더미를 간이 침대에 내려놓고 총을 버턴에게 내밀었다. 덩치 큰 그가 의아한 눈빛으로 쳐다보다 손을 뻗어 떨리는 손으로 권총을 움켜잡았다.

"이제 조심해야 하네! 안전 장치가 풀려 있다네. 그러니 자네가 방아쇠를 당길 때마다 총알이 발사될 걸세. 총알은 이렇게 하면 뺄 수 있네. 알겠나? 총알을 다 쓰면 여기 있는 다른 걸 넣게."

"예, 선생님. 하지만……."

"이제 난 자네의 독방 문을 열어 둔 채 자네를 여기 두고 나갈 걸세. 그러면 자네는 여기서 현관 앞을 내려다볼 수 있을 거야. 저자들이 들어오면, 저자들이 내 사무실로 통하는 저 문으로 들어오면 먼저 천장에 대고 총을 쏘게나. 그래도 사람들이 계속 들어오면 바닥에 대고 몇 발을 쏘게. 그래도 저자들이 계속 들어오면 재빨리 방문을 잠그게나. 여기 열쇠가 있네. 그런 다음 간이 침대 뒤쪽 모퉁이에 몸을 웅크리고 철망 사이로 저자들의 다리를 향해 총을 낮게 쏘게나. 알겠나?"

"알겠습니다. 선생님 말씀대로 하겠습니다. 실망시켜 드리지 않겠습니다, 셰리프."

버턴은 총을 든 채로 서 있었다. 그의 눈에서 희망의 광채가 번뜩였다. 그의 얼굴에 감사의 빛이 어리며 눈물이 볼을 타고 흘러 내렸다. 그는 왕이 하사한 선물이라도 되는 것처럼 총을 소중히 품에 안았다.

코머가 몸을 돌려 밖으로 나갔다. 그는 독방 문을 열어 둔 채 단호한 걸음으로 천천히 복도를 따라 내려갔다. 그는 사무실을 지나 현관문을 열고 포치로 나갔다. 그는 그곳에 멈춰 서서 짐승처럼 포효하는 군중을 응시했다. 그의 온 마음이 몸을 돌려 안전한 곳으로 도망치라고 외쳐 대고 있었다. 하지만 그는 그 자리에 선 채로 두 팔을 높이 들어 올렸다. 그것은 조용히 하라는, 축성을 받는 듯한 어색한 몸짓이었다. 사람들은 오랫동안 아무 반응도 보이지 않았다. 그러다 성난 외침이 조금씩 잦아들었다. 그가 마지막으로 들은 외침은 "버턴을 내놔라."와 "그자를 끌고 나오지 않으면 우리가 쳐들어간다!"였다.

어둠 속에서 코머의 굵고 나직한 음성이 느릿느릿 이어졌다.

"여러분은 지금 당장 들어가서 그를 잡을 수 있습니다. 저는 방금 그에게 소형 경기관총과 충분한 총알을 주었습니다. 그는 저 안에서 여러분을 기다리고 있습니다. 가십시오, 여러분! 여러분 마음대로 하셔도 됩니다."

군중이 성난 불평을 토해 냈다. 코머는 저들의 나약한 용기를 떠받쳐 온 술기운이 이제 순식간에 얼어붙을 거라고 생각했다. 그는 자신이 허세 한번 부리지 않고 평소의 말을 그대로 실천에 옮긴 것이 내심 기뻤다. 그러나 엄청난 두려움으로 머릿속이 빙빙 도는 바람에 그는 앞이 제대로 보이지 않았다.

그때 머리결이 온통 뒤엉킨 큼직한 머리의 한 사내가 어둠 속에서 가로등이 비추는 곳으로 나왔다. 코머는 신중하게 계단 아래로 내려가서 그를 맞았다. 그는 떠돌이 잡역부인 햄 앨버츠였다. 앨버츠는 허풍쟁이에 늘 말썽을 일으키는 인물이지만 젊어서 아주 힘이 셌다.

두 사람이 서로의 눈을 응시했다. 코머는 두려움으로 앞이 캄캄한 상황에서도 앨버츠가 정의로운 분개심으로 몸을 떨고 있음을 놓치지 않았다. 그는 세금 한 번 내지 않은 성난 납세자 같았다.

"코머 씨, 살인자에게 무기를 줘서는 안 됩니다. 당신은 법의 편에 서야 합니다. 이게 대체 무슨 짓입니까?"

앨버츠가 쉰 목소리로 따져 물었다.

"저 놈팽이들에게서 한 사람의 생명을 구하기 위해서지. 왜?"

코머의 목소리는 단호하고 냉담했다. 하지만 그는 앨버츠가 자신의 심장 뛰는 소리를 들을까 봐 겁이 났다.

"그자를 잡으러 들어갔다가 한 사람이라도 죽는다면 그건 당신 책임입니다!"

"내가 걱정스러워 보이나? 난 나름대로 내 의무를 다한 걸세. 나한테 이래라 저래라 지시하지 말게. 자, 이제 들어가서 그를 잡게. 뭘 망설이나? 겁이 나는 건가?"

"뭐라구, 이 멍청한 겁쟁이가……."

앨버츠가 둔한 주먹을 뒤로 들었다가 코머의 턱 바로 앞에 갖다 댔다. 군중의 포효 속에서도 코머는 앨버츠의 주먹과 그의 가는 두 눈을 침착하게 응시했다.

"자네들이 무슨 생각을 하고 있는지는 모르겠네. 하지만 자네들이 이 사소한 문제를 의논하는 동안 나는 저쪽 모퉁이로 내려가서 커피나 마시겠네."

그가 앨버츠에게서 몸을 돌려 쭈글쭈글한 담뱃갑에서 담배 한 개비를 꺼낸 후에 발걸음을 옮겼다.

그의 내면은 공포로 일렁거렸다. 하지만 그의 마음속 어딘가에 맑은 정신이 남아 있는 것이 스스로도 경이로울 지경이었다. 그는 듬직한 두 다리를 조용히 옮겨 거리를 따라 내려갔다. 그가 모퉁이에 멈춰 서서 담배에 불을 붙였다. 그의 손놀림은 강인하고 단호했으며 나무로 된 성냥에 이는 불꽃이 냉담해 보이는 그의 뺨과 온화한 표정을 환히 비춰 주었다.

그가 뒤를 돌아보니, 햄 앨버츠가 환한 빛을 받으며 어둠 속의 군중에게 고함을 치고 있었다. 무슨 말인지 알아들을 수는 없었지만 무언가 간청하듯 두 팔을 넓게 벌린 자세였다. 저 멀리로 공원에 모여들었던 사람들이 감옥 쪽에서 멀어져 성난 앨버츠를 무시하고 죽은 목숨이나 다름없던 버턴에게서 멀어져 뒤쪽에서부터 흩어지는 모습이 어렴풋이 눈에 들어왔다.

그러자 앨버츠도 두 팔을 힘없이 떨어뜨리고 그들의 뒤를 따랐다.

코머가 담배 연기를 폐 속 깊이 빨아들였다가 온화한 밤 공기 속으로 길고 푸른 연기 기둥을 내뿜었다. 그는 커피가 있는 쪽으로 몸을 돌렸다. 이번에는 강한 육체가 두려움이라는 마음속의 악마를 이긴 것이다.

하지만 다음에는……

320

너무 젊고 부유해서 죽은 사나이
So Young So Fair, So Dead

존 루츠 _ John Lutz

예전의 사립 탐정 소설은 70년대에 완전히 자취를 감췄다. 트렌치코트는 닳아빠졌고, 끊임없는 음주는 심각한 건강상의 문제를 야기시켰으며, 남자가 비아그라를 찾아야 할 만큼 예쁜 여자도 지나치게 많이 등장했다. 애석하게도 당시에는 비아그라는 없었지만 말이다. 바로 이 무렵 존 루츠 같은 재능 있는 작가가 등장해서 사립 탐정 장르의 현상을 목도하고 '변해야 한다' 고 선언했다. 루츠가 벌인 새로운 사립 탐정 경주에 처음 나선 인물은 앨로 너저로, 그는 잘해 냈다. 앨로는 인생의 부침을 음주와 허세로 극복하려 하지 않고 텀스의 끝없는 도움을 받아 가며 그것들을 이겨 낼 수 있기를 열망했다. 다음에 등장한 인물은 프레드 카버이다. 프레드는 「중년 사립 탐정의 초상(A Portrait of a Middle-Aged Shamus)」에 나오는 제임스 조이스 같은 사립 탐정이다. 그는 사립 탐정이 지닐 법하지 않은 모든 성격을 지녔다. 혼란에 빠질 때가 많고 자주 절망하며 도넛과 남들의 동정을 좋아하고 여러 가지 신체 질환에 시달리며 약을 제 때 구하지 못해 고생하기도 한다. 이 모든 것이 그의 작품에 아주 멋진 문체로 묘사되어 있다. 그리고 그의 작품을 읽으면 아시시의 성 프란체스코의 후손 같은 그의 세계관을 엿볼 수 있다. 루츠는 진정한 단편의 대가이다. 그는 에드거 상을 받아 이를 입증해 보였다. 수상 전력이 없을지라도 다음 이야기는 그의 다른 많은 단편들처럼 그런 사실을 여실히 보여 주고 있다.

좀 더 잘 살기 위해 허튼짓을 하지 않고 열심히 노력하며 산다 해도 문제는 언제나 생길 수 있다. 내게도 그런 일이 일어났다. 내 책임은 눈곱만큼도 없는 그 일은 다른 사람, 특히 이웃으로 인해 벌어졌다. 나는 이웃과 너무 친하게 지내지 말라고 충고하고 싶다. 나는 혹독한 대가를 치르고 그 사실을 깨달았다.

애들레이드와 나는 마침내 일요일에 새집으로 이사했다. 이튿날인 월요일에는 출근하지 않고 아내와 함께 상자 안의 짐을 풀고 가구를 옮겼다. 우리는 그날 무척이나 행복했다. 그것은 스모그가 자욱한 도심 남쪽의 아름다운 구릉 지대인 이곳에 우리 집을 짓기까지 오랫동안 개미처럼 일하고 저축해 왔기 때문이었다. 이곳은 크리스털처럼 맑은 공기에 그야말로 대 자연이 제공하는 최고의 경관을 지닌 집터였다.

게다가 집 자체도 우리가 오랫동안 꿈꿔 오던 집이었다. 크지는 않지만 고급스러운 소재로 견고하게 지어졌고 섬세하고 우아하며 세련된 감각으로 설계한 집이었다. 애들레이드와 나는 그날 저녁 어둠이 내리기 전에 녹음이 짙은 집 주변을 산책하며, 나무 널을 얹은 지붕이 숲 같은 주변 경관과 얼마나 잘 어울리는지 감탄했다.

물론 그 집과 주변 토지에 있어 가장 좋은 점은 그것이 우리 소유라는 사실이었다. 나는 내가 사장으로 있는 우편 주문 회사인 스매더스 사를 설립하기 위해 열심히 일했다. 그 결과 우리 부부는 거의 빈손으로 결혼 생활을 시작했음에도 불구하고 삼십대 초

반에 상당한 성공을 거두었다.

애들레이드가 걸음을 멈추고 정원 앞쪽으로 난 좁은 아스팔트 길 아래쪽을 응시했다. 나는 멀찌감치 서서 아내의 아름다운 몸매와 반짝이는 금발 머리를 감상했다. 호리호리한 체격에 날씬한 다리가 쭉 뻗은 우아한 몸매를 말이다. 애들레이드는 주변 경관과 멋지게 어울렸다. 아내는 굳이 화장을 할 필요 없는 천연 미인이었다.

"우리 이웃이 좀 이상해요."

아내가 말했다.

나는 아내 옆으로 가서 팔 하나로 아내의 허리를 감았다. 우리는 그렇게 선 채 빽빽한 나무 사이의 틈을 통해 우리의 가장 가까운 이웃집을 바라봤다. 그 집은 뒷마당에 수영장을 갖춘 거대한 벽돌 저택으로 우리 집에서 사방 1.5킬로미터 이내에 있는 유일한 집이었다. 수영장 옆에는 작은 비치하우스가 있고 그 옆으로 차 두 대를 주차시킬 수 있는 차고에 값이 꽤 나감직한 길다랗고 파란 컨버터블이 서 있었다.

"우리 이웃이 누군지는 모르지만 돈은 꽤 있는 사람인걸."

내가 말했다.

"정말 그런 것 같아요."

"아니면 자기 생명까지 담보로 잡힌 사람이든지."

우리는 한동안 서서 그 대 저택을 내려다본 후에 집 안으로 들어왔다. 내가 내려다봤다고 한 것은 우리 집이 높은 언덕에 위치해 있기 때문이다. 좁은 아스팔트 길이 레드폭스 강의 지류처럼 심한 굴곡을 이루며 우리 집에서부터 3~4킬로미터 아래로 구불구불 뻗어 있었다.

나는 이웃이 자기 재산을 저당 잡혔든 말든 아무 관심도 없었다. 우리도 이 집을 사느라 상당한 액수의 빚을 진 터였다. 하지만 사업이 꽤 잘됐고 한동안은 이런 상태가 계속될 것 같았다. 게다가 빚은 살면서 갚으면 되니 지금 행복해하지 않을 이유가 전혀 없었다.

어떤 면에서 빚을 지고 집을 사는 건 좋은 일이다. 일단 집을 갖고 보니, 어쩔 수 없는 상황이 아니면 절대 이 집을 포기하지 않을 것 같았다. 그래서 더 열심히 일하게 되는 효과가 있었다.

하지만 그 집으로 인해 더 열심히 일해야 함에도 나는 애들레이드와 그 집에서 즐거운 시간을 보내기 위해 그날 저녁 일찍 사무실에서 나왔다. 나는 구불구불한 차도를 따라 올라가며 내가 가고 있는 이 집이 다른 누군가의 아름다운 집이며 내 집이 아닌 것 같은 느낌을 언제 벗어날지 모르겠다고 생각했다.

애들레이드는 내가 일찍 퇴근한다는 사실을 알고 있었고, 그래서 오븐에 저녁거리를 익히고 있었다. 아내는 기다리는 동안 마실 음료수를 내왔고, 그래서 우리는 짐이 엉망으로 쌓여 있는 거실에 앉았다.

"집 정리가 언제 말끔히 끝날지 모르겠어요."

애들레이드가 전쟁터 같은 거실을 둘러보며 말했다.

나는 아내에게 미소를 지어 보인 후에 물 섞은 스카치를 한 모금 마시고, 평상복 차림에 많은 일을 했음에도 불구하고 화사하게 빛나는 아내를 감탄스러운 눈길로 쳐다봤다.

"시간이 많잖아."

"그렇긴 하죠. 오늘 이웃집 사람을 봤어요."

아내가 흡족한 표정으로 한숨을 내쉰 후에 의자 뒤로 깊숙이 앉으며 말했다.

"그 사람이 인사하러 우리 집에 왔어?"

"아니요, 2층에 있는 침실 창으로 그 집이 보여요. 오늘 오후에 밖을 내다보고 있는데 수영장에서 수영하는 남자가 보이더라고요. 보라색 비키니를 입은 여자도 있었는데 하루 종일 함께 있더군요. 그러더니 작은 스포츠카를 타고 나갔어요."

나는 웃을 수밖에 없었다. 애들레이드에게 단점이 하나 있다면 그건 바로 남의 일에 참견을 잘한다는 점이었다.

"그 사람들에 대한 신상명세서라도 만들 생각이야?"

내가 농담조로 물었다.

"아직은 아니에요. 게다가 그 사람들이 아니라 '그 남자'라고요. 저 집에는 그 남자 혼자 사는 것 같아요."

아내가 미소를 지으며 대답했다.

"남자 혼자 거대한 저택에서 산단 말이지. 혼자 그 집에서 재미 많이 보겠군."

내가 말했다.

부엌에서 요리가 다 됐음을 알리는 벨 소리가 났고 애들레이드가 음료수를 내려놓고 일어섰다. 나는 음식이 잘 익었는지 확인하러 서둘러 부엌으로 가는 아내의 뒤를 좇았다.

"그 사람을 쭉 관찰해서 결과를 계속 중계해 줘야 돼."

내가 아내의 목덜미를 장난스럽게 손등으로 문지르며 말했다. 아내는 아무 대답도 하지 않았고, 그래서 나도 입을 다물 수밖에

없었다. 경험으로 볼 때 애들레이드의 여성적인 호기심에 대해서
는 어느 정도까지만 농담하는 게 좋았다.

하지만 내가 아무런 채근도 하지 않았는데, 아내는 이튿날 저녁
퇴근한 나에게 또 다른 흥미로운 정보를 들려주었다.

"우리 이웃은 쾌락을 추구하는 유형인 것 같아요. 오늘은 빨간
비키니를 입은 여자가 왔었어요."

"다른 비키니를 입은 같은 여자라."

내가 생각하는 척하며 말했다.

애들레이드가 고개를 저었다.

"첫 번째 여자는 검은 머리칼에 장신이었고 오늘은 금발에 아
담한 여자였다고요."

내가 미소를 지으며 어깨를 으쓱해 보였다.

"그 남자의 여동생이나 누나 아니야?"

"그런 것 같지는 않아요."

애들레이드가 이삿짐 상자에서 작은 청동 수탉을 꺼내며 말
했다.

"곧 그 사람에 대해 더 알게 될 거야. 머지않아 그 사람이 우리
집으로 와서 자기 소개를 할 거야. 여기 사람이 들어온 걸 아직 모
를 수도 있잖아."

내가 말했다. 나는 그가 사실을 알면 나무를 잔뜩 심어 자신의
집 수영장과 우리 집 사이를 막을 거라고 생각했다. 다음 몇 시간
동안은 애들레이드가 짐 푸는 일을 돕느라 다른 생각은 할 겨를이
없었다.

그러나 그날 밤 커튼을 내리기 위해 침실을 가로질러 창가로 갔

을 때 나 또한 이웃에 대한 호기심이 생겼다.

한 손으로 커튼을 내리는 끈을 잡아당기다가 나는 멀리서 빙글빙글 돌아가는 붉은 불빛을 보았다. 몸을 굽혀 자세히 보니, 이웃의 길고 푸른 컨버터블 옆에 경찰차가 주차되어 있었다.

잠시 후에 또 다른 차가 와서 그 차 뒤에 멈춰 섰다. 전조등 불빛에 비춘 부분을 보니, 평범한 회색 승용차였다. 두 사람이 차에서 내리더니 노크도 하지 않고 집 안으로 들어갔다.

누군가 내 어깨를 툭 쳐서 보니, 애들레이드가 옆에 서 있었다.

"남의 일에 관심이 많은 사람이 누군지 모르겠군요."

아내가 말했다.

나는 아무 대답도 하지 않았다. 우리는 한동안 그 자리에 선 채 커튼이 드리워진 창문 너머로 어른거리는 그림자를 응시했다. 잠시 후에 두 남자와 제복을 입은 경찰 한 명이 그 집에서 나왔다. 그들은 각자의 차에 올라탔고 순찰차의 붉은 등이 꺼지더니 두 차는 나란히 그곳을 떠났다. 몇 분 뒤에 그 집의 창문을 비추던 등이 모두 꺼졌고 애들레이드와 내 앞에는 컴컴한 어둠뿐이었다.

"어떻게 생각해요?"

우리가 창가에서 몸을 돌릴 때 애들레이드가 물었다.

"여러 가지 가능성이 있을 수 있어. 누군가 아파서 경찰을 불렀을 수도 있어. 승용차에 탄 두 사람은 의사일지도 몰라. 우리 이웃이 도둑을 봤는지도 모르고. 진상을 알려면 이웃에게 직접 물어보는 수밖에 없겠지."

내가 대답했다.

이튿날 저녁, 나는 바로 그렇게 하기 위해 차를 타고 구불구불

한 도로를 따라 내려갔다.

"그건 바로 내가 강도이기 때문이죠."

우리의 이웃이 상냥하게 대답했다.

나는 그 자리에 선 채로 눈을 두 번 깜빡였다. 내가 문을 열고 나온 그에게 내 소개를 했고 그도 자신을 잭 호간이라고 소개했다. 그는 나를 집 안으로 안내한 후에 음료수를 권했다. 햇볕에 검게 그을린 잘생긴 남자와 서로를 탐색하는 질문을 몇 분간 한 뒤에 나는 어젯밤에 목격한 소동에 대해 물을 마음의 여유가 생겼다. 나는 문제가 있으면 우리가 도와주겠다고 덧붙였다.

"경찰이 날 괴롭히러 온 겁니다. 페이버 경위와 친구들이죠. 페이버 경위가 절망감에서 그런 짓을 한다는 사실을 알기 때문에 내가 경위의 비위를 살짝 맞춰 주었죠."

잭 호간이 말했다.

"하지만 당신이 아무 죄도 없다면……."

내가 적잖이 당황한 말투로 말했다.

"하지만 난 아무 죄도 없지 않습니다. 당신이 다른 사람에게 내가 그렇게 말했다고 전한다 해도 난 그 사실을 부인할 겁니다. 페이버 경위는 내가 죄를 지었다는 걸 알지만 내가 그자보다 훨씬 머리가 좋기 때문에 아무런 조치도 취하지 못하고 있습니다. 재밌는 일이죠."

호간은 아무렇지도 않은 듯 이렇게 말했다. 그의 잿빛 눈은 목소리만큼이나 진실해 보였다.

나는 호간이 농담을 하는 건지 아닌지 판단이 서질 않았다. 나는 음료수를 마시다가 손에 조금 흘리기까지 했다.

"강도를 한 건 며칠 전 밤이었어요. 그들은 내가 그랬다는 건 알지만, 어떻게 그랬는지 그리고 약탈품을 어떻게 했는지는 알지 못하죠. 그자들은 심심하면 여기 들러 샅샅이 뒤지지만 결국 아무 것도 찾지 못하고, 우린 모두 그러리라는 사실을 알고 있어요. 내가 도둑질을 한 시간에 자신과 함께 있었다고 증언할 젊은 여자가 있다면 불쌍한 페이버 경위는 어떻게 해야 할까요?"

호간이 내 손가락을 닦으라고 깔끔하게 접힌 손수건을 내밀며 말했다.

"글쎄 무슨 말씀이신지, 좀 혼란스럽군요."

내가 말했다.

"혼란스러워할 필요는 전혀 없습니다. 그러니까 그 일을 아무도 몰라준다면 무슨 재미가 있겠습니까? 물론 당신은 이해할 수 있을 겁니다. 그렇게 해서 돈이 생기는 겁니다. 강도는 돈을 잘 거 둬들이는 사업입니다. 그렇지 않다면 어떻게 내가 이 모든 걸 살 수 있었겠습니까? 어떻게 수영장이 딸린 데다 방이 열 개나 되는 집에서 혼자 살며 밤에는 시내에 나가서 놀고 야한 여자들과 어울리고 값비싼 차를 몰겠습니까? 멋진 인생이죠. 솔직히 말씀드리는 건대, 내겐 그 모든 게 필요합니다."

"그렇다면 일면 모든 게 게임이나 마찬가지군요."

내가 느릿느릿 맞장구를 쳤다.

"물론 게임이죠. 사람들은 모두 나름의 게임을 벌이며 삽니다. 그리고 불법이긴 하지만 난 이 일에 재주가 있기 때문에 이렇게 사는 거죠."

"하지만 그건 잘못된 겁니다."

내가 말도 안 되는 그의 논리를 반박해 보려고 말했다.

"물론 잘못된 것이긴 합니다. 하지만 소득세를 속이고 대기업이 대중을 상대로 부당 이득을 챙기고 10센트짜리 동전을 넣어야 하는 신문 자판기에 1센트만 넣고 신문을 가져가는 것도 모두 마찬가지입니다. 사실을 말하자면, 나는 옳고 그른 것에 티끌만 한 관심도 없습니다."

"그러신 것 같습니다."

"그건 해볼 만한 일입니다. 난 멋진 물건들을 좋아하고 마음껏 누립니다. 무언가 값진 게 눈에 띄면 난 그걸 갖습니다. 가져야만 합니다."

"광범위한 도벽의 소유자이시군요, 그렇죠?"

"그렇게 말할 수도 있겠죠!"

사내가 잔을 들어 올리며 미소 지었다.

내가 음료수를 다 마시고 일어서자 호간이 나를 문까지 배웅했다. 현관 앞에는 그 길고 푸른 컨버터블 대신 전보다 훨씬 더 길고 더 비싸 보이는 황갈색 컨버터블이 서 있었다. 호간은 내가 차를 쳐다보는 걸 눈치 챘다.

"걱정 마십시오. 이건 훔친 것도 이 집에 숨겨 둔 여자의 것도 아니니까요. 당신은 날 방해하지 않았으니, 내킬 때 언제든 차를 빌려 드리죠. 말씀해 보십시오. 이 차가 마음에 드십니까?"

그가 긴 차를 가리키며 물었다.

"아름답군요."

내가 대답했다.

"물론이죠, 엄청난 돈을 지불했으니까요. 그럼 또 놀러 오세요.

부인과 함께 오시죠. 함께 수영이나 하게 말입니다."

나는 차도를 걸어 내 차가 서 있는 곳까지 내려왔다. 내 새로운 이웃을 어떻게 생각해야 할지 판단이 서질 않았다. 그의 말은 농담이 아닌 게 분명했고 나는 그의 말에 평범한 다른 사람들처럼 반응했다. 나는 허리가 휘도록 열심히 일하는 반면에 이 남자는 그냥 나가서 원하는 것을 가져온다는 사실이 내심 회의적으로 느껴졌다. 하지만 그러면서도 왠지 잭 호간이 싫지는 않았다. 나는 차의 시동을 걸고 그의 집 앞을 떠나며 그에게 손을 흔들어 보였다.

내가 애들레이드에게 이웃집에서 있었던 일을 이야기했지만 아내는 믿으려 들지 않았다. 아내 잘못도 아니었다.

"그 사람의 사고방식이 어떤지 알려면 직접 이야기해 봐야 할 거야. 그러니까 정직한 도둑 정도로 생각하면 될까."

내가 아내에게 말했다.

"정직한 도둑이라고요?"

"그러니까 도둑질을 한 것에 대해서는 어쨌든 정직하니까."

애들레이드는 나만큼이나 혼란스러워했다. 나는 간식을 먹은 후에 집으로 가져온 일을 하고 나서 잠자리에 들었다.

애들레이드와 나는 이삿짐을 정리하느라 바쁜 나머지 한동안 이웃에 대해 이야기할 겨를이 없었다. 이제 애들레이드가 아예 침실에 망원경까지 두고 종종 집에서 나가 차를 타고 호간의 집을 지나치며 더 자세히 들여다보곤 한다는 사실은 알고 있었지만, 나는 아내가 비키니를 입은 여자와 스포츠카 정도를 살펴본다고 생각했다. 하지만 페이버 경위가 우리 집에 들른 어느 토요일 오후까지 내가 잭 호간에 대해 한 말을 아내가 완전히 믿고 있다는 사실은 알지 못했다.

애들레이드와 내가 정원에서 나무를 심고 있을 때 페이버 경위가 잿빛 승용차를 타고 나타났다. 나는 괭이질하며 그가 다가오는 것을 지켜봤다. 사십대 중반 정도로 보이는 그는 잔뜩 찌푸린 얼굴이었다. 그의 곧은 잿빛 머리는 이마 한 옆으로 단정히 빗질되어 있었다. 하지만 그가 메마르고 직업적인 미소를 짓느라 주름진 얼굴을 일그러뜨릴 때 산들바람이 그의 머리를 헝클어뜨리고 지나갔다. 그는 자신을 소개하기도 전에 다짜고짜 내가 자신이 누군지 알 거라는 말부터 했다.

"저희가 잘못한 게 없었으면 좋겠네요."

애들레이드가 온화한 미소를 지어 보이며 말했다.

"잘못하신 거요? 없습니다. 사실 전 시 소속 형사여서 이 군(郡) 지역에 대해서는 아무 권한도 없습니다."

페이버 경위가 말했다.

"하지만 선생께서는 이곳에 와서 저희와 이야기를 하고 계시잖아요."

내가 그의 말을 따지며 반박했다.

"공식적인 입장에서 말하는 게 아닙니다, 스매더스 씨. 제가 두 분께 하는 말은 모두 비공식적인 겁니다. 길 아래쪽에 사는 이웃과는 어떻게 지내십니까?"

페이버 경위가 피곤에 지쳐 쉰 듯한 음성으로 물었다.

"그 강도 말씀이십니까?"

나는 이제 빙빙 돌려 말할 때가 아니라고 생각했다.

"그 말은 제가 아니라 당신이 한 겁니다."

페이버 경위가 강조했다.

"사실은 호간 씨가 한 말입니다. 저한테 그 사실을 털어놓는 데 전혀 거리낌이 없더군요."

"아, 그자가 그 사실을 시인했다 이거죠, 잘됐네요."

하지만 경위의 목소리에서 이내 절망이 묻어났다.

"하지만 그자는 그런 말에 대해 어떤 조치를 취하거나 증명해 보일 만한 사람에게는 그런 말을 하지 않습니다. 그 이웃에 대해 정말로 놀랄 만한 사실을 알려 드릴까요?"

"그 사람이 정말로 강도란 말씀이신가요?"

애들레이드가 갑자기 끼어들었다.

"그자에게 물어보십시오. 부인께는 이야기할 겁니다. 그래도 우리는 그자에게 아무 조치도 취할 수 없습니다. 알고는 있지만 증거가 없으니까요."

페이버 경위가 말했다.

"그 사람이 자기 입으로 자기가 똑똑하다고 그러더군요."

내가 말했다.

페이버 경위가 고통스러운 표정으로 고개를 끄덕였다.

"여태까지 영리하게 대처했습니다. 우리는 그자의 움직임을 정확히 꿰고 있습니다. 사실 그자는 자신이 도둑질했다는 것을 늘 우리에게 알리는 편입니다. 그러나 자신은 다른 알리바이를 마련해 놓죠. 그자는 우리가 추적하지 못할 만큼 빨리, 그리고 은밀히 장물을 처분합니다. 그리고 추적하기 힘든 거액의 현금이 있는 곳을 잘 압니다. 알리바이에 있어서는, 매번 자신이 그자와 함께 그자의 집이나 자신의 아파트 또는 모텔에 함께 있었다고 증언할 여자들이 대기하고 있습니다. 우리가 그자를 하루 스물네 시간 감시할 수는 없으니까요. 그자에게는 여자들이 끝도 없이 줄을 서 있는 것 같더군요. "

마지막 말을 하는 페이버 경위의 목소리에서 부인할 수 없는 질투가 묻어났다.

"상당히 잘생기셨더군요."

애들레이드가 말했다. 우리가 쳐다보자 아내는 살짝 얼굴을 붉히며 덧붙였다.

"그러니까 일부 여자들이 좋아할 타입이라고요."

"그가 잘생겼다고 생각하는 여자들은 그를 위해 기꺼이 거짓말을 한답니다. 그건 분명합니다. 그자에게는 뭔가 있는 게 분명합니다."

페이버 경위가 말했다.

"돈일 겁니다. 잘만 사용하면 돈으로 안 되는 게 없지 않습니까. 전 호간이 부를 잘 활용하는 사람처럼 보였습니다."

내가 말했다.

"그런 건 아무래도 좋습니다. 다른 사람의 부를 이용하니까 문제되는 거죠. 바로 지난주에, 물론 이것도 비공식적인 이야기인데, 그자가 그레스팀 케미컬 사의 사장인 제이 그레스팀 씨의 자택에서 3000달러와 5000달러짜리 물건을 훔쳤다는 정보를 입수했습니다."

"여기서 6킬로미터 거리에 있는 공장 말인가요? 레드폭스 강으로 온갖 하수를 버리는 회사 말이에요."

애들레이드가 물었다.

"맞습니다. 미국에서 동종업계 중 최대 규모를 자랑하는 회사입니다."

페이버 경위가 말했다.

"로빈 후드 같네요."

내가 말했다.

"그렇습니다. 호간은 누구에게도 나눠 주지는 않지만 부자를 털긴 하죠."

경위가 전혀 재미없다는 표정으로 말했다.

"그 사람의 말을 들어 보니, 그 사람은 모든 것을 거대한 게임처럼 여기는 것 같더군요."

"다른 사람에게 피해를 주고 저도 힘들게 만드는 게임이죠. 호간은 다른 도둑처럼 그냥 도둑일 뿐입니다. 그자는 이 세상의 포획자입니다. 그자는 어린아이이고 이 세상은 바보 같은 주인을 둔 거대한 사탕 가게인 셈이죠."

나는 그 바보 같은 주인이 누구인지 밝히지 않는 게 도리라고 생각했다.

"그 사람을 잡을 수 있을 거라고 생각하세요?"

애들레이드가 물었다.

"종국에는 우리가 잡을 수 있을 겁니다. 그자도 실수를 할 테고 그자가 실수하는 순간 잡아넣어야죠."

페이버 경위가 고개를 끄덕이며 대답했다.

"그 사람은 자신감에 넘치던걸요."

내가 말했다.

"자신감이라고요? 그건 자신감이 아닙니다. 뻔뻔하다는 말이 더 적당하죠! 여섯 달 전에는 시내에 있는 한 회사의 경리부를 털었습니다. 금고가 꽉 차 있을 때……."

"그러니까 그 사람이 금고 털이도 한단 말입니까?"

내가 경위의 말이 끝나기도 전에 물었다.

"아니요, 그자는 금고를 통째로 훔쳤습니다. 금고 안쪽 바닥에 나사로 고정되어 있어야 하는 작은 금고 중 하나가 고정되어 있지 않았던 거죠. 더 끔찍한 것은 이틀 밤 뒤에 그 금고가 방범 알람이 설치되어 있는 그곳에 비어 있는 채로 발견됐다는 점입니다. 그것도 바닥에 나사로 고정된 채 말입니다!"

"그 사람은 정말 게임을 즐기고 있군요, 그렇지 않은가요?"

내가 말했다.

"그 사람이 게임에 능숙하다는 사실을 인정할 수밖에 없으시겠군요."

애들레이드가 소리 죽여 웃으며 말했다.

"우리도 게임에 능숙합니다!"

경위의 얼굴이 붉게 달아올랐다.

"경찰에서 주목하고 있는 인물이 이웃에 살고 있다는 것을 알리러 여기까지 오지는 않으셨을 테고."

내가 말했다. 그 무렵 나는 페이버 경위가 찾아온 이유를 어느 정도 짐작했다. 그리고 내 짐작이 옳았다.

"제가 드리고 싶은 말씀은 호간의 집을 좀 감시해 달라는 겁니다. 스파이 노릇을 하시라는 게 아니라 괜찮으시다면 그냥 좀 봐주십사 하는 거죠."

경위가 담배를 꺼내 들고 대답을 기다렸다.

"이런 상황에서라면 저 집에서 이상한 일이 벌어졌다고 선생께 알려도 별로 문제될 건 없겠죠."

내가 괭이의 날 끝으로 천천히 땅을 다지며 말했다.

페이버 경위가 담배 연기를 내뿜으며 자신의 이름과 내선 전화번호가 적힌 흰 명함을 건넸다.

"호간은 이웃과 함께 사는 데 익숙지 않습니다. 지금 저 집을 산 것도 바로 그 때문입니다. 어쩌면 당신들이 산다는 걸 잊고 실수할지도 모릅니다. 혹시 망원경을 갖고 계십니까?"

경위가 물었다.

나는 경위가 눈치 채지 못하게 애들레이드에게 눈을 찡긋해 보였다.

"오래된 망원경 하나가 어딘가 있을 겁니다."

그 어딘가란 바로 애들레이드의 화장대 위였다. 아내가 언제든 집어 들 수 있는 강력한 망원경이 그곳에 놓여 있었다.

"그럼, 만나서 반가웠습니다. 그리고 협조해 주신다니 감사합니다. 이 구역 경찰도 당신에게 고마워할 겁니다."

페이버 경위가 말했다. 그는 예의 그 기계적인 미소를 다시 지어 보인 후에 자신의 차 쪽으로 갔다.

애들레이드와 나는 그가 차를 돌려 멀리 사라질 때까지 그 자리에 선 채로 시선을 떼지 않았다.

"이제 당신이 진짜 마타하리가 되겠는걸."

내가 다시 괭이질을 시작하며 말했다.

애들레이드는 몸을 굽힌 채 파헤쳐진 땅을 삽으로 다질 뿐 아무 대답도 하지 않았다.

이제 와서 생각해 보니, 나는 그 스파이 임무를 대부분 애들레이드에게 맡겨 둔 것 같다. 아내는 침실 창가에 앉아 오랜 시간을 보냈다. 그녀는 창턱에 팔꿈치를 댄 채 정신없이 망원경을 들여다보았다. 하지만 이주일이 흐르도록 아내는 젊고 부유한 미혼 남자가 자기 집에 드나드는 광경만 보았을 뿐 별다른 것은 발견하지 못했다.

어느 날 오후, 아내가 망원경에 눈을 댄 채 정신을 팔고 있을 때 초인종이 울렸다. 나는 침대에 누워 책을 읽다 말고 일어나서 아래층으로 내려갔다.

문을 열었더니, 수영복 차림에 환한 빛깔의 줄무늬 수건을 목에 건 잭 호간이 미소 짓고 있었다.

"지금 수영하러 오시라고 하고 싶은데 어떻습니까? 기온이 32도가 넘으니 수영하기 좋을 것 같아서요."

호간이 말했다.

나는 그를 보고 조금 놀라 당황스러웠다.

"아, 물론이죠. 애들레이드만 좋다면 말입니다. 들어오세요. 아내에게 물어보고 오죠."

내가 뒷걸음질치며 대답했다.

2층으로 올라가 보니, 애들레이드는 여전히 망원경을 눈에 댄 채 창가에 앉아 있었다.

"잭 호간이 왔어. 자기 집 수영장에서 같이 수영하자는데."

내가 말했다.

애들레이드가 화들짝 놀라 고개를 돌려 나를 올려다봤다. 아내의 눈은 휘둥그렇게 벌어져 있었다. 망원경에 눌린 뻘건 자국 때문에 안 그래도 큰 눈이 더 커 보였다.

"하지만 난 그 사람이 비치하우스에 있는 줄 알았는데! 그 사람이 나오길 기다리고 있었다고요!"

"오래 기다릴 뻔했는걸. 그 사람은 지금 우리 집 거실에 있어. 갈 테야?"

"수영이라고요? 당신은?"

"못 갈 이유는 없지. 더운 날씨니까."

나는 재빨리 수영복으로 갈아입고 아래층으로 내려가서 애들레이드가 수영복으로 갈아입는 대로 출발하자고 잭 호간에게 말했다.

검은 비키니 차림의 애들레이드가 아래층으로 내려왔다. 나는 호간이 검게 탄 잘 빠진 아내의 몸매를 순간 놀란 표정으로 쳐다보는 것을 놓치지 않았다.

이것이 두 사람의 첫 만남이었다. 그러니까 최소한 가까운 거리에서 말이다. 우리는 소개를 마친 뒤에 호간의 기다란 황갈색 컨버터블을 타고 그의 집으로 갔다. 호간의 옆 자리에는 텔레비전의 자동차 광고 모델로나 나옴직한 풍만하고 균형 잡힌 몸매의 금발머리 미인이 앉아 있었다. 호간이 그녀의 이름을 프루덴스라고 소개했으나 나는 어울리지 않는다고 생각했다. 어쨌든 우리는 그의 집으로 갔다.

물을 튀기고 칵테일을 마시며 그들과 어울리면서 나는 내가 잭호간을 좋아하고 있음을 깨달았다. 나는 그보다 더 적은 것을 얻기 위해 그토록 열심히 일하는데, 그는 너무도 쉽게 그 모든 것을 손에 넣는다는 사실에 얼마간 질투심과 거리감을 느끼긴 했지만 말이다. 놀라운 것은 애들레이드 역시 호간을 좋아하는 것 같다는 사실이었다. 애들레이드는 그녀를 버린 아버지가 있었는데, 돈을 물 쓰듯 쓰고 정직하지 못하다는 점에서 호간과 상당히 비슷했다. 아내는 아버지가 죽는 날까지 아버지를 증오했고 아버지에 대한 추억마저 증오하는 듯했다. 하지만 나는 아주 드물긴 하지만 가끔은 신중하고 검약하며 사랑스러운 애들레이드의 참모습 이면에 그녀의 아버지 같은 면모를 발견하곤 했다. 지금 호간의 검게 탄 어깨에 기대, 상대를 수영장 물로 밀어 떨어뜨리는 아내에게서 방탕함과 대담함이 묻어났다.

수영장에서 나와 간식을 먹으러 집 안으로 들어가다 현관 입구의 낮은 탁자 위에 놓여 있는 방탕한 태도를 취한 바쿠스의 고가품 은 조각상에 눈길이 갔다. 그 옆을 지날 때 잭 호간이 손가락으로 그 상을 가볍게 쳤기 때문에 보지 않을래야 않을 수도 없는 상황이었다.

"올 초에 이걸 훔쳤어요. 아니, 이것과 똑같이 생긴 것이죠. 훔친 조각상에는 소유자 이름이 바닥에 새겨져 있어서, 그걸 팔아 생긴 돈으로 정확히 똑같은 복제품을 샀죠. 페이버 경위는 이 상이 여기 있는 걸 보고 이제 정말로 날 잡을 수 있을 거라고 생각했을 겁니다. 하지만 소유주 이름이 없었죠. 아무 흔적도 없이 이름을 지우는 건 불가능하거든요. 그 때문에 경위는 미쳐 버리고 싶었을 겁니다."

호간이 식당과 연결된 널찍한 부엌으로 우리를 안내하며 킬킬거렸다.

"당신 같은 분을 만날 줄은 꿈에도 생각지 못했어요."

애들레이드가 묘한 미소를 흘리며 호간에게 말했다.

"아, 잭 같은 사람은 어디에도 없어요!"

풍만한 금발 미녀인 프루덴스가 치즈를 찍은 감자 칩을 자기 입에 던져 넣으며 말했다.

나는 내가 마실 하이볼을 만들며 그 말에 동의하는 척했다.

조촐한 즉석 수영 파티가 시작된 날부터 나는 무언가 이상한 낌새를 눈치 채기 시작했다. 애들레이드가 페이버 경위를 위해 창가에서 스파이 노릇을 하는 시간은 점점 늘어났다. 게다가 시내로 나갈 핑계를 점점 더 자주 만들어 냈다. 어떨 때는 퇴근하고 집에 돌아와 보면 아내의 머리카락 끝부분이 물에 젖어 있기도 했다. 저녁 식사를 준비하는 아내에게서 풍기는 그 흐릿한 염소 냄새가 단지 내 상상이란 말인가?

아내와 말다툼을 벌이는 일도 잦아졌다. 전에는 거의 한 번도 싸우지 않았는데 말이다. 아내는 내가 여러 해 동안 자신을 제쳐 놓고 모든 여가 시간과 주말에 일만 했다고 나를 몰아붙였다.

애들레이드와 잭 호간이 내 등 뒤에서 어떤 수작을 벌이고 있음을 90퍼센트 확신하기까지는 그리 오래 걸리지 않았다. 하지만 과연 90퍼센트 이상의 확신을 가질 수 있을 것인가? 호간은 피해자가 의심은 하되 결코 증명해 보일 수 없는 노련한 기술로 강도 짓을 하듯, 애정 행각도 그렇게 관리해 나갔다. 심지어는 자신에게도 입증해 보일 수 없게 말이다. 나는 행동에 들어가기 전에 오랫동안 생각에 생각을 거듭했다.

내가 어떤 식으로든 조치를 취해야 한다는 것에는 의심의 여지가 없었다. 두 사람이 놀아나도록 내버려 둘 순 없었다. 게다가 나는 두 사람을 응징할 자신이 있었다. 최선을 다해 일하는 사람은 인생의 다른 분야에서도 최선을 다하는 법이다.

결국 나는 페이버 경위의 사무실로 찾아갔다.

경위의 사무실은 좁고 쓰레기투성이인 데다 지저분했다. 창문 하나 없었다. 경위가 앉아 있는 너저분한 책상 뒤로 흠집투성이 회색 캐비닛이 놓여 있었다. 내가 들어가자 그가 딱딱하고 피곤에 지친 얼굴로 나를 쳐다봤다. 그러더니 이내 억지 미소를 지어 보였다.

"앉으시죠, 스매더스 씨. 여기 오신 걸로 봐서 잭 호간에 대해 무언가를 알아내신 것 같군요."

그가 여기저기 이빨 자국이 있는 노란 연필로 의자를 가리켜 보이며 말했다. 나는 그의 목소리에 희망이 실려 있음을 눈치 챘다.

"그 때문에 왔다고 할 수도 있겠죠."

의자 깊숙이 앉은 경위의 가늘게 뜬 두 눈에서 경계 어린 전율의 빛이 번뜩였다.

"어떤 사실을 알아내셨습니까?"

경위가 물었다.

"사실 그 사람의 도둑질에 관한 건 아닙니다, 경위님. 경위님께는 전혀 도움이 안 되는 일일 수도 있습니다."

페이버 경위가 연필을 책상 위로 떨어뜨렸고 탁 하는 조그만 소리가 났다.

"서로 솔직히 이야기하는 게 어떨까요, 스매더스 씨? 그러면 당신은 물론 제 시간도 절약할 수 있을 텐데요."

"좋습니다. 경위님께 부탁할 게 있어서 왔습니다."

"부탁이라고요?"

페이버 경위의 잿빛 눈썹이 서서히 위로 치켜 올라갔다.

"그렇습니다. 제게 적외선 망원경을 구해 줄 수 있습니까! 호간 씨의 집에서 벌어지는 일은 대부분은 어두워진 후에 일어나기 때문에 어둠 속에서도 볼 수 있는 망원경이 있으면 상당한 도움이 될 것 같습니다."

내가 이유를 설명했다.

페이버 경위가 혀를 입 한쪽으로 굴리며 생각에 잠겼다.

"좋은 생각인 것 같습니다. 며칠 내로 그런 망원경을 마련해 드리죠."

경위가 말했다.

"좋습니다. 제가 여기로 가지러 와도 될까요?"

"좋으실 대로요. 밤에 무얼 볼 생각이죠?"

페이버 경위가 좀 더 골똘히 생각에 잠긴 듯한 표정으로 물었다.

"누가 알겠습니까? 그러니까 그 적외선 망원경을 원하는 거겠지요."

내가 어깨를 으쓱해 보인 후에 자리에서 일어났다.

"망원경이 마련되는 대로 전화 드리죠."

페이버 경위가 의자에서 몸을 일으키며 말했다.

"사무실로 전화 주십시오. 낮에 아무 때나 말입니다."

내가 말했다.

"집으로 하면 안 되는 이유라도 있습니까?"

"사무실이 더 편하니까요."

그는 책상에서 일어나 문 앞까지 나를 따라 나왔다.

"스매더스 씨, 어쨌든 저는 잭 호간을 꼭 잡고 싶습니다. 이해하십니까?"

경위가 내밀한 어조로 속삭였다.

"꼭 잡고 싶으시겠죠."

나는 밖으로 나오며 말했다.

바로 그날 저녁 텔레비전 앞에서 잠깐 잠이 들었다 깨어 보니, 소파 쿠션 밑에 금으로 된 라이터가 있었다. 잠결에 한 손을 소파 쿠션 사이로 밀어 넣었고 손을 빼려다 손가락에 단단하고 매끄러운 무언가가 와 닿는 것이었다.

쿠션을 치워 보니, 라이터가 있었고 라이터에는 J. H.라는 이니셜이 새겨져 있었다. 나는 그 라이터에 잭 호간의 지문도 묻어 있을 거라고 생각했고, 그래서 애들레이드가 들어오기 전에 라이터 한쪽 끝을 살짝 들어 웃옷 주머니에 집어넣었다.

페이버 경위가 주 중에 사무실로 전화를 걸어 적외선 망원경을 가져가라고 했다. 나는 소중한 근무 시간을 낭비하지 않기 위해 점심 시간에 그를 찾아갔다.

그의 책상 한쪽 끝에 적외선 망원경이 든 작은 상자가 놓여 있었다. 내가 자리에 앉아 적외선 망원경을 살펴보는 동안 경위가 수령증을 내놓으며 서명하라고 했다.

"당신 아내와 잭 호간이 만난다고 의심하시는 것 맞죠?"

경위가 곤란한 듯한 어조로 물었다.

나는 그를 쳐다보지도 않고 분홍색 수령증에 서둘러 서명했다.

"그렇습니다. 그래서 확인하려고 합니다."

"두 사람이 만나고 있다는 사실을 확인하면 그 다음에는 어떻게 할 생각이십니까?"

내가 수령증을 그에게 돌려주고 망원경을 무릎에 내려놓았다.

"강도 사건이 벌어졌는데, 현장에서 호간의 짓임을 뒷받침하는 증거가 발견되면 어떻게 하시겠습니까?"

"그렇다면 그자가 매번 마련해 놓는 그 알리바이만 극복하면 되겠죠."

"만일 그자에게 아무런 알리바이도 없다면요? 강도 사건이 벌어졌을 당시에 그는 실제로 집에 혼자 있었는데, 그가 집에서 나왔다 들어가는 모습을 보았다고 증언하는 증인 때문에 그 사실을 입증해 보일 수 없다면요?"

페이버 경위가 혀로 마른 입술을 핥았다.

"그게 바로 제가 여태까지 기다려 온 이유입니다. 호간이 평생 단 한 번도 증거를 남기지 않긴 하지만요."

나는 주머니에 조심스럽게 손을 넣어 잭 호간의 이니셜이 새겨진 금 라이터를 페이버 경위의 책상에 올려놓았다. 그가 그것을 집으려 할 때 내가 경위의 손을 막았다.

"이 라이터에 호간의 지문이 묻어 있지 않을까요."

페이버 경위는 폭발물이라도 되는 것처럼 뒤로 움찔 물러났다. 나는 그가 사무실 문이 닫혔는지를 얼른 눈으로 확인하는 것을 보았다. 그 순간 나는 그를 대단히 신뢰하게 되었다.

"어디서 나셨나요?"

경위가 물었다.

"저희 집 소파 쿠션 밑에서요."

"그런데 이걸 제게 주시는 겁니까?"

"수령증을 적어 주실 필요도 없습니다."

내가 고개를 끄덕이며 대답했다.

페이버 경위가 자신의 시가에서 셀로판 포장지를 천천히 떼어냈다. 그는 시가에 성냥으로 불을 붙였고 타올랐다 스러지는 불꽃 너머로 나를 응시했다. 그런 다음 그가 셀로판 포장지를 평평하게 펴서 금 라이터 밑으로 솜씨 있게 밀어 넣고는 셀로판 포장지로 싼 라이터를 책상 서랍에 넣었다.

"다음 3주 동안 목요일 저녁부터 월요일 아침까지 주말을 이용해서 출장 갈 일이 생겼다고 아내에게 말할 생각입니다. 하지만 저는 시내 밖의 모텔에 머물며 언덕 위에서 밤새 호간의 집을 지켜볼 생각입니다."

내가 말했다.

"목요일 밤부터 월요일 아침까지라고요."

페이버 경위가 느릿느릿 내 말을 따라했다.

"그동안 강도 사건이 벌어지면 제가 있는 모텔로 전화를 주십시오. 그러면 제가 그날 밤 호간이 혼자 집에 있었는지 알려 드리겠습니다. 그러면 경위님은 범죄 현장에서 그 라이터를 '발견하고' 저는 호간이 강도가 벌어진 바로 그 시각에 집에서 나가는 걸 봤다고 증언하는 겁니다."

"한 가지…… 만일……?"

페이버 경위가 말문을 열었다.

"그런 일도 있을 수 있습니다. 하지만 애들레이드는 자신이 밤새 호간의 집에 있었다고 증언하기는 힘든 입장일 겁니다. 그렇지 않겠습니까? 아내는 어쨌든 그자가 강도라는 사실을 알고 있으며 따라서 잡혀야 한다고 생각할 겁니다. 아내가 자유분방한 독신자 같은 알리바이를 대지는 못할 겁니다."

페이버 경위가 고개를 끄덕였고 나는 자리에서 일어서며 적외선 망원경이 든 상자를 조심스레 겨드랑이에 꼈다.

"제가 묵을 모텔을 알려 드리죠."

내가 떠날 채비를 하며 이렇게 말했다.

"스매더스 씨, 제가 호간에 대해 갖고 있는 생각 때문에 그자를 잡아넣으려 한다는 사실을 알아 주셨으면 합니다. 호간은……."

경위가 나를 멈춰 세웠다.

경위는 자신이 잭 호간에 대해 생각하는 바를 내가 그동안 들은 가장 선정적인 단어를 동원해 가며 설명했다.

애들레이드가 상당히 능숙한 연기자라는 사실을 밝혀야겠다. 내가 곧 출장을 가게 될 것 같다고 말하자 아내는 혼자 남는다는 사실에 적잖이 흥분하는 듯했다. 아내는 문가에 서서 택시에 올라 공항으로 가자고 말하는 나에게 희망찬 동작으로 손을 흔들어 보이기까지 했다.

하지만 나는 공항으로 가지 않았다. 나는 택시 기사에게 자동차 대여소로 가자고 말한 후에 그곳에서 소형 승용차를 한 대 빌렸다. 그런 다음 '슬리피 댄스' 모텔로 가서 투숙 절차를 밟았다. 내가 일만 제대로 하면, 이 모든 비용은 회사 돈으로 처리할 수 있었다. 나는 사흘만 일을 빠지면 되는 계획을 세울 만큼 똑똑했다. 3

주간 금요일에만 일을 안 하게 되는 셈이니 말이다. 일요일에는 사무실로 가 아무도 없을 때 내 몫의 일을 할 계획이었다. 나는 해가 지기 전에 필요한 잠을 좀 자 두려고 자리에 누우며 내 명석함을 자화자찬했다.

내가 선택한 장소는 완벽했다. 언덕 한쪽에 있는 작은 개척지 때문에 내가 있는 곳에서 호간의 거대한 저택과 정원이 바로 내려다보였다. 게다가 강력한 망원경 덕분에 모든 게 바로 옆에 있는 것처럼 보였다. 적외선 렌즈 덕분에 캄캄한 어둠도 문제가 되지 않았다. 밤 기온은 후덥지근했고, 그래서 나는 셔츠의 앞 단추를 열어젖힌 채 의자 뒤로 기대앉아 아침까지 그 집을 살폈다.

첫 주에는 아무 성과가 없었다. 내가 전화로 잭 호간의 활동 상황을 보고하자 페이버 경위는 실망한 듯한 목소리였다. 우리 목적에 정확히 들어맞는 강도 사건이 벌어졌지만 나는 그 시각에 호간은 집에 없었으며 어디로 갔는지 모른다는 사실을 실토할 수밖에 없었다. 페이버 경위는 호간이 내 집으로 간 게 아니냐고 물었지만, 나는 재빨리 그런 가능성은 제외해도 될 거라고 대답했다. 내가 감시를 하는 곳에서는 우리 집도 훤히 보였다. 우리는 확실한 실마리를 잡을 때까지 기다리기로 했다.

그 언덕 위의 모텔에 묵은 2주째 무슨 일인가 벌어졌다. 가벼운 의심 정도였던 아내와 잭 호간의 불륜에 점차 확신이 생겼다.

자정 무렵, 길에서 방향을 돌려 호간의 집 쪽으로 가는 자동차 전조등 불빛이 보였다. 적외선 망원경을 눈에 대고 초점을 맞추자 호간의 커다란 차고에 서 있는 컨버터블 옆에 애들레이드의 차가 멈춰 서는 게 아닌가. 호간은 포치로 마중 나와 그녀를 맞았고 두 사람은 당황스러울 만큼 오랫동안 키스를 나눈 뒤 집 안으로 들어갔다. 몇 시간 뒤에 두 사람은 집에서 나와 심야의 수영을 즐겼다. 나는 그 광경을 바라보고 싶지 않았다. 그래서 망원경을 내리고 내면의 감정이 망연자실함에서 울적한 분노로 변함을 느끼며 잠자코 앉아 있었다.

이튿날은 아무 일도 없었다. 호간은 혼자 밤을 보냈고 10시경에 잠자리에 들었다. 피곤한 모양이었다.

그날 오후에 페이버 경위가 모텔로 전화를 걸어왔다. 전날 밤에 서쪽의 한 주택이 강도를 당했는데, 노련하고 전문적인 솜씨라는 내용이었다. 현장에는 아무런 증거도 남아 있지 않았다.

나는 전날 밤에 호간이 집에 혼자 있었다고 말했다. 강도는 이른 새벽에 벌어진 것 같았다. 우리는 내가 호간이 새벽 2시 30분에 컨버터블을 타고 집을 나가 5시에 돌아오는 걸 봤다고 말하기로 의견을 모았다. 이튿날 아침, 페이버 경위는 피해자를 심문하고 범죄 현장을 재조사하러 갔다가 그 금 라이터를 '발견할' 예정이었다. 그것으로 잭 호간 사건은 마무리되는 셈이었다.

사흘째 되는 날 밤에는 현실적으로 집에 갈 아무 이유도 없었다. 하지만 내면에서 호기심과 함께 조용한 분노가 고개를 들었다. 그 결과 현실성이 좀 떨어지는 생각을 하게 되었다. 나는 두 사람 모르게 둘을 지켜볼 생각이었다. 그러면 완전한 바보 신세는 면할 수 있을 터였고, 호간은 모르고 있지만 그에게 자유의 밤은 단 하루 남은 셈이었다.

그 컴컴하고 무더운 밤 내내 애들레이드는 호간의 집으로 가지 않았다. 거대한 저택의 창문은 온통 캄캄했고 정원은 조용하기만 했다. 내가 망원경에 정신을 팔고 있는 동안 무더위에 화가 난 듯 주변에서 귀뚜라미만 정신없이 울어 댔다.

그때 한 창문에 불이 켜졌다. 잭 호간의 침실 창문이었다. 잠시 후에 아래층 창문에도 불이 하나 켜졌고, 두 곳의 불빛은 그대로 밝혀져 있었다. 손목시계를 보니 4시 30분이었다.

그가 아내에게 전화를 건 게 틀림없었다. 4시 40분경에 애들레이드의 차가 호간의 집 앞 도로에서 보였다. 이번에는 애들레이드가 차를 차고 안에 세운 뒤에 호간이 나와서 차고의 문을 내렸다. 곧 해가 뜰 시각이기 때문이었다. 나는 그자가 아내의 몸에 팔을 두르고 집 안으로 들어가는 것을 지켜보았다.

지평선에 오렌지빛 햇살이 환하게 퍼지며 태양이 떠올랐다. 밤의 무더위는 이제 한결 더 심한 열기에 자리를 내줄 터였다.

그때 멀리서 문이 닫히는 소리가 들렸다. 둘러보니 망원경에 천이라곤 별로 없는 검은 비키니를 입은 애들레이드의 모습이 잡혔다. 호간은 어깨에 수건을 두른 채 그녀 옆에 있었다. 호간이 장난 삼아 수건으로 그녀를 치자 아내는 웃으며 수영장 안으로 뛰어들었다. 그러자 호간도 웃으며 그녀를 따라 물속으로 뛰어들었다.

나는 두 사람을 이십 분 정도 지켜보다 나름의 결론을 내렸다.

잭 호간은 늘 거침없이 자신이 강도임을 밝혔다. 이제 내가 그자와 똑같은 방식으로 게임을 펼칠 생각이었다. 나는 앞으로 그에게 어떤 일이 닥칠 것인지를 설명하고 그자보다 더 똑똑한 사람이 있다는 사실을 알릴 작정이었다. 자신의 무고함을 증명해 보일 수 없다는 사실을 알면 그는 몹시 괴로워할 터였다. 그에게도 페이버 경위가 당한 것과 같은 고통, 그의 강도 짓으로 피해자들이 겪은 것과 같은 고통을 선사해 줄 생각이었다. 그는 나도 고통에 빠뜨렸다. 나는 망원경을 상자 안에 넣고 자리에서 일어나 차를 주차해 둔 언덕빼기로 내려갔다.

그때 호간이 궁지에 몰리면 무슨 짓을 할지 모른다는 생각이 불현듯 떠올랐다. 그래서 먼저 우리 집으로 차를 몰고 가서 옷장 서랍에서 45구경 연발 권총을 꺼냈다.

내가 가까이 다가갔을 때 두 사람은 수영장 옆의 긴 의자에 앉아 있었다. 애들레이드는 몸을 앞으로 굽힌 자세였고 호간이 아내 등에 선탠 로션을 발라 주고 있었다.

"물놀이는 재미있습니까?"

내가 차분한 음성으로 물었다.

두 사람은 얼어붙은 듯 꼼짝도 하지 않았다. 잠시 후에 호간이 미소를 지었다.

"좋습니다. 내가 이른 아침에 수영을 즐기자고 애들레이드를 좀 전에 이곳으로 불렀습니다. 하지만 이런 방문은 지금이 처음입니다."

그가 쾌활한 음성으로 대답했다.

"내가 더 잘 압니다."

내가 얼굴에 묻어나는 두려움과 죄책감을 다스리려 애쓰는 애들레이드를 지켜보며 말했다. 결국 그녀는 아무렇지도 않은 듯한 얼굴을 지어내는 데 성공했다.

"더 잘 안다고요?"

호간이 모슨 말인지 모르겠다는 식의 태도로 물었다.

"그렇습니다. 게다가 당신에게 알려 주고 싶은 게 몇 가지 있습니다. 그저께 밤에 서쪽 구역에서 강도 사건이 발생했습니다. 하지만 아무 증거도 남아 있지 않았습니다."

호간이 아무것도 모르겠다는 듯한 표정을 지었다.

"그래서요? 저는 그날 밤 내내 집 안에서 자고 있었는걸요."

"지난 몇 주의 주말 동안 나는 저 언덕 위에서 당신을 지켜보았습니다. 페이버 경위가 밤에 사용하는 적외선 망원경을 주었거든요. 나는 그 강도 사건이 벌어진 시각에 당신이 집에서 나갔다가 돌아오는 걸 봤다고 증언할 생각입니다."

내가 말했다.

"그럴 순 없어요!"

애들레이드가 큰 소리로 외쳤다.

"당신은 조용히 해."

나는 다시 호간을 쳐다봤다. 그는 능글맞게 웃고 있었다.

"나를 음해하는 증언을 하시겠다. 하지만 난 전에도 그런 일을 극복한 전력이 있는걸."

"당신의 이니셜이 새겨진 금 라이터를 잃어버리지 않으셨나. 당신의 지문이 묻어 있는 그 라이터가 범행 현장에서 발견될 예정인걸."

그러자 호간의 매끈한 얼굴 위로 분노의 그림자가 뒤덮었다.

"페이버 경위가 꾸며 낸 짓이군."

"추측은 제대로 하는군. 솔직히 말하자면, 우린 너에게 죄를 뒤집어씌워 감옥에 처넣을 생각이야."

"내가 늘 솔직히 말했던 것처럼 말이지?"

내가 고개를 끄덕였다. 나는 흡족한 미소를 짓지 않을 수 없었다. 호간은 게임의 패배자가 되었다.

"페이버 경위가 그러는데, 넌 세계적인 포획자라던데. 그렇다면 난 세계적인 파수꾼이야. 난 내가 가진 것을 쉽게 포기하지 않아."

"그건 페이버 말이 맞아. 난 포획자야. 난 가치 있는 걸 보면 갖지 않고는 못 배기니까."

호간이 솔직히 시인했다.

"애들레이드 같은 여자도 그렇지?"

"정확히 그래."

"네 실수는 나한테서 무언가를 가져가려 한 것에 있어. 네가 감옥에 있는 동안 내가 가끔 네놈 생각을 해 주지."

나는 집으로 가기 위해 몸을 돌렸다. 애들레이드는 돌아오고 싶을 때 오도록 내버려 둘 생각이었다.

"소용없을걸."

등 뒤에서 아내의 목소리가 들려왔다.

나는 몸을 돌려, 두려움과 놀라움은 말끔히 사라지고 단호한 표정을 짓고 있는 애들레이드를 쳐다봤다.

"왜 소용없다는 거지?"

내가 물었다.

"왜냐하면 내가 법정에서 잭과 밤새 함께 있었다고 증언할 테니까."

나는 아내의 말이 믿어지지 않아 웃음이 나오려 했다. 하지만 끝내 웃음은 나오지 않았다.

"하지만 당신은 집에 있었어."

"그래, 집에 혼자 있었지. 하지만 당신은 결코 그것을 증명해 보일 수 없을 거야. 난 대신 여기 있었다고 증언할 거야."

"법정에서 선서를 하고 그런 증언을 한다구? 하지만 이유가 뭐지?"

나는 땀으로 얼룩진 셔츠 등 위로 쏟아지는 햇볕을 느끼며 아내를 응시했다.

"당신은 이해 못할 거야."

"그럼 내 말을 들어!"

"말할 것도 들을 것도 없어."

애들레이드가 이렇게 말하며 나를 거부하는 몸짓으로 몸을 돌려 다이빙대를 향해 걷기 시작했다.

호간이 분노에 찬 미소를 지으며 얕은 물로 뛰어들었다.

"더 말할 게 없어서 친구에게 미안한걸."

그는 정말로 미안한 듯한, 자비가 넘쳐흐르는 승자의 표정을 지었다.

햇볕이 점점 뜨거워지더니 참을 수 없을 만큼 뜨거웠다. 셔츠 안으로 굵은 땀방울이 흘러내렸다. 고개를 들어 보니, 애들레이드가 다이빙대 끝에 서서 우아한 자세를 취하고 있었다. 햇볕에 적당히 그을린 데다 몸에 딱 붙는 수영복을 입은 아내의 몸매는 아름다웠다. 아내는 일부러 내가 있는 쪽은 보지 않았다.

솔직히 나는 내가 어떻게 주머니 안의 연발 권총을 꺼내 손에 쥐었는지 잘 모른다. 누군가 마술을 건 것처럼 그 대목이 기억이 나질 않는다. 게다가 방아쇠를 당긴 기억도 나지 않는다.

애들레이드가 다이빙을 하기 위해 두 팔을 치켜들었을 때 내 손에 들려 있던 권총이 저절로 불을 뿜었다. 애들레이드의 몸이 경련하며 피가 뿜어져 나오는 것이 보였다. 그녀는 다이빙대에서 반쯤 뛰어오르던 어색한 자세로 비명을 질렀고 팔다리를 마구 휘저으며 물로 떨어졌다. 잠시 숨 막히는 소리가 들리더니, 아내는 버둥거림을 멈추고 조용히 물 위로 떠올랐다.

호간이 사다리 쪽으로 갔다. 그의 얼굴에 놀라움이나 공포의 빛은 조금도 서려 있지 않았다. 하지만 어딘가 몹시 아픈 듯한 표정이었다.

"아, 하느님, 스매더스 부부여!"

그가 크롬 도금을 한 사다리를 기어오르기 시작했다. 나는 그가 두 번째 계단을 오를 때까지 기다렸다가 그를 쏘아 물속으로 떨어뜨렸다.

나는 그 자리에 선 채 반사적으로 방아쇠를 당겨 총에 든 총알을 두 사람 몸에 모조리 쏟아 부었다.

상당히 큰 수영장이었다는 걸 감안해 볼 때 물이 그토록 빨리 빨갛게 변하는 게 놀라울 지경이었다.

나는 재판을 기다리며 이곳에 앉아, 시간을 보내기 위해 이 글을 쓴다. 이것 역시 시간 낭비이긴 하지만 나중에는 이 시간조차 그리워질 것이다. 내가 유죄 선고를 받을 것이라는 데는 추호의 의심도 없다. 그들은 내 고백을 모두 들었고 이제 이 글도 읽게 될 것이다.

마음에 걸리는 점은 내가 평생 착실하게 살기 위해 노력했으며 열심히 근면하게 일해 왔다는 사실이다. 나는 종교인은 아니다. 하지만 가끔 어길 때는 있었을망정 십계명을 지키려고 노력해 왔다. 물론 다른 사람들도 그럴 것이다. 그러나 당신이 앞으로 돌아가서 이 글을 다시 읽을 생각이라면 나와 애들레이드 그리고 잭 호간과 페이버 경위로 이루어진 우리 네 사람이 어떤 면에서 십계명을 모두 어겼는지를 한 대목 한 대목 짚어 가며 읽어 주길 바란다.

호간의 수영장 물 전체가 붉게 변했듯이 악은 퍼져 나간다는 것이 내 생각이다.

옮긴이 **홍현숙**

1966년 서울에서 태어나 연세대학교 불어불문학과를 졸업했다. 1989년부터 1994년까지 방송위원회에서 일하였으며 1993년에서 1994년까지 《출판정보》에 '해외도서 정보 — 영국편'을 번역, 기고하기도 하였다. 현재 전문 번역가로 활동 중이며, 옮긴책으로『자부심의 기적』, 『미켈란젤로의 딸』, 『엑소더스』, 『아메리칸 퀼트』, 『할머니가 있는 풍경』, 『에덴의 벌거숭이들』, 『매직 서클』 등이 있다.

세계 서스펜스 걸작선 3

1판 1쇄 찍음 2005년 7월 10일
1판 2쇄 펴냄 2012년 3월 5일

지은이 ı 에드 맥베인, 할런 엘리슨 외
옮긴이 ı 홍현숙
발행인 ı 박근섭
펴낸곳 ı **황금가지**

출판등록 ı 1996. 5. 3. (제16-1305호)
주소 ı 135-887 서울 강남구 신사동 506 강남출판문화센터 5층
전화 ı 영업부 515-2000 / 편집부 3446-8773 / 팩시밀리 515-2007
홈페이지 ı www.goldenbough.co.kr

한국어판 ⓒ **황금가지**, 2005. Printed in Seoul, Korea

ISBN 89-8273-860-6 04840
ISBN 89-8273-857-6 04840(세트)